Jemma Wayne

DER SILBERNE ELEFANT

JEMMA WAYNE

DER SILBERNE ELEFANT

ROMAN

Aus dem Englischen von Ursula C. Sturm

EISELE

Besuchen Sie uns im Internet:
www.eisele-verlag.de

Die Originalausgabe »After Before«
erschien 2014 bei Legend Press, London.

Taschenbuchausgabe
1. Auflage März 2022

© 2014 Jemma Wayne
© 2021 der deutschsprachigen Ausgabe
Julia Eisele Verlags GmbH, München
Alle Rechte vorbehalten
Elefanten-Icon: Liv Iko, Noun Project
Gesetzt aus der Bering Nova und der Futura
Satz: LVD GmbH, Berlin
Druck und Bindearbeiten: CPI books GmbH, Leck
ISBN 978-3-96161-134-8

Für James

KAPITEL EINS

SIE SAGTE, sie heiße Emily. Das war für die Leute in England seit jeher einfacher auszusprechen gewesen als Emilienne, und sie war nicht bereit, auch noch diesen Teil ihrer selbst preiszugeben. Zu opfern.

»Okay, Emily, haben Sie Erfahrung als Reinigungskraft?«, fragte die weiße Frau mit dem dicken Hals und schob die auf dem Schreibtisch zwischen ihnen liegenden Formulare zusammen. Sie musterte sie mit wachsender Ungeduld, während Emily überlegte. Die Frage war alles andere als einfach zu beantworten. Die Worte, glatt wie das Fleisch unter der Schale einer Süßkartoffel, waren der Frau ganz leicht über die Lippen gekommen wie so viele andere, die man Emily im Laufe der Jahre an den Kopf geworfen hatte: dumm, undankbar, Kakerlake. Emilys Gedanken wanderten über den schmutzigen Fußboden ihrer Einzimmerwohnung, dem sie bislang nie auch nur mit einem Staubsauger gedroht hatte, dann zum Haus ihrer Tante, in dem sie vorher gewohnt und dessen spiegelblanke Fenster und Türknäufe sie geputzt hatte, und schließlich, widerstrebend, zu den dunklen Blutflecken, die sie vom Fußboden ihres Vaters geschrubbt hatte.

»Ja«, sagte Emily entschlossen. »Ich habe Erfahrung.«

Ihr Lächeln entblößte mehr Zahnfleisch, als ihr lieb war, und zudem die Lücke zwischen ihren Schneidezähnen, aber es war wichtig, stets zu lächeln. Ein Lächeln signalisierte Offenheit, Aufrichtigkeit, Vertrauen.

»Irgendwelche Referenzen?«

»Nein.«

Die Frau seufzte. »Also keine Erfahrung.« Sie schnalzte mit der Zunge und machte das Kreuz jetzt in dem falschen Kästchen auf dem Anmeldeformular.

»Sie hatten nicht nach Referenzen gefragt, sondern ob ich Erfahrung habe«, warf Emily nervös ein.

Doch die Frau lächelte nur, als hätte sie mit derlei Unwissenheit bereits gerechnet. Emily erwiderte das Lächeln. Auf Wissen kam es nicht an, hatte Auntie ihr einmal erklärt. In diesem Land kam es allein auf die Bereitschaft zu arbeiten an, die Bereitschaft, auf Knien die Flecken von den Böden zu schrubben, die den englischen Frauen zu tief unten waren. »Sie werden Gewerbeimmobilien putzen«, fuhr die Frau fort, und dann ratterte sie ohne Vorwarnung die Namen von Reinigungsmitteln sowie allerlei Vorschriften und Unternehmensrichtlinien herunter. Es klang fast wie ein zitierter Kinderreim, und Emily nickte artig im Takt mit dem Kopf, bis ihr auffiel, dass ihr Gegenüber verstummt war und über den Schreibtisch gebeugt fragte: »Können Sie sich das alles merken?« Die Frau lächelte erneut. Aus den Ärmeln ihres grünen Blazers lugten ihre feisten Handgelenke hervor. Emily spürte Übelkeit in sich aufsteigen beim Anblick des grünen Stoffs, der fleischigen Hände sowie des Lächelns, das mehr einem Zähnefletschen glich.

Sie nickte. »Ja.«

Die Dunkelheit ihrer Haut wirkte irgendwie unsauber auf dem blütenweißen Formular, das ihr die Frau zum Unterschreiben hinschob. Emilys Hand schwebte über der Linie, auf die sie ihren Namen malen sollte. Ihre Hand zitterte, und Emily schauderte, und ihr Magen grummelte unheilvoll.

Draußen wickelte sich Emily ihren Schal dreimal um den Hals, sodass er eine Art wollene Stütze für ihr Kinn bildete. Schon jetzt, Anfang September, hing ein erster Anflug winterlicher Kälte in der Luft und kroch ihr in die Knochen. Von nun an würde sie bis mindestens April frieren. Hatte sich die Kälte erst einmal eingenistet, dann war es in diesem Land schier unmöglich, sich wieder aufzuwärmen. Daran würde sie sich wohl nie gewöhnen. Doch der Schal half; es war ein gutes Gefühl, ihn als Barriere zwischen den Kräften der Natur und ihrem langen, schlanken Hals zu spüren. Ihre Tante hatte sie oft gedrängt, ihre heißgeliebten dicken Stricksachen abzulegen und sich etwas femininer zu kleiden. Aber dann hatten sich die unschönen Szenen gemehrt, sodass Auntie und Uncle am Ende sichtlich erleichtert gewesen waren, als Emily schließlich ganz aus ihrem Leben verschwunden war, statt bloß in ihren sackartigen Kleidungsstücken.

Ein Bus brauste an Emily vorüber – ihr Bus. Sie rannte los, um ihn noch zu erwischen, und lächelte den Fahrer an, der gerade so lange anhielt, bis sie eingestiegen war und ihre Oyster Card an das Lesegerät gehalten hatte. Dann machte das Fahrzeug einen Satz nach vorn, sodass Emily beinahe das Gleichgewicht verloren hätte. Früher war sie sportlich gewesen, doch mittlerweile war sie stets etwas wackelig auf den Beinen und musste sich festhalten, um nicht zu stürzen.

Sie hangelte sich von Stange zu Stange durch den Bus, bis sie an einen leeren Platz gelangte, wobei sie es tunlichst vermied, die anderen Fahrgäste anzusehen, die ihrerseits darauf bedacht waren, jeglichen Blickkontakt zu vermeiden. Anfangs, bei ihrer Ankunft in England, war es ein regelrechter Schock gewesen, dass sich die Leute auf der Straße oder im Bus nicht grüßten und auch sonst nur im äußersten Notfall etwas sagten. Dann und wann ging noch immer ihr sonnendurchfluteter Instinkt mit ihr durch, aber wenn es an England etwas gab, das Emily liebte, dann genau das: die Anonymität, die Möglichkeit, nicht bemerkt, nicht identifiziert, nicht kategorisiert zu werden. Es war ein gutes Gefühl, von Scharen von Menschen umgeben zu sein, deren Namen sie nicht kannte und die aneinander vorbeihasteten, ohne von ihrer Umgebung Notiz zu nehmen. Es war tröstlich, in einem der hohen Sozialwohnblöcke zu leben, in denen sämtliche Etagen identisch waren und jede Wohnung genau den gleichen Grundriss hatte wie die ihre im fünften Stock. Es war beruhigend, dass die Leute hier ein so ausgefülltes Leben führten, sich so ganz und gar auf sich selbst und ihre individuellen Ziele konzentrierten. Es war willkommene Isolation. Flucht.

An der Haltestelle Golders Green stieg Emily aus. Von dort war es zwar noch eine Viertelstunde zu Fuß bis zu ihrer Wohnung, aber sie musste noch einkaufen und tat das lieber in einem der großen Supermärkte, wo es vor Kunden wimmelte, statt in dem kleinen Laden um die Ecke. Sie war nur ein paarmal dort gewesen, dennoch erkannte die Besitzerin sie bereits und stellte ihr Fragen wie: »Heute keine Avocados? Ich habe wunderbare Mangos, wie wär's damit? Mögen Sie keine Mangos?«, und in der Vorwoche: »Woher kommen Sie?«

Emily betrat eine Tesco-Filiale und nahm sich einen der Einkaufskörbe. Sie hatte genau vier Pfund und dreiundsiebzig Pence im Portemonnaie. Sie musste also sorgsam auswählen, denn das Geld musste bis Ende der Woche reichen, und es war erst Mittwoch. Widerstrebend steuerte sie den Gang mit den Konserven an, legte je eine Dose Bohnen und Mais der billigsten Marke in ihren Korb, gefolgt von einer reduzierten Packung Toastbrot, bei der das Mindesthaltbarkeitsdatum demnächst ablief, sowie drei Bananen. Sehnsüchtig beäugte sie die Avocados, doch die waren hierzulande exotisch und teuer. Emily griff nach einem kleinen, harten Exemplar und ließ es rasch in ihrer Jackentasche verschwinden. Die Frau an der Kasse begrüßte sie höflich, aber ohne sie wiederzuerkennen. Emily lächelte, rubbelte mit Daumen und Zeigefinger an dem Packen Plastiktüten, ehe sie die obersten zwei abriss und ihre Einkäufe gleichmäßig darauf verteilte, damit ihr die Griffe auf dem Nachhauseweg nicht in die mageren Arme schnitten. Sie hängte sich die Schlaufen stets über die Unterarme, statt sie mit den Händen zu fassen. Wenn sie früher mit Auntie einkaufen gegangen war, hatten sie gemeinsam oft fünfzehn Tüten geschleppt; zehn davon hatte Emily getragen, auf den Unterarmen, die Henkel jeweils im Abstand von drei, vier Zentimetern, sodass sich die Haut dazwischen hochwölbte, als sollte auch sie auf ihren Reifegrad geprüft werden, genau wie die Avocados, die sie gekauft hatten. Das war ganz am Anfang gewesen, als sie noch Dankbarkeit empfunden hatte, weil Auntie gekommen war und sie gerettet hatte. Damals hatte Emily in ihrer Naivität übersehen, dass ein einfacher Ortswechsel nicht genügt für wahre Rettung. Erinnerungen sind nicht in der Erde verwurzelt.

Auntie hatte sie geliebt, das war Emily mittlerweile bewusst, wenngleich sie ihre Liebe damals nicht hatte spüren können; sie hatte sie, wie so vieles andere auch, erst später als solche erkannt, nachdem sie ihr abhandengekommen war. Sie konnte wahrlich von Glück sagen, dass Auntie und Uncle sie so lange ertragen hatten. Drei Jahre hatten sie es mit ihr ausgehalten, wobei Emily stets klar gewesen war, dass sie mit ihrem Geschrei und ihrem Schweigen und ihrem wiederholten Verschwinden die Geduld der beiden überstrapazierte. Mit der Zeit war Auntie ihr gegenüber immer öfter laut geworden, und Uncle hatte sie einmal geohrfeigt.

Was alles noch schlimmer gemacht hatte. Als sie sie schließlich vor die Tür gesetzt hatten, war das keine große Überraschung für Emily gewesen. Sie hatte sich gesagt, dass sie sich so ohnehin sicherer fühlte. Allein und jederzeit fluchtbereit.

Als sie um die Ecke bog, erblickte sie vor dem Eingang ihres Wohnblocks einen weißen Transporter. Sie verfolgte, wie zwei Männer hineinkletterten und mit Umzugskisten beladen wieder heraussprangen. In Afrika wären sie von einer Menschentraube umringt gewesen. Jeder Neuankömmling war ein Kuriosum, das beäugt und taxiert werden musste. *Wer allein reist, kann erzählen, was er will*, besagte eines der vielen Sprichwörter, die Emily selbst nach all den Jahren noch hartnäckig im Kopf herumspukten. Es steckte ein Körnchen Wahrheit darin, und früher – zu einer anderen Zeit, an einem Ort, den es nicht mehr gab – wäre es ihr selbstverständlich erschienen, dass die Geschichten eines Fremden geprüft und wiederholt wurden, dass Fragen gestellt wurden und man ermutigt wurde, welche zu stellen. Emily schob die Henkel der Tüten etwas höher, ehe sie den Transporter wortlos passierte.

Der Lift war wieder einmal defekt, also ging sie zu Fuß und versuchte, den Gestank von Bier und Urin im Treppenhaus nicht allzu tief einzuatmen. Es erstaunte sie nach wie vor, dass man so rasch eine Wohnung für sie aufgetrieben hatte, dass man sie ihr so bereitwillig überlassen hatte, und das in einem Land, in dem die Menschen einander auf der Straße kaum je ins Gesicht sahen. Ihre Tante hatte ihr die Begriffe *Asyl* und *Sozialhilfe* erklärt und erzählt, dass sie und ihr Mann beides bekommen hatten, ehe sie einen britischen Pass erhalten und Arbeit gefunden hatten, und deshalb nicht mehr darauf angewiesen waren. Auntie hatte voller Stolz und Zufriedenheit davon berichtet, wie weit sie es gebracht hatten. Das rief sich Emily stets in Erinnerung, wenn auch nicht aus der gleichen Ambition heraus, und sie fand es nicht weiter schlimm, wenn sie im Treppenhaus bisweilen die Luft anhalten musste. Dennoch war sie außer Atem, als sie die fünfte Etage erreicht hatte. Ehe sie den Korridor entlangging, blieb sie stehen, nahm beide Tüten in eine Hand und kramte mit der anderen ihren Schlüssel aus der Handtasche. So machte sie es immer – sie blieb stehen, suchte, spürte die beruhigende Kühle des Metalls in ihrer Handfläche. Ein Instrument der Sicherheit. Der Macht.

Emily hob den Kopf und spähte zur Nachbarswohnung hinüber, deren Tür von einer großen Pappschachtel offengehalten wurde. Aus dem Inneren drangen Männerstimmen. Sie hatte die Bewohnerin nur ein einziges Mal gesehen – eine winzige, bucklige Greisin, die offenbar nie Besuch bekam, das wusste sie immerhin. Das Pfeifen des Teekessels war das einzige Geräusch, das Emily je aus ihrer Wohnung vernommen hatte. Wie es aussah, war die Frau gestorben, denn die Stimmen, die sie nun hörte, waren die der Männer vom Transporter unten. Offenbar zog einer von ihnen gerade ein. Emily fragte sich flüchtig, wie lange die Frau wohl tot nebenan gelegen hatte, wer sie gefunden haben mochte, ob ihr verwesender Körper bereits zu riechen angefangen hatte. Da sich Schritte auf der Treppe näherten, eilte sie zu ihrer Wohnung und schloss gleich darauf sorgfältig hinter sich ab.

Der Raum war winzig, die Fenster gingen auf einen kleinen Innenhof hinaus, in den kaum Licht gelangte, weil die Gebäude ringsum so eng beisammenstanden. Emily atmete tief durch. Sie fühlte sich wohl hier in ihrem düsteren Rattenloch. Es half, dem Licht und der Klarheit sonniger Tage so fern zu sein. Leise leerte sie die Einkaufstüten, legte die gestohlene Avocado zum Nachreifen auf die Arbeitsplatte und steckte eine Scheibe Brot in den Toaster. Sie wusste, sie sollte die Bohnen lieber nicht jetzt gleich essen, aber sie hatte Hunger, also holte sie den einzigen Kochtopf, den sie besaß, aus dem Schrank unter der Spüle und öffnete mit einem Messer die Dose, ehe ihre Vernunft ihr Einhalt gebieten konnte. Der dickflüssige dunkelrote Inhalt landete mit einem befriedigenden Klatschen auf dem Topfboden. Während sie die Bohnen erwärmte, drehte sie den Hahn über der Spüle auf, ließ das Wasser laufen, bis es kalt war, und hielt dann ein großes Trinkglas darunter, bis es überlief – ein Hauch von Luxus, bei dem sie nach wie vor Freude und Hoffnung empfand.

Sobald ihr Abendessen fertig war, begab sich Emily damit zu dem Kissen vor dem Fernseher, der in ihrem früheren Zimmer gestanden hatte. Auntie hatte ihr – wohl in einem Anfall von Nächstenliebe oder aus Mitleid oder um ihr Gewissen zu beruhigen – gestattet, ihn mitzunehmen, nebst der Kleidung, die sie ihr im Laufe der drei Jahre gekauft hatte, und einem Bündel zusammengefalteter Zehnpfundnoten, die sie Emily mit erschöpfter Miene beim Abschied in die Hand gedrückt hatte. Der Fernseher war Emilys wichtigstes Mittel der Ablenkung von der trostlosen Wirklichkeit, und der Platz auf dem Boden davor war für sie zu einem Ort geworden, von dem aus sie Gelächter und Glamour miterleben konnte, Optimismus, Frivolität, Extravaganz, Romantik, Hoffnung, Träume, Erfolg. Manchmal wünschte sie, sie wäre einer der glücklichen Menschen auf dem Bildschirm, oder zumindest eine der jungen Kellnerinnen im Café um die Ecke, die während ihrer Zigarettenpausen draußen herumalberten und beim Lachen mit glänzenden Augen den Kopf in den Nacken warfen. Eine Zeit lang hätte sie alles gegeben für diese Fröhlichkeit, diesen Glanz, doch wie es schien, war sie nicht in der Lage, die in ihr herrschende Finsternis abzuschütteln. Ihren Zorn. Ihren Kummer. Inzwischen machte sie sich kaum noch die Mühe, es zu versuchen.

Sie hörte rasche Schritte vor ihrer Wohnungstür, die sich entfernten und gleich darauf zurückkehrten, mit Verstärkung und deutlich langsamer. Emily stellte den Teller mit den Resten ihres Abendessens vor sich auf den Boden, machte den Fernseher aus und rutschte von ihrem Kissen. Seitlich auf dem Boden liegend, erspähte sie durch den Spalt unter der Tür die großen Turnschuhe eines Mannes, der rückwärtsging, gefolgt von den Füßen seines Gegenübers, die in Sandalen steckten. Die beiden Männer trugen etwas. Der Mann mit den Sandalen war dunkelhäutig, wenn auch nicht so dunkel wie Emily, und auf seinen Zehen sprossen drahtige Härchen, die sich widerborstig zwischen den Riemen des Schuhwerks kräuselten. Er rief dem vorn gehenden Mann etwas zu, in einer Sprache, die nicht Englisch war und die sie nicht verstand, worauf sie beide innehielten. Emily blieb auf dem Boden liegen und lauschte ihrem gedämpften Gemurmel. Nach einer Weile bewegten sich die Füße wieder und verschwanden aus ihrem Blickfeld.

Emily begann zu weinen.

Manchmal überkam es sie ganz langsam, sodass ihr noch genügend Zeit blieb, um sich eine Tasse süßen Tee zu machen, ein Bad einzulassen oder im Fernsehen nach Ablenkung zu suchen. Dann wieder überfiel es sie wie jetzt ganz plötzlich. Wütend schlug sie mit der flachen Hand auf die heißen Tränen ein, die ihr über die Wangen strömten, doch das ließ sie nur umso heftiger fließen. Sie richtete sich mühsam auf und schlang die Arme um die Beine, die Knie an die Brust gepresst, doch nun wanderten ihre Gedanken zu der Rasierklinge, die sie im Schrank unter der Spüle versteckt hatte, unter Toilettenpapier und Zahnpasta. Die Narbe auf ihrer Stirn pochte so heftig, dass ihr schwindelte. Ihr Magen krampfte sich zusammen. Aus Angst, sich übergeben zu müssen, legte sie sich wieder seitlich auf den Boden. Ihr fehlte die Energie, um sich zur Toilette zu schleppen, oder auch nur zum Mülleimer in der Ecke. Sie konnte bloß daliegen und sich an den steifen, ausgetretenen Teppich klammern, der ihr Halt gab, bis es vorbei war.

Als es endlich vorüber war, kroch sie zurück zu dem Kissen vor dem Fernseher. Sie fühlte sich schlapp und antriebslos, und beim Anblick der erkalteten restlichen Bohnen auf ihrem Teller wurde ihr übel. Ihr dröhnte der Schädel nach dem langen Weinkrampf, und ihre Kehle war trocken, doch sie konnte sich nicht dazu aufraffen, sich noch ein Glas Wasser zu holen. Sie machte den Fernseher wieder an. In einer Dokumentation ging es um irgendwelche Insekten. Hastig schaltete sie um. Nun erschien Talkshow-Moderator Jeremy Kyle, wie immer darum bemüht, einen der herrlich trivialen Dispute zu schlichten, die ausreichten, um die in die Sendung eingeladenen Familien zu entzweien. Emily rollte sich zusammen und drückte erneut die Knie an die Brust. Ihr Kopf ruhte auf dem Kissen, doch kaum schloss sie die Augen, lag sie keuchend und nach Luft ringend auf einem Acker, in einer flachen Furche zwischen zwei schnurgeraden Reihen Süßkartoffelpflanzen, die Wange an den Erdboden geschmiegt, sodass sie die fetten Raupen an der Unterseite der Blätter sehen konnte.

Sie schlug die Augen auf.

Blinzelte. Schmeckte Dunkelheit, trocken und erdig; eine kratzende Dunkelheit, die ihre Augen bedeckte, während in der Nähe Stimmen ihren Namen kreischten und grässlich fiebrig und überdreht »Gleich haben wir dich!« johlten.

Sie blinzelte erneut. Konnte plötzlich wieder klarer sehen und erspähte mit einem Mal in der Ferne ihre Mutter. Emily rappelte sich auf und rannte auf sie zu, immer schneller, bis die Muskeln ihrer Arme und Beine vor Anstrengung brannten, doch die Distanz zwischen ihnen schien immer größer zu werden. Sie schrie, brachte aber keinen Ton heraus. Sie winkte, doch ihre Bewegungen waren langsam und kaum zu erkennen. Sie rannte, aber mit jedem Meter, den sie zurücklegte, entfernte sie sich noch weiter, und je länger Emily rannte, desto mehr Kummer spiegelte sich in den Augen ihrer Mutter. Schließlich blieb Emily stehen. Ihre Mutter war unerreichbar. Unbekleidet. Unbewaffnet. Unbeugsam.

Emily schlug die Augen auf.

Ihre Mutter war fort.

Und aus dem Fernseher tönte tröstlich Jeremy Kyles krakeelende Stimme.

KAPITEL ZWEI

MANCHMAL STARRT sie sich minutenlang im Spiegel an. Zumindest nimmt sie an, dass Minuten verstreichen. Vielleicht auch Sekunden. Oder Stunden. Manchmal schneidet sie Grimassen, verzieht ihr Gesicht zu abstoßenden Fratzen, zu einer hässlichen Version ihrer selbst. Aus Schönheit wird Biest. Sie hört oft, dass sie schön ist. Luke sagt es ihr andauernd. Er bringt ihre Frisur in Ordnung, indem er ihr eine blonde Haarsträhne hinters Ohr streicht, und dann legt er ihr den Daumen auf die Lippen, um sie sanft zu schließen, und flüstert es ihr zu. Auch Charlie hat es ihr gesagt, hat es ihr ins Ohr gekeucht, während er sie von hinten nahm. Er hat sich anders ausgedrückt – *schön* gehörte nicht zu seinem aktiven Wortschatz, dennoch hatte es den Anschein, als sei es ehrlich gemeint, und es hat sie heiß gemacht. Manchmal rümpft sie die Nase, schielt, stülpt die Lippen nach außen, um zu testen, ob sie ihre Schönheit trotzdem noch sehen kann – die, die angeblich von innen kommt. Sie sieht nichts dergleichen. Sie murmelt ihren Namen, wie um sie auf diese Weise heraufzubeschwören. *Vera, Vera, Vera.* Sie kann nicht antworten. Noch einmal: *Vera.*

»Vera?«

Vera blinzelt. Sie fragt sich, wie lang sie wohl schon nach oben starrt auf den glänzenden Stoff des Heißluftballons. Sie schweben über einem Acker in Hertfordshire, nur ein paar Kilometer von dem Haus entfernt, in dem sie aufgewachsen ist. Luke kniet vor ihr, einen Ring in der Hand. »Ja«, sagt sie.

Dreihundertfünfundsechzig Tage sind vergangen seit ihrer ersten Begegnung auf einer Benefizveranstaltung, auf der sie als PR-Beraterin zu tun hatte und er im Auftrag des Ministeriums für auswärtige Angelegenheiten und Commonwealth-Fragen eine Rede hielt. »PR-Leute sind schlimmer als Paparazzi«, scherzte er damals, »die sind noch nicht einmal auf der Jagd nach der Wahrheit, sondern produzieren bloß einseitige Propaganda.« Worauf sie konterte: »Wer für die Politik zu feige ist, wird Beamter, da hat er Macht, aber keine Verantwortung.«; »Vor Gott, dem Herrn müssen wir früher oder später alle Rechenschaft ablegen«, erwiderte er, und dank der Mischung aus Verschmitztheit und Ernst, mit der er sie dabei ansah, war sie binnen Sekunden verrückt nach ihm. Ihre neueste Droge. Innerhalb eines Jahres hat er alle anderen ersetzt.

Es ist sechshundertzwei Tage her, seit Vera das letzte Mal gekokst hat, und vierhundertdreiunddreißig Tage, seit sie etwas anderes als Camel Light geraucht hat – wobei Luke glaubt, dass sie auch die nicht mehr anrührt –, und genau dreihundertsechsundsechzig Tage, seit sie zuletzt Sex hatte. Charlie findet ihre wundersame Wandlung höchst amüsant und ist überzeugt, dass sie nicht von Dauer sein wird. Sie telefoniert noch gelegentlich mit ihm, was Luke nicht weiß. Er hat sie schon früh gebeten, Charlie nicht mehr zu kontaktieren. Sie hat damals eingewilligt, ohne darüber nachzudenken, aber es ist eine der wenigen Angewohnheiten, die sie nicht ablegen kann. Eine Art Selbstgeißelung.

Vera beugt sich nach vorn und küsst Luke zärtlich auf den Mund. Er riecht nach Kaffeebohnen. Nach denen von Abel und Cole, die er von Hand mahlt, mit seiner Kaffeemühle.

Er riecht nach Kaffeebohnen.

Wäre Veras Leben ein Film, dann einer mit zahlreichen Voiceover-Kommentaren. *Er riecht nach Kaffeebohnen.* Sie fragt sich manchmal, ob sie Dinge bemerkt, die andere Menschen nicht bemerken. Sie registriert alles, was ihr durch den Kopf geht. *Sie glaubt, dass sie alles registriert.* Findet das Gehirn aller Menschen die Zeit, jeden Satz fünf Mal umzustellen? Als hätte jemand auf die Pausetaste gedrückt. Stillstand. Pause und Schnellvorlauf zugleich. Sie sieht sich selbst von außen. Ihre Gedanken rasen. Verstreichen Minuten? Hat sie wieder die Nase gerümpft? Manchmal hat sie das Gefühl, noch immer high zu sein. Luke, der vor ihr kniet, betrachtet sie, als wäre sie ein glitzerndes Schmuckstück. Als wäre sie brandneu. *Natürlich heirate ich dich.*

»Natürlich heirate ich dich«, flüstert sie und fügt dann hinzu: »Aber bist du auch ganz sicher? Wenn das Ding hier nämlich erst einmal an meinem Finger steckt, gibt es kein Zurück mehr!«

»Nun steck ihn schon an, du Scherzkeks.« Luke steht lachend auf und schiebt ihr den Ring an jenen Finger, an den sie aus purem Aberglauben noch nie etwas gesteckt hat, noch nicht einmal einen dieser Hula-Hoop-Knabberzeug-Ringe. Luke hat einen Ring aus Roségold gewählt, mit einem funkelnden Diamanten, der das Licht der untergehenden Sonne einfängt und dessen strahlende Schönheit Vera regelrecht blendet. Sie bewundert das kostspielige Kleinod mit leicht zusammengekniffenen Augen. Der Ring ist zu groß; sie wird ihn enger machen lassen müssen. Im Augenblick begnügt sie sich damit, die Faust zu ballen, um ihn nicht zu verlieren, wobei sie die leichte Reibung der Kante auf ihrer Haut registriert. Sie befinden sich nun im Sinkflug. Unter ihnen erstreckt sich eine sumpfige Wiese.

»Ich habe etwas für dich«, verkündet Luke, sobald sie auf der Rückbank der riesigen weißen Limousine, die er für den Rückweg nach London gebucht hat, Platz genommen und sich etwas aufgewärmt haben.

»Na, ein Glück. Ehrlich gesagt fand ich den Diamantring ein bisschen dürftig.«

Luke lacht. »Du bist so witzig.« Vera liebt es, dass er jeden ihrer Scherze kommentiert, als wäre auf seine körperliche Reaktion allein kein Verlass. Alles an ihm ist eindeutig, unmissverständlich. Sie fühlt sich so sicher und geborgen angesichts dieser Gewissheit, dieser Klarheit. Vera kann nicht mehr beurteilen, ob sie witzig ist. Früher hat sie oft gehört, sie sei witzig. Sie hat sich auch immer sehr ins Zeug gelegt und darauf geachtet, beim Witzereißen alles richtig zu machen. Sie wollte diese Kunstform ebenso meisterhaft beherrschen wie ihr Vater. Inzwischen tut sie das nur noch für Luke und verlässt sich auf sein Urteil.

Luke sitzt sehr aufrecht da. Er wirkt fehl am Platz in dieser Limousine mit ihren Ledersitzen. Obwohl er sich etwas Besseres leisten könnte, fährt er einen Toyota Prius aus zweiter Hand, weil das Ressourcen schont; er verwendet eine Aktentasche mit den Initialen seines Vaters und einem Riss an der Vorderseite, und er trägt Hemden, die uralt sind oder die seine Mutter ihm gekauft hat. Das besondere Programm des heutigen Tages zeugt von seinen besonderen Gefühlen für Vera. Sie lächelt und will seine Hand nehmen, doch Luke angelt stattdessen etwas vom Beifahrersitz der Limousine – einen kleinen, schweren Gegenstand, den er ihr nervös überreicht. »Ich dachte ... Also, ich hoffe, du freust dich darüber«, sagt er. »Über eine eigene ... Eine neue, meine ich. Na ja, lies erst die Karte.«

Wäre sie allein, würde sie sich wie ein kleines Kind sofort auf das Geschenk stürzen und ungeduldig das Papier aufreißen. Lukes Blick ruht auf ihr, während sie bedächtig die Karte aus dem roten Umschlag zieht und den Kunstdruck – ein Ölgemälde, das einen Heißluftballon zeigt – betrachtet.

»Hm, ein Ballon? Wie kommst du denn darauf?« Sie grinst, doch jetzt ist nicht die Zeit für Scherze. Luke schweigt, während sie liest, was er hineingeschrieben hat. Es ist nur ein Satz: *Eine dreifache Schnur reißt nicht so schnell.*

Das ist garantiert ein Bibelzitat, denkt Vera. Seit sie Luke kennt, geht sie regelmäßig zur Kirche. Weil das sein Ding ist, und weil es ihr von Anfang an eingeleuchtet hat. Nun besucht sie jede Woche die Heilige Messe. Mit ihm, in seiner Kirche. Sie hat sogar ein Gebet, das sie sich jeden Tag viele Male vorsagt wie ein Mantra: *Herr, hilf mir, mich zu bessern, mach mich würdig, mach mich rein. Herr, hilf mir, mich zu bessern, mach mich würdig, mach mich rein.*

Vera sieht zu Luke hoch, ehe sie vorsichtig das Geschenk auspackt. *Mach mich würdig* … Es ist ein Buch. Eine Bibel mit goldenen Schnittkanten. Auf dem geschmeidigen schwarzen Ledereinband prangen erhabene goldene Buchstaben.

»Für unseren gemeinsamen Neubeginn«, sagt Luke. »Ich weiß ja, wie sehr du … Ich meine, ich war sehr beeindruckt, dass du … Na, jedenfalls dachte ich, das könnte genau das Richtige für dich sein.« Er mustert sie gespannt. In seinem Blick liegen Ernst, Eifer, Hoffnung – all die Eigenschaften, zu denen sie sich von Anfang an hingezogen fühlte. Und sein Geschenk verrät ihr, was sie ihn nicht zu fragen gewagt hat: Er verzeiht ihr, er vertraut ihr, er glaubt an sie, ihrer Vergangenheit zum Trotz. *Ihrer Vergangenheit zum Trotz.*

Der Vergangenheit, von der er weiß …

Er wartet ab, und Vera blickt in seine strahlenden Augen und nickt, ganz langsam, mit einer Aufrichtigkeit, die Charlie völlig fremd wäre. »Es ist perfekt, Luke, genau wie du. Ich liebe dich.«

Draußen driften von Nebelschleiern bedeckte Wiesen vorüber. Auf der Straße herrscht allmählich wieder etwas mehr Verkehr. Sie überholen einen Kleinbus mit einer Horde Kinder, die versuchen, durch die beschlagenen Scheiben einen Blick auf die Leute in der imposanten weißen Limousine zu erhaschen. Luke ergreift ihre Hand und verschränkt die Finger mit den ihren. Den freien Arm hat er Vera um die Schultern gelegt. Sie atmet seinen Geruch ein, den Kopf an seine Schulter gelehnt. Sicherheit. Gewissheit. Bestätigung. Sie prägt sich den Moment ein, blendet ihre schlammig-feuchten Schuhe ebenso aus wie den dezenten Kuhdung-Geruch, der irgendwie einen Weg in den Wagen gefunden hat. Die Kamera in ihrem Kopf schwenkt in die Ferne. *Es war ein Tag wie kein anderer* ... Und Vera ignoriert die gerötete Stelle an ihrem Finger, an der der zu große Verlobungsring zu reiben begonnen hat.

KAPITEL DREI

Fünf Wochen vorher, am Geburtstag seines Vaters, hatte Luke seine Mutter zum Brunch besucht. Sie hatten pochierte Eier mit Weißbrot und gebratenen Tomaten gegessen, jedoch ohne zu erwähnen, dass dies das Lieblingsessen seines Vaters gewesen war oder dass es für dieses Ritual einen besonderen Anlass gab. Danach hatte er sie noch zur High Street begleitet. Seine Mutter hatte beim Abschied nicht erwähnt, dass sie vorhatte, in dem Laden mit Künstlerbedarf Farben zu kaufen, die er nie zu Gesicht bekommen würde, so wie Luke nicht erwähnt hatte, dass er noch einen Abstecher auf den Friedhof machen würde. Doch genau das hatten sie getan. Und an diesem Nachmittag hatte sich Luke, am Grab seines Vaters Philip stehend, ausgemalt, wie es wohl wäre, mal wieder ausführlich mit seinem alten Herrn zu plaudern. Luke war fast sicher, dass sein Vater Vera gemocht hätte. Er hätte ihm geraten, den Ring heimlich zu kaufen. Er hätte ihn gedrängt, romantisch zu sein. Er hätte gesagt, er solle darauf achten, dass seine Partnerin seine Leidenschaften und Prinzipien teilt, was, wie Luke in diesem Moment aufging, dasselbe war.

Er erzählte seinem Vater nicht von Veras Lächeln, erwähnte weder ihre Weichherzigkeit noch die Schwermut in ihrem Blick, die sie bisweilen so abwesend wirken ließ, so errettungsbedürftig. Oder dass ihm in ihrer Gegenwart manchmal schier das Herz überging vor Hoffnung.

Luke hatte die Bibel noch vor dem Ring besorgt. Er hatte die Karte gekauft, bevor er sich Gedanken über die Gestaltung des Antrags gemacht hatte, sie hatte ihn erst dazu inspiriert. Er hatte sich ausgemalt, wie ihre Kinder aussehen würden, ehe er darüber nachgedacht hatte, wie die Hochzeit werden sollte. Falls sie einen Sohn bekämen, würde er ihn Philip nennen.

KAPITEL VIER

VERA WAR NIE ein Morgenmensch, doch in letzter Zeit schläft sie schlecht. Obwohl es noch sehr früh ist, sitzt sie aufrecht im Bett und beobachtet das von ihrem Verlobungsring reflektierte Licht, das durch einen Spalt zwischen den dicken roten Vorhängen in ihr Hotelzimmer fällt und bunte Tupfen an die Decke zaubert. Sämtliche Farben des Regenbogens tanzen über ihr in gebündelten Punkten, die sie mit der geringfügigsten Regung des Fingers manövrieren und verheißungsvoll aufblitzen lassen kann. Ihre Fingerspitzen wandern über den goldenen Ring, der nicht nur für das Versprechen gegenüber Luke steht, sondern auch für eines, das sie sich selbst gegeben hat. In ihrem Portemonnaie steckt ein Zeitungsausschnitt, den sie heute nicht auseinanderfalten wird. Sie hofft, sie *gelobt*, es bald zu tun, ein letztes Mal, und dann wird sie ihn wegwerfen. Sie ist glücklich, so ... beinahe glücklich. Doch erst muss sie Buße tun. Vera geht durch das kühle Zimmer zur Kommode, auf der ihre neue Bibel liegt, und kehrt damit zurück zum Bett. Sie kuschelt sich wärmesuchend unter die in Satin gehüllte Daunendecke, schiebt ihr fluffiges Hotelkissen zwischen Rücken und Kopfteil, dann atmet sie einmal tief durch, schlägt das Buch auf und lächelt, weil sie zufällig das *Lukas*evangelium erwischt hat.

Ein paar Wochen, nachdem sie mit Luke zusammenkam, hat sie den Vorsatz gefasst, jeden Tag zumindest ein klein wenig in der Bibel zu lesen. Luke liest, wie sie weiß, jeden Morgen ein oder zwei Passagen, und in seinem Fall scheint es der ideale Einstieg in den Tag zu sein, ein Ritual, das ihm bei der Konzentration auf das Gute hilft. Sie selbst tut sich da schwerer. Andauernd ist von Jesus die Rede, und sie fühlt sich bei der Lektüre unwillkürlich zur Sünderin abgestempelt, der die anderen auf sein Geheiß verzeihen sollen. Aber sie kann den Hype um die Bibel durchaus nachvollziehen. Sie versteht, welchen Zweck sie erfüllt: Sie ist ein Leitfaden, eine Sammlung von Prinzipien, die eine Art zu leben vorgibt. Sich daran zu orientieren ist einfacher als die qualvollen Grübeleien bei jeder Entscheidung, die Zweifel, die Fehler, die man macht. Und es fällt Vera leicht, sich an den Lehren darin festzuhalten, wie Luke es tut. Oder stundenlang in tristen steinernen Bauten auszuharren. Oder sich ihr Mantra vorzusagen: *Herr, hilf mir, mich zu bessern, mach mich würdig, mach mich rein.* Die Worte der Bibel sind wie Ziegelsteine und Mörtel, sie bilden einen Wall zum Schutz vor schlimmeren Dingen. Vor den Gedanken an schlimmere Dinge. Vor schlimmeren Taten. Das kann sie nachvollziehen, und es gefällt ihr. Sie ist überrascht, dass sie nicht selbst darauf gekommen ist, schon vorher.

Luke ist begeistert, dass sie »zu Gott gefunden« hat. Ihr ist bewusst, dass er ihr den Antrag nicht gemacht hätte, wäre sie keine bekennende Christin. Für ihn ist das ausschlaggebend. Aber er ist ja auch damit aufgewachsen und hat das alles schon zigmal gehört. Zweifellos sind ihm die christlichen Lehren längst in Fleisch und Blut übergegangen. Vera wird noch ziemlich viel in der Bibel lesen müssen, ehe sie so weit ist, aber sie hofft, dass auch sie eines Tages, mit genügend Übung, das gleiche Strahlen in den Augen haben wird wie er.

In ihrem Film schwenkt die Kamera jäh auf sie und zeigt,

wie sie sich im hellen Schein eines Kronleuchters postiert. Um Luke hereinzulegen?

Sie blinzelt wie vom Lichtschein geblendet. Sie hat noch keine Zeile gelesen. Wie viele Minuten sind bereits verstrichen?

Sie wagt es nicht, den Blick vom Licht abzuwenden.

Auch im Lukasevangelium wird es um Vergebung gehen, um Abkehr von der Sünde, darum, den verlorenen Sohn zu Hause willkommen zu heißen. Um Barmherzigkeit. Doch der Gedanke an die Ereignisse des vergangenen Abends lässt sie unbarmherzig in der kühlen Morgenluft schaudern.

Phase zwei von Lukes Antrag bestand aus einem opulenten Mahl im exklusiven Restaurant des postmodernistischen Hotels, in dem er zwei Zimmer reserviert hatte. Es ist viel schicker als die, in denen sie bisher abgestiegen sind, ein Gebäude aus dem Georgianischen Zeitalter mit einem Interieur in allen nur erdenklichen Farben und Materialien, sodass kein Möbelstück dem anderen gleicht. Beim Betreten des Restaurants reichte ihnen eine uniformierte Angestellte je ein Glas Sekt, das Luke unauffällig gegen einen antialkoholischen Cocktail umtauschte. Vera tat es ihm bereitwillig nach. Sie brauchte keinen Sekt, sie war ohnehin wie berauscht von der Ungeheuerlichkeit ihres gemeinsamen Vorhabens und von dem neuen Leben, dem sie schon so nah waren. Luke bestellte für sie beide und flocht dabei mit einem spitzbübischen Lächeln die Worte »Meine *Verlobte* nimmt ...« ein. Der Augenblick hätte nicht romantischer sein können. Sie fassten sich über den Tisch hinweg an den Händen und konnten über nichts anderes reden als über ihre bevorstehende Hochzeit, und es fühlte sich herrlich konspirativ an. Nachdem sie zum Abschluss gemeinsam die Ereignisse des Nachmittags rekapituliert und einander dabei tief in die Augen gesehen hatten, brachte Luke sie dann zu ihrem Zimmer – und folgte ihr hinein.

Daran könnte sie ihn vermutlich erinnern; dass *er* es war, der *ihr* gefolgt ist. Dass *er* es war, der sich auf *ihr* Bett gesetzt und ihr die Hand auf den Oberschenkel gelegt hat, dass es *seine* Zunge war, die mit unverhohlenem Verlangen ihren Mund erforscht hat. Ja, an all das kann sie ihn erinnern, kann es in ihrer Argumentation vorbringen wie Humbert, wenn er von Lolita spricht; lieber Luke, lieber Leser. Und Luke versteht sich geradezu trügerisch gut aufs Küssen. An dem Abend, an dem sie sich das erste Mal geküsst haben – bei ihrem zweiten Date, in einer verlassenen Straße vor einem unabhängigen Kino, wo sie sich einen Film über einen verlorenen Stamm in den Anden angesehen hatten –, hat Luke sie leidenschaftlich geküsst, nur um dann mit ebenso viel Leidenschaft zu verkünden, er sei Christ und noch Jungfrau, in dieser Reihenfolge, und außerdem sei er gegen Geschlechtsverkehr vor der Ehe. Sie hat gelacht damals, ist so richtig ins Fettnäpfchen getreten, indem sie ihn in den Arm geboxt und immer wieder »Du veräppelst mich, oder?« gefragt hat, bis er ebenfalls lachen musste und gar nicht mehr aufhören konnte. Sie hat ihm nicht abgenommen, dass jemand, der so innig küsste, noch Jungfrau war, wobei das damals im Nachhinein betrachtet kaum mehr als ein flüchtiger Schmatzer war verglichen mit der Sinnlichkeit, mit der Luke sie gestern, ein Jahr später, geküsst hat. Sie dachte, es läge daran, dass sie nun verlobt waren, dachte, damit hätten sich die Grenzen dessen, was bis dahin stets ausgeschlossen war, verschoben. Und außerdem liebte er sie, und es war ein perfekter Tag gewesen. Als Luke daher die Finger von ihrem Rücken nach oben wandern ließ in ihr Haar und den vom Radfahren durchtrainierten Oberschenkel fest an den ihren presste, während seine Zunge drängend ihren Mund erkundete, gleich einer unausgesprochenen Frage, da war sie gern bereit zu antworten, und die Antwort lautete ja. Natürlich lautete sie ja. Ja, sie wollte ihn, sie wollte seine Erste sein. Sie konnte gar nicht fassen, dass sie so lange gewartet hatten! Sex, das würde er bald merken, war eine genauso hilfreiche Ablenkung wie Gebete.

Sie murmelte eine Entschuldigung und huschte ins Bad. Luke sah ihr mit einem wissenden Lächeln nach. Es war ein Jahr und einen Tag her, seit Vera zuletzt Sex gehabt hatte. Mit heftig klopfendem Herzen schlüpfte sie aus der verblichenen Baumwollunterwäsche, die sie morgens nichtsahnend angezogen hatte. Ihr Verlobungsring fühlte sich schwer an angesichts ihrer Nacktheit. Das blonde Haar fiel ihr über die bloßen Schultern, auf denen einige Sommersprossen von längst vergangenen Sonnenbädern zeugten. Der Gedanke an Lukes ermutigenden Blick ließ sie schaudern. Die Zeit raste vorüber. Ein Moment von historischer Tragweite war erreicht. Ihr Körper hatte endlich mit ihrem Geist gleichgezogen, und nun waren sie im Einklang und ganz auf Luke fokussiert. Erfüllt von Aufregung und Nervosität und einer Liebe, wie sie sie noch nie zuvor verspürt hatte, betrachtete sie sich ein letztes Mal im Spiegel, widerstand dem Drang, eine Grimasse zu schneiden, und trat aus dem Badezimmer, eine Erscheinung aus glatter, blasser Haut, die unbedeckt war bis auf einen schmalen Streifen unter dem roségoldenen Ring.

Sie kann die Verachtung in seinem Blick noch jetzt geradezu körperlich spüren.

Der perfekte Tag war plötzlich mit einem Makel behaftet, gleich einem pockennarbigen Gesicht.

Luke wich entsetzt zurück, mit gekränkter, gequälter Miene, und dann kam er auf sie zu, eine Hand erhoben, um sich die Augen abzuschirmen, in der anderen die Bettdecke, als handle es sich um eine Waffe, mit der er Vera bedecken, sie gleichsam zähmen wollte. »Zu deinem eigenen Schutz«, betonte er und ließ nicht zu, dass sie beschämt ins Bad floh, sondern zwang sie, sich hinzusetzen. »Zum Schutz vor dir selbst. Liebling, ich weiß, wir sind verlobt, aber die Verlobung ist nicht gleichbedeutend mit der Ehe, sie ist die *Vorbereitung* darauf. Es wäre falsch, jetzt Sex zu haben. Es würde unsere Beziehung ebenso kompromittieren wie unsere Verpflichtung gegenüber Gott.«

»Was ist mit deiner Verpflichtung mir gegenüber?«, hatte sie in jenem ersten, peinlichen Augenblick empört hervorgestoßen. »Was glaubst du, was das für ein Gefühl ist, vom eigenen Verlobten zurückgewiesen zu werden?«

»Meine Zurückweisung gilt nicht dir, sondern der Sünde.«

Oh ja, die Worte der Bibel waren ihm wahrlich in Fleisch und Blut übergegangen.

Das ›Pling!‹ des Aufzugs im Korridor beendete ihr Gespräch. In der nun herrschenden erdrückenden Stille empfand Vera abwechselnd Wut, Verwirrung, Scham und Gekränktheit. Sie rief sich in Erinnerung, was dem Moment vorangegangen war: Seine Berührungen und Blicke, der Zungenkuss. Kein Zweifel, er hatte sie ermutigt. Doch dann dachte sie noch weiter zurück. Luke hatte ihr von Anfang an gesagt, dass Sex vor der Ehe für ihn nicht infrage kam, er hatte ihr erst heute eine Bibel geschenkt, in der Annahme – oder Hoffnung –, dass sie seine Ansichten teilte ... War ihm jetzt aufgegangen, dass sie nur so tat als ob? Tat er das nicht auch? Taten das nicht alle? Diente der Glaube nicht allen nur dazu, um etwas zu übertünchen, von etwas abzulenken?

Giftige Gedanken wanden sich schlangengleich durch ihren Geist. Schlangengleich. Schlangengleich.

Sie war die Schlange. Nach wie vor. Sie war die Sünderin.

Es lag an ihr, nicht an ihm, dass sie sich abgelehnt und gedemütigt fühlte. »Lass uns kein Drama daraus machen, okay?«, sagte sie schließlich. »Ich dachte bloß ... Ich muss wohl noch viel lernen, was Jesus und seine Regeln angeht.«

»Es tut mir leid, Liebling. Mach dir keine Gedanken deswegen«, versicherte Luke ihr, doch er schüttelte kaum merklich den Kopf, eine Bewegung, die nicht für ihre Augen bestimmt war, aber sie nahm sie trotzdem wahr. Eine winzige Geste des Missfallens, die ihr Angst einjagte. Sie atmete tief durch.

»Nein, mir tut es leid«, sagte sie versöhnlich. »Vergiss es einfach, Luke, okay? Betrachte es als eine Vorschau. Die Hauptattraktion kommt erst noch.«

»Genau. Ganz genau«, stimmte er ihr bereitwillig zu, worauf sie ebenso bereitwillig die Decke enger um sich zog und, den Kopf an seine Schulter gelehnt, spürte, wie er sich etwas entspannte, nun, da die Gefahr gebannt war.

Charlie hätte sie aufs Bett geworfen, ihr hinterher eine Nase voll Koks angeboten und sich dann schleunigst aus dem Staub gemacht, vermutlich zum nächsten Date. Sie hätte sich besser gefühlt. Und schlechter.

Vera klappt die makellose neue Bibel zu. Im selben Moment klingelt das Zimmertelefon. Es ist Luke. Sie verabreden sich zum Frühstück und kommen bei Toast, Marmelade und frisch gebrühtem schwarzem Kaffee zu dem Schluss, dass es an der Zeit ist, ihre Neuigkeit publik zu machen.

Lukes Mutter lebte allein in einer herrschaftlichen Stadtvilla im Londoner Nobelviertel Saint John's Wood, nur drei Straßen von Luke entfernt. Sie bepflanzte jede Saison die Blumenkästen vor den Fenstern neu, ließ alle drei Jahre die Fassade streichen und ging jeden Dienstag mit dem Staubwedel durch das gesamte Haus. Samstags stand sie früh auf, zog eine Hose, flache Schuhe und eines der alten Hemden ihres Mannes an und nahm den Kittel vom Haken in der Speisekammer. Dann ging sie in den glasüberdachten Anbau im hinteren Teil des Hauses, und dort ließ sie, bis es dunkel wurde, zärtlich ihre Zobelhaarpinsel über Leinwände gleiten. Den Rest der Woche war dieser Raum abgeschlossen, und Lynn zeigte niemandem die riesigen Landschaftsbilder oder die detailgetreuen Porträts, die sie darin schuf. Die Samstage waren für sie das Highlight der Woche. Trotzdem hatte sie sich ihre Verstimmung nicht anmerken lassen, als Luke angerufen und gefragt hatte, ob er mit Vera zum Tee kommen dürfe, sondern gesagt, sie freue sich darauf, Vera mal wieder zu sehen.

Lynn hängte den Kittel an seinen Haken, wählte ein dunkelblaues Kleid aus ihrem Schrank und rümpfte angewidert die Nase beim Anblick ihres Spiegelbildes. Früher war sie eine richtige Schönheit gewesen. Die Männer hatten sie angestarrt und ihr nachgepfiffen, wenn ihr Rock kurz genug gewesen war, und die Frauen hatten sie um ihre vollen Brüste und ihre schmale Taille beneidet. Sogar eine Modelagentur hatte einmal Interesse bekundet. Mittlerweile war ihr einst blondes Haar weiß und schütter, an der papierenen Haut um ihre Augen wollte die Schminke nicht mehr so recht haften, und ihre Brüste hingen knapp über der Taille, die nach zwei Schwangerschaften und einem Kaiserschnitt längst nicht mehr so perfekt geformt war, zumal sie bereits achtundfünfzig war. Lynn strich sich das dünne Haar aus dem Gesicht und schlang es im Nacken zu einem provisorischen Knoten zusammen, dann betrachtete sie sich erneut.

Es erstaunte sie nach wie vor bisweilen, Philip nicht neben sich im Spiegel zu erblicken. Er war ein stattlicher Bursche gewesen, als sie sich damals in Cambridge kennengelernt hatten, gerade mal volljährig, in dieser Phase zwischen kindlichen Fantasien und Realitätssinn, lange bevor sie beide auch nur im Entferntesten in Erwägung gezogen hatten, einmal Kinder in die Welt zu setzen. Lynn hatte einer neuen Fraktion junger Frauen angehört, die sich für ein ernsthaftes Studium eingeschrieben hatten, und in Geschichte die gleiche Vorlesung belegt wie Philip. Sie war fachlich versierter gewesen als er, dem schlechten Licht zum Trotz, das ihre Abschlussnote auf sie warf.

Zusammen hatten sie geträumt. Sie hatten sich oft auf halbem Weg nach Grandchester am Ufer des Cam ins Gras gelegt, und Philips Fingerspitzen, die die Zukunft kannten – oder zu kennen schienen – waren mit zärtlich-akribischer Genauigkeit über die Kurven und Täler ihres Körpers gewandert, während er von Paris und Rom geflüstert hatte, von der Sixtinischen Kapelle, von Notre Dame und Mont-Saint-Michel, vom Colosseum und dem Pantheon mit seiner riesigen Kuppel, von Straßencafés und Parks und Kirchen und Mondlicht. Dann und wann hatte sie ihm eine ihrer Zeichnungen gezeigt. Sie war unheimlich produktiv gewesen in jenen Jahren; jeden Tag mussten neue, lebensverändernde Gefühle mit kühnen Strichen festgehalten werden. Mit ihren Aquarellfarben schuf sie sanft glühende Hügellandschaften, ihre Kohlezeichnungen stellten für gewöhnlich Philip dar. Im Laufe jenes letzten Sommers in Cambridge hatten sie ihre Träume dann gegen Bücher ausgetauscht, die sie regelrecht verschlangen, wobei sie einander ihre Lieblingspassagen daraus vorlasen.

Drei Tage vor der ersten Abschlussprüfung machte Philip ihr den Antrag. Es war sein Geburtstag, und sie hatten sich gegen eine Party entschieden, weil alle ihre Freunde rund um die Uhr büffelten. Sie hatten es immerhin geschafft, sich eine Stunde freizuschaufeln, damit sie sich in ihrem Stammlokal treffen konnten, einem winzigen, unauffälligen Bistro am Ende einer schmalen Gasse hinter dem Lion-Yard-Einkaufszentrum. Dort kamen noch Öllampen zum Einsatz, und selbst bei der schlimmsten Sommerhitze stand eine herzhafte Zwiebelsuppe auf der Karte. Lynn hatte sich den ganzen Tag mit den Gräueln der Französischen Revolution auseinandergesetzt und keine Zeit mehr gehabt, um sich hübsch zu machen. Sie hatte sich lediglich das lange, dichte Haar zu einem verspielten Pferdeschwanz zusammengebunden und das gelbe Kleid angezogen, in dem Philip sie am liebsten sah. Dann hatte sie sich mit dem zum Kleid passenden Seidenschal, den sie schon vor Wochen für ihn besorgt und eingepackt hatte, auf ihren Drahtesel geschwungen und war den Hügel hinuntergeradelt zu ihrer Verabredung. Philip hatte ein hellblaues Hemd getragen, das sie nie vergessen würde, nachdem sie im Zuge der Feierlichkeiten Rotwein darauf verschüttet hatte. Er hatte sie mit der Bemerkung getröstet, der Fleck werde garantiert nicht halb so lange überdauern wie ihre Ehe. Er sollte sich täuschen – das Hemd lag noch immer nebst anderen Erinnerungsstücken in einer Schachtel oben im Speicher, einer Schachtel, die größer war als die Messingurne mit Philips Asche. Der Fleck hatte sich als deutlich langlebiger erwiesen als ihre Ehe.

Die Französische Revolution hatte damals auf einen Schlag an Bedeutung verloren.

Die hastig geplante Verlobungsparty legten sie auf den Tag nach ihren letzten Prüfungen, bevor all ihre Freunde nach Hause fuhren, und Lynn brachte den Großteil der darauffolgenden Woche damit zu, Listen mit Menüabfolgen und Zeichnungen von Frisuren und Kleidern anzufertigen.

An Geschichte verschwendete sie kaum einen Gedanken. Erst viele Jahre später ging ihr auf, was für einen schwerwiegenden, folgenreichen Fehler sie damit begangen hatte.

Sie ging ins Erdgeschoss, eine Hand am Treppengeländer. Die Schmerzen unter dem rechten Rippenbogen waren weniger schlimm als am Vortag, trotzdem erfüllten sie sie mit jener Niedergeschlagenheit, die sie nun allmorgendlich erfasste, im Laufe des Tags immer mehr zunahm und nach und nach ihre persönliche Geschichte vergiftete. In der Küche füllte sie den Teekessel und arrangierte Kekse mit Schokoladenguss auf einem Teller, dann bereitete sie eine Ladung dreieckiger Gurkensandwiches zu, holte ein Tablett aus dem Schrank unter der Spüle und stellte ihre schönsten Teetassen darauf. Früher hatte sie das gute Porzellan so gut wie nie verwendet. Sie hatte es mit Philip kurz nach der Hochzeit ausgesucht, und danach war jedes Jahr an ihrem Hochzeitstag ein Stück dazugekommen, anfangs begleitet von einem herrschaftlichen Expansionsdrang, später mit dem Gefühl, in einer Art Porzellankäfig gefangen zu sein. Sie hatten dieses Service in der Vitrine im Esszimmer aufbewahrt, in der nun Philips Urne stand. Lynn hatte dafür das oberste Fach leer geräumt und die Tassen und Untertassen von dort in die Küche verlagert. Mittlerweile benutzte sie das zart geblümte gute Porzellan jedes Mal, wenn sie sich eine Tasse Tee machte, stets begleitet von dem Gedanken, wie schade es doch war, dass sie es so lange nicht verwendet hatte.

Lynn hörte die Tür von Lukes Prius zufallen, gleich darauf klingelte er, aus reiner Höflichkeit, denn er hatte einen Schlüssel. Sie schaltete die Herdplatte ein und begab sich in den Korridor, wo sie durch das kleine Fenster verfolgte, wie die Freundin ihres Sohnes durch den Vorgarten hopste. Sie war so jung, so unbekümmert. Ihr Sohn lachte, entzückt über ihren Übermut. Vera schlang ihm die Arme um den Hals, und er ergriff ihre Hände und neigte den Kopf, um sie auf die Stirn zu küssen. Die Szene erinnerte Lynn vage an einen Tag, den sie irgendwo in einem Park verbracht hatte. Sie richtete sich zu ihrer vollen Größe auf, ehe sie die Tür öffnete. Luke überragte sie, obwohl er eine Stufe unter ihr stand. Hinter ihm trat Vera von einem Fuß auf den anderen und lächelte mit irritierender jugendlicher Begeisterung.

»Hallo, meine Lieben! Wie geht's? Wie schön, dass ihr so spontan vorbeikommt. Immer rein mit euch.«

Sie führte sie ins Wohnzimmer, wo Luke es sich auf dem Sofa gemütlich machte, während Vera wie üblich neben ihm auf der Kante kauerte. Heute wirkte sie, als wäre ihr noch unwohler als sonst in ihrer Haut. Sie zupfte in einem fort an den langen blonden Haaren herum, die auf ihre blassen, jungen, knochigen Arme fielen. Luke nickte ihr zu, wie um sie zu beruhigen. In der gegenüberliegenden Ecke stand der Lehnstuhl, in dem Philip immer gesessen hatte. Auf der Sitzfläche zeichnete sich noch sein Abdruck ab.

»Bin sofort bei euch«, rief Lynn von der Schwelle aus. »Das Teewasser sollte gleich kochen.«

»Keine Eile, Mutter. Ich mache inzwischen Feuer«, erwiderte Luke auf seine typische, zupackende Art. Als sie zurückkam, hantierte er allerdings noch immer mit den Kohlen. Sie unterdrückte ein Schmunzeln und deponierte das Tablett mit Tee, Keksen und Sandwiches souverän auf dem Mahagonisofatisch, dann bedeutete sie Luke, zur Seite zu treten, und machte sich mit dem Rücken zu ihren Gästen am Kamin zu schaffen. »So ... Voilá, geschafft.« Mit triumphierender Miene ließ sie sich den beiden gegenüber nieder. Vera hatte begonnen, den Tee auszuschenken, in dem Bestreben, einen guten Eindruck zu machen. Sie hatte einige Mühe mit der Kanne, die man leicht nach links kippen musste, damit sie nicht tropfte, doch Lynn beschloss, dieses kleine Detail für sich zu behalten. Wie schon beim vorigen Besuch. Endlich hatte Vera es geschafft, eine Tasse zu füllen.

»Milch und Zucker, Mrs Hunter?«, flötete sie.

»Gott bewahre. Nur eine Zitronenscheibe.«

Vera reichte ihr die Tasse, wobei etwas Tee auf die Untertasse schwappte. Lynn tupfte die Flüssigkeit mit einer Serviette auf, ehe sie die Tasse auf dem Beistelltisch neben ihrem Fauteuil abstellte.

»Na, funktioniert Ihre Waschmaschine wieder?«, erkundigte sich Vera und schickte sich an, eine zweite Tasse einzuschenken, doch statt sich auf die Teekanne in ihrer Hand zu konzentrieren, tauschte sie einen verstohlenen Blick mit Luke, sodass erneut etwas danebenging. Lynn kannte diese Art von Blick. Die beiden heckten etwas aus.

Sie erhob sich. »Danke, Vera, ich übernehme den Rest.« Vera überließ ihr lächelnd die Kanne, wobei nicht ersichtlich war, ob sie sich widerstrebend geschlagen gab oder aus echter Dankbarkeit lächelte. Bis jetzt hatte es keine offizielle Kriegserklärung gegeben, aber Vera war die erste von Lukes Freundinnen, bei der Lynn das Gefühl hatte, auf der Hut sein zu müssen. Sie hob die Augenbrauen, goss mit einer geübten Handbewegung den Tee in die verbliebenen beiden Tassen und hielt ihren Gästen dann den Teller mit den Sandwiches hin.

»Oh, nein, danke, ich bin pappsatt. Wir hatten gerade ein riesiges Frühstück«, wehrte Vera ab und wirkte betreten, als Luke eilfertig »Ich nehme eins, Mutter« sagte.

»Zwing dich nicht, wenn du keinen Hunger hast. Ich hatte sie schon gemacht.«

Luke tat, als hätte er es nicht gehört, und nahm gleich zwei Sandwiches. »Die sehen köstlich aus.«

Dann saßen sie eine Weile alle drei sehr aufrecht da, nippten dann und wann an ihrem Tee und lauschten Lukes Kaugeräuschen. Normalerweise hätte Lynn sich bei Vera nach ihren Eltern erkundigt, nach ihrer Arbeit, nach ihren Plänen für das Wochenende, doch heute konnte sie den Gedanken nicht ertragen, sich die Antworten anhören zu müssen. Vera konnte kaum still sitzen, ihr Blick huschte über die zahlreichen Regale, in denen die Bücher dicht an dicht standen. Lynn hatte jedes einzelne davon gelesen, mit Ausnahme der Lexika und Enzyklopädien sowie einiger alter juristischer Nachschlagewerke von Philip. Schließlich verkündete Luke: »Wir haben Neuigkeiten, Mutter.«

»Ach ja?« Lynn stellte die Tasse wieder hin und runzelte die Stirn, weil sie einen stechenden Schmerz in der Seite verspürte.

»Es sind erfreuliche Neuigkeiten«, schob Luke, dem es nicht entgangen war, mit einem besorgten Blick hinterher.

Es war nicht seine Schuld, das wusste sie, trotzdem ärgerte es Lynn. Sie würde es ihnen bald sagen müssen. »Gut«, erwiderte sie knapp.

»Es ist eine ziemlich große Sache ...«

»Na, dann mal raus damit!« Im Gegensatz zu Philip hatte sie nie dazu tendiert, bei der Bekanntgabe schlichter Fakten die Spannung unnötig zu steigern.

Lukes Hand wanderte über das alte Sofa hinweg zu Veras. Er stellte die Beine ordentlich nebeneinander ab, legte sogleich wieder ein Bein über das andere, hüstelte. »Nun, ich habe Vera gefragt, ob sie mir die Ehre erweisen würde, meine Frau zu werden. Und sie hat ja gesagt. Wir werden heiraten, Mutter!«

Das Feuer knisterte. Nebenan pfiff der Teekessel – Lynn hatte ein zweites Mal Wasser aufgestellt, in der Annahme, dass sie eine weitere Kanne brauchen würden. Ein brennender Schmerz in der Seite ließ sie das Gesicht verziehen.

Luke musterte sie erwartungsvoll.

»Habt ihr euch das auch gut überlegt?«

Vera zuckte zusammen, Luke dagegen lachte. »Natürlich haben wir das, Mutter!«

Lynn verzog erneut das Gesicht und gab sich Mühe, nicht nochmal die Stirn zu runzeln. So heftig war der Schmerz überhaupt noch nie gewesen. »Ja, natürlich.«

Es entstand eine Pause, während die beiden darauf warteten, dass sie fortfuhr. Lynn setzte sich unbeholfen etwas anders hin.

»Deiner Mutter hat es ganz offensichtlich die Sprache verschlagen«, scherzte Vera halbherzig.

»Freust du dich nicht für uns, Mutter?«

»Doch, natürlich.« Lynn nahm ihre geblümte Tasse zur Hand, stellte sie wieder hin und schüttelte den Kopf vor Zorn über die Schmerzen. Sonst gelang es ihr so gut, ihre Symptome zu kaschieren. Sie stand auf. »Selbstverständlich freue ich mich.«

»Du wirkst aber nicht sonderlich erfreut«, bemerkte Luke.

»Ach, nein?« Sie tat, als wollte sie ihr Kleid zurechtzupfen, und bohrte sich dabei unauffällig den Finger in die Seite, in die schmerzende Stelle.

»Nein, du machst ein ganz finsteres Gesicht, Mutter!«

»Es ist eine wunderbare Neuigkeit, Luke«, erwiderte Lynn hölzern und setzte ein gezwungenes Lächeln auf. Dann drehte sie sich um und griff nach ihrer Teetasse auf dem Beistelltisch, wobei sie unauffällig ein klein wenig der brennenden Luft ausatmete und sich rüstete, ehe sie sich wieder ihren Gästen zuwandte, die heimlich beschwörende, verwirrte Blicke austauschten.

»Die Sache ist die ...«, fuhr Lynn abrupt fort, »es könnte sein, dass ich die Hochzeit nicht miterleben werde.«

Jetzt hatte sie die volle Aufmerksamkeit ihres Sohnes. Er

erhob sich. »Was soll das heißen, Mutter? Wir haben doch noch gar kein Datum festgelegt. Willst du verreisen?«

»Nein, Luke«, sagte Lynn bedächtig. »Ich werde sterben.«

Lynn legte sich auf das breite Doppelbett, das sie sich mit Philip geteilt hatte, schob sich ein Kissen unter die Beine und schloss die Augen. Ohne das Kleid und die einengende Strumpfhose hätte sie es weitaus bequemer gehabt, doch sie behielt beides an und dachte stattdessen an Luke. Sie hatte nur seinetwegen eingewilligt, sich ein wenig hinzulegen. Auf ihrem Eichenholznachttisch stand ein Foto, das ihn als vierjährigen Jungen zeigte, ernst und aufrecht vor Philip stehend, daneben sie mit John auf dem Arm, der damals noch ein Kleinkind war. Lynn musste nicht die Augen öffnen, um ihre Söhne in diesem Alter vor sich zu sehen. Schon damals war ihr unterschiedliches Wesen deutlich zutage getreten: John – zappelig, hübsch, emotional und sensibel – war ein richtiges Muttersöhnchen gewesen und hatte geweint, wann immer sie kurz den Raum verließ. Luke dagegen hatte sich gegen Umarmungen gewehrt und Anstalten gemacht, seinem Vater in die Kanzlei nachzufolgen. Er hatte sich neben Philip vor den Spiegel gestellt und sich nach seinem Vorbild die Haare mit Wasser nach hinten gekämmt, und beim Einkaufen hatten seine Finger stets Lynns Hand umklammert, in dem Drang, sie zu beschützen. Und nun würde er heiraten. Ein hübsches junges Ding, dem noch alle Möglichkeiten offenstanden, mit faltenfreien Fingern, mit denen er die seinen verschränken würde.

Laute Stimmen drangen von unten an ihr Ohr. Vera war fast unmittelbar danach gegangen. In diesen grauenhaften ersten Sekunden hatte sie nach Lukes Hand getastet und mitfühlende Worte gemurmelt, darum bemüht, sich die Enttäuschung darüber, dass sich der Nachmittag so entwickelt hatte, nicht anmerken zu lassen. Doch Luke hatte sie gebeten zu gehen, und dann hatte er sich von Lynn die Telefonnummer ihres Arztes geben lassen und mit selbigem fast eine Stunde telefoniert. Zu guter Letzt hatte er John angerufen und herbestellt, obwohl seine Probe noch nicht zu Ende war. Als sei Eile geboten wegen dieses Leidens, das sie ihnen schon seit Wochen verheimlichte, als gäbe es noch etwas, das man dagegen unternehmen konnte.

Nun saßen ihre Söhne unten am Küchentisch und zankten sich. Es überraschte Lynn nicht, dass sich für die beiden auch in dieser Angelegenheit wieder einmal alles ausschließlich um sie selbst drehte – um *ihren* Kummer, *ihre* Verantwortung, *ihre* Rivalität. Genau das war es, worum man Lynn schon die ganze Zeit betrogen hatte: eine eigene Geschichte. Da passte es ins Bild, dass man sich auch ihres Todes bemächtigte. In jenen ersten Tagen, nachdem ihr der Arzt eröffnet hatte, dass sich der Krebs ausgehend von ihrer Brust über die Lungen bis in die Leber gefressen hatte und sie seiner Ansicht nach nur noch einige wenige Monate zu leben hatte, selbst, wenn sie sich behandeln ließ, hatte sie oft darüber nachgedacht, wo genau ihr ihre Geschichte abhandengekommen war, ihr eigenes Leben. Wann und wo sie es verlegt hatte. Denn genau so fühlte es sich an – wie eine To-do-Liste, die sie irgendwo hatte liegen lassen. Ein Gegenstand, den sie aus den Augen verloren hatte, der verschütt gegangen war, der aber unzweifelhaft noch zu ihr gehörte, ähnlich wie bei den Kriegsveteranen, die sich einbilden, verlorene Gliedmaßen noch spüren zu können.

Wann war es geschehen?

Sie konnte es nicht genau sagen. Es ließ sich nicht an einem konkreten Zeitpunkt festmachen. Es war ein Prozess gewesen, schleichend und unbemerkt, genau wie ihre Krebserkrankung. Die Zukunft, die eben noch verheißungsvoll

glitzernd vor ihr gelegen hatte, war urplötzlich zu einem
müden, trüben Kielwasser mutiert, ein Kontrast, der manchmal nur schwer zu ertragen war. Die Sommer hatten sich
unbemerkt von hinten angeschlichen in jenen Tagen, Jahren, in denen sie noch forsch und ambitioniert gewesen war,
die *Gattin des Neuen*, vor der alle Hochachtung oder gar
Angst verspürt hatten. Sie hatte der Generation von Frauen
angehört, die sich glücklich schätzen konnten ob der sich
ihnen bietenden Möglichkeiten, ob der Tatsache, dass ihnen
die ganze Welt offenstand, vorausgesetzt, sie waren mutig
genug, die Gelegenheit beim Schopf zu packen. Niemand
hatte damals damit gerechnet, dass ausgerechnet sie, die in-
telligente, burschikose, willensstarke Lynn, sich für ein Da-
sein als ordnungsliebendes Heimchen am Herd entscheiden
würde, mit Teeservice und allem Drum und Dran. Für ein
Leben, wie schon ihre Mutter es geführt hatte. Nicht einmal
sie selbst hätte damit gerechnet, und sie hätte sich wohl
auch nicht dafür entschieden, hätte sie in jenen Stunden, in
denen sie neben Philip am Flussufer gelegen hatte, geahnt,
wofür sie sich entschied. *Dass* sie sich entschied.

War es seine Schuld gewesen?

Lynn wusste es nicht mehr. Ein Schleier hatte sich ohne
Vorwarnung über ihre Erinnerungen gesenkt. Sie konnte
nicht mehr sagen, ob es ihr eigener oder Philips Wunsch
gewesen war, dem sie sich gefügt hatte, ob es ihr eigener
Vorschlag gewesen war oder der ihres Mannes, dass sie zu
Hause blieb, statt ihren Master und danach Karriere zu machen. Wer dafür verantwortlich war, dass sie ihre Geschichte
geopfert hatte.

Mrs Hunter.

Diese beiden Worte hatten sie damals mit so viel Glückseligkeit, Stolz und Begeisterung erfüllt. Einen Tag nach der
Rückkehr von den Flitterwochen in Cannes hatte sie in ei-

ner neuen Seidenbluse, die sie auf der Reise erstanden hatten, gemeinsam mit Philip sämtliche Institutionen abgeklappert, die über ihren neuen Status informiert werden mussten: der Hausarzt, die Gemeinde, die Bank, bei der sie ein Gemeinschaftskonto eröffnet hatten und ein Scheckheft erhielten, auf dem ihrer beider Namen standen. Als sie gingen, hatte sich der Portier mit den Worten *Schönen Tag noch, Mrs Hunter* von ihr verabschiedet, worauf sie unter dem Vorwand, sie habe ihren Stift vergessen, noch einmal hineingelaufen war, nur um es ein zweites Mal zu hören. Nein, es war nicht allein Philips Schuld gewesen. Sie konnte ihre Mittäterschaft nicht leugnen.

Sie hatte einfach viel zu viel Spaß am Backen gehabt. Denn genau darauf lief es doch im Grunde hinaus: auf die Versorgung mit lebensspendender Nahrung. Gleich zu Beginn, als noch die Gelegenheit bestand, ihre jeweiligen Rollen zu formen wie die Backwaren, die sie produzierte, hätte sie sich zu einer jener Frauen machen können, die ihren Ehemann dazu bringen, im Haushalt zu helfen. Sie hätte sich Arbeit suchen und eine Köchin einstellen können. Doch zu dem Zeitpunkt war das Haus- und Ehefrauendasein ein Spiel für sie gewesen, nicht die Realität; wie eine der Märchenwelten in ihren Büchern, in die man nach Belieben einen Abstecher machen und dann wieder daraus auftauchen konnte. In diesem Spiel fand sie Gefallen daran, sich um ihren Ehemann zu kümmern, daran, gänzlich aufzugehen in ihrer neuen Rolle als Hausfrau. Sie fand Gefallen daran, wenn sich Philip über die Gerichte hermachte, die sie eigens für ihn zubereitet hatte, wenn er eines zu seiner Leibspeise erklärte und es sich wünschte, wenn er auf sie angewiesen war.

Luke klopfte an die Tür.

Draußen war es still. John musste gegangen sein.

»Du hast geschlafen«, bemerkte er und trat ein. »Wie geht es dir, Mutter?«

Lynn verdrehte die Augen und seufzte dann unverhohlen genervt. Ihr Sohn. Eine der beiden großen Lebensleistungen, die sie vorweisen konnte. Nicht wie die Frauen heutzutage, die alles haben konnten. Wie die clevere, karrierebewusste, jugendliche Vera. Vera würde leben.

Auch Lynn hätte leben und etwas wagen sollen. Aber ihr Perfektionismus war ihr zum Verhängnis geworden: Sie war in die Rolle der Hausfrau und Mutter geschlüpft, folglich wollte sie der idealen Version dieser Rolle entsprechen: keine Affären, keine Beschwerden, keine Haushaltshilfe, keine Unmäßigkeit; nur Kirche und Familie und Regeln und Prinzipien und Schicklichkeit. Alles musste von Anfang an richtig gemacht werden. Sie hatte getan, was richtig war, was von ihr erwartet wurde. Nicht, dass es richtig oder schicklich war oder erwartet wurde, so plötzlich den Ehemann zu verlieren, und mit ihm ihre Bestätigung, ihre Träume, ihre Zukunft.

»Du wirst dich um John kümmern müssen, wenn ich nicht mehr da bin«, sagte sie zu ihrem Sohn.

»Bitte hör auf, Mutter.«

»Er ist nicht stark, so wie du.«

Luke nahm die Brille ab und rieb sich die Augen, deren Grünanteil er Lynn verdankte. Seinem blonden Haar zum Trotz erinnerte er sie ein klein wenig an Philip, als er nun den Kopf in die Hände sinken ließ. Wobei John mit seinen dunklen Augen und dem eckigen Kinn Philip deutlich ähnlicher sah – so sehr, dass sie beim Anblick seines Profils bisweilen überrascht nach Luft schnappte. Seltsam, dass Philip diese Ähnlichkeit nie aufgefallen war, dass es Luke war, an den er alles von sich hatte weitergeben wollen.

»John kann sich sehr gut um sich selbst kümmern. Etwas anderes interessiert ihn ohnehin nicht.«

»John ist sehr sensibel, Luke. Und er bewundert dich.«

Luke seufzte und setzte die Brille wieder auf. Die Kurz-
sichtigkeit hatte er auch von ihr. Philip hatte fast bis zum
Schluss Adleraugen gehabt, und als er sich schließlich damit
abgefunden hatte, dass er nun doch eine Brille brauchte,
hatten sie oft gelacht, wenn sie beim Küssen mit den Ge-
stellen kollidiert waren.

Sie hatten viel gelacht in diesem letzten Jahr. Philip hatte
endlich beschlossen, beruflich etwas leiser zu treten, und
mehr als zwanzig Jahre nach den gemeinsamen Nachmitta-
gen am Ufer des Cam hatten sie wieder Pläne geschmiedet:
Paris, Rom.

»Wir werden uns etwas überlegen müssen, Mutter.«

Eine andere Art der Planung.

»Ach, du machst das schon. Weißt du noch, wie John damals mit einer blutigen Nase nach Hause kam? Da hast du
dich auch gekümmert, hast dir diesen Rüpel zur Brust genommen – wie hieß er noch gleich? Kevin Randall? Nein
Rundell. Du hast es ihm gezeigt. Weißt du noch?«

»Ich rede nicht von John, Mutter, sondern von dir. Wir
müssen uns überlegen, wie es nun mit dir weitergeht. Ich
kann mich im Moment unmöglich beurlauben lassen ...«

»Es hat dich ja auch niemand darum gebeten.«

Sie würde nicht weinen, oh nein. Schon seit vielen Jahren
sah sie keinen Sinn mehr darin, Tränen zu vergießen, denn
es gab niemanden, der sie getröstet hätte. Doch als Luke nun
auf die praktischen Aspekte zu sprechen kam, verspürte sie
jäh eine gewisse Enge in der Brust. So weit hatte sie noch
nicht vorausgedacht. In den vergangenen Wochen war sie
mit der Vergangenheit beschäftigt gewesen, mit all dem, was
sie nun nicht mehr würde tun können, mit der Zeit, die sie
aufs Trauern und Bedauern verschwendet hatte, darauf, sich
in Selbstmitleid zu suhlen. Sie hatte sich noch nicht mit der

Krankheit selbst auseinandergesetzt, die heimlich, still und leise in ihr um sich griff und sie endgültig sämtlicher Wahlmöglichkeiten, sämtlicher Optionen und Gelegenheiten beraubte. Der Arzt hatte versucht, sie darauf vorzubereiten. Er hatte über den »Verfall« gesprochen, über Stadien und Symptome, und jetzt hatte Luke sie schonungslos mit der schlimmsten seiner Prophezeiungen konfrontiert: Sie würde jemanden brauchen, der sich um sie kümmerte. Doch wen? Wer würde für sie einkaufen gehen, wenn sie es nicht mehr zum Supermarkt schaffte, ja, nicht einmal mehr zu dem kleinen Laden des Inders an der Ecke? Wer würde ihr ihre Mahlzeiten bringen, wenn sie zu krank war, um in die Küche hinunterzugehen? Wer würde ihre Bettwäsche wechseln, wenn sie sie besudelt hatte?

Lynn runzelte die Stirn. »Ich bin sehr gut in der Lage, für mich selbst zu sorgen, vielen Dank.«

Luke streckte die Hand nach ihr aus, doch sie fegte sie weg.

»Du wirst Hilfe benötigen, Mutter. Du kommst doch schon jetzt kaum noch allein zurecht.«

»Sei nicht albern.«

»Ich wünschte, ich könnte mich um dich kümmern, aber zurzeit ist das leider ausgeschlossen. Vielleicht kann John ...«

»Wag es ja nicht, ihn damit zu belasten.« Lynn setzte sich unter Schmerzen aufrechter hin. »Er hat genug um die Ohren.«

»Warum musst du ihn immer verteidigen?« Luke stand auf und begann, im Zimmer auf und ab zu gehen.

Seine Erschütterung wühlte sie auf, doch nach und nach lullte das rhythmische Hin und Her sie ein, und sie versank erneut in einem Nebel der Benommenheit, in dem Luke noch immer da war, nur jünger, und auch John war in der

Nähe, und Philip, der tat, als sei er ein Gespenst, und sich schwankend auf sie zubewegte.

»Mutter?«

Sie schlug die Augen auf.

»Du wirst jemanden brauchen, der dich zum Arzt bringt, zur Therapie, und der dir den Haushalt macht. Du wirst nicht mehr alles selbst erledigen können. Früher oder später wirst du nicht mehr dazu in der Lage sein, Mutter. Du siehst ja selbst, wie schnell du müde wirst. Das hätte mir schon viel früher auffallen sollen. Aber gut, jetzt müssen wir uns den Tatsachen stellen.« Sein Kinn zitterte wie bei einem Siebenjährigen, der getadelt wird.

»Herrje. Komm her, du Kindskopf.«

Luke setzte sich ans Fußende des Bettes. Sie ergriff seine Hand, und er nahm die Brille ab und beugte sich vornüber, sodass seine Stirn auf ihren miteinander verschlungenen Fingern ruhte. Lynn war fast, als könnten sie, wenn sie nur in dieser Stellung verharrten, die Tatsachen negieren und die Uhr anhalten, damit ihnen etwas mehr Zeit blieb.

»Ich werde mich nicht behandeln lassen, Luke«, sagte sie leise. Er rührte sich nicht, hielt den Kopf gesenkt. »Ich habe keine Aussicht auf Heilung, aber das hat dir der Arzt bestimmt bereits gesagt. Eine Therapie würde das Ende nur minimal herauszögern, und dafür würde es mir deutlich schlechter gehen, und das will ich nicht. Du weißt, wie unleidlich ich werde, wenn ich krank bin. Ich lasse mich nicht behandeln, und ich gehe auch nicht ins Krankenhaus. Ich bleibe hier, umgeben von meinen Sachen, in meinem Haus, wo ich immer war.«

Genau dasselbe hatte auch ihre Mutter gesagt, damals, vor ihrem Niedergang. Lynn war empört gewesen über diese Worte, diese Sturheit, diesen Mangel an Kampfgeist, dieses Eingeständnis der Niederlage. Sie hatte gewünscht, ihre

Mutter würde kämpfen, würde zumindest versuchen, ihr Leben zu verlängern, und sei es nur um ein paar Augenblicke. Jetzt jedoch konnte sie ihre Entscheidung nachvollziehen. Dies war ihre letzte, nein, die einzige Möglichkeit, Stellung zu beziehen und zu bestimmen über das, was geschah, wenn schon nicht über ihr vergeudetes Leben, dann doch zumindest über ihren Tod; wenn schon nicht über die gesamte Geschichte, dann zumindest über das abschließende Kapitel.

»Ich wusste, dass du das sagen würdest«, murmelte Luke, ohne den Kopf zu heben.

»Du darfst John nicht verraten, dass theoretisch die Möglichkeit einer Therapie bestünde.«

»Bist du sicher, Mutter?«

Bist du dir wirklich sicher? Das hatte ihre Mutter sie vor der Hochzeit gefragt.

»Ganz sicher.«

»Dann müssen wir zusehen, dass du Hilfe bekommst.«

Sie schloss die Augen. Als sie sie wieder aufschlug, war Luke fort.

Sie warf einen Blick auf die Uhr an der Wand und stellte fest, dass fast eine Stunde vergangen war. Unter Schmerzen rutschte sie etwas weiter nach oben. Im Wohnzimmer stand noch das Teegeschirr – die Teller mit den Brotkrümeln, die Kekse … Die Schokolade würde in der Wärme schmelzen, und der Tee würde unschöne Flecken in der Kanne und den Tassen hinterlassen, doch darum musste sie sich morgen kümmern. Heute fehlte ihr die Energie, um noch einmal hinunterzugehen. Sie würde auch nicht in den Wintergarten zurückkehren. Sie war müde. Lynn wandte den Kopf zur Seite und studierte noch einmal das Foto auf ihrem Nachttisch. Es war fast zehn Jahre nach der Hochzeitsnacht, ihrer ersten Nacht mit Philip entstanden, und ihr Lächeln zeugte von den bereits gesammelten Erfahrungen. Und doch, wie naiv sie damals noch gewesen war mit ihren Überzeugungen, ihrer Zuversicht, die ihr inzwischen abhandengekommen war! Wenn sie die junge Frau mit dem hoffnungsfrohen Blick jetzt betrachtete, verspürte sie nichts als Mitleid und Hohn und einen alles durchdringenden, nagenden Groll gegenüber diesem früheren Selbst, das gleichermaßen unschuldig und schuldig war.

KAPITEL
FÜNF

Es machte Emily nichts aus, abends zu arbeiten. Sie fand es wohltuend, ein ganzes Gebäude für sich zu haben und auf dem Weg durch Lobbys, Büros und Korridore keiner Menschenseele zu begegnen. Außerdem zog sie es vor, nachts durch die Stadt zu fahren. Problematisch war nur, dass sie tagsüber nicht schlafen konnte; sie litt zusehends unter Erschöpfung und Migräne und dachte häufiger an die Rasierklinge in dem Schrank unter der Spüle.

Üblicherweise begannen ihre Schichten spätestens um fünf. Um diese Tageszeit zeugte die Geräuschkulisse in ihrem Wohnblock von geschäftigem Treiben: Teenager, nur wenig jünger als sie selbst, statteten einander polternd Besuche ab, Mütter schrien unartige Kinder oder unzuverlässige Ehemänner an, laute Musik ließ die Wände beben. Dann eilte Emily mit gesenktem Kopf aus dem Haus und war froh darüber, dass zumeist Ruhe eingekehrt war, bis sie gegen zwei oder drei Uhr früh zurückkam. Selbst in diesen dämmrigen Stunden konnte es sein, dass dunkle Gestalten im Treppenhaus herumlungerten, dass eine Auseinandersetzung oder der wummernde Bass eines Songs zu hören waren oder nebenan Möbel verschoben wurden, dennoch drang all das merkwürdig gedämpft an ihr Ohr, an die nächtliche Stunde angepasst. Dann sank Emily in ihr Bett und ließ sich, eingehüllt in behagliche Dunkelheit, einlullen von den Geräuschen der Großstadt, die sie daran erinnerten, wo sie war und wo sie nicht war.

Tagsüber hoffte sie auf derlei vergeblich. Selbst wenn der Himmel grau war, drängten Farben durch das winzige Fenster in den Raum, und dann war es ihr unmöglich, die Erinnerungen zu ignorieren, die in jeder Ecke, jeder Ritze lauerten und nur darauf warteten, dass sie hinsah. Da half nur eines: sich in Bewegung zu setzen und in Bewegung zu bleiben. Also stellte sie sich tapfer der Kälte in ihrer Wohnung, zog sich an, machte sich eine Thermoskanne süßen Tee und marschierte los, über die Bürgersteige der tristen, weit verzweigten Gassen und Straßen. Den ganzen Tag wanderte sie umher, wobei sie die Viertel, in denen sie von früher Leute kannte, tunlichst mied – die Gegend um ihr ehemaliges College beispielsweise, oder die Straße, in der Auntie und Uncle noch immer lebten.

Das Rathaus in Hendon gehörte zu den Orten, an denen man sich aufhalten konnte, nebst Museen, Galerien und anderen öffentlichen Einrichtungen, in denen sie herumstehen und beobachten konnte, ohne Eintritt bezahlen zu müssen. Das war etwas, das Emily gerade lernte: die Kunst, zu beobachten, ohne selbst beobachtet zu werden. Die Abendschichten machten es einfacher. Sie huschte durch halb dunkle Bürogebäude, nachdem die dort Arbeitenden nach Hause gegangen waren, und studierte ihre Fotos, ihre Handschrift, ohne je von ihnen gesehen zu werden. Doch tagsüber gelang es ihr nicht, jenes Gefühl abzuschütteln, das sie quälte, seit sie hier war: Das Gefühl, anders zu sein, selbst wenn sie noch so viel Haarwachs im Pony hatte, selbst wenn sie sich noch so langweilig kleidete, selbst wenn sie noch so flache Schuhe trug. An ihrer Schule war die Hälfte der Jugendlichen aus dem Ausland gewesen; viele der Mädchen hatten sich nicht die Mühe gemacht, ordentlich Eng-

lisch zu lernen, und hätten deshalb viel eher als sie einen
Grund gehabt, sich anders zu fühlen, trotzdem war Emily
immer gewesen, als trüge sie ein inneres Erkennungszei-
chen, das sich nicht abnehmen ließ, eins, das sie wütend
machte, in die Defensive gehen ließ und dafür sorgte, dass
sie für sich blieb. Wahrscheinlich lag es an ihrer Vergangenheit. An den Erinnerungsfetzen, die den Londoner Regen
durchzuckten wie heiße, sengende Blitze. Erinnerungen an
das, was vor dieser tröstlichen Eintönigkeit gewesen war. Sie
schienen wie vorwurfsvolle Pfeile geradewegs auf sie gerichtet zu sein, schienen ihr zu signalisieren, dass sie nicht zu
den Menschen gehörte, die unbekümmert über das Wetter
reden. Die überhaupt reden. *Behalte deine Sorgen für dich,*
dann können die Hunde sie nicht fressen, hatte ihre Mutter
einmal gesagt. Noch eines der Sprichwörter, die sich ihr un-
auslöschlich eingebrannt hatten. Und Emily hielt sich eisern
an diesen klugen Rat. Sie beobachtete, redete so wenig wie
nur irgend möglich und hielt ihre Andersartigkeit geheim.

Denn außer ihr selbst bemerkte niemand etwas davon,
das wurde ihr allmählich bewusst. Es war ihre Unsicherheit,
ihre Paranoia, ihr teuer bezahltes Lehrgeld. Sogar wenn sie
hier im Meldeamt saß, zwischen all diesen Menschen, die
dunkler oder heller, größer oder kleiner, dünner oder dicker
waren als sie, versteckte sie sich hinter einer Zeitschrift. Das
aktuelle Exemplar stammte aus einer Arztpraxis, und sie
staunte, während sie über den Seitenrand linste, über die
Vielzahl der Angelegenheiten, die die Leute hergeführt hatten: Geburten, Eheschließungen, Todesfälle, Baugenehmi-
gungen, Sozialleistungen, Umzüge. Sie hörte sie reden, in
Grüppchen zu zweit oder zu dritt, hörte, wie sie den Angestellten hinter den Schaltern ihre Anliegen erläuterten,
laut, respektlos. Emily hatte nur deshalb eine Sozialwoh-
nung beantragt, weil ihr nichts anderes übrig geblieben war.

Sie hatte sich stundenlang im Foyer herumgedrückt, ehe sie sich in die Schlange gestellt hatte, hatte erst nach der dritten Aufforderung ihren Namen genannt. Sie hatte nicht vor, um Sozialhilfe anzusuchen und dafür die ganze Prozedur zu wiederholen. Geheimnisse sollten geheim bleiben. Dennoch kam sie manchmal, wenn sie tagelang nichts anderes zu tun hatte, hierher und lauschte den Geheimnissen anderer Menschen.

KAPITEL
SECHS

DIE GERÖTETE STELLE unter dem Verlobungsring ist größer geworden und entwickelt sich allmählich zu einer Schwiele. Vera hat ihn noch nicht enger machen lassen, dafür poliert sie das roségoldene Schmuckstück in einem fort mit ihrem Pullover. Manchmal bleiben dünne Baumwollfäden am Stein hängen, und dann wird Vera bewusst, dass sie schon wieder ihren Ring poliert hat. Sie prahlt damit vor ihren Arbeitskolleginnen. Bestimmt denken sie, dass das hinter ihrer bevorstehenden Abwesenheit steckt, wobei sie behauptet hat, sie müsse ihre Mutter pflegen.

Vera weiß nicht, warum sie verschweigt, dass es um Lynn geht. Dass es Lynn ist, die krank ist, die sterben wird, bei der sie zu bleiben gedenkt, bis dieser Augenblick gekommen ist. Vera hat nicht vor, die stille Märtyrerin zu mimen; sie bringt dieses Opfer ausschließlich, um Bonuspunkte zu sammeln, aber ihr ist bewusst, dass es Lukes Verlust ist und nicht der ihre und dass der Tod etwas ist, mit dem man nicht hausieren geht. Und dass es nicht ihre Kolleginnen sind, bei denen sie Eindruck schinden will, sondern beim Universum oder bei jener Macht, zu der sie betet, ohne an sie zu glauben. Bei der großen Waage namens Karma, die bedenklich aus dem Gleichgewicht geraten ist.

Vera lächelt, weil ihre Kolleginnen noch immer ganz hin und weg sind von ihrem Ring, und macht sich ans Sortieren der Unterlagen, die sich auf ihrem Schreibtisch stapeln. Es ist ein erhebendes Gefühl, das Richtige zu tun. Luke hätte sie niemals darum gebeten. Sie verspürt ein Kribbeln in der Magengegend, wenn sie sich vorstellt, wie sie ihm von ihrem wahrhaft großherzigen, christlichen Vorhaben erzählen wird.

»Und, wart ihr endlich miteinander in der Kiste?«, erkundigt sich Felicity, die an der Kante ihres Schreibtisches lehnt. Sie wackelt mit den Augenbrauen, und die anderen Mädchen kichern.

Als Vera vom Lunch zurückkehrt, liegt auf ihrem Platz ein Zettel mit einer Nachricht von ihrem Vater. Sie hat seit der Verlobung weder mit ihm noch mit ihrer Mutter telefoniert, und es ist Monate her, dass sie die beiden zuletzt gesehen hat. Damals haben sie ihr anlässlich ihres Geburtstags einen Überraschungsbesuch abgestattet. Vera hat ihrer Mutter noch am Tag der Verlobung aus dem Hotel eine SMS geschickt, ging jedoch nicht ans Telefon, als es fast unmittelbar darauf klingelte. Es hat keinerlei Feierlichkeiten gegeben, keinen Sekt, kein erstes Zusammentreffen der Eltern, keine nostalgischen »Wie schnell doch die Zeit vergeht! Und wie erwachsen du bist!«-Momente. Der Gedanke an all das schnürt Vera die Kehle zu. Es ist unerträglich, ihre Eltern nicht zu sehen. Es ist unerträglich, die sanfte Stimme ihres Vaters, seinen belustigten Tonfall nicht zu hören. Es ist unerträglich, mit ihrer Mutter nicht über die verschwitzten Männer in der U-Bahn zu reden, über die grauenhaften Frisuren, über ihr Mittagessen und all die anderen belanglosen Einzelheiten ihres Lebens, für die sich sonst niemand interessiert. Ebenso unerträglich wie die Vorstellung, dass sie nie wieder zwischen ihren Eltern auf dem Sofa sitzen, mit ihnen Scrabble spielen und genau wie sie schummeln wird.

All das ist fast ebenso unerträglich wie die Alternative: ihre Eltern wiederzusehen und sich zu erinnern. *Mach mich rein. Mach mich rein.*

Es war eine idiotische rebellische Teenager-Phase, die schon vor Jahren zu Ende hätte sein sollen. So unglaublich idiotisch. Es war alles so schnell gegangen und überhaupt nicht so geplant gewesen. Ihr Leben hatte sich allzu rasch verändert. Sie hatte von einem Tag auf den anderen alles hinter sich gelassen: Wiesen und Matsch, Mädchenzeitschriften und rosa Haargummis, den Thunfischauflauf ihrer Mutter, die guten Noten, das Klavier. Es hatte auch danach noch ein Klavier gegeben; eines, auf das Charlie sie setzte, in Dessous. Und dunkle Räume, Dope, das zu stark war und ihr Übelkeit verursachte, aufgeknöpfte Oberteile, Anrufe, die sie ignorierte, Hausarbeiten, die sie nicht schrieb, Männer, Morgengrauen, Nadeln, Ecstasy, Hemmungslosigkeit. Entfremdung. Von ihren Eltern, von sich selbst. Der Beginn all dessen, was danach gekommen war. Der Grund dafür, dass sie nicht verdient hat, das zu haben, was davor war. Das Gute erinnert sie an das Böse. An das, was war. Sie kann nur überleben, indem sie nicht nachdenkt. Und deshalb muss sie es ertragen, ihre Eltern nicht zu sehen.

Vera knüllt den Zettel mit der Nachricht ihres Vaters zusammen und wirft ihn in den Mülleimer unter ihrem Schreibtisch. Sie verharrt einen Augenblick mit gesenktem Kopf, aber es ist zu spät. Sie hat nicht schnell genug reagiert. Sie fühlt sich schwer.

»Das wird dich munter machen«, sagte Charlie. »Es ist nicht gestreckt.«

Charlie zückte seinen Geldbeutel und gab dem Dealer seinen Anteil. Vera tastete in ihrer Handtasche nach dem Portemonnaie ihrer Mutter und zog eine Banknote heraus. Sie hatte nur das

Geld nehmen wollen, doch ihre Eltern waren just in dem Moment von der Dinnerparty bei den Nachbarn gegenüber zurückgekommen, als sie im Begriff gewesen war, sich zu bedienen. Es waren Semesterferien, und Vera hatte am Wohnzimmerfenster gesessen und auf Charlies SMS gewartet.

»Weißt du noch, als du zwölf warst, hast du einmal schrecklich geweint, weil wir uns verspätet hatten.« Ihr Vater kommt mit federnden Schritten herein, lächelnd, belebt nach einem Abend mit anregenden Gesprächen.

»Du warst ein so ängstliches, zartbesaitetes Kind«, fügte ihre Mutter hinzu. »Du hast gedacht, uns wäre etwas Schreckliches zugestoßen, dabei waren wir bloß zehn Minuten zu spät dran.«

Vera stopfte die Geldbörse in ihre Handtasche und wich dem Begrüßungsküsschen ihres Vaters aus. »Ich gehe aus«, verkündete sie.

Charlie erwartete sie an der Haltestelle Kings Cross, in Begleitung. Damit hatte Vera nicht gerechnet. Das Mädchen hieß Jane und war blond, hübsch und unschuldig, wie Vera es gewesen war. Hinter ihnen stand einer von Charlies Freunden aus dem Internat. Er hatte Pickel und Mundgeruch und trug das Haar über den Glatzenansatz gekämmt. Sein alter Herr war Kronanwalt. Vera vögelte ihn auf Charlies Bett, während Charlie und Jane nackt auf der Couch saßen und kicherten.

Vera schüttelt die Erinnerungen ab und richtet den Blick entschlossen auf ihren Monitor. Der Bildschirmschoner zeigt eine Aufnahme von Luke, und sie betrachtet das Gesicht des Mannes, mit dem sie den Rest ihres Lebens verbringen wird, studiert es eingehend. Seine Wangenknochen sind markant, seine Hakennase wirkt männlich, sein sandfarbenes Haar ist nach hinten frisiert, mit einem Hauch Gel, um die Locken zu zähmen, und seine erstaunlichen Augen, halb grün, halb grau, blicken selbstsicher in die Kamera. Das

Foto stammt von Vera; sie war es, der diese Gewissheit galt. Diese Lauterkeit. Diese Aufrichtigkeit. Sie atmet einmal tief durch und seufzt zufrieden.

Herr, hilf mir, mich zu bessern, mach mich würdig, mach mich rein.

Sie widmet sich wieder den Stapeln auf ihrem Schreibtisch. Auf einem davon klebt ein Zettel mit der Aufschrift *Home Care*. Das erste PR-Projekt, für das sie ganz allein zuständig war. Home Care, eine gemeinnützige Einrichtung, die kranken und betagten Menschen Personal für die Pflege im eigenen Zuhause vermittelt sowie allerlei Aktivitäten für die Betroffenen organisiert, ist relativ unbekannt und chronisch unterfinanziert. Vor zwei Wochen hat man ihr aufgetragen, das zu ändern, und obwohl sich alle einig waren, dass es eine Herausforderung werden würde, hat sie sich darauf gefreut. Vera sucht nach dem Entwurf der Anzeige, in den sie drei Tage Arbeit investiert hat. Die Frau auf dem Foto sieht Lukes Mutter nicht unähnlich. Eigentlich wäre Home Care die perfekte Lösung für Lynn, für Menschen wie sie, denkt Vera. Menschen, die keine Schwiegertochter *in spe* haben, auf die sie sich verlassen können. Wieder überrieselt sie ein wohliger Schauer, als sie sich ausmalt, wie sehr sich Luke freuen wird, wenn er erfährt, dass sie beschlossen hat, sich um seine Mutter zu kümmern. Er ist so bedrückt, seit er von ihrer Krankheit erfahren hat, bedrückt und zugleich stoisch, und sie hat sich das Gehirn zermartert, wie sie ihn trösten könnte. Er wird stolz auf sie sein. Sie ist – zum ersten Mal seit einer Ewigkeit – selbst ein klein wenig stolz auf sich. Sie heftet ihre Anzeige an den Flyer, der ganz oben auf dem Stapel liegt, versieht das Bündel mit etlichen weiteren der gelben Haftnotizen, mit denen sie alles übersät, und liefert das Bündel mit sachlicher Miene bei Felicity ab.

Dann sieht sie die nächste Mappe durch und verstaut einige Rechnungen und persönliche Notizen in der obersten Schublade ihres Schreibtisches, ehe sie die übrigen Dokumente zu einem ordentlichen Stapel zusammenschiebt. Keine offenen Fragen. Ein gutes Gefühl. Ihr Blick streift das Portemonnaie in ihrer Handtasche. Vera kann, ohne es zu öffnen, den Rand der zusammengefalteten Zeitungmeldung sehen, die darin steckt. Etwa eine halbe Sekunde lang zieht sie in Erwägung, sie herauszunehmen, doch am Ende befördert sie die Tasche mit einem Tritt weiter unter den Tisch und sieht sich noch einmal um. Es ist alles an seinem Platz: ein Becher mit identischen roten Stiften, den sie regelmäßig umstößt; das Posteingangsfach, das sie mithilfe bunter Trennstreifen alphabetisch organisiert hat; eine Flut kleiner gelber Zettel, die sozusagen als Landkarte ihres Gehirns fungieren. Anfang letzter Woche hat People PR eine neue Reinigungskraft eingestellt, und als Vera morgens ins Büro kam, waren ihre Haftnotizen zu einer großen Blume auf der Tischplatte arrangiert. Seither findet sie dort jeden Morgen ein neues Muster, das ihr unweigerlich ein Lächeln entlockt, doch gegen zehn, allerspätestens elf Uhr kann sie dem Drang nicht mehr widerstehen, sie an ihren ursprünglichen Platz zu kleben. Aus einer Laune heraus nimmt sie einen der kleinen gelben Zettel, klebt ihn mitten auf den Computerbildschirm und malt sich aus, wie die Reinigungskraft, vermutlich eine dicke, fröhliche Frau, bei diesem Anblick lacht.

KAPITEL
SIEBEN

Es war noch kälter geworden. Emily lag unter zwei Decken, die sie an den Seiten unter sich gestopft hatte, um die eisige Luft abzuhalten. Es ging ihr schlecht in letzter Zeit. Tagsüber hatte sie ihre Wohnung schon länger nicht mehr verlassen. Von nebenan drangen hastige Schritte und gedämpfte Stimmen an ihr Ohr, mal lauter, mal leiser. Und Emily träumte:

Sie roch Desinfektionsmittel und Möbelpolitur. Computerbildschirme flimmerten ausdruckslos, und mehrere Reihen Schreibtische, aus deren Schubladen der Inhalt quoll, umkreisten sie, bis ihr schwindlig und übel war. Ihr Körper war übersät mit gelben Haftnotizen, die aussahen wie überdimensionale Hautschuppen. Sie ließ sich an einem Schreibtisch nieder. An ihrem Schreibtisch.

»Hutus, steht auf«, rief ihre Lehrerin. Dreißig Kinder sprangen auf und warteten voller Stolz auf das Verlesen ihrer Namen, auf die Bestätigung. Sie trugen kurze Hosen oder Baumwollkleider und waren ordentlich frisiert, auf ihren dunklen Gliedmaßen glänzte ein Schweißfilm, weil es weder Ventilatoren noch eine Klimaanlage gab.

»Tutsis, steht auf.« Diesmal entstand eine Pause, gefolgt von Spötteleien und Gelächter. Zögernd standen die ersten auf, während Emily in sich zusammensank. Namen wurden aufgerufen, abgehakt, Notizen gemacht. Dann ihr Name.

»Emilienne.« Strenger. »Emilienne.« Emily hob widerstrebend die Hand. »Steh auf, Emilienne. Warum stehst du nicht?«

»Ich will nicht mit den Tutsis aufstehen.«

»Du musst mit deinem Stamm aufstehen.«

»Ich will aber nicht zu diesem Stamm gehören. Ich will zu den Hutus wechseln.«

»Das geht nicht. Tutsi bleibt Tutsi.«

»Warum? Was bedeutet denn Tutsi?«

Kichern, Gelächter, Spott: Langnase, Bohnenstange, Parasit, Kakerlake.

»Frag deine Eltern«, sagte die Lehrerin und hob die Hand, um die Klasse zum Schweigen zu bringen. »Und jetzt steh auf.«

Sie war elf. Natürlich wusste sie, was Tutsi bedeutete, aber sie hatte nicht das Gefühl, es verdient zu haben. Ja, ihre Familie war nicht so arm wie viele andere Leute in Ruanda, sie hatten ein Haus mit drei Zimmern, die Arbeit ihres Vaters war besser bezahlt als die der übrigen Männer im Dorf, von denen die meisten Bauern waren, aber reich waren sie nicht. Sie selbst war definitiv weder reich, noch war sie groß. Doch wenn sie das alles gar nicht war, warum nannte man sie dann eine Tutsi? Warum wurde sie gehänselt und verlacht, beleidigt und schikaniert? Warum sagte man ihr, sie bekäme ohnehin keinen Studienplatz, sie solle es gar nicht erst versuchen, sie könne niemals Ärztin werden oder Karriere machen?

Nur Jean beteiligte sich nicht an den Sticheleien. Sie gingen in die gleiche Klasse, seit sie fünf war. Er war zwar ein Jahr älter, hatte aber ein Jahr wiederholt. Er war ihr gleich aufgefallen mit seinen seltsamen Augen, die nicht braun waren wie die der anderen, sondern ungewöhnlich hell, halb grau, halb leuchtend grün. In ihrer ersten gemeinsamen

Schulstunde hatte die neue Lehrerin Emily wegen ihrer allzu zahlreichen Fragen getadelt und ihr befohlen, nach vorn zu kommen, worauf Emily den Rest des Tages vor der Klasse gestanden und zu ihrer Schande sogar kurz geweint hatte. Doch Jean hatte sie in Schutz genommen vor den weniger wissbegierigen Mitschülerinnen, die fanden, ein Mädchen, das so viel fragte und auf Bäume kletterte und dreckige Knie hatte, könne nicht zu ihnen gehören. Im Gegenzug hatte ihm Emily mit den Hausaufgaben geholfen und ihm die richtigen Antworten eingeflüstert, wenn die Lehrerin ihn vor der Klasse bloßstellen wollte. Und so waren sie enge Freunde geworden. Nun hob er den Kopf und sah sie mit seinen grau-grünen Augen bedauernd an, sagte aber nichts. Sie stand, er blieb sitzen.

Abends fragte sie ihre Mutter: »Ist es schlecht, eine Tutsi zu sein?«

»Nein.« Der Tonfall ihrer Mutter wurde weicher. »Du bist eben als Tutsi zur Welt gekommen. Das bedeutet nicht, dass du anders bist als sie. Wir sind alle Ruander. Du bist nicht schlechter als sie, Emilienne. Im Gegenteil. Und jetzt fang an, den Rosenkranz zu beten.«

»Kann ich nicht morgen mit Gott reden?«

»Jeden Tag, Emilienne.« Ihre Mutter gab einen Schnalzlaut von sich. »Du wirst ihn an deiner Seite brauchen.«

»Warum?«

Keine Antwort. Und so kniete sie artig auf dem harten Teppich, mit steifen Beinen und schmerzenden Knien, versuchte, sich ihre Langeweile nicht anmerken zu lassen, um nicht gezüchtigt zu werden, und stellte Gott Fragen, die stets unbeantwortet blieben.

Dann war sie plötzlich jünger, sieben, und spielte mit ihren Brüdern auf dem Friedhof hinter ihrem Haus. Sie jagte übermütig zwischen Büschen und dichtem Strauchwerk umher, die nackten Beine zerkratzt vom scharfkantigen Gras, ihr heftiges Keuchen verräterisch laut. Es war ein heißer, trockener Juni, ein stechender Geruch lag in der Luft. »Emmy!«, riefen ihre Brüder. »Wir kommen, Emmy!« Sie rannte noch schneller, ein Kichern stieg in ihrer Brust auf angesichts der Aussicht, gefangen zu werden. Cassien stürzte sich auf sie. »Ich hab sie!«, rief er, und ihre übrigen Brüder eilten jubelnd herbei, während Cassien sie auf dem Boden festhielt und kitzelte, bis sie japste. Nun gehörte sie ihnen und musste tun, was sie von ihr verlangten: Sie sollte die Preisrichterin sein, ihre vier Brüder die Akrobaten, die sich wagemutig von den Ästen der Bäume schwangen. Genau das hatte sie von Anfang an mit ihnen spielen wollen.

Als sie nach Hause kamen, runzelte Mama die Stirn, weil sie sich schmutzig gemacht hatten, und scheuchte die Jungs wieder vor die Tür, unwirsch, aber mit zuckenden Mundwinkeln. Emily durfte hereinkommen; sie half ihr beim Schälen der Süßkartoffeln, beim Reiskochen und beim Tragen der Verantwortung. Ihre Mutter war meist wortkarg, so sehr sich Emily auch bemühte, sie in ein Gespräch zu verwickeln; trotzdem liebte sie es, wenn sie einander mit ungewöhnlich zärtlichen Gesten das Gemüse reichten. Sie liebte es, dass ihre Mutter ihrem unaufhörlichen Geplapper lauschte. Sie erzählte ihr vom Klettern in den Bäumen, und welche Spiele Cassien nachher mit ihr spielen würde, und vom schriftlichen Dividieren, und dass Jean ihr Partner für das Geographiereferat war. Sie liebte es, wenn ihre Mutter bedächtig lächelte und ermutigend mit der Zunge schnalzte, wann immer Emily ihre kindlichen Hoffnungen schilderte. Irgendwann kam Emilys Vater nach Hause, die Miene schlaff vor Erschöpfung, doch wenn sich Emily in seine Arme warf, stemmte er sie seiner Müdigkeit zum Trotz hoch in die Luft und nannte sie seine Prinzessin, und genauso fühlte sie sich dann. Sobald sie wieder sicher auf dem Boden stand, ging er ins Schlafzimmer, zog das blaue Hemd aus, das er bei der Arbeit im Hotel trug, und setzte seine Brille auf, was eine seltsam erfrischende Wirkung auf ihn zu haben schien, und dann war er es, der redete, am Tisch sitzend, während Emily neben ihrer Mutter auf dem Boden hockte und ebenso zurückhaltend und versonnen lächelte wie sie, während sie mit dem Gemüse hantierten.

Ein sonniger Tag, entweder davor oder bald danach. Sie war noch so jung, dass in ihrem Mund vorn eine Lücke klaffte, wo ihr ein oder zwei Zähne ausgefallen und noch keine neuen nachgewachsen waren. Ein Ausflug nach Kigali, ein Besuch bei Onkel Amani, dem verwitweten Bruder ihres Vaters. Er war mit einer Hutu verheiratet gewesen und konnte Französisch, und er war ein genialer Wissenschaftler und hatte, obwohl in Ruanda nur sehr wenig geforscht wurde, eine Stelle als Forscher für die Regierung ergattert, und das als benachteiligter Tutsi. Daran wurden Emily und ihre Brüder oft erinnert, genau wie ihre Nachbarn und alle anderen, die gewillt waren, es sich anzuhören. Onkel Amani hatte keine Kinder, dafür wusste er noch, wie man Kweti spielt, und bisweilen präsentierte er ihnen allerlei wunderliche Neuheiten, an die er über ausländische Bekannte gekommen war.

Diesmal waren es Quartettkarten mit Bildern unterschiedlichster Automodelle, von denen Emily noch kein einziges je gesehen hatte, nicht in Kigali und erst recht nicht in ihrem Dorf. Weder sie noch ihre Brüder verstanden die englischen Wörter unter den Abbildungen, aber die Zahlen konnten sie lesen, und Onkel Amani erklärte ihnen, auf die komme es bei dem Spiel an. Sie dachten sich Regeln aus und legten mit Feuereifer los. Die Erwachsenen redeten über

Politik, alte Zeiten und Leute, die sie von früher kannten, und Emily spähte unwillkürlich immer wieder zu ihnen hoch. Ihre Gesichter waren gerötet, und sie sprachen laut und mit einer untypischen, lebhaften Unbeschwertheit, fast als wären sie wieder jung, als wäre ihnen nicht bewusst, was für einen Radau sie veranstalteten.

Es machte Emily nichts aus, als sie ihre letzte Karte verlor und ausschied. Statt sich über den Spott ihrer Brüder zu ärgern, saß sie schweigend auf dem Boden und beobachtete ihre Eltern. Ihre sonst so strenge, sachliche Mutter trank Coca-Cola mit einem Strohhalm, und sie klimperte neckisch mit den Wimpern, während sie sich angeregt unterhielt und Witze erzählte, über die der stets müde, ernste, entschlossene Papa lachte, bis ihm die Tränen kamen, und dann drückte er Mama die Hand, obwohl sie auf dem Tisch lag, sodass alle es sehen konnten. Emily war, als könnte sie, wenn sie die beiden nur genau genug beobachtete, einen kurzen Blick in eine andere Zeit erhaschen und sich in ihre Träume stehlen.

Am Nachmittag spazierten sie durch die Stadt, in der geschäftiges Treiben herrschte. Emily staunte über die unzähligen Autos und Menschen, und einmal hielten sie an, und Onkel Amani kaufte jedem von ihnen eine Tüte frittierte Kartoffelschnitze mit einem dicken Klecks cremiger gelber Mayonnaise, die einfach himmlisch schmeckte. Es war ungewöhnlich für sie, im Gehen zu essen, und Emily schlang ihre Portion noch schneller hinunter als Cassien. In ihrer Gier kratzte sie sogar die dünne Kruste vom Papier, zu der sich die Mayonnaise am Rand der Tüte verhärtet hatte. Doch kaum hatte sie alles verdrückt, bereute sie ihre Hast und beobachtete sehnsüchtig ihre Brüder, die langsamer aßen als sie. Sie hätte ein paar Fritten aufheben und mit nach Hause nehmen sollen für Jean, der in letzter Zeit nicht zur Schule hatte gehen können, weil er krank gewesen war. Er war mager geworden, und er wirkte gar nicht mehr so aufgeweckt und fröhlich wie früher, sondern lustlos und bedrückt. Eine kleine Kostprobe der unwiderstehlich leckeren Mayonnaise hätte ihn bestimmt aufgemuntert. Doch Emily hatte kein Geld und konnte Onkel Amani nicht bitten, ihr noch eine Portion zu kaufen, denn damit würde sie sich zweifellos Schelte von ihren Eltern einhandeln, hier, vor all den Menschen. Und während sie noch Ausschau hielt nach etwas, das sie Jean stattdessen mitbringen konnte, um ihn aufzuheitern, irgendein Souvenir aus Kigali, bemerkte Emily eine farbenfroh gekleidete Menschenmenge, die ihnen auf der Straße entgegenkam. Die Männer an der Spitze des Zuges verteilten gelbe, rote und grüne Fähnchen. Jean mochte Grün, und seine Augen waren zur Hälfte grün. Ein solches Fähnchen würde ihm bestimmt gefallen. Emily trat einen Schritt nach vorn, um sich eines zu holen.

Es war das erste und letzte Mal, dass ihr Bruder Gahiji sie ernsthaft angeschrien hatte. Ihr Arm schmerzte noch Minuten später, weil er sie mit der ganzen Kraft seines fünfzehn Jahre alten Körpers zurückgezerrt hatte.

Ein weiterer Zeitsprung. Sie spielten vor dem Haus ihrer Großmutter, die nur ein paar hundert Meter entfernt von ihnen lebte. Emily hielt einen Stock in der Hand und umkreiste Cassien, wie ihre übrigen Brüder es ihr aufgetragen hatten. Die drei lagen auf dem Boden, während sich Cassien spitzbübisch grinsend immer wieder mit ein paar raschen Schritten in Sicherheit brachte und so das Spiel in die Länge zog. Er war der Letzte.

»Nun komm schon«, murrte Simeon. »Lass dich von ihr erwischen, damit wir von vorn anfangen können.«

»Aber nur, wenn ich als Nächstes dran bin«, sagte Cassien.

»Okay.«

Cassien bremste ab und wartete, bis Emily bei ihm angelangt war. Sie hob triumphierend ihren Stock und tat, als würde sie ihm damit einen Hieb in die Waden verpassen, worauf er sich theatralisch auf die Knie fallen ließ.

»Und jetzt das Genick!«, krähte Gahiji, den Kopf leicht zur Seite geneigt, wie immer, wenn er überlegte oder seinen jüngeren Geschwistern Befehle erteilte oder wenn er sich eine Geschichte ausdachte, die sie für bare Münze nehmen sollten.

Emily tippte Cassien mit dem Stock an den Nacken, und sobald er sich auf die Erde hatte plumpsen lassen, stellte sie in Siegerpose den nackten Fuß auf ihm ab und riss die Arme in die Höhe. Sie kicherten, alle fünf – und fuhren zusammen, als aus dem Haus hinter ihnen plötzlich ein Aufschrei ertönte.

»Hört auf! Hört sofort auf!«, keifte ihre Großmutter. »Kommt her. Was treibt ihr denn da?«

Sie näherten sich kleinlaut, mit gesenktem Blick, ohne zu wissen, was genau sie angestellt hatten.

»Was habt ihr da gerade gemacht?«, wiederholte sie.

»Wir haben ein Spiel gespielt«, murmelte Emily zögernd.

»Und was ist das für ein Spiel?«

»Es heißt Machete.«

Ehe Emily wusste, wie ihr geschah, hatte ihre Großmutter schon den Arm gehoben und ihr eine kräftige Ohrfeige verpasst. »Ihr solltet es wirklich besser wissen.« Sie funkelte die Jungs aufgebracht an und schwang erneut drohend die flache Hand. »Tu das nie wieder«, schärfte sie Emily ein, die stocksteif dastand, eine Hand auf der brennenden Wange, und noch immer nicht begriff, was los war.

Viel schlimmer als Schmerz und Verwirrung war jedoch die Scham, die sie empfand, als sie sich schließlich aus ihrer

Erstarrung löste und umdrehte, denn auf der gegenüberliegenden Straßenseite stand Jean. Er wandte zwar rasch den Blick ab und tat, als wäre er vollauf damit beschäftigt, mit den Zehen Muster in den Staub zu malen, doch Emily wusste, er hatte die peinliche Szene mit angesehen, und auch das, was davor geschehen war. Erst Jahre später ging ihr auf, was genau ihre Großmutter daran so empört hatte: Ihr Spiel hatte schlimme Erinnerungen an die konfliktreiche Vergangenheit Ruandas geweckt.

»Hau ab, Jean. Hör auf, mir nachzuspionieren. Hast du nichts Besseres zu tun?«, hatte sie ihm damals zugerufen, um ihre Verlegenheit zu überspielen, und drei Tage nicht mit ihm geredet. Bis er ihr als Wiedergutmachung dafür, dass er – wenn auch versehentlich – zur Unzeit aufgetaucht war, etwas zeigte, was er noch nie zuvor jemandem gezeigt hatte: einen kleinen, fast kreisrunden Fleck am unteren Rücken, der rätselhafterweise blütenweiß war.

Emily wandte sich um und erblickte erneut Cassien und Gahiji. Gahiji war wieder gewachsen, inzwischen war er groß und mager, in vielerlei Hinsicht aber trotzdem noch ein Junge. Es war seine Idee – er, der Älteste, war der abenteuerlustigste von ihnen, und sie tanzten stets nach seiner Pfeife. Also kletterten Emily und Cassien schweigend auf den Mangobaum und begannen die Früchte zu pflücken. »Höher«, drängte Cassien, wie immer schelmisch grinsend. »Keine Angst, Gahiji fängt dich auf.« Gahiji stand unter dem Baum, um Wache zu halten und die Mangos mit seinem T-Shirt aufzufangen. Er spähte zwischen den Zweigen hindurch zu ihnen hoch. Sie taten aufgeregt, aber ihr Herz klopfte nicht viel schneller als sonst.

Plötzlich ertönte hinter ihnen eine Stimme: »Nehmt euch doch auch gleich ein paar Bananen von dem Baum dort drei

Häuser weiter.« Es war Ernest, ihr Nachbar, der Besitzer des Mangobaumes. »Wenn euer Vater das erfährt ...« Sie erstarrten.

»Los, runter mit euch. Emilienne, was treibst du denn da oben? Solltest du dir die Zeit nicht mit deinen Freundinnen und etwas respektableren Spielen vertreiben? Du bist doch angeblich so schlau, Emilienne; also, was soll das? Cassien, dich sehe ich auch. Runter mit dir. Na, los. Gahiji, kommt her. Du hast sie dazu angestiftet, stimmt's?«

Sie gehorchten verunsichert, und dann standen sie verlegen vor ihm und stierten auf den ausgedörrten Boden. Ernest beäugte sie eine Weile und schnalzte dabei missbilligend mit der Zunge, dann sagte er: »Danke, die mussten ohnehin geerntet werden« und klaubte seine Mangos aus Gahijis T-Shirt. Sie grinsten schief, und Ernest ließ sein tiefes, dröhnendes Lachen hören, das klang, als käme es direkt aus seinem Bauch. Emily liebte dieses Lachen. Es erinnerte sie an all die Abende, an denen ihre Eltern mit Ernest und den übrigen Nachbarn stundenlang auf der Veranda gesessen hatten, oder bei Regen im Haus, neben der Feuerstelle, während sie selbst mit den anderen Kindern Kweti gespielt und den Gesprächen der Erwachsenen gelauscht hatte. Es war immer ein gutes Gefühl, wenn Ernest in der Nähe war, und oft gab es Obst oder sonst etwas Süßes, und sein Lachen erheiterte sie alle. »Also, für jeden eine, und die hier ist für eure Mutter«, sagte er und vertraute die überzählige Frucht Emily an. »Und nächstes Mal fragt ihr mich gefälligst.«

Sie nickten, entschuldigten sich und machten sich schleunigst aus dem Staub. »Und sagt eurer Mutter danke für das Salz!«, rief Ernest ihnen nach.

Emily kicherte, und Cassien grinste sie an, doch sie folgte ihren Brüdern nicht nach Hause, sondern brachte die Mango Jean, der in diesem Sommer einen ordentlichen Schub getan hatte und nun der Größte in ihrer Klasse war. Der wiegende Gang, mit dem er sich seither fortbewegte, hatte etwas Großspuriges, und außerdem zwinkerte er neuerdings allen Mädchen zu, was die Herzen ihrer Mitschülerinnen höherschlagen ließ; Emily dagegen musste über beides lachen. Sie erinnerte sich noch gut daran, wie er von dem Baum vor ihrem Haus gefallen war; wie er geweint hatte, als Cassien, der ihn damals überragt hatte, ihn einmal gezwungen hatte, ein ganzes Fußballspiel lang im Tor zu stehen; wie sie ihn ein paar Jahre davor, als sie noch größer als Jean gewesen war, vor ihren Brüdern zu Boden gerungen und so lange gekitzelt hatte, bis er vor Lachen keine Luft mehr bekommen hatte.

Emily wünschte, es wäre noch alles wie damals, als sie einfach Freunde gewesen waren und sie beim Armdrücken die Wärme seiner schlaksigen Arme gespürt hatte. Als er mit ihr und ihren Brüdern gespielt hatte, fast als wären sie alle Geschwister. Doch in letzter Zeit sah er sie manchmal so seltsam an, und dann fühlte sie sich unwohl unter dem forschenden Blick seiner grau-grünen Augen, der so anders war als alle anderen, von seinem Gezwinker und seinem wiegenden Gang und seinem großspurigen Gehabe ganz zu schweigen. Vor einer Woche hatte er sie in der Schule gefragt, ob er sie nach Hause begleiten dürfe, und das vor einem ganzen Trupp Mitschülerinnen. Dabei begleitete Jean sie seit jeher nach Hause. Auf dem Nachhauseweg erfanden sie gemeinsam mit Cassien allerlei Rätsel für Gahiji, der dann mindestens eine halbe Minute lang so tat, als würde er darüber nachdenken, mit schief gelegtem Kopf wie ein Vogel, ehe er ihnen die Lösung präsentierte. Noch kein einziges Mal hatte Jean *gefragt*, ob er sie begleiten dürfe. Und als er es neulich getan hatte, wäre Emily am liebsten im Boden versunken, weil alle Umstehenden gejohlt und Kussgeräusche gemacht hatten, weshalb sie aus unerfindlichen Gründen nein gesagt hatte, und seither hatte er nicht mehr mit ihr geredet.

Die Mango war ein Friedensangebot. Er zwinkerte Emily zu, als sie ihm die Frucht verstohlen in die Hand drückte, und obwohl er sie mit diesem neuen, sonderbar eindringlichen Blick maß, konnten sie wieder gemeinsam lachen und sich auf die gewohnte, vertraute Weise unterhalten. Doch dann berührten sich ihre Finger, und auf einmal standen sie wieder da wie zwei Wachsstatuen und schwiegen betreten, bis Jeans Mutter ihn ins Haus rief und Emily fortschickte.

Sie schlief, an Mamas Brust geschmiegt, die sich hob und senkte, so sacht und gemächlich wie Wellen, die über das Flussufer schwappen, während der Tag zur Neige geht. Mama duftete nach Reis und Kokosnüssen. Ihre Hände waren rau, aber behutsam. Sie spielten mit Emilys Haaren. Manchmal bedeckten sie ihre Augen, als wollten sie über ihren Schlaf wachen. Durch die Lücken zwischen den Fingern konnte Emily verfolgen, wie das Licht schwand. Sie sah weiße und gelbe Blüten, die ihr stumm von draußen zuwinkten, sie sah Papa über dem Rand des dicken Buches lächeln, bei dessen Lektüre er ihr helfen würde, wenn er damit fertig war. Emily schloss die Augen und summte im Stillen eine Melodie, die sie sich mit Cassien ausgedacht hatte, ein Spottlied, das sie schmetterten, wenn sie ein Spiel für sich entschieden hatten. Sie übte sie, wiederholte sie wieder und wieder, lächelte. Dann trommelte etwas an ihre Schläfe, laut und kalt. Regnete es? Als sie versuchte, dem Störenfried mit der Hand Einhalt zu gebieten, waren ihre Finger plötzlich nass und rot.

Fröstelnd richtete sie sich auf. Sie war allein, und sie blutete aus der Nase. Ihr Kissen war rot getränkt.

KAPITEL ACHT

Die Rottöne bissen sich. Statt ineinanderzufließen und miteinander zu verschmelzen, wie sie es sich vorgestellt hatte, stachen sie penetrant heraus und ließen es so aussehen, als würde Blut spritzen. Sie schienen förmlich darum zu wetteifern, ihr Werk zu verderben. Lynn legte den Pinsel zur Seite und sah auf die Uhr. Noch zwanzig Minuten, bis Vera kam. Schon der bloße Gedanke daran ärgerte sie. Sie hatte dem erniedrigenden Vorschlag nur zugestimmt, weil ... tja, weshalb? Nicht, weil Luke so erleichtert gewesen war angesichts dieser Lösung. Lynn lächelte grimmig, als ihr aufging, was dahintersteckte: Niedertracht, Grausamkeit, Macht. Die Vereinbarung brachte mit sich, dass Vera die gleiche unkluge Entscheidung traf wie sie selbst. Vera, die Karrierefrau, die alles hätte haben können, hatte schon jetzt ihren Job an den Nagel gehängt. Ihretwegen.

Lynn setzte einen letzten Strich auf das surreale Gemälde. Er gelang etwas besser als der Vorige. Sie hätte gerne weitergemacht, wollte jedoch nicht derart exponiert erwischt werden. Sie benötigte mindestens eine Viertelstunde, um die Palette zu säubern, die Tür abzuschließen und sich umzuziehen. Häufiger zu malen war für Lynn in den vergangenen Wochen das einzige Vergnügen gewesen, das sie sich gegönnt hatte. Anfangs, nach Philips Tod, war das Malen ein kathartisches Mittel gewesen, das sie wie ein Medikament sorgfältig dosiert und nur in homöopathischen Dosen eingesetzt hatte.

Ein dunkles Schwarz-blau auf der Palette. Philip war seit drei Wochen fort. Sie sagte »fort« statt »gestorben«, nicht nur vor den Jungs, sondern inzwischen auch im Geiste. In den Jahren, die sie miteinander verbracht hatten, war Philip regelmäßig fort gewesen. John hatte sich als Baby strikt geweigert, auch nur eine Minute in seiner Wiege zu liegen, und manchmal hatte sie mit ihm auf dem Arm die Stunden bis zu Philips Rückkehr gezählt, hatte sich während dieses Countdowns auf den Moment gefreut, an dem ihr Gatte freudig die Tür aufriss, um sie mit Unterstützung und Gesellschaft und ungetrübter Freundschaft zu überschütten. Um sich mit ihr an diesem unbeschreiblichen Wunder ihrer Söhne zu ergötzen, das niemand sonst je so recht verstehen würde. Um gemeinsam mit ihr aus Schlaflosigkeit und Windelbergen eine Insel unverhoffter ... Glückseligkeit zu erschaffen.

Damals war er stets zu ihr zurückgekommen.

Und er hatte sie vorgewarnt, ehe er fortging, damit sie planen konnte.

Sie nahm den Pinsel zur Hand, den sie heimlich in dem Laden in der High Street erstanden hatte. Sie hatte die Staffelei hinten im Wintergarten aufgestellt und die Tür abgeschlossen. John war zwar noch in der Schule, und Luke kam erst am Wochenende nach Hause, trotzdem konnte sie nicht riskieren, dass die beiden womöglich einen Riss in der Fassade entdeckten. Es musste den Anschein haben, als wäre sie eine uneinnehmbare Festung.

Luke hatte keine Tränen vergossen, zumindest nicht in ihrer Gegenwart.

John hatte tagelang geweint.

Sie hatte seit Cambridge nicht mehr gemalt, seit jenen endlosen Tagen an sonnigen Flussufern. Warum sehnte sie sich jetzt nach dem Pinsel? Um Philip wiederzusehen. Um die Erinnerung

*an ihn aufleben zu lassen. Um wertfrei die Haarsträhne, die ihm
in die Stirn hing, darzustellen, den Blick in seinen Augen, die
Picknickdecke auf dem Fußboden ihrer Studentenbude, auf der
sie anfangs zu Abend gegessen hatten. Wann immer sie ein Bild
fertiggestellt hatte, betrachtete sie es stundenlang, von Sehnsucht
erfüllt.*

Sie träumte mal wieder. Lynn ließ den Blick durch das Zimmer wandern und betrachtete prüfend jedes der Bilder, die
sie an jenem Tag angefangen hatte. Ihre Gemälde waren wie
ein Tagebuch der vergangenen fünfzehn Jahre. Eher ruhige
Zeiten fanden Ausdruck in urbanen Szenen oder in den
Stränden und Wäldern ihrer Jugend; andere Phasen, geprägt
von Reue, Kummer, Frust oder Zorn, spiegelten sich in den
fiebrig glänzenden Augen oder von Gram gezeichneten Gesichtern derer, die sie liebte.

Sie schüttelte den Kopf. Was hatte es für einen Zweck,
sich ein Glück in Erinnerung zu rufen, das nicht mehr existierte? Es war töricht von ihr gewesen, sich für den Weg zu
entscheiden, den sie genommen hatte. Familie. Liebe. Eine
Karriere hätte sich nicht so rasch in Luft aufgelöst.

Lynn schloss die Augen.

Sie hätte früher ins Bett gehen sollen. Es sah ihr gar nicht
ähnlich, so lange aufzubleiben, doch gestern Nacht hatte es
sich nicht vermeiden lassen. Immer häufiger stieg eine Welle
der Panik in ihr auf, gepaart mit einer Hitze, von der ihr übel
wurde, und dann musste sie die Bettdecke zurückschlagen
oder ein Fenster öffnen oder im Zimmer auf und ab gehen,
ihren Schmerzen zum Trotz. Sie durfte auf gar keinen Fall
stehen bleiben, sonst merkte sie, wie ihr Herz raste. Wie
schrecklich unruhig sie war. *Die Contenance wahren* nannte
man das. Lynn Hunter verliert nie die Contenance. Sie hatte
nie die Contenance verloren. Das war etwas, was sie im Laufe

der Jahre oft gehört hatte, eine Eigenschaft, für die viele sie bewundert hatten, nach der sie gestrebt hatten. Etwas, das auf Intelligenz und gute Erziehung hindeutete. Sie war froh, dass Luke und John und vor allem Vera sie nicht so erlebt hatten: schwitzend, nervös, vor dem Fernseher sitzend. Vor dem *Fernseher*. Bis drei Uhr nachts, bis draußen in den Bäumen, die die Straße säumten, die Vögel zu zwitschern begonnen hatten. Eine Weile hatte sie sich eine Dokumentation über Reptilien angesehen, in der der furchtlose Moderator eine drei Meter lange Pythonschlange, ein wunderschönes, wildes Tier, geschickt eingefangen und in die Kamera gehalten hatte, um sie anschließend wieder freizulassen. Danach waren bloß noch Quizsendungen gezeigt worden, oder wenig befriedigende Nachrichtensendungen, an deren Meldungen sich nach den ersten zehn Minuten bis auf einige winzige Aktualisierungen kaum etwas geändert hatte. Trotzdem hatte sie den Zwang verspürt, sich irgendetwas anzusehen.

Kein Wunder also, wenn sie sich benommen fühlte. Sie sollte sich am Riemen reißen. Sie sollte die Palette reinigen und nach oben gehen. Sie sollte ... Sie hätte so vieles anders machen sollen. Eine Andere sein sollen.

In Lynns Gegenwart fühlt sich Vera immer irgendwie zerknautscht. Verknittert, als müssten ihre Klamotten gebügelt werden. Und irgendwie gestaucht, geknickt wie der zusammengefaltete Zeitungsausschnitt in ihrem Portemonnaie. Sie ist auf dem Weg zu Lynn, in der U-Bahn, eingequetscht zwischen einer alten Chinesin und einem streng riechenden Jungen im Teenageralter, und versucht vergeblich, sich etwas aufrechter hinzusetzen.

Sie weiß, dass Lynn sie nicht mag. Lynn konnte ihr Entsetzen kaum verhehlen, als sie von der Verlobung erfuhr, und manchmal, wenn sie bei ihr Tee trinken und Small Talk machen, ertappt Vera ihre Schwiegermutter in spe dabei, wie sie sie mit schmalen Augen anstarrt. Sie kann es ihr nicht verdenken. Vermutlich hat Lynn sie durchschaut, dem ganzen linientreuen Verhalten und den Besuchen der Heiligen Messe zum Trotz. Luke erwähnt oft, was für eine Seele von einem Menschen seine Mutter ist, und wie aufopferungsvoll und intelligent, und Vera fürchtet, dass Lynn das Wilde in ihr gewittert hat. Das Böse.

Genau deshalb ist ihr Plan absolut perfekt: Sie wird aufhören zu arbeiten, um Lynn zu pflegen. Es wird nicht leicht werden. Es wird keinen Spaß machen. Es wird Veras Strafe sein, ihre Buße.

Obwohl ihr all das bewusst ist, hat sich Vera im Laufe der vergangenen Woche allerlei unwahrscheinliche Szenarien zusammengeträumt: vertrauliche Gespräche von Frau zu Frau, dann und wann schallendes Gelächter, der Sohn, der Verlobte als Bindeglied. Luke war hellauf begeistert und gerührt von ihrem Angebot und hat sich immer wieder überschwänglich bedankt. Er hat Veras Arme gedrückt, die sie ihm unter dem Mantel um die Taille geschlungen hatte, und ihr ein Geheimnis verraten: »Ich danke Gott jeden Morgen gleich nach dem Aufwachen dafür, dass du in mein Leben getreten bist.« Und dann hat er sie geküsst, auf die Lippen, mitten im Park, und ausnahmsweise keine Notiz von den Leuten genommen, die vorbeigingen. Vera verspürt unwillkürlich einen Funken Optimismus. Bleibt nur zu hoffen, dass es ihr gelingt, sich mit Lynn anzufreunden und für sie da zu sein, und auch für Luke. Sie würde sich so gern nützlich machen. Gutes tun. Ihm – ihnen beiden – dabei helfen, den Übergang zwischen Gegenwart und Ewigkeit zu bewältigen. *Herr, hilf mir, mich zu bessern, mach mich würdig, mach mich rein.*

Vera wünscht sich so sehr, rein zu sein. Gut zu sein. Wann war sie das zuletzt? Und mit *gut* meint sie nicht Gottesdienste, Almosen und Abstinenz und all das. Sie meint etwas anderes, das sie nicht so recht in Worte fassen kann, von dem sie aber weiß, dass es ihr abhandengekommen ist. Nächstenliebe? Unschuld? Reinheit? Wann war sie zuletzt rein? Wer war der Letzte, der *diese* Vera kennengelernt hat? Luke jedenfalls nicht, wobei er das nicht weiß.

Die U-Bahn kommt mit kreischenden Bremsen zum Stehen. Noch eine Haltestelle.

Es war Charlie, natürlich.

Charlie.

Es ist wohl das Beste, mit seinem Namen anzufangen, der so viel über ihn verrät. Charlie wie Prinz Charles, der Aristokrat; wie Charlie Chaplin, der Spaßmacher, der Entertainer; Charlie wie das Kokain. Sie haben sich an ihrem ersten Tag an der Universität kennengelernt. Charlie stutzte ihren Namen auf V zusammen und kappte so auf einen Schlag sämtliche Verbindungen zu ihrem Leben davor. Er sorgte dafür, dass sie die vernünftige, liebenswürdige Tochter, die sie gewesen war, hinter sich ließ. Er befreite sie – jedenfalls hat sie das damals so gesehen, in jenen drei seligen, euphorisierenden, verheerenden Jahren, in denen sie beide die Leere des Lebens, des Erwachsenwerdens, des Sichfindens mit Chaos und Lärm und Drogen und Dekadenz gefüllt haben. Sie fühlten sich jung und clever, schwebten auf einem ständigen High dahin, bis …

Luke füllt die Leere in seinem Inneren mit Jesus. Es ist das Gute in ihm, das ihn derart strahlen lässt.

Lynn lächelt nicht, als sie Vera hereinlässt. Sie dreht sich um und geht voraus ins Wohnzimmer. Bedeutet Vera, auf dem bequemen Fauteuil Platz zu nehmen, und besteht darauf, selbst Tee zu machen. Sie verzieht das Gesicht, als sie die Kanne anhebt, gestattet es Vera aber nicht, das Einschenken zu übernehmen. Sie öffnet ein Fenster, weil Vera zu warm ist, und reibt sich demonstrativ die Arme wegen der Kälte. Sie ist ein richtiger Drachen. Vera kann buchstäblich sehen, wie Lynn den Mund aufreißt und Feuer speit. Luke fände das ganz und gar nicht witzig, aber Vera schnaubt belustigt, obwohl sie nervös ist, oder vielleicht gerade deswegen. Lynn hebt fragend eine Augenbraue. Womöglich glaubt sie, Vera amüsiert sich darüber, dass ihr das Hantieren mit der Kanne schwerfällt. Vera kann es ihr nicht erklären. Sie vermeidet tunlichst jeden Blickkontakt und sieht sich stattdessen im Wohnzimmer um, auf der Suche nach einem verbindenden Element, irgendeinem Detail, auf dem ihre Freundschaft aufbauen könnte. Es ist wichtig, dass sie einen guten Start haben. Lynn nippt schweigend an ihrem Tee. Vera führt die zarte Porzellantasse zum Mund. Ihre Lippen fühlen sich breit und plump an; es gelingt ihr nicht ganz, ein Schlürfen zu unterdrücken. Die Messingstanduhr auf dem Kaminsims tickt laut vor sich hin. In der Filmversion von Veras Leben wehen Steppenläufer vorüber wie in einem Western. Sie kann förmlich sehen, wie sie über den Teppich und unter den Couchtisch rollen. Vera blinzelt. Lynn sitzt da wie erstarrt, während Pflanzenranken an ihr emporklettern, sie verschlingen, die wachsen und gedeihen, während Lynns Leben stillsteht. Oder ist es Veras Leben, das stillsteht? Vera sinkt auf dem weichen Fauteuil in sich zusammen, spürt, wie sie in der Mitte einknickt. *Sie ist geknickt. Sie ist im Begriff, einzuknicken.* Auf einem Beistelltisch steht – unübersehbar, auf einem Ehrenplatz – ein Foto von Luke. Es zeigt ihn lächelnd, von

Gewissheit erfüllt. Lynns Blick ruht auf Vera, deren Blick auf dem Foto ruht. Vera gehen die Worte ihres Mantras durch den Kopf. Die Stille wird unerträglich.

Sie entscheidet sich wahllos für ein Gesprächsthema. »Sie müssen mir unbedingt beibringen, wie man diese Suppe macht, die Luke so liebt ...«

»Du meinst, bevor ich tot umfalle?«

»Nein, ich ...«

Das Gespräch kommt erneut zum Erliegen.

Unbehagliche Stille. Pause. Genau wie in ihrem Leben.

»Na ja, er schwärmt immer so davon ... Man könnte direkt meinen, Sie haben einen Michelin-Stern.«

»Ich mache dir mal einen Topf voll«, erwidert Lynn, worauf Vera nur dankbar nicken und erneut schweigen kann, und noch mehr Tee trinken. Sie greift nach der Kanne, die Kanne kippt, der Inhalt ergießt sich über den antiken Sofatisch. Nun hat sie zumindest einen Grund, in die Küche zu laufen und einen Lappen zu holen, kann wenigstens ein paar Sekunden flüchten vor Lynn und ihren verächtlichen Blicken, mit denen sie sie regelrecht demontiert. Schon jetzt ist es schwerer, als sie es sich vorgestellt hat. Es ist eine Sache, einem geneigten Publikum etwas vorzuspielen, Leuten, die ihr gewogen sind, wohlgesinnt. Vor einer Skeptikerin wie Lynn ist es unmöglich, die Fassade auf Dauer aufrechtzuerhalten, zumal Vera, was ihren, Veras, Charakter angeht, selbst skeptisch ist.

»Tut mir schrecklich leid«, murmelt sie und macht sich daran, die Pfütze aufzuwischen.

Lynn verfolgt es schweigend, dann nickt sie widerwillig. »Tja, es schadet vermutlich nicht, wenn du dich schon mal ans Saubermachen gewöhnst«, sagt sie und streicht sich eine Haarsträhne hinters Ohr. Sie hat rote Farbe an den Fingerspitzen, wie Vera erst jetzt bemerkt.

Vera hält erstaunt in der Bewegung inne. »Ich habe kein Problem damit«, sagt sie vorsichtig und legt den Lappen zur Seite. Ganz schön mutig von Lynn, zuzugeben, dass sie Angst vor dem unschönen Ende hat. Mutig auch, es ihr gegenüber zuzugeben. »Aber vielleicht wird es ja gar nicht so schlimm, wie Sie fürchten.« Sie macht einen Schritt auf Lynn zu und streckt die Hand nach ihren rotfleckigen Fingern aus.

»Wegen der Kinder, die du vermutlich mit Luke haben wirst, meinte ich«, faucht Lynn erzürnt. »Ich bezweifle, dass jemand wie du jemals bereit sein wird für das Ausmaß an Verwüstung, das Kinder anrichten können.«

»Ich bin nicht bereit«, sagt sie zu ihm.
»Ich auch nicht.«
»Ich will es nicht«, flüstert sie.
Er sagt nichts.
»Ich werde es wegmachen lassen«, schluchzt sie an seiner Schulter, die unangenehm nach Wein und Rauch und Sex und Schweiß riecht.

Vera atmet tief durch.
Jemand wie du, hat Lynn gesagt. Wie ist sie denn? Sie ist nicht sie selbst. Nicht das Mädchen, das sie eine Weile war. *Herr, hilf mir, mich zu bessern.*

Wegen der Kinder, die du vermutlich mit Luke haben wirst, hat Lynn gesagt. *Herr, hilf mir, mich zu bessern, mach mich würdig, mach mich rein. Herr, hilf mir, mich zu bessern* …

Lynn wippt ungehalten mit dem Fuß.

Vera atmet aus und reicht ihr ein Hefeteigteilchen. »Haben Sie eigentlich mal gearbeitet, bevor Luke und John kamen?«

Lynn lacht herablassend. »Ich hatte kein Interesse an derlei. Ich hatte mich für ein Leben als Hausfrau und Mutter entschieden«, sagt sie, während sie das Gebäck mit Butter und Marmelade bestreicht.

Vera zuckt merklich zusammen, vielleicht fügt Lynn deshalb – zu ihrer eigenen Überraschung – etwas weniger feindselig hinzu: »Ich nehme an, es geht dir ähnlich, nachdem du dich ja jetzt ebenfalls vom Berufsleben verabschiedet hast.«

»Oh, das habe ich nicht«, erwidert Vera. Ihr schwirrt noch immer der Kopf nach dem vorherigen unfreundlichen Austausch, aber nun hat Lynn ihr einen Olivenzweig hingestreckt. Nun kann sie sich profilieren, indem sie klarstellt, dass sie nicht vorhat, sich von Luke aushalten zu lassen, dass ihre Gefühle für ihn authentisch sind, dass sie es als Opfer betrachtet, nicht arbeiten gehen zu können. »Ich nehme bloß eine Auszeit. Ein Sabbatical.«

Lynn entgleitet das letzte Stück ihres Hefeteilchens. »Ein Sabbatical?«

»Ja.«

»Ein Sabbatical«, wiederholt Lynn. Sie klaubt sich entrüstet die Krümel vom Schoß und deponiert sie auf ihrem Teller. »Und wie lange soll dieses Sabbatical dauern? Wie viele Monate gestehst du mir zum Sterben zu?«

»Äh, das sollte nicht heißen …«

Doch Lynn ist bereits aufgestanden, um ihren Teller in die Küche zu bringen, und dann marschiert sie unter sichtlichen Schmerzen nach oben, fort von Vera, zu langsam für einen dramatischen Abgang, aber womöglich gerade deshalb umso effektvoller.

Lynn lag allein in ihrem Schlafzimmer, starrte an die Decke und bemerkte bei der Gelegenheit eine Stelle, an der der

Putz abblätterte. Sie würde sich nicht mehr die Mühe machen, das in Ordnung bringen zu lassen. Sie hörte Vera im Erdgeschoss umhergehen und aufräumen, und obwohl sie sich offenbar Mühe gab, möglichst leise zu sein, wirkte jedes Geräusch von unten wie ein Stromstoß auf Lynn und brachte sie noch mehr in Rage. Schlimm genug, dass Vera zu früh gekommen war, sodass Lynn sie zerzaust und mit notdürftig gewaschenen Händen hatte empfangen müssen. Doch Vera überhaupt hier zu haben, im Haus, direkt vor der Nase, das fühlte sich an, als würden sich ihre schlimmsten Dämonen über sie mokieren. Schlanke Gliedmaßen ohne Altersflecke. Haar, das noch Glanz und Fülle aufwies. Naivität und Hoffnung bis dorthinaus. Und eine Karriere. Das war der Tropfen gewesen, der das Fass endgültig zum Überlaufen gebracht hatte: Zu erfahren, dass Vera nicht so dumm war wie sie. Dass sie sich nicht in die Abhängigkeit drängen und ihrer Geschichte berauben ließ. Vera würde heiraten *und* leben. Ein ganzes Leben, das noch ungeschrieben war.

Lynns finanzielle Mittel waren einen Monat nach dem achten Hochzeitstag aufgebraucht gewesen. Dabei hatte sie den Fonds, den ihr Großvater für sie eingerichtet hatte, während der Studienzeit kaum angetastet. Doch dann musste das gemeinsame Zuhause eingerichtet werden, die Kinder mussten eingekleidet werden, und so hatte sie sich immer häufiger daran bedient. Sie hatte so lange »nur kleine Beträge« entnommen, bis vom großen Betrag am Ende nichts mehr übrig war. Mit den letzten paar Pfund hatte sie eine neue Aktentasche aus dem weichen Leder gekauft, das Philip so gut gefiel, und über dem Verschluss seine Initialen einprägen lassen. Wenig später hatte Lynn etwas halbherzig vorgeschlagen, sie könne sich ja eine Teilzeitstelle suchen, als Sekretärin beispielsweise. Natürlich würde ihr all ihr Wissen über Plutarch, Tacitus und Thukydides dafür herzlich wenig nützen, und Lynn graute bei der Vorstellung, eine Arbeit anzunehmen, bei der sie weit hinter den Möglichkeiten zurückbliebe, die ihr einst offengestanden hatten. Philip, der damals bereits gut genug verdiente, um sie beide zu versorgen, und zudem, seinem Status entsprechend, die Erwartungen höhergeschraubt hatte, wollte ohnehin nichts davon hören. Doch nicht *seine* Ehefrau. Eine Tätigkeit als Rechtsanwaltsassistentin vielleicht, oder sonst etwas, das ihrem Intellekt entsprach, doch dafür hätte sie weitere Qualifikationen benötigt, und als sie darauf hinwies, dass sie dann eine Haushälterin und ein Kindermädchen würden suchen müssen und es mit den allabendlichen Drei-Gänge-Menüs vorbei wäre, war die Angelegenheit für ihn vom Tisch. Stattdessen präsentierte er ihr eine einfache Lösung: ein neuer Fonds, in den er monatlich Geld überweisen würde.

Doch so einfach war es nicht. Plötzlich musste sie sich für jeden Penny, den sie ausgab, vor Philip rechtfertigen. Nicht, dass er sie darum gebeten hätte, doch wenn er am Monatsende die Kontoauszüge unter die Lupe nahm, fühlte sie sich bemüßigt, zu erklären, warum sie einen neuen Toaster benötigt hatten, weshalb sie neue Vorhänge gekauft hatte, mit wem sie sich dreimal bei *Henry's* zum Lunch getroffen hatte und zu welcher Gelegenheit sie Pralinen für ihre Mutter besorgt hatte. Es war, als müsste sie mit einem Mal für alles, was sie tat, seine Erlaubnis einholen, und je öfter es vorkam, desto schneller hatte sie das Gefühl, zu schrumpfen, sich unterzuordnen, bis sie sich nur noch vage an die junge Frau erinnerte, die einmal Engels diskutiert und in Cambridge mit ihrer Klugheit alle in den Schatten gestellt hatte, selbst ihren Ehemann.

Als sie mit dem Geld aus dem neuen Fonds zum ersten Mal eine größere Ausgabe für sich selbst getätigt hatte – bei Harvey Nicols, für eine traumhafte Kreation von Givenchy –, präsentierte sie ihm die Neuanschaffung abends vor dem Zubettgehen. »Die neueste Mode; etwas länger«, informierte sie ihren Ehemann euphorisch und hielt das Kleid hoch. »Wie findest du es?«

Philip lag im Bett und schmökerte in einem juristischen Fachwerk, als wollte er die Ungleichheit zwischen ihnen unterstreichen, jene Kluft betonen, deren Überwindung Lynn zusehends Schwierigkeiten bereitete. Er ließ seinen Wälzer sinken und betrachtete seine Frau. »Was hat es gekostet?«

Manche Worte wiegen schwer. Sie können einen Menschen regelrecht in die Tiefe ziehen.

Wobei Lynn rückblickend zugeben musste, dass die Frage womöglich gar kein Vorwurf hatte sein sollen, doch noch heute stieg bei der Erinnerung daran der von Schuldgefühlen durchsetzte Unmut in ihr auf, den sie in diesem Moment empfunden hatte. Als sollten ihr die Flügel gestutzt werden. Sie packte das Kleid sogleich wieder zurück in die Plastikhülle. »Es war ziemlich teuer, Liebes, aber ich brauchte ein neues Kleid. Wir sind doch kommende Woche zu dieser Party eingeladen ...«

Philip nickte. »Aus reiner Neugier: Wie viel?«

Es hatte zwanzig Pfund gekostet, was damals eine ganze Menge war und ihr nach wie vor viel erschien. Sie war entsetzt gewesen, als Luke kürzlich beim Dinner, ohne mit der Wimper zu zucken, zwanzig Pfund ausgegeben hatte, und zwar pro Kopf und Gang.

»Zwanzig Pfund!«, hatte Philip bloß gesagt. Er war wie John äußerst sanftmütig und friedliebend gewesen, doch Lynn hatte in seinem Blick einen stummen Tadel zu lesen gemeint und sich seine Gedanken dazu fantasiert: *Da schufte ich den ganzen Tag wie ein Pferd, und was tust du? Gibst mein Geld mit beiden Händen aus.* Die unausgesprochenen Worte, die in der Stille zwischen ihnen zu hängen schienen, kränkten sie.

»Zieh es an«, befahl er plötzlich und setzte sich aufrecht hin. Er hatte die Brille abgenommen und das Buch auf den Nachttisch gelegt. Lynn war bereits im Nachthemd und hatte Lockenwickler im Haar, und ihr Selbstvertrauen war angeknackst. »Es ist schon spät, Liebes«, wehrte sie ab. »Du willst es doch jetzt nicht ernsthaft sehen.«

»Doch. Zieh es an.« Lynn hängte den Bügel an die Schranktür und drehte sich zu ihrem Mann um. Mit einem Mal fühlte sie sich erschöpft, und sie hatte nicht die geringste Lust, in dem Kleid, das sie mittlerweile hasste, vor ihm zu posieren. Aber sie hatte es nun einmal mit seinem Geld gekauft. Sie fühlte sich dazu verpflichtet. Philip nickte und sah zu, wie sie ihre Neuerwerbung bedächtig aus der Folie schälte, das Nachthemd wieder aus- und das neue Kleid anzog. Schweigend löste sie das Haar von den Lockenwicklern, schüttelte es aus und schlüpfte in ein Paar Stöckelschuhe. Und obwohl sie voll angezogen war, fühlte sie sich nackter denn je, wie sie so dort vor ihm stand. Philip stieg abrupt aus dem Bett, trat mit raschen, entschlossen Bewegungen hinter sie und drehte sie, die Hände auf ihrer Taille, um hundertachtzig Grad, sodass sie gemeinsam ihr Spiegelbild betrachten konnten. Lynn hatte kurz zuvor die Grippe gehabt und wirkte blass und dünn. Das Kleid schmiegte sich an ihre Brüste und hing ansonsten lose an ihr herab.

»Es ist atemberaubend«, flüsterte Philip, der noch immer hinter ihr stand, und dann hob er den neuen, längeren Saum, schob die Hand darunter und küsste sie leidenschaftlich auf den Nacken. Lynn drehte sich langsam zu ihm um, und Philip schob das Zwanzig-Pfund-Kleid ebenso langsam nach oben, zog es ihr über den Kopf und ließ es achtlos auf den Boden fallen, sodass sie nackt bis auf die Stöckelschuhe vor ihm stand. Es war beileibe nicht das erste Mal. Die Nächte, die sie seit der Hochzeit nackt miteinander verbracht hatten, waren zu zahlreich, als dass sie sich an jede Einzelne hätte erinnern können, und normalerweise hätte Lynn, sobald die Jungs schliefen, freudig nach den Knöpfen an Philips Schlafanzugoberteil gegriffen, nach dem Zugband seiner Hose, nach dem, was darunter lag. Doch diesmal fühlte es sich gezwungen an, einseitig, ihre Nacktheit war eine Art Erkenntlichkeit, ein Lohn, etwas, das nur ihm Vergnügen bereiten durfte. Sie gestattete ihm, die Hände über ihren Körper wandern zu lassen, sie dort anzufassen, wo es ihm gefiel, während sie selbst regungslos verharrte. Zum ersten und einzigen Mal in all den Jahren ihrer Ehe war ihr zum Heulen zumute, während er sie zärtlich liebte. Philip bemerkte nichts davon. Er flüsterte ihr die üblichen Koseworte ins Ohr, *mein süßer kleiner Liebling*, doch Lynn war, als müsste sie unter seinem kräftigen, leistungsfähigen Körper ersticken, und sie blickte ihm nicht ins Gesicht, während er sich auf ihr bewegte, sondern starrte an seiner Schulter vorbei an die damals noch makellose Decke über ihrem Bett, ins Leere.

Um fünf klopfte Vera leise an die Tür, einmal, zweimal, und stöckelte, da keine Reaktion kam, wieder nach unten.

Lynn richtete sich auf, und sobald sie hörte, wie die Haustür ins Schloss fiel, schlüpfte sie in den Kittel, den sie vormittags hastig unter das Bett gestopft hatte, und ging langsam zum Fenster am Treppenabsatz. Vera war schon halb die Straße hinunter, den Blick auf ihr Handy gerichtet. Unbekümmert. Oberflächlich. Unbeeindruckt von dem Zorn, den sie entfacht hatte. Lynn spürte, wie sich das Rot ihrer erneut bemächtigte. Sie trank ein Glas Wasser in der Küche und sah, dass Vera einen kleinen Teller Pasta mit Frischhaltefolie zugedeckt und auf die Anrichte gestellt hatte. Lynn ließ den Teller, wo er war, und kehrte zurück in den Wintergarten. Sie stellte das Bild, an dem sie gearbeitet hatte, zur Seite und begann ein neues. Wieder verwendete sie Rottöne, doch diesmal sollte es ein Porträt werden.

Es hätte schlechter laufen können. Lynn hätte sie rauswerfen können, oder sie hätte ihr unverblümt sagen können, dass sie sie nicht ausstehen kann, oder noch schlimmer, sie hätte es zu Luke sagen können. Hätte Vera an Lynn gedacht statt an sich selbst – wäre sie *jemand wie* Luke –, dann wäre ihr wohl schon im Vorfeld aufgegangen, wie unsensibel die Sache mit dem Sabbatical war.

Beim Abendessen beruhigt Luke sie. Er sagt, seine Mutter habe eben Angst; und sie sei nun mal daran gewöhnt, alles allein zu bewältigen; Vera solle es einfach weiter versuchen. Er sagt nicht, dass *er* Angst hat und dass er daran gewöhnt ist, Probleme zu bewältigen, und dass er nicht weiß, was er sonst noch versuchen soll. Doch Vera sieht die Angst in seinem Blick. »Vielleicht musst du ihr signalisieren, dass wir alle unsere Schwächen haben«, schlägt er vor. »Wie wär's, wenn du ... Ich weiß auch nicht, die Teekanne umwirfst?«

»Hab ich schon.« Vera schneidet eine Grimasse. Sie weiß alles über Schwächen und Schwachheit. Über Verletzlichkeit und wunde Punkte. Es ist alarmierend, dass Lynn die ihren so rasch aufgespürt hat.

Statt mit dem Bus zu fahren, geht sie zu Fuß nach Hause, zwingt ihre Beine, sich beständig zu bewegen. Ihr Geist ist benebelt, ihr Körper zu langsam, sie selbst gefangen in einem bizarren Verwirrspiel aus Innehalten, Stillstehen und Davonlaufen. *Kinder* hat Lynn gesagt. *Kinder, Kinder, Kinder.* Luke ist in die andere Richtung davongeschlurft. Sie schlagen Zeit tot, alle beide. Schlagen die Gedanken tot, die hochkommen, wenn man Zeit hat. Die Pflanzen sind noch nicht tot, obwohl fast Winter ist; an den Bäumen hängen noch vereinzelt Blätter, als wären sie in einer Art Übergangsstadium versteinert worden. Vera bleibt lange auf und sieht sich Folgen von Sitcoms an, die sie schon kennt. Sie trinkt Kaffee und Red Bull. Irgendwann lullt das künstliche Gelächter sie ein.

Am darauffolgenden Morgen fühlt sie sich erschöpft. Trotzdem steht sie früh auf. Sie hat beschlossen, in der Bibel zu lesen. Sie hat diesen Entschluss um drei Uhr siebenundfünfzig gefasst, sich jedoch gezwungen, bis um sechs Uhr mit geschlossenen Augen dazuliegen. Zweimal ist sie dabei eingedöst. Ihre Träume waren kurz, unaufdringlich, nicht verstörend. Sie entscheidet sich für eine Bibelstelle, mit der sie sich schon einmal abgemüht hat, und ist entsprechend stolz auf sich, als sie sie endlich versteht. Gestattet den uralten Gedanken, ihre eigenen zu verdrängen, und trifft mit neuer Entschlossenheit bei Lynn ein. Doch als sie vor der auf Hochglanz polierten Tür angelangt ist, sagt Lynn ihr, sie werde nicht gebraucht und solle nach Hause gehen. Heute sieht Lynn aus wie aus dem Ei gepellt – makellose Frisur, Rouge auf den Wangen, die Fingerspitzen frei von Farbe. Vera tritt von einem Bein auf das andere. Wird sich jäh der Tatsache bewusst, dass das Gehirn den Muskeln Befehle erteilt, damit sie sich bewegen. Sie zuckt mit dem Finger und nimmt dabei wahr, dass sie denkt, dass sie mit dem Finger zucken sollte. Sie schiebt die Schulter nach vorn, registriert dabei, dass sie sich selbst auf die Probe stellt, und siehe da, sie kann die Schulter nicht nach vorn schieben, ohne auch diesem Gedankenprozess zu folgen. Ihre Füße fühlen sich plump und bleiern an. Auch ohne Spiegel verstreichen Sekunden. Lynns Fußspitze tappt metronomartig auf die Türschwelle.

Ein Atemzug, oh, für einen Atemzug.

Vera atmet bewusst aus, dann erklärt sie höflich, dass sie gerne bleiben würde.

Lynn nickt, als hätte sie damit bereits gerechnet, und tritt zur Seite. Wieder darf Vera weder Tee machen, noch eine Decke für sie holen, noch das Mittagessen kochen. Am Ende folgt sie Lynn einfach von Raum zu Raum wie ein streunender Hund. Jeder ihrer Versuche, ein Gespräch anzuleiern, wird von Lynn mit einem Blick zur Decke und einem unwirschen Wedeln der Hand im Keim erstickt.

Es ist ein absurdes Spiel, das wissen sie beide. Lynn hat nichts zu erledigen, sie gibt nur vor, beschäftigt zu sein, nimmt Bücher zur Hand und schlägt sie willkürlich an irgendeiner Stelle auf. Vorgeschobene Tätigkeiten, doch Veras Verhalten ist noch lächerlicher. Trotzdem geht das Spiel weiter. Sämtliche Räume sind kalt. Das ganze Haus ist vollgestopft mit dem Gerümpel, das sich im Laufe eines ganzen Lebens so ansammelt, und darüber hat sich, gleich einer Staubschicht, Kühle gesenkt. Vera fragt sich, ob auch Lynn diese Kühle wahrnimmt, ob sie sie mit ihren Aktivitäten vertreiben will, ob sie unter den Nippesfiguren und Blumentöpfen und Bilderrahmen nach einem letzten Rest Wärme sucht. Nach der Glut des Lebens. Sie kehrt regelmäßig zum Kamin zurück.

Endlich setzt sich Lynn. Sie fasst sich dabei unauffällig an die Seite. Schließt die Augen und gibt vor, zu schlafen. Vera versucht erneut, sie in ein Gespräch zu verwickeln, aber Lynn verzieht bei jedem Satz, den sie von sich gibt, das Gesicht, also beschließt Vera irgendwann, nichts mehr zu sagen.

Sie verabschiedet sich eine halbe Stunde eher als ursprünglich geplant. Lynn hebt eine Augenbraue und späht zur Uhr, aber Vera spürt, dass sie fort muss. Das Schweigen dauert schon zu lange. Es lässt sie deutlich rascher einknicken. Ihre Gedanken rasen, ihr Mantra geht allmählich in dem Lärm in ihrem Kopf unter.

Heraufbeschworene Geräusche. Heraufbeschworen aus der Tiefe. Vera schüttelt den Kopf. Nein, nicht aus der Tiefe. Oder doch, und zwar völlig unerwartet. Heraufbeschworen von Lynn und ihrem heutigen Schweigen, von ihren gestrigen Worten. Worten wie »Kinder«, die gleich Dolchstößen in Veras Gedanken dringen. Vera beobachtet ihren Arm, während sie ihn in Zeitlupe anhebt, um den Riemen ihrer Handtasche auf ihrer Schulter zurechtzurücken. Ihre Finger schließen sich linkisch um den Riemen, öffnen sich wieder. Schließen sich. Öffnen sich. Wie Weichkorallen in der Dünung eines seichten Gewässers. Zu. Auf. Zu. Vera braucht Beschäftigung. Oder Ablenkung. Oder beides. *Herr, hilf mir, mich zu bessern, mach mich würdig, mach mich rein.*

Sie scrollt durch die Kontakte in ihrem Handy, während sie hastig die Straße entlangstöckelt. Charlies Nummer findet sich immer so praktisch weit oben auf der Liste.

Die von Luke ist weiter unten. Vera verstaut das Handy wieder in der Tasche und befühlt mit dem Daumen die ausgeleierten Nähte ihres Portemonnaies. Sie weiß, sie muss es öffnen, muss den Zeitungsausschnitt herausnehmen und ihn auseinanderfalten, um sich selbst wieder entfalten zu können. Doch was, wenn sie das endgültig zugrunde richtet? Wenn es ihre Beziehung zugrunde richtet? Wenn dann alles dahin ist – Luke, ihre Hoffnung, ihr Glück, ihre geistige Gesundheit, ihre Erlösung? Ihre Tasche ist schwer; die neue Bibel nimmt einen Großteil des Platzes darin ein. Vera setzt sich vor der U-Bahn-Haltestelle auf eine Bank, kramt ihre Zigaretten unter der Bibel hervor und zündet sich eine an. Dann fällt ihr Luke ein, und sie drückt sie umgehend an der bröckelnden Mauer wieder aus. Es herrscht ein ständiges Kommen und Gehen, die Leute drängeln und rempeln. Vera zündet sich noch eine Zigarette an. Diesmal inhaliert sie tief, atmet gierig den kratzigen, rauchigen Qualm ein. Es tut gut, dass die Finger beschäftigt sind. Ihre freie Hand liegt auf ihrem Portemonnaie. Sie wird noch eine Zigarette rauchen, ehe sie in die U-Bahn steigt. Sie ist noch nicht sicher, in welche Richtung sie fahren wird.

Lynn hatte nicht geplant, John als Puffer zu missbrauchen. Nach drei Tagen angestrengten Schweigens war die Anspannung schier nicht mehr zu steigern gewesen, und selbst Lynn, die dafür verantwortlich zeichnete, fragte sich, wie lange irgendjemand eine solche Atmosphäre aushalten konnte. Die Tage schleppten sich unendlich langsam dahin wie unter dem Gewicht von Grabsteinen. Wäre sie allein gewesen, dann hätte sie wenigstens malen können oder fernsehen oder gedankenverloren Löcher in die Luft starren, doch in Veras Gegenwart verspürte sie den Drang, beschäftigt zu tun und aufwändige Gerichte zu kochen, obwohl sie dafür zum einen viel zu müde war und zum anderen nicht hungrig genug, um sie zu genießen, und hinterher machte sich das lange Stehen bemerkbar.

Vera schien es bemerkt zu haben, denn am Mittwoch brachte sie Essen von einem Feinkostladen mit, und Lynn hätte zu gern einen halben Bagel mit Ei und Zwiebeln gegessen, oder etwas von dem mit Zitronenscheiben belegten Salat, schon deshalb, weil alles bereits verzehrfertig vor ihr stand. Sie ertappte sich sogar bei dem Gedanken, wie froh sie sein konnte, dass Luke eine Frau gefunden hatte, die so wild entschlossen war, für andere zu sorgen. Dennoch konnte sie sich nicht überwinden, Veras Gaben anzunehmen. Vera zu vergällen war nun ihre einzige Zerstreuung.

Am Donnerstag schneite dann überraschend John herein. Er ergötzte sie mit Anekdoten von Patzern bei den aktuellen Proben, ahmte den machtbesessenen Regisseur nach und brachte sie damit beide zum Lachen. Gleichzeitig. Über die gleiche Angelegenheit. Er bestand darauf, dass sie zum Drei-Uhr-Tee ein Glas Sekt tranken, und als er gegen vier wieder ging, hatte sich etwas ... verflüchtigt. Lynn stellte fest, dass sie Vera aushalten konnte, ohne finster dreinzublicken, und sie musste ihr immerhin zugutehalten, dass sie sich beharrlich bemühte, Konversation zu machen. Ihre Versuche waren unbeholfen und zeugten von Unerfahrenheit, aber sie war hartnäckig. Lynn hätte es ihr wohl etwas leichter machen sollen, so, wie sie es früher bei Philips Firmenfeiern getan hatte. Sie war stets bestrebt gewesen, die jungen Ehefrauen der anderen Anwälte herzlich aufzunehmen, sie miteinzubeziehen. Jede dieser Frauen hatte ihr später anvertraut, sie habe sich von ihr eingeschüchtert gefühlt – von Philip Hunters kluger, attraktiver Gattin. Alle waren ihr dankbar gewesen für ihre Freundlichkeit; mehr noch, sie hatten sie dafür geliebt. Sie sollte auch Vera die Möglichkeit geben, sie zu lieben. Doch Lynn konnte sich nicht dazu durchringen, dem Mädchen zu helfen, das bereits alles hatte. Sie ließ Vera zappeln, strampeln, kämpfen.

Eben startete Vera einen neuen Versuch, während sie vor dem Lehnstuhl, in dem John gesessen hatte, ein paar Krümel vom Teppich auflas. »Sie sind sehr verschieden, nicht? Luke und John?«

»Ja, schon.«

»Sie müssen sehr stolz auf sie sein.«

»Natürlich bin ich das.«

»Und es ist Ihr Verdienst, dass Sie sich alle so nahestehen.«

Lynn nickte und sann kurz darüber nach, wie selten es in letzter Zeit vorkam, dass sie sich zu dritt trafen. Darüber, dass sie noch nie bei John zu Hause gewesen war und dass es so vieles an ihm gab, was sie früher tunlichst ignoriert hatte. Standen sie sich tatsächlich nah? Hätte sie damals gewisse Dinge bemerken sollen? Als Teenager hatte er ...

»Ich sehe meine Eltern nicht allzu häufig«, bekannte Vera in die lange Pause hinein, und Lynn kehrte jäh in die Gegenwart zurück. Sie merkte immer öfter, dass sie geistig abschweifte. Es fiel ihr zusehends schwer, in der Gegenwart zu bleiben, sich an Unterhaltungen zu beteiligen. Lächerlich für eine Frau von nicht einmal sechzig Jahren.

»Ach ja? Vertragt ihr euch nicht?«, fragte sie forsch.

»Nun ja, wir sind oft unterschiedlicher Meinung.«

»Alle Eltern missbilligen die Entscheidungen ihrer Kinder.«

Vera zuckte zusammen, und erst da wurde Lynn das Bedeutungsspektrum ihrer Aussage bewusst. »Meine Mutter hielt zum Beispiel nicht viel von der Kirchengemeinde, für die ich mich entschieden habe«, fügte sie erklärend hinzu.

Vera hatte nun auch Johns Sessel von Krümeln befreit und setzte sich. »Mein Vater glaubt nicht an Gott«, sagte sie lächelnd. »Wenn er wüsste, dass ich jetzt zur Kirche gehe, würde er denken, dass ich den Verstand verloren habe oder dass ich aufgehört habe, Dinge zu hinterfragen.«

»Nicht alles sollte hinterfragt werden«, bemerkte Lynn. Für ihre Ohren klang es wenig überzeugend, aber zumindest fand sie es nun nicht mehr zum Aus-der-Haut-fahren, wenn sich Vera eine blonde Haarsträhne aus dem arglosen, sommersprossigen Gesicht strich.

»Nein, aber ... Nun ja, das ist nicht das Einzige, was zwischen uns steht.«

»Die meisten Zerwürfnisse lassen sich beilegen, vorausgesetzt, man hat genügend Zeit«, sagte Lynn pointiert.

»Äh, ja«, murmelte Vera mit bedauernder Miene.

»Und *du* hast Zeit.«

»Ja.« Vera sah auf die Krümel in ihrer Hand hinunter. »Es ist nur ... Nun ja, ich habe Dinge getan ... Früher ... Schreckliche Dinge, und ... Wenn meine Eltern davon wüssten ... Wenn irgendjemand davon wüsste ... Aber geschehen ist geschehen.«

Lynn verdrehte die Augen und klimperte ungeduldig mit den Fingernägeln an ihre Teetasse. Kaum hatte sie sich mit dem Gedanken angefreundet, dass sie dieses junge Ding vielleicht doch ertragen konnte, kam ihr Vera mit all diesen Andeutungen ... Abenteuer und Leidenschaft, Durchtriebenheit und Widrigkeiten; Dinge, die sie nie hätte tun dürfen und in ihrem jugendlichen Leichtsinn, ihrer Sorglosigkeit, dennoch getan hatte; Dinge, die sie zu der machten, die sie war, zu der, die Luke liebte; Zeiten, über die sie den Mantel des Schweigens hüllen und von denen sie zehren würde.

»Das war bestimmt alles sehr aufregend, meine Liebe, aber wir machen doch alle in etwa die gleichen Fehler, nicht?«, unterbrach Lynn sie, nun doch wieder etwas brüsk.

»Ähm, nein, ich fürchte nicht. Ich denke jeden Tag daran ...«

»Meine Güte, welche Dramatik!« Lynn lachte, obwohl ihr allmählich der Geduldsfaden riss. Sie begann sich erneut über Veras bloße Gegenwart zu ärgern. »Du hast doch wohl niemanden umgebracht, oder?«

Vera sah nervös zu Lynn hoch.

»Oder?«

Vera blieb stumm.

»Oder?«

»Ich ... Ich war schwanger, und ...«

Nun war es Lynn, die stumm blieb.

Sie war geschockt, was Vera ihr zweifellos ansah. Sie sah

ihre Überraschung, ihr Befremden, als hätte Lynn keine Ahnung vom Leben.

Vera fing erneut an, imaginäre Krümel aufzulesen.

»Mrs Hunter ...«

Schweigen.

»Mrs Hunter ...«

Lynn sah sie an. »Nun ja, Frauen, die abgetrieben haben, gibt es heutzutage ja wie Sand am Meer«, sagte sie.

Was, zum Teufel, hat sie getan? Was hat sie sich dabei gedacht? Vera spürt, wie die Panik in ihr aufsteigt und ihr die Kehle zuschnürt.

Sie schluckt schwer. Bisher wusste nur ein einziger Mensch von ihrer Schwangerschaft, nämlich Charlie. Luke hat sie davon nicht erzählt. Sie hat einen ekelerregenden Geschmack im Mund.

Sie wird es ihm sagen müssen, jetzt, wo seine Mutter Bescheid weiß. Vera kann nicht fassen, dass sie es ausgerechnet Lynn anvertraut hat. Lag es am Sekt? Nein, wohl kaum. Das bisschen Alkohol kann ihr nichts anhaben. Trotzdem fühlt sie sich benommen, schon die ganze Woche. Benommen und überfordert; mit ihrem Verlust, mit der begrabenen Vergangenheit. Vielleicht hatte sie ganz einfach das Gefühl, es hätte sich eine Gelegenheit aufgetan – für Vertraulichkeit, für etwas Neues, das als Grundstein für eine Beziehung dienen kann. Für eines jener erlösenden intimen Bekenntnisse, die sie sich ausgemalt hat, als wäre Lynns Wohnzimmer ein Beichtstuhl, als könnte Lynn ihr zur Läuterung ein paar Ave Maria aufgeben. *Mach mich rein. Mach mich rein.* Aber so einfach ist es nicht, natürlich nicht. *Idiotisch. Idiotisch.* Wobei Lynns Reaktion überraschend nachsichtig ausgefallen ist, regelrecht flapsig. Mit der ihr eigenen gönnerhaften Art ließ sie es klingen, als wäre eine Abtreibung das Normalste auf der Welt.

Wäre es doch nur eine Abtreibung gewesen!

Schlimm genug, aber immer noch besser als die Wahrheit.

Ja, auch Abtreibung ist Mord, gewissermaßen. Oder auch nicht, jedenfalls hat sie es zum ausschlaggebenden Zeitpunkt so empfunden, im Gegensatz zu früher, als sie das Thema an der Schule diskutierten und sich einig waren, dass jede Frau das Recht haben sollte zu entscheiden – über ihr Leben ... über das Leben an sich? Doch als es dann an ihr war, zu entscheiden, über ihren Körper, über das Baby in ihrem Bauch ... Ja, es gibt Leute, die die Entscheidung für eine Abtreibung verstehen und akzeptieren, die sie billigen, rechtfertigen, sie sogar empfehlen. Was Vera schon damals nicht konnte und bis heute nicht kann. Genau deshalb wurde alles nur noch schlimmer. Deshalb kam es zur Katastrophe. Und seither herrscht in ihrem Leben Stillstand, und sie findet keinen Schlaf und sieht es immer wieder vor sich: die desinfizierten Räume, die Spritzen, die Krankenschwestern.

Am Anfang standen die Spritzen, die sie selbst in der Hand gehalten hat. Das Koks hat Charlie besorgt, bei ihrem Lieblingsdealer. Nach drei Jahren waren sie beide Connaisseurs. Und das High war unglaublich. Nur intensive Gefühle, Energie, Sex, keine der Halluzinationen, die sie einmal im hintersten Winkel eines Nachtclubs hatte und die ihr grässliche Angst eingejagt haben – allerdings nicht genug, um damit aufzuhören. Sie waren bei Charlie, im Begriff, auf eine Party zu gehen, redeten mit Lichtgeschwindigkeit, lästerten über den bedauernswerten, bescheuerten Freund, der Geburtstag hatte und Getränke für alle zur Verfügung stellte. Vera warf irgendetwas nach Charlie – einen nassen Lappen? Er warf etwas zurück, und dann fielen sie auch schon übereinander her. Charlies Bett war so weich wie ein Marshmallow, das Kratzen seiner Bartstoppeln fühlte sich wie ein erregendes Peeling an, und seine Haut roch so männlich, so appetitlich, dass Vera sie kosten wollte. Sie weiß noch, dass sie ihn gebissen hat. Er ohrfeigte sie, reichlich unsanft, und zerrte dann an ihrem Rock. Sie wollten einander spüren, also ließen sie das Kondom weg.

Als ihre Periode ausblieb, war das High längst abgeflaut. Sie tanzten seit Wochen einen Reigen aus Streit und Versöhnung, einschließlich leidenschaftlicher Versöhnungen, und gingen, sobald es ihnen zu ernst wurde, wieder auf Distanz, indem einer von ihnen etwas Dummes tat, um zu beweisen, dass Unverbindlichkeit das Einzige war, dem sie sich verpflichtet fühlten. Sie waren wie Schwäne, nicht im poetischen Sinne, nicht wie die weißen Silhouetten, die ihr Leben lang Seite an Seite übers Wasser gleiten und dabei mit Kopf und Hals ein Herz formen, sondern weil sie nach allerlei Soloausflügen und Fremdflirten unweigerlich zueinander zurückkehrten.

Doch auf der Toilette war Vera allein. Sie hatte den Kauf des Tests mehrere Tage hinausgeschoben – die Dinger waren teuer, und sie war pleite. Die Frau an der Drogeriemarktkasse hatte sie abschätzig gemustert, während sie die Münzen herauszählte. Und dann saß sie an der soziologischen Fakultät auf dem Klo und hoffte wider besseres Wissen, keine blaue Linie zu sehen. Sie wusste bereits, was Sache war. Es war ein merkwürdiger Ort für die Bestätigung der Tatsache, dass da ein Baby war. Dass in ihr ein eigenständiges Lebewesen heranwuchs. Dass sie ein Mensch war, genau wie all die anderen, um die es ging, wenn im Hörsaal über Statistiken und die Zugehörigen der diversen Gesellschaftsschichten debattiert wurde. Sie war genauso verletzlich wie sie, sie hatte genauso viel Macht, genauso schreckliche Angst.

»Alles wird gut, V«, versprach Charlie.

Er fuhr mit ihr zur Klinik, und dort lag sie dann, den leeren, starren Blick von ihm abgewandt. Zwei volle Wochen nach dem Test hatte sie ihm mitten in der Nacht eine Nachricht auf dem Handy hinterlassen, hatte gesagt, sie sei schwanger und es sei von ihm, worauf er tags darauf in aller Herrgottsfrühe bei ihr auf der Matte stand, unrasiert, ungeduscht und mit zerrauftem Haar, nachdem er die Nacht im Bett einer anderen verbracht hatte. Er verzog keine Miene, als sie ihm eröffnete, dass sie abtreiben lassen wolle. Charlie, der sonst zu allem eine Meinung hatte, war plötzlich mit allem einverstanden und erhob keinerlei Einspruch. *Hatte sie gewollt, dass er Einspruch erhob? Dass er sie davon abhielt?* Sein Schweigen brachte sie aus dem Tritt. Er kritisierte sie nicht, versuchte nicht, sie davon abzubringen, fragte auch nicht, warum ihre Hand fast durchgehend auf ihrem Bauch lag. Er buchte ganz einfach den Termin, fuhr sie hin und erwiderte ihre konsternierten Blicke, weil das Personal so sachlich und kurz angebunden war, als wolle sie sich lediglich die Zähne bleichen lassen.

Eine der Krankenschwestern brachte ihr mehrere Tabletten. »Die bewirken die Ablösung der Gebärmutterschleimhaut. Nehmen Sie sie zwei Stunden vor dem Eingriff, und stellen Sie sich auf krampfartige Schmerzen ein.« Dann maß sie ein zweites Mal Veras Blutdruck und schenkte Charlie ein mitfühlendes Lächeln.

Bis zum Eingriff galt es, noch vier Stunden zu überbrücken. Sie plauderten über Belanglosigkeiten, und zum allerletzten Mal fühlte es sich fast normal an. Schließlich erinnerte die Krankenschwester sie an die Einnahme der

Tabletten, und Vera ging auf die Toilette, um sie zu nehmen. Danach unterhielten sie sich nicht mehr. Vera drehte sich auf die Seite und weinte in ihr Kissen. Sie konnte nicht anders. Es war das letzte Mal, dass sie geweint hat. Charlie versteckte sich hinter einer Zeitschrift. Vera fasste sich an den Bauch, der noch nicht leer war, ließ den Blick zum Fenster wandern, vor dem die Sonne schien, und wünschte, es würde regnen. Prompt begann Charlie hinter seiner Zeitschrift zu summen, ganz leise. Er summte *Singing in the rain*. Das war ihr gemeinsamer Lieblingsfilm gewesen. Die Melodie rieselte wie kühle Regentropfen auf sie hinunter und half, die heißen, schwarzen, quälenden Fragen zu ertränken, etwa, ob sie die richtige Entscheidung traf und ob sie es ihm sagen sollte. Dann kam der Anästhesist, um sie zum Eingriff zu bringen.

»Alles wird gut, V«, flüsterte Charlie.

Und mit diesen Worten im Ohr gestand sie dem Anästhesisten, dass sie die Tabletten nicht geschluckt hatte, dass sie den Eingriff nicht vornehmen lassen wollte, dass sie das Baby behalten würde, und bat ihn darum, ihrem Bekannten zu sagen, er solle nicht auf sie warten.

Auf dem Heimweg von Lynn, in der U-Bahn, scrollt Vera durch ihre Kontaktliste, bis sie bei Charlie angelangt ist.

Hinterher hatten sie einander monatelang nicht gesehen – das Semesterende stand bevor, jeder war mit Abschlussprüfungen und Packen beschäftigt. Vera erklärte ihre Abwesenheit bei den Abschiedspartys, die sie normalerweise besucht hätte, mit einer »Reise nach Paris«. Dann kam der Sommer und sorgte dafür, dass sie getrennte Wege gingen, dass Dinge kaschiert werden konnten, die kaschiert werden mussten. Doch auf den Tag genau ein Jahr danach rief er sie an. Er tat zwar, als wolle er bloß mit ihr ins Bett, aber natürlich hatte er daran gedacht, sodass sie sich noch schlechter fühlte. *Hilf mir, mich zu bessern.*

Sie hat gedacht, sie würde das Richtige tun.

Vera zerrt ihr Portemonnaie aus der Handtasche, entnimmt ihm die zusammengefaltete Zeitungmeldung, hält inne. Steht still.

In ihrem Leben herrscht dauerhafter Stillstand. Dabei begann es mit so viel Hast, so viel Eile.

Sie hat nie vorgehabt, es zu behalten. Sie war jung, sie sollte Karriere machen und mit jemandem zusammen sein, der sie liebte.

Aber vielleicht hätte sie es versuchen sollen, hätte zumindest ausprobieren sollen, ob sie zur Mutter taugte. Sie hätte sich bemühen sollen, eine zu sein. Oder zumindest den amtlichen Weg gehen. Den sicheren Weg. Sie hätte sich an die zuständigen Stellen wenden und dafür geradestehen sollen, doch das hätte bedeutet, Rechenschaft abzulegen vor sich selbst, und sie war nicht sie selbst. Und dann wäre es real geworden, und es war nicht real – das, was sie tat, was sie getan hatte, was sie weggab.

Es war ein Junge.

Er wog dreieinhalb Kilo.

Er hatte dichtes, dunkles Haar, das ihm eigensinnig vom Kopf abstand.

Sie ließ ihn in eine Decke gewickelt vor einem Kinderheim zurück. Auf dem Schildchen, das sie an seiner Hand befestigt hatte, stand *Charlie V*.

Sie hatte ihm noch nicht einmal ihren ganzen Namen mitgegeben.

Vera steckt den Ausschnitt zurück in ihr Portemonnaie. Sie muss nicht lesen, was darauf steht, um sich daran zu erinnern. Wobei sie es in all den Jahren nur ein einziges Mal gelesen hat, im Gedränge einer vollen U-Bahn, und dann, nachdem sie die Meldung hastig herausgerissen hatte, nie wieder.

Man hatte ihn am Fuße der Treppe gefunden, drei Tage, nachdem sie ihn dort hingelegt hatte. Viel zu spät.

Vera steigt eine Haltestelle eher aus und verharrt mitten auf dem Bahnsteig, versteinert, schweigend. Minuten verstreichen, jedenfalls nimmt sie das an. Vielleicht auch nur Sekunden. Sie erhascht einen Blick auf sich selbst in der Linse der Überwachungskamera und sieht, wie sie auf Außenstehende wirkt: zusammengesunken, eine Spur mager und seltsam starr, *bewegungslos. Unbewegt?* Sie sollte Tränen vergießen. In einem Film würde sie es tun. Doch Vera hat keine Tränen. Sie kann nicht weinen. Sie ist keine Frau, sondern ein Monster mit einem Herzen aus Stein. Eine Mutter in Begleitung eines Mädchens im Teenageralter bleibt stehen und fragt sie, ob alles in Ordnung ist, doch Vera ist noch immer wie erstarrt und kann nicht antworten, und irgendwann geht die Frau weiter.

Sie wird Luke erzählen, dass sie eine Abtreibung hatte. Mehr kann sie ihm nicht zumuten. Vorläufig. Für immer? Er weiß, dass sie bereits Sex hatte, und er hatte ziemlich daran zu knabbern. Er hat »Zuflucht« im Gebet gesucht. Es war etwas, das er erst einmal verdauen musste. Sie muss den richtigen Moment finden, bevor Lynn es ihm sagt.

Lynn hatte sehr an sich halten müssen, um Vera keine Ohrfeige zu verpassen. Nicht, dass sie je auch nur eine einzige Ohrfeige verteilt hätte. Aber der Drang war groß gewesen. Der Drang, diese unverfrorene Fortschrittlichkeit zu Fall zu bringen, die sie selbst nicht besessen hatte, diese Verwegenheit, diese Abenteuerlust. Als sie damals von ihrer ersten Schwangerschaft erfahren hatte, wäre das ihre letzte Gelegenheit gewesen, das Ruder herumzureißen, in die akademische Welt zurückzukehren, ein anderes Leben zu führen. Anderenfalls, das wusste sie, würde es für sie nur noch Windeln und Buggys und Kochen und Häuslichkeit geben, und all das, was sonst noch dazugehörte zu diesem Spiel namens Ehefrauendasein, an dem sie durchaus eine Weile ihren Spaß gehabt hatte. Nur, dass es dann kein Zurück mehr gab. In den Minuten, ehe sie Philip eröffnet hatte, dass sie schwanger war, hatte es eine Pause gegeben, einen winzigen Moment, in dem sie gedacht hatte, dass sie das Baby ja nicht bekommen *musste*.

Das war alles gewesen. Ein flüchtiger Gedanke, mehr nicht.

Tags darauf trifft Vera eine halbe Stunde zu früh und mit Cupcakes bei Lynn ein. Sie hat weder geschlafen noch mit Luke gesprochen. Er hat sie am Vorabend angerufen, während sie in der Badewanne saß, aber sie hat das Handy nur angestarrt, während die Wassertropfen daneben eine kleine Pfütze bildeten, und sich vorgestellt, dass er sie braucht, jemanden, der ihn von *seinen* Dämonen ablenkt. Sie konnte nicht mit ihm reden. Noch nicht. Erst muss sie herausfinden, wie viel oder wie wenig sie preisgeben muss ... Sie muss Lynn unbedingt dazu bringen, ihr Geheimnis für sich zu behalten. Unentschlossen steht sie vor der Tür, starrt auf die kalten Steinplatten unter ihren Füßen und wünscht, sie könnte ihr Halbgeständnis zurücknehmen. Wünscht, wenn sie schon dabei ist, sie könnte die ganze Sache ungeschehen machen. Nicht das Halbgeständnis, sondern das Vergehen selbst. Sie wünscht, sie hätte zumindest abgetrieben, das Leben beendet, ehe es ausgereift war ... Sie wünscht, sie hätte das Baby zur Adoption freigegeben. Die sichere, verantwortungsvolle Lösung. Nicht die idiotische. *So idiotisch. Nein, nicht idiotisch. Böse.*

Vera klopft an die Tür. Keine Reaktion. Sie will nicht klingeln, für den Fall, dass Lynn ein Nickerchen macht, also nimmt sie Lukes Schlüssel aus der Tasche und schließt auf.

»Hallo?«, ruft sie im Korridor, ehe sie nacheinander einen Blick ins Wohnzimmer, in die Küche und ins Esszimmer wirft. Keine Spur von Lynn.

Wahrscheinlich ist sie oben und schläft. Vera füllt schon mal den Wasserkessel und stellt die Cupcakes auf einen Teller. Sie hat Vanille statt Schokolade genommen; Lynn scheint ihr eher der Vanille-Typ zu sein. Sie hofft, dass sie recht hat, dass sie ihre künftige Schwiegermutter richtig eingeschätzt hat. Sie kann kaum atmen vor Nervosität. In ein paar Stunden wird sie sich mit Luke zum Abendessen treffen, und er wird sie fragen, wie es mit seiner Mutter läuft. Er wird sie ansehen mit diesem Aufrichtigkeit heischenden Blick, der in letzter Zeit immer so traurig wirkt. Auch sein Lächeln ist seltener geworden und lässt die übliche Gewissheit missen. Trotzdem wird er ihr mit seinen breiten Schultern eine Art Anker sein. Er wird sie retten aus dem Strudel, in dem sie seit gestern Nacht herumwirbelt; ein Strudel aus Trauer, Reue und Panik. Und Lärm, so viel Lärm. Ihr dröhnt regelrecht der Kopf davon. Sie hört Sirenen, Kirchenglocken und Kinderlieder, so viele Kinderlieder. Lärm, der hätte sein sollen. Luke wird dafür sorgen, dass er verstummt. Er wird sie in der Gegenwart verankern. Das hat er seit jeher getan – er hat sie vom Rand des Abgrundes zurückgeholt mit diesem überirdischen Strahlen des Guten. Aber dafür muss sie ihm zumindest die halbe Wahrheit erzählen, und das bedeutet, alles aufs Spiel zu setzen.

Sie kann Luke nicht aufs Spiel setzen.

Die einzige Alternative besteht darin, Lynn dazu zu bringen, dass sie Stillschweigen bewahrt, und dann muss sie es irgendwie schaffen, ihn zu vergessen – nicht Luke, sondern den Jungen. Das Baby, Charlie V, den sie ganze drei Tage kannte und dennoch nicht vergessen kann. *Ich liebe dich, ich liebe dich ...*

»Ich liebe dich«, hauchte sie ihm ins Ohr.

Er roch nach Milch – nicht nach ihrer, er bekam Säuglingsnahrung – und nach Wärme. Und ganz leicht nach Schweiß, weil er so dick eingepackt war. Es war ein milder Januar, aber er sollte auf gar keinen Fall frieren. Hätte sie weinen können, dann hätte sie unaufhörlich auf seine Wangen geschluchzt, auf denen sich einige kleine Bläschen gebildet hatten – Kopfgneis, hatte man ihr erklärt, und dass der Ausschlag in ein paar Wochen abklingen würde. Doch das sollte sie nicht mehr erleben. Und weinen konnte sie nicht mehr, seit sie in der Klinik ihre Entscheidung getroffen hatte.

»Es ist besser so«, murmelte sie und drückte ihn an sich. »Ich bin nicht bereit für dich. Ich wäre eine grauenhafte Mutter. Ich würde alles falsch machen.«

Er schlug die Augen auf und gähnte.

Vera lächelte entschuldigend. Sie konnte sich des Gefühls nicht erwehren, dass er verstand, was sie sagte, und ihr nicht glaubte. Sie wiegte ihn in den Armen, bis er die Augen schloss, und dann wartete sie, bis jemand das Gebäude betrat.

Sie wünschte, er würde noch einmal aufwachen, ehe sie ihn dort zurückließ; sie hätte gern eine letzte Chance gehabt, ihn davon zu überzeugen, dass es so das Beste war. Eine letzte Chance, seine noch immer blauen Augen zu sehen. Sie versuchte, ihn durch pure Willenskraft dazu zu bringen, dass er sie aufschlug, doch sie musste ihn dort deponieren, solange sie sicher sein konnte, dass jemand im Gebäude war, der ihn finden würde, und er schlief tief und fest, als sie ihn, in seine Decke gewickelt, auf die Schwelle legte. Er schlief tief und fest.

»Hallo?«, ruft Vera erneut, am Fuße der Treppe stehend.

Keine Antwort. Sie überlegt, ob Lynn ebenfalls tief und fest schläft oder ob sie irgendwo dort oben liegt, tot. Sie ist nicht ganz sicher, auf welches Szenario sie hofft, tippt jedoch auf das Erstere und beschließt deshalb, noch einmal eine Runde durch das Erdgeschoss zu drehen. Sie zieht die Vorhänge im Wohnzimmer und im Esszimmer auf und findet sich schließlich vor einem Raum im hinteren Teil des Hauses wieder, in dem sie noch nie war. Sie hat einmal versucht, ihn zu betreten, als sie auf der Suche nach der Toilette war, doch damals war die Tür abgeschlossen, und Lynn hat sie rasch fortdirigiert. Vermutlich ist es das Bügelzimmer. Lynn freut sich doch bestimmt, wenn Vera ein bisschen bügelt, solange sie schläft. Vera hasst Bügeln, trotzdem drückt sie die Klinke nach unten und öffnet die Tür.

Drinnen erspäht sie Lynn, in einem Malerkittel, mit zerzauster Frisur und einem wilden Ausdruck in den Augen. Sie sitzt mit einem Pinsel in der Hand vor einer Staffelei. Vera sieht sich in dem Raum um. Er ist prallvoll mit Bildern und Farben.

»Du meine Güte«, haucht sie verblüfft, und erst da bemerkt Lynn sie.

»Wow, Mrs Hunter, die sind ja unglaub...« Doch ehe sie den Satz beenden kann, ist Lynn bereits aufgesprungen und stürmt auf sie zu.

»Raus!«, schreit sie, reißt sich den Kittel vom Körper und wirft ihn über das Bild, an dem sie gerade gearbeitet hat.

»Was willst du hier? Scher dich auf der Stelle hinaus!« Hektisch streicht sie sich übers Haar.

Vera weicht zurück. Es ist das erste Mal, dass sie Lynn schreien hört. »Tut mir leid, ich ... Ich wollte nicht ...«

»Raus! Und hör gefälligst auf zu glotzen! Hast du denn gar keine Manieren? Los, raus! Raus mit dir!« Lynn packt Vera überraschend kräftig am Arm und bugsiert sie durch die Tür und in den Korridor.

»Aber ... aber ...«, stammelt Vera. »Mrs Hunter, ich ...«

»Raus!«

»Ich bin doch schon draußen. Ich habe nichts gesehen.«

»Ich meinte raus aus meinem Haus.« Lynn schäumt vor Wut. »Geh einfach. Ich hab weiß Gott versucht, dich zu ertragen, aber es geht einfach nicht. Ich brauche keine Hilfe, ganz besonders nicht von jemandem wie dir.«

Mach mich rein.

Vera steht wie angewurzelt da.

»Geh. Geh zurück in dein Büro und lass mich in Frieden!« Lynn deutet auf die Haustür. »Dein Sabbatical ist zu Ende.« Sie wedelt aufgebracht mit der Hand und erwischt Vera dabei mit einem ihrer langen Fingernägel an der Kehle.

Der Kratzer fängt sofort an zu bluten. Vera fasst sich an den Hals. Nun sind sie beide verdattert.

Lynn öffnet peinlich berührt den Mund, will offensichtlich etwas sagen, doch ihr kommt kein Wort über die Lippen. Ihre Augen sprühen vor Zorn. Sie ist fuchsteufelswild, aber das hat sie nicht gewollt. Es war ein Versehen, das wissen sie beide; trotzdem fließt Blut.

Schweigen.

Vera erhascht einen Blick auf sich selbst im Spiegel neben der Garderobe. Obwohl draußen die Sonne scheint, sieht sie nur Finsternis. Sekunden verstreichen. Vera schüttelt ihre Benommenheit ab und macht zögernd einen Schritt auf Lynn zu. »Mrs Hunter ...«, versucht sie es ein allerletztes Mal.

»Raus«, befiehlt Lynn leise.

KAPITEL
NEUN

NACH DER ANKÜNDIGUNG des Pfarrers drehten sich die Besucher der Heiligen Messe wohlwollend lächelnd zu ihnen um. *Eines unserer aktivsten Mitglieder, dessen Vater eine tragende Säule unserer Gemeinde war, hat seine Partnerin fürs Leben gefunden.* Lynn nickte bescheiden, Luke strahlte. Vera lächelte ebenfalls, konnte aber nicht verhehlen, dass ihr unbehaglich zumute war, schon den ganzen Vormittag. Weder Vera noch Lynn hatten den Streit vom Vortag erwähnt. Es war Lynn höchst unangenehm, dass sie derart die Kontrolle über sich verloren hatte, und – was noch schlimmer war – dass ausgerechnet Vera ihre Bilder gesehen hatte, etwas so Intimes, Persönliches, das noch nie jemand zu Gesicht bekommen hatte und das Lynns Schwachheit, ihre Trauer, ihre Reue offenbarte. Lynn lächelte noch breiter und nickte dem Pfarrer beifällig zu. Er war jung; Lynn hatte in St Anne vor ihm bereits zwei kommen und gehen sehen, aber er war hier in der Gegend aufgewachsen, konnte sich an Philip erinnern und achtete stets darauf, ihr seinen Respekt zu zollen, indem er ihr nach der Messe die Hand schüttelte. Mittlerweile hielt er den Gottesdienst in moderner Sprache ab, ein Versuch, das Amt zugänglicher zu gestalten; eine etwas einfältige Entscheidung, wie Lynn fand. Wie man es auch drehte und wendete, in ihren Augen gab es nur wenig in der Bibel, das man noch für bare Münze nehmen konnte, da war es doch besser, die Rätselhaftigkeit aufrechtzuerhalten, damit nicht auch anderen Menschen die Widersprüche auffielen, die falschen Versprechungen, die passive Haltung, zu der die Lehren aufriefen und die ihr selbst das alles eingebrockt hatte.

Lynn hatte keinen guten Tag. Ihre Nerven lagen blank, weil sie Schmerzen hatte, und schlecht geschlafen hatte sie obendrein. Luke hatte sie wie versprochen um zehn abgeholt, aber vergessen, den Wagen vorzuheizen, und die Kälte war ihr in die Knochen gekrochen. Und Vera war da. Sie gab sich einsilbig, sodass ihre jugendliche Schönheit zur Abwechslung nicht ständig von den Grimassen entstellt wurde, die ihr peinliches Geplapper begleiteten, und sie trug einen Schal, der den verräterischen Kratzer an ihrem schlanken Hals kaschierte, spielte jedoch mit den Fransen am Saum, wie um Lynn zu signalisieren, dass sie beides jederzeit ändern konnte. Eine Machtdemonstration, kein Zweifel. Und John fehlte. Vera schloss die Finger um Lukes Hand, als könnte sie seine Enttäuschung über die Abwesenheit seines Bruders spüren. Genau wie sie *gespürt* hatte, dass eine Abtreibung und ein Sabbatical die Maßnahmen der Wahl waren. Luke liebkoste mit dem Daumen ihren Handteller; Lynn runzelte die Stirn.

John war am Sonntag kaum je verfügbar, insbesondere für die Messe. Eigentlich hatte er versprochen, diese Woche mitzukommen, damit er die Ankündigung hören konnte. Es war nicht seine Schuld, dass er erst vorhin von der Probe erfahren hatte, die er auf keinen Fall verpassen durfte. Luke war natürlich trotzdem beleidigt. Für ihn passte es ins Bild, dass John sie enttäuschte, wie schon sooft. Leider gehörte es nicht zu Lynns Stärken, anderen beruhigend die Hand zu tätscheln, und eine Unterhaltung, eine richtige Unterhaltung, war ausgeschlossen, schon wegen Vera, und auch, weil aller Augen auf sie gerichtet waren. Sie würde warten müssen. Warten. Was für eine Verschwendung wertvoller Zeit.

Dabei war das genau das gewesen, wozu ihre Mutter sie gedrängt hatte, als sie und Philip damals, in ihrem ersten Sommer, ihre Hochzeitspläne verkündet hatten.

»Warum habt ihr es denn so eilig, Liebes? Du hast doch gerade erst den Bachelorabschluss gemacht. Hattest du nicht in Erwägung gezogen, noch den Master dranzuhängen?«

Doch Lynn hatte es damals kaum erwarten können. »Das werde ich«, hatte sie im Brustton der Überzeugung gesagt. »Vielleicht findet Philip ja eine Stelle in Cambridge, oder ich setze mein Geschichtsstudium einfach in London fort.«

Lynn war, als wäre es gestern gewesen. Sie sah sich in Jeans im Schneidersitz gegenüber ihrer Mutter auf dem Boden sitzen, die sich soeben anschickte, einen Berg Socken zu stopfen. Lynn durchforstete derweil Hochzeitszeitschriften nach Kleidern und Bouquets und hörte ihr nur mit halbem Ohr zu. Sie erinnerte sich noch genau an den abschätzigen Tonfall, in dem sie entgegnet hatte: »Ach, Mum, nun sei doch nicht so altmodisch! Wir stehen quasi mit einem Bein in den Siebzigern. Es hat sich einiges geändert. Heutzutage können Frauen Karriere machen *und* heiraten. Hach, sieh dir mal das hier an!«

Ihre Mutter hatte nur den Kopf geschüttelt. Sie hatte damals schon gewusst, was Lynn erst viele Jahre später begreifen sollte.

Als Lynn im ersten Herbst die Zurückstellung ihres Anspruchs auf einen Studienplatz in Cambridge beantragte, war sie ganz sicher gewesen, dass sie bloß ein Jahr Pause einlegte, um ihr neues Zuhause einzurichten, während Philip für die Rechtsanwaltsprüfung büffelte. Im darauffolgenden Herbst hatte sie dann erneut pausiert, obwohl sie in London einen Studienplatz ergattert hatte, und auch damals hatte sie noch felsenfest geglaubt, dass sie ihre Rückkehr an die Universität nur vorübergehend und aus freien Stücken aufschob, bis Philip beruflich Fuß gefasst hatte. Erst als sie die Universität drei Jahre später davon in Kenntnis setzte, dass sie ihr Masterstudium doch nicht mehr antreten wolle, wurde ihr bewusst, wie rasch ihr ihre Ambitionen abhandengekommen waren, ersetzt durch andere, die sie sich nicht so recht erklären konnte.

Nicht, dass sie es damals bereut hätte. Die ausgefüllten Abende und Wochenenden, die sie mit Philip verbrachte, in seinen Armen, entschädigten sie für all die Tage, an denen sie überwiegend unterbeschäftigt und allein war. Sie hatte lange angenommen, es sei ihre Bestimmung, den großen Fundus an historischen Analysen um neue Werke zu erweitern, stattdessen kristallisierten sich in ihrem Leben nun allerhand neue Prioritäten heraus, die fest auf einem einzigen, neuen Wort gründeten: *Ehefrau.* Und mit jedem Monat, der verging, sprossen daraus frische Zweige, die wuchsen und gediehen, ihr zunehmend den Blick versperrten auf das, was jenseits davon lag, und ganz allmählich eine Art schützende Kuppel mit Rundfenster über ihr bildeten – die allgegenwärtige Möglichkeit eines weiteren Wortes: *Mutter.*

Nur wenig später war es dann so weit. Zu bald.

Ehe sie die Gelegenheit gefunden hatte, zu entscheiden, ob sie es auch wirklich wollte. Philip war begeistert gewesen, sie selbst überwältigt und mehr denn je auf ihre Mutter angewiesen, die tief geseufzt und umgehend zu stricken begonnen hatte. Acht Monate später war Luke zur Welt gekommen, nur drei Kilo schwer und mit Gelbsucht, doch sie und Philip bestaunten ihr winziges gelbes Baby mit seinen zehn Fingern und Zehen, an dem auch sonst alles am rechten Platz war und ordnungsgemäß funktionierte, gerade so, als wäre Luke das allererste perfekte kleine Wesen, das je das

Licht der Welt erblickt hatte. Sie fuhren mit ihm nach Hause und legten ihn in einem gelb gestrichenen Zimmer im Zentrum des Hauses, direkt unter der Kuppel mit dem Rundfenster, in die weiße Krippe, die sie gemeinsam gebaut hatten. Als John zweiundvierzig Monate später per Notkaiserschnitt in ihr Leben platzte, erbte er Lukes Krippe und Lukes Kleidung und rief schon deutlich weniger Staunen hervor. Dafür war John von Anfang an deutlich sanftmütiger, er weinte kaum und forderte nichts. Lynn hatte die Theorie aufgestellt, dass man ihn zu rasch aus ihrem Bauch geholt hatte, dass ihm durch seine überstürzte Geburt jener Übergangsprozess vorenthalten geblieben war, der es einem Neugeborenen ermöglicht, sich vorzubereiten, sich zu wappnen. Deshalb, so ihre Vermutung, habe er sich keinen Plan für sein Leben zurechtlegen können und ließ sich davon eher mitziehen. Philip versuchte, im Umgang mit ihrem sensiblen zweiten Sohn ebenso viel Enthusiasmus an den Tag zu legen wie bei Luke, doch ihr Erstgeborener verkörperte – und erfüllte – stets Philips ureigensten Hoffnungen und Erwartungen, und er konnte alles viel besser als sein kleiner Bruder und erntete dafür das ganze Lob ihres Vaters. Als Entschädigung packte Lynn zusätzliche Kekse oder ein Extrastück Kuchen in Johns Lunchbox.

Inzwischen musste sie unablässig an diese Zeit denken. Sie sah die schelmischen Gesichter der Jungs vor sich, bisweilen zu einem verschmolzen, sah, wie sie durch das Haus rannten, sich die Knie aufschürften, sie brauchten. Philip spielte regelmäßig die Hauptrolle in ihren Erinnerungen: Mal nahm er die Jungs Huckepack, mal brachte er ihnen bei, Rosskastanien zu durchbohren und auf Fäden zu ziehen, oder – später – wie man sich rasiert. Er tastete bei Empfängen unter dem Tisch nach Lynns Hand, beobachtete sie, wenn sie einen Raum betrat, lächelte ihr zu. Sein *süßer klei-*

ner Liebling. Den Soundtrack zu diesen turbulenten, selbstvergessenen Jahren, die alles durchdrangen, lieferten jedoch ihre Söhne. Ihr Ehemann war von einer ruhigeren Aura umgeben, ein Hauch davon allgegenwärtig, wobei er eher als Form denn als Geräusch in Erscheinung trat: in den Porträts seines kantigen Gesichts, die sie, ohne es zu wollen, immer wieder malte; in seinem abgetragenen braunen Morgenmantel, den sie nie weggeworfen hatte und manchmal zusammengesunken auf dem Boden liegend vorfand; in der Delle des Kissens neben dem ihren, wo sie ihn, wenn sie die Augen schloss, noch immer sehen konnte, blond und braun gebrannt, oder – je nach Laune – mit ergrauendem Haar.

Bis sie die Augen aufschlug.

Und allein war, ohne Philip.

Sie spähte noch einmal zu Luke hinüber, dessen Finger noch immer mit denen seiner Verlobten verschränkt waren. Vera. Vera, die andere Entscheidungen getroffen hatte. Lynn wandte den Blick ab. Sie wurde nicht mehr gebraucht. Von niemandem. Sie war nichts, nicht mehr als die Mutter zweier Söhne, die Ehefrau eines toten Mannes, der sämtliche Titel für sie beide verdient und sie namenlos zurückgelassen hatte: Mrs Hunter, Gattin des renommierten Prozessanwalts Philip Hunter, bessere Hälfte eines verschiedenen ehrenwerten Mitglieds der Kirchengemeinde. Wie die Gemahlin von Potifar, die in ihrer eigenen Geschichte bloß am Rande des Geschehens rund um Joseph und ihren Ehemann in Erscheinung tritt. Was wieder einmal bewies, dass die Bibel ausschließlich von Männern verfasst wurde, weshalb darin jene Hälfte der Wahrheit fehlte, um die ihre Mutter schon damals gewusst hatte.

Der Pfarrer beendet seine Verlautbarungen, und die Gemeinde erhebt sich von den knarzenden Holzbänken und stimmt das ausgewählte Loblied an. Vera wendet sich hastig ab, als Luke seiner Mutter beim Aufstehen hilft. Schon den ganzen Vormittag ist sie nicht in der Lage, Lynn in die Augen zu sehen. Zweifellos war das mit dem Kratzer an ihrem Hals irgendwie ihre Schuld. Sie hat sich ungebeten eingemischt, sich aufgedrängt. Einer armen kranken Frau, der sie eigentlich hätte helfen sollen. *Hilf mir, mich zu bessern* ... Vera reibt sich die Schläfe. In ihrem Kopf geht es nach wie vor rund: Kinderreime, Reue, Krach. Luke dreht sich zu ihr um und hebt eine Augenbraue, fragend, besorgt, doch Vera schüttelt nur den Kopf und lächelt: *Alles bestens.* Sie hat ihm nichts erzählt. Er weiß nicht, dass Lynn sie angeschrien und vor die Tür gesetzt hat, weiß nicht, dass sie sie hasst. Warum sie sie hasst. Vera hat sich vorgenommen, sich bei Lynn zu entschuldigen, sobald sich eine Gelegenheit dazu bietet, und falls das nichts fruchtet, wird sie den Schal um ihren Hals als Druckmittel einsetzen, um zu verhindern, dass ihr ihr Geheimnis zum Verhängnis wird.

Eins, zwei, drei, vier, fünf, sechs, sieben, eine alte Frau kocht Rüben, eine alte Frau kocht Speck, und du bist weg. Vera schlägt das abgegriffene Liederbuch auf und starrt angestrengt auf die Seiten. Vergangene Nacht hat sie wieder in ihrer Bibel gelesen, hat darin verzweifelt nach Antworten gesucht, doch jetzt ist ihr, als würden all die vielversprechenden, frommen Passagen über Vergebung, Gnade und Erneuerung zu nichts zerfallen angesichts der Eindringlichkeit, ja, Nachdrücklichkeit, mit der der Pfarrer bei der Predigt vom *Übel der Unzucht* spricht, von der *Heiligkeit der Ehe*, der *Abscheulichkeit der Sodomie* und der *Sünde der Abtreibung* – »*Denn dies sollt ihr wissen und erkennen, dass kein Unzüchtiger oder Unreiner oder Habsüchtiger – er ist ein Göt-*

zendiener – ein Erbteil hat in dem Reich Christi und Gottes«. Lynn wirft Vera einen vielsagenden Blick zu bei diesen Worten, einen Blick voller Verdammnis, unter dem Vera heiß wird. »Frauen, die abgetrieben haben, gibt es heutzutage ja wie Sand am Meer.« Sandmann, lieber Sandmann … Natürlich wollte Lynn damit nicht die Sünde der Abtreibung negieren; sie hat lediglich darauf hingewiesen, dass diese Praxis weit verbreitet ist. Wenn sie wüsste, was tatsächlich geschehen ist …

Wenn Vera nur vergessen könnte, was tatsächlich geschehen ist. Jetzt, da ihre Gedanken dorthin zurückgekehrt sind, kreisen sie unaufhörlich um die Ereignisse, gerade so, als liefe in ihrem Kopf ein Wiegenlied in Dauerschleife, oder eher ein alter Super-8-Familienfilm. Wie konnte sie es tun? Wie konnte sie Lynn davon erzählen? Wie konnte sie es tun? War das überhaupt sie gewesen?

Im Bus auf dem Rückweg vom Kinderheim schluchzte ihr Herz. Ihre Augen blieben trocken, doch ihr Herz schluchzte die ganze Fahrt über. Das tat es schon seit Monaten – aus reinem Selbstmitleid, das wusste sie. Es beweinte ihre unklugen Entscheidungen, ihre unerreichten Ziele, all die unfairen Situationen. Und es ging nach wie vor um sie selbst, denn sie hätte zwar eine schreckliche Mutter abgegeben, eine Drogen konsumierende, verantwortungslose, sexbesessene, arbeitslose, viel zu junge, grauenhafte Mutter, aber erst jetzt, zu spät, kam ihr in den Sinn, dass ihr das Baby fehlen könnte, dass sie es behalten wollen könnte, dass das Baby ihr Sohn war. Ihr Daumen schwebte über dem Halteknopf. Vielleicht hätte eine Träne sie dazu bewegen können, ihn zu drücken, vielleicht hätte die warme, salzige Flüssigkeit sie aus ihrer Erstarrung lösen können, doch Vera stieg nicht aus. Sie bewegte sich nicht. Sie ließ sich bewegen.

Alle um sie beginnen aus voller Kehle zu singen.

Wissen sie, was Vera getan hat? Ahnen sie, wie weit sie vom rechten Weg abgekommen ist? Sehen sie es ihr an? Wirkt das Lächeln dieser Leute deshalb ebenso herablassend, ebenso tadelnd wie das von Lynn? *Fuchs du hast die Gans gestohlen, gib sie wieder her* ... Vera zieht sich den Rock über die Knie, zupft an ihrem Schal und wünscht, sie hätte gefrühstückt. Sie fühlt sich völlig fehl am Platz. Sie hier, in der Kirche! Lachhaft! Hier zu sein lenkt sie nicht von ihren Problemen ab, sondern weckt erst recht Erinnerungen, stößt sie mit der Nase auf jede Sünde, die sie je begangen hat. Auf Taten, von denen sie gar nicht wusste, dass sie als Sünde zählen. Und sie hat weiß Gott genügend echte Sünden auf Lager, auch ohne die reinen Gedankenlosigkeiten.

Wenigstens liebt Luke sie. Sie betrachtet sein Gesicht, bis er ihren Blick auf sich ruhen fühlt und ihn erwidert, lächelnd, seiner eigenen zunehmenden Traurigkeit zum Trotz. Er ergreift ihre Hand, dient ihr als Anker. Ruft ihr in Erinnerung, warum sie hier ist. Dann bemerkt sie Lynns Blick, bemerkt ihre gerunzelte Stirn, und auf einen Schlag wird ihr wieder ihre Unzulänglichkeit bewusst, und die Angst, die sie erfasst hat. *Mach mich würdig.* Das Gesangsbuch zittert in Veras Hand.

Mein Mund besinge tausendfach
Den Ruhm des Herrn der Welt,
Der meiner Sünde Joch zerbrach,
Sich gab zum Lösegeld.

Vera wird noch heißer. Sie spürt, wie sich ihre Wangen röten. Die Wangen des kleinen Charlie waren gerötet vom Weinen. Halt suchend umklammert sie Lukes Ellbogen, und er drückt ihre Hand. Sie singen weiter. Sichere, volltönende

Stimmen, die sich durch den Text pflügen und von den steinernen Mauern, den Buntglasfenstern und dem schmiedeeisernen Kreuz über der Kanzel widerhallen.

Dein Name, Jesus, heilt den Schmerz,
Macht aus dem Leid ein Lied,
Dringt Sündern wie Musik ins Herz,
Ist Leben, Heil und Fried.

Er bricht ins Reich der Sünde ein,
Setzt die Gefangnen frei,
Sein Blut macht uns von Sünden rein,
Die Knechtschaft ist vorbei.

Vera riskiert noch einmal einen Blick zu Lynn und stellt fest, dass sie sie noch immer anstarrt, mit finsterer Miene, und jedes der Worte, die sie singt, ist direkt und ganz bewusst an Vera gerichtet. Vera spürt, wie die Hitze in ihr um sich greift und nimmt tief in ihrem Inneren einen stechenden Schmerz wahr. Sie legt das Gesangsbuch ab und verlässt hastig ihren Platz, wobei sie mit der Handtasche geräuschvoll am Holz entlangschrappt. *Es klappert die Mühle am rauschenden Bach* ...

»Alles in Ordnung?«
Mittlerweile kommen ihr ein paar der Gesichter hier vertraut vor, etliche der Gottesdienstbesucher gehören zum Bekanntenkreis von Lukes Familie, doch an die junge Frau, die eben vorsichtig die Tür zum Vorraum der antiquierten Toilette geöffnet hat, kann sich Vera nicht erinnern. Sie nimmt das angefeuchtete Papierhandtuch, das sie ihr hinhält, und lehnt sich an die gefliese Wand. Am Rand der Waschbecken, wo inzwischen üblicherweise Flüssigseifen-

spender stehen, dümpeln aufgeweichte Seifenreste vor sich hin, und die steifen hellblauen Papierhandtücher erinnern sie an die, die sie früher in der Schule hatten. Die Kühle der Fliesen dämpft den Lärm in Veras Kopf ein wenig.

»Danke, alles bestens. Mir ist bloß ziemlich heiß. Muss am Heiligen Geist liegen!«

Luke ist nicht da, um Vera zu sagen, ob ihr Kommentar witzig war oder nicht, und die junge Frau verzieht keine Miene. Sie tritt näher. »Bist du schwanger?«, flüstert sie.

Eigentlich gehört Vera nicht zu den Menschen, die nervös kichern, doch jetzt stößt sie ein raues, abgehacktes Grunzen hervor, das in der Stille verklingt. »Was? Nein, bin ich nicht, mir ist bloß ... Schwanger? Lieber Himmel, nein!« Klang das nach der Antwort einer tugendhaften, jungfräulichen Christin? »Kennen wir uns?«

»Entschuldige.« Ihr Gegenüber lacht. »Ich heiße Sally-Ann, und ich hätte kein Problem damit, falls du schwanger sein solltest.« Sie klemmt sich einen Haargummi zwischen die Lippen, schüttelt die zerzauste Lockenmähne aus und dreht sie zu einem lockeren Dutt auf ihrem Oberkopf zusammen, während sie darauf wartet, dass Vera etwas sagt. Erst jetzt fällt Veras Blick auf Sally-Anns kurzen Jeansrock und die leuchtend blaue Strumpfhose. Sie lacht unschicklich laut.

»Sag bloß, ich habe endlich eine gläubige Christin vor mir, die schon mal Sex hatte!«

»Äh, nein«, gibt Sally-Ann etwas verlegen zu und reicht ihr ein weiteres Papierhandtuch. »Für mich persönlich kommt Geschlechtsverkehr vor der Ehe zwar nicht infrage, aber es ist auch kein Drama, wenn du nicht mehr Jungfrau bist. Deine Gemeinde ist trotzdem für dich da.«

»Oh.« Vera nimmt das Tuch, ohne sie anzusehen, und zieht die Nase kraus, ehe sie sich vor dem Spiegel das noch immer gerötete Gesicht abtupft. Dann setzt sie ein Lächeln auf und wirbelt mit gespielter Fröhlichkeit herum. »Ist das dein Ernst? Der konservative Trupp da draußen?«

»Okay, die Leute hier vielleicht nicht«, räumt Sally-Ann ein. »Denen traue ich ehrlich gesagt sogar zu, dass sie mit Fackeln und Mistgabeln Jagd auf dich machen. Aber es gibt jede Menge Christen, die das deutlich lockerer sehen, in der Kirche, in der ich normalerweise zur Messe gehe beispielsweise, St George in Marylebone. Ich bin heute nur hier, weil meine Mutter Geburtstag hat. Na, jedenfalls, alle Menschen machen Fehler, das wollte ich damit sagen. Das Wichtigste ist, dass du dazu stehst und dich deswegen nicht von Jesus abwendest. Er verzeiht dir, also sollten deine Mitmenschen es auch tun.«

»Ich bin nicht schwanger.« Vera wirft die Papierhandtücher in den Mülleimer. Ihr Gesicht nimmt allmählich wieder seine normale Farbe an, trotzdem würde sie gern den Schal ablegen, unter dem der Kratzer juckt und sie an gestern erinnert. *Der Kuckuck und der Esel, die hatten einen Streit ...*

»Okay. Gut. Entschuldige«, sagt Sally-Ann hastig. Angesichts ihres neugierigen Blicks fragt sich Vera allerdings, ob sie das Kinderlied, das ihr gerade durch den Kopf geistert, womöglich laut gesungen hat. Und ob sie das auch vor Luke getan hat.

»Ich sage ja nur, dass du vielleicht mal in meine Kirche kommen solltest. Bei uns gehen viele Skeptiker ein und aus, deshalb gibt es zusätzliche Bibelgesprächsgruppen und Seminare zu relevanten Themen, und jede Menge Aktivitäten. Du solltest es dir mal ansehen.« Sie wirkt direkt bezaubernd mit ihrer lebhaften Mimik, die in dieser deprimierenden Umgebung fast ebenso sehr heraussticht und seltsam anmutet wie ihre blaue Strumpfhose.

»Das klingt verlockend«, muss Vera zugeben. »Aber Luke geht seit jeher hier zur Messe.« Sie wendet sich zum Gehen.

»Aber du fühlst dich hier verurteilt.«

Vera erstarrt mitten in der Bewegung. »Das ist doch lächerlich«, presst sie hervor. »Woher willst du das wissen?«

»Ich weiß von deiner Abtreibung.«

Veras Hände fliegen ohne ihr Zutun zu ihrem Bauch, wie angezogen von einem Magneten. Sally-Anns Bemerkung hat sie völlig unvorbereitet getroffen, ohne dass sie sich rüsten konnte, an diesem Ort, der ihr schon jetzt gefährlich erscheint. Sie versucht zu lachen, bringt aber keinen Ton heraus. Draußen schreit ein Kleinkind.

»Meine Mutter hat es mir ins Ohr geflüstert, sobald der Pfarrer eure Verlobung bekannt gegeben hat«, gesteht ihr Sally-Ann verlegen. »Mrs Hunter hat es ihr vor der Messe erzählt.«

»Mrs Hunter?«

»Genau so sollte es nicht laufen, Vera. Wie gesagt, versuch es mal bei uns in Marylbone. Gottes Gnade ist ein Geschenk, das uns allen zusteht. Lass dir nichts anderes einreden. Du musst vorsichtig sein – die Kirche kann befreien, aber auch zerstören.«

»Mrs Hunter hat es deiner Mutter erzählt?«

Es klopft an der Tür.

»Denk drüber nach«, sagt Sally-Ann.

Wenig später sitzt Vera neben Luke auf einer Bank vor der Kirche. Luke schlüpft ungebeten aus seinem Sakko und legt es Vera um die Schultern, obwohl er in seinen Hemdsärmeln in der Wintersonne im Nu zu zittern beginnt. *Sonne, liebe Sonne* … Es ist Vormittag, dennoch fühlt es sich so an, als würde der Tag schon wieder zur Neige gehen. Die Zeit verstreicht. *Große Uhren machen tick tack.*

Lynn hat Veras Geheimnis bereits ausgeplaudert. Es ist nur eine Frage der Zeit, bis sie es auch Luke erzählt. Luke reibt Veras kalte Hände zwischen den seinen. Vera zögert. Schreckt davor zurück, einem Menschen, der so perfekt ist, noch mehr Kummer zu bereiten.

Sie gibt sich einen Ruck. »Ich muss dir etwas sagen, Luke.«

Lynn steht in einiger Entfernung mit einem Grüppchen anderer Frauen zusammen und deutet dann und wann auf sie und Luke. Vera spürt, wie eine Welle der Wut in ihr aufsteigt. Wut und Beschämung. Als sich ihre Blicke kreuzen, hebt Vera eine Hand zum Schal, doch Lynn schiebt nur trotzig das Kinn vor. Als wollte sie sie herausfordern.

»Ich hoffe, es klingt nicht allzu seltsam, aber du erinnerst mich an sie«, bemerkt Luke, der ihrem Blick gefolgt ist.

Vera bricht das Duell ab und lenkt ihre Aufmerksamkeit wieder auf Luke. Er wirkt richtig fröhlich, wie er hier auf dem Kirchhof sitzt, zwischen seinen zwei Frauen. So fröhlich wie schon lange nicht mehr. *Wenn du fröhlich bist, dann klatsche in die Hand* ... Luke klatscht in die Hände, um sie aufzuwärmen, und mustert Vera eingehend. »Was wolltest du mir sagen? Ist irgendetwas nicht in Ordnung?«

Vera sieht zu ihm hoch. In seinen zweifarbigen Augen, die so verletzlich wirken, spiegeln sich Besorgnis und Pflichtgefühl. Ihr Blick wandert wieder zu Lynn, die mit ihren Freundinnen über etwas lacht. *Morgens früh um sechs kommt die böse Hex* ...

»Sie kennt alle hier schon seit Jahren«, sagt Luke, der Veras Blick falsch interpretiert hat. »Keine Sorge, das kommt schon noch. Als sie hierhergezogen ist, kannte sie auch niemanden, und du siehst ja, wie beliebt sie jetzt ist.« Er lächelt zu seiner Mutter hinüber. Vera betrachtet ihn nervös. Späht noch einmal hinüber zu Lynn, der Bastion seiner Kindheit, der manipulativen Schlange, die er bedingungslos liebt und die Luke an sie, Vera, erinnert. *Spieglein, Spieglein an der Wand* ... Die bald nicht mehr da sein wird. *Spieglein, Spieglein* ...

Vera schüttelt unwillig den Kopf und tippt ihm leicht auf den Oberschenkel. »Also, was ich dir sagen wollte ...«

»Ja?«

»Es tut mir leid, ich ... Ich hab's versucht, aber ich schaffe es einfach nicht. Mir fehlt meine Arbeit zu sehr. Ich kann mich nicht um deine Mutter kümmern.«

KAPITEL ZEHN

Emilys Kopfschmerzen wurden schlimmer, bescherten ihr Schwindel, Übelkeit. Trotzdem quälte sie sich aus dem Bett und in die Stadt hinein, nach Euston oder Kings Cross oder Victoria. Mittlerweile hatte sie drei Putzstellen. Am häufigsten fuhr sie allerdings nach Kentish Town. In einem der Büros, in dem sie putzte, hatte auf einem Schreibtisch der Flyer einer Wohltätigkeitsorganisation gelegen, mit gelben Haftnotizen übersät. Sie hatte ihn zur Hand genommen und minutenlang die Fotos der fröhlichen Gesichter darauf betrachtet – lauter ältere Menschen, gebrechlich, an der Schwelle zur Hilflosigkeit. Ein allmählicher Verfall. Die daneben abgebildeten Pflegefachkräfte wirkten belastbar und souverän, fähig, beinahe wie Ärzte. *Wenn du ein Haus baust und ein Nagel bricht, hörst du auf zu bauen oder tauschst du den Nagel aus?*, konnte sie ihre Mutter im Geiste sagen hören. Und nach fünf Tagen des Zögerns und Aufschiebens hatte Emily nervös die Nummer eines Menschen gewählt, mit dem sie noch nie zuvor gesprochen hatte, und ihren Namen genannt, und am darauffolgenden Vormittag hatte sie ihre Schulung zur Pflegefachkraft begonnen.

Während der ersten Kurseinheit, in der es um Gesundheit und Sicherheit ging, um Handhygiene und die Bedienung eines Feuerlöschers, hatte sich Emily mehrfach dabei ertappt, dass sie gedanklich abschweifte und von den Zeiten träumte, in denen sie sich noch deutlich höhere Ziele gesteckt hatte. Doch schon bald kam der Umgang mit kranken und betagten Menschen zur Sprache – Umlagerung, Arzneimittel, Katheterpflege und die Prinzipien ethischen Handelns in der medizinischen Pflege –, und inzwischen waren sie beim Thema Erste Hilfe angelangt, was sich anfühlte wie eine richtige Qualifikation. Demnächst sollte sie eine Mentorin oder einen Mentor zugeteilt bekommen und mit dem Hospitieren beginnen. Und bislang hatte niemand nach ihrer Kindheit gefragt.

Die Schulung lenkte sie davon ab, füllte die allzu hellen Tage aus. Und wenn sich Emily gestattete, flüchtig darüber nachzudenken, stellte sie fest, dass es guttat, wieder etwas zu lernen. Trotzdem verging die Zeit oft nur quälend langsam, und es blieben lange Stunden der Helligkeit, in denen ihr alles unbeherrschbar, unkontrollierbar vorkam. Dann stieg sie in den Bus und suchte Schutz im Gewusel der Stadt.

Nun, da sie dank ihrer Tätigkeit als Reinigungskraft Geld verdiente, musste sie sich nicht mehr auf Orte beschränken, an denen man sich kostenlos aufhalten konnte. Sie konnte sich einen Teller Suppe oder ein Sandwich in einem Café leisten, manchmal auch ein Stück Kuchen, das sie dann allein an einem Fensterplatz sitzend verzehrte. Von dort beobachtete sie durch die Glasscheibe hindurch die Menschen aus Fleisch und Blut, die draußen vorbeischlenderten und weder Emily wahrnahmen noch all die anderen, die waren wie sie und existierten nun nur noch in ihrem Kopf.

Cassien zum Beispiel.

Sie versuchte, nicht an den jüngsten ihrer Brüder zu denken. Doch in den Cafés herrschte ein Kommen und Gehen von Freunden, die sich bei Begrüßungen und Verabschiedungen in die Arme fielen, und Emily konnte förmlich noch die Wärme von Cassiens Arm spüren, wenn er ihn ihr lässig um die Schultern gelegt hatte.

Sie stand auf. Sie setzte sich.

Dachte an Panzerglas.

Sie ging. Sie ging.

Vor einem Verfolger kannst du davonlaufen, nicht aber vor deinen Gedanken, sagte ihre Mutter, mit der Zunge schnalzend.

Und in Emilys Gedanken liefen Cassien und sie um ihr Leben.

Einmal, *davor*, etwa zwei Jahre, ehe die Welle der Gewalt mit voller Wucht über sie hereinbrach, waren sie einer Gruppe von Randalierern in die Arme gelaufen. Rückblickend konnte sie kaum glauben, dass sie so naiv gewesen waren, aber sie hatten sich damals einfach nicht vorstellen können, dass ihnen etwas zustoßen könnte. Ihnen doch nicht, nicht ernsthaft. Ja, es hatte Veränderungen gegeben, das hatten alle Kinder gespürt, wenngleich die Erwachsenen nicht darüber sprachen, doch zunächst hatte es sich noch angefühlt wie eine von Cassiens Fantasiegeschichten – am Rande des Bewusstseins lauernd, ähnlich unwirklich wie Monster, die Mondlandung, Amerika.

Sie waren auf dem Weg zur Schule gewesen. Cassien hatte seinen geliebten neuen Fußball dabei, den er kürzlich zum Geburtstag bekommen hatte und mit dem er dann und wann zwischen den gelb blühenden Büschen hindurchdribbelte. Emily hatte sich den Ranzen am Riemen über die Schulter gehängt und trug ihre schmucke beigefarbene Schuluniform, auf die sie ausgesprochen stolz war – sie durfte neuerdings auf die Oberschule gehen. Die Blazerärmel hatten am Saum hellblaue Paspeln, die bei jedem Schwingen der Arme seitlich am Rand ihres Blickfelds aufblitzten wie eine Verheißung von Gemütsruhe und Gelassenheit.

Die Männer auf der Straße vor ihnen waren gewissermaßen ebenfalls uniformiert, aber in auffälligeren Farben. Leuchtendes Grün und Gelb, entweder quer über der Brust oder um den Kopf gebunden, und auch in Form von Fahnen, die an Speeren, Masus und Macheten wehten. *Hutu Power*, sangen die Männer, *Hutu Power*, gefolgt von anderen Worten, die aufgebracht und aggressiv klangen und mit einem Mal gegen sie gerichtet waren. Emily hatte solche Männer schon zuvor gesehen, in kleineren Gruppen, aus der Entfernung, aber noch nie mit so viel leerem Raum zwischen ihr und ihnen. Cassien, der ein Jahr älter war als sie und einen Kopf größer, legte ihr einen Arm um die Schultern und führte sie bedächtig vorwärts, in die Leere. Er hatte sich den Fußball unter den Arm geklemmt und machte keine Witze mehr, und sein Schweigen hatte etwas Verstörendes. Emily vergrub die Finger in sein Hemd und zog ihn daran kaum merklich nach hinten. Obwohl sie es mit keinem Wort erwähnten, wussten sie beide, dass ihnen nichts anderes übrigblieb, als weiterzugehen, auf die Straße zu, auf der sich die verschwitzten, lärmenden Männer versammelt hatten. Es gab keinen anderen Weg zu ihrer Schule, und Mama und Papa erinnerten sie täglich daran, wie glücklich sie sich schätzen konnten, dass sie eine Schulbildung erhielten.

Der Abstand zu den Männern wurde kleiner, das Grölen lauter, und Emily spürte, wie sich die Muskeln in ihren Gliedmaßen verkrampften. Trotzdem konnte sie sich noch immer nicht vorstellen, dass ihnen die Männer etwas tun würden. Nicht ihnen, einem unbewaffneten Zwölfjährigen und seiner Schwester, die kaum mehr war als ein Strich in der Landschaft. Nicht hier, so nah an ihrem Zuhause. Bis Cassien zu Boden ging.

Cassien.

Emily blickte panisch um sich. Das Erste, was ihr auffiel, war, dass sein Fußball davongerollt war und bereits zwischen den stampfenden Füßen der Männer verschwand. Sie wollte ganz automatisch loslaufen, um ihn wiederzuholen, doch Cassien, noch immer auf dem Boden liegend, hielt sie unsanft zurück.

»Cassien!«, protestierte sie.

»Sch, Emmy.«

Der Mann, der ihn geschlagen hatte, ragte nun bedrohlich über ihnen beiden auf: groß, breitschultrig, wild, nach Bier und Machtgier und Lüsternheit stinkend. Cassien rappelte sich auf. Er blutete aus der Nase.

Die Spuke stob aus dem Mund des Mannes, als er »*Inyenzi! Inyenzi!*« zischte, »Kakerlaken!« Nun wurden auch andere Männer auf sie aufmerksam und kamen näher.

»Wir sind keine Kakerlaken.« Cassien wischte sich mit dem Handrücken über das Gesicht, und Emily bemerkte zu ihrem Entsetzen, dass er zitterte. Sie sah hoch. Die Männer hatten Bierflaschen in der Hand, und Masus, mit Nägeln bestückte Holzprügel. Einer von ihnen liebkoste auf groteske Weise seinen Speer. Cassien packte seine Schwester an der Hand und zog sie hinter sich. »Komm, Emmy, wir gehen nach Hause.«

»Aber wir müssen in die Schule«, wandte sie ein. »Wir verpassen den Unterricht. Und dein Fußball ...« Einige der Männer hatten angefangen, den Ball hin und her zu schießen.

Cassien warf einen letzten flüchtigen Blick zurück, ein ebenso jäher Abschied von seiner Kindheit wie vorhin von dem davonrollenden Ball. Dann rannten sie los, und der von ihren Füßen aufgewirbelte Dreck und Staub setzte sich auf Emilys neuer Uniform ab.

Als sie nach Hause kamen, begann ihr Vater beim Anblick von Cassiens blutiger Nase zu toben. Es fielen Ausdrücke, die er sonst nie verwendete und deren Gebrauch ihnen verboten war. Doch statt die Männer, die seinen Jungen angegriffen hatten, zur Rede zu stellen, eilte er zu der Fabrik, in der Gahiji arbeitete, und zu der Schule, die Simeon und Rukundo besuchten, und nahm sie mit heim. Dort verriegelte er die Türen und sagte, niemand dürfe das Haus verlassen. Mama umsorgte Cassien liebevoll und stellte heißes Wasser auf, um ihnen allen Tee zu machen. Auf ihren Vorschlag hin versammelten sie sich um den Tisch, aßen Muffins und spielten etwas, und eine Weile hatte es fast den Anschein, als säßen sie wegen eines Feiertags oder Geburtstags oder wegen Weihnachten zusammen. Sie lachten sogar. Emily thronte neben Gahiji und streckte stolz die Brust heraus, als er, den Kopf schiefgelegt wie ein Vogel, verkündete, er wolle sie in seinem Team haben. Cassiens Nasenbluten hörte auf, und die dramatischen Ereignisse des Nachmittags schienen sich in der heißen Flüssigkeit in ihren Tassen aufzulösen, sodass es sich beinahe anfühlte, als hätten sie ein Abenteuer überstanden und einen Grund zum Feiern. Es war – zumindest in Emilys Erinnerung – das letzte Mal gewesen, dass sie alle so zusammensaßen, lächelnd, obwohl sie schon damals insgeheim ahnten, dass sie nur um der anderen willen lächelten, weil das besser war als zu weinen und weil sie auf der Straße noch keine Leichen gesehen hatten.

Die Erste erblickten sie am darauffolgenden Morgen, und an diesem Tag stellte Mama die Regeln auf: *Wenn sie kommen, dann lauft. Haltet den Mund und lauft. In den Friedhof hinter dem Haus. Ins Dickicht. Aber nicht gemeinsam. Niemals gemeinsam, selbst wenn ihr noch so viel Angst habt. Wenn sie einen von euch finden, überlebt zumindest der andere. Ihr lauft, ihr haltet den Mund, ihr versteckt euch. Allein.*

Nun redeten sie offen mit ihren Kindern. Sie nannten die Dinge beim Namen, sie warnten sie. Es war zu gefährlich geworden, sie weiterhin in Watte zu packen.

Wenn Emily von ihrer Schulung oder ihren Wanderungen durch die Stadt nach Hause kam, legte sie manchmal, ehe sie zu ihrer ersten Putzschicht aufbrach, eine Decke auf den Boden, um den Rosenkranz zu beten. *»Ich glaube an Gott, den allmächtigen Vater ...«*, begann sie, nachdem sie sich hingekniet und bekreuzigt hatte, wie ihre Mutter es ihr beigebracht hatte. *»... wird er kommen, zu richten die Lebenden und die Toten. Ich glaube an den Heiligen Geist, die heilige katholische Kirche, Gemeinschaft der Heiligen, Vergebung der Sünden, Auferstehung der Toten und das ewige Leben ... und vergib uns unsere Schuld, wie auch wir vergeben unseren Schuldigern ...«*

Nichts davon kam von Herzen. Nicht mehr. Früher, wenn sie, den Kopf andächtig gebeugt, neben ihrer Mutter gekniet hatte, um die heiligen Worte zu sprechen, da hatte es sich angefühlt, als flüstere sie sie einem getreuen Vertrauten zu. Damals war Gott ihr Freund gewesen, ihr Retter. Verlässlich. Unfehlbar. Doch wie sollte sie ihm nun noch vertrauen? Wie sollte sie irgendjemandem vertrauen? Wie konnte es sein, dass Gott existierte und zugelassen hatte, was geschehen war? Sie glaubte weder an ihn, noch an die Auferstehung, noch an irgendein himmlisches Höchstgericht. Das waren alles nur falsche Versprechungen, genauso wie Demokratie, Gemeinschaft, Hilfe von der UNO. Außerdem wollte sie niemandem vergeben. Sie wollte an ihrer Wut, ihrem Hass festhalten; sie waren das Einzige, was ihr geblieben war.

Wenn sie jetzt den Rosenkranz betete, dann tat sie es trotzerfüllt, gleich einer Kampfansage, und weil es die einzige Möglichkeit war, mit ihrer Mutter zu sprechen.

KAPITEL ELF

VERA LIEGT UNTER einer Patchworkdecke, auf die ihre Mutter Rosen in einem satten Rubinrot genäht hat – Veras Lieblingsblumen. Sie hält sich das Handy ans Ohr und lauscht ihrem Verlobten, der seinem Zorn freien Lauf lässt und damit die kümmerlichen Überreste ihrer Verteidigung pulverisiert.

»Sie stirbt, Vera. Sie braucht uns.« Seine Stimme klingt eindringlich, beharrlich. Vera sieht ihn an seinem Schreibtisch sitzen, vor sich – inmitten von allerlei jeweils zu ordentlichen Stapeln zusammengeschobenen Unterlagen, Rechnungen und Briefen – ein einzelner Zettel, auf den er *Mutter* geschrieben hat.

Sie wünschte, sie wäre in der Lage, all ihre Sorgen auf einen einzigen Zettel zu schreiben, in ein einziges Wort zu fassen. Sie denkt an den zusammengefalteten Zettel, den sie in ihrem Portemonnaie verwahrte.

»Sie braucht *dich*. Du bist ihr Sohn«, erwidert Vera zaghaft. Sie steht vom Sofa auf und dreht sich zum Spiegel um. Es ist das dritte Mal in dieser Woche, dass sie diese Unterhaltung führen. Beim ersten und zweiten Mal hat sie versucht, ihre Entscheidung mit Argumenten wie »Ich verliere im Büro den Anschluss« und »mir geht sonst eine Beförderung durch die Lappen« zu rechtfertigen. Doch ohne ihm zu erzählen, was seine Mutter getan hat, warum sie es getan hat, was sie weiß und welche Dämonen seither deswegen ihr böses Spiel mit Vera treiben, kann sie es nicht erklären. *Sie kann es nicht erklären. Sie wird es nicht erklären.*

Erklärung ist eine Illusion.

»Du weißt doch, dass ich im Büro unabkömmlich bin«, sagt er flehentlich.

Vera starrt in den Spiegel. Sie hat festgestellt, dass es einfacher ist, die Kinderlieder und den übrigen Lärm auszublenden, wenn sie sich auf irgendein Detail in der Gegenwart konzentriert, ein Muttermal, eine Sommersprosse. Sie betrachtet ein Härchen, das aus unerfindlichen Gründen auf ihrem Ohrläppchen sprießt. Das Gesicht im Spiegel antwortet: »Es gibt genügend andere Leute, die sie betreuen können, Luke. Wie gesagt, diese gemeinnützige Einrichtung namens Home Care beispielsweise, für die ich die PR machen sollte, die übernimmt genau solche Fälle. Ruf doch einfach mal dort an. Oder lass mich das übernehmen. Lass mich auf diese Weise helfen.«

»Sie will nicht von wildfremden Leuten betreut werden. Und außerdem dachte ich, du wolltest es für mich tun.«

»Das wollte ich auch. Aber ich kann nicht.«

Luke schnaubt. »Aber du hattest es angeboten. *Du* hattest es angeboten. Und jetzt, wo es ihr täglich schlechter geht, soll sie sich an jemand Neues gewöhnen? Du bist eine Verpflichtung eingegangen. Stehst du so zu deinen Verpflichtungen? Gut zu wissen, nehme ich an.«

Vera verspürt ein Engegefühl in der Brust.

»Du hast es doch gar nicht richtig versucht, Vera. Es war bloß eine Woche.«

»Ganz recht, eine Woche, und jetzt ist sie seit einer weiteren Woche allein, und es geht ihr in der Tat immer schlechter, du musst also dringend für Ersatz sorgen. Sie hat garantiert kein Problem damit, wenn sich jemand anderes um sie kümmert.«

Es muss jemand anderes sein.

Es gibt keinen offiziellen Waffenstillstand, aber Vera klammert sich an die Hoffnung, dass Lynn den Mund halten wird, solange Vera ihr aus dem Weg geht und niemandem den Kratzer an ihrem Hals zeigt.

Luke fängt an, Bibelpassagen zu zitieren. Das hat er im Streit noch nie getan. Seine Stimme klingt dünn. Das Gefühl der Unzulänglichkeit wallt in Vera auf. Sie zündet sich eine Zigarette an. *Hilf mir, mich zu bessern.* Warum muss er die Jesuskarte ausspielen? Sie versucht jetzt schon seit Monaten, dem ganzen Hokuspokus etwas abzugewinnen, aber Jesus ist für sie ein Fremder geblieben. Sie ist ihm noch nicht »begegnet«. Religion ist zum Ablenken und Übertünchen da. Zum Kitten. Zum Ausmerzen. Oder aber zum Peitscheknallen und Gefügigmachen. Das hat sie begriffen, und sie hat angenommen, das würde genügen. Sie ist bereit, sich zu fügen. Doch wenn Luke sie derart mit Bibelzitaten bombardiert, könnte sie ein bisschen echten Glauben gebrauchen. Sie könnte dieses Gefühl der Gewissheit, der Erlösung gebrauchen. Sie könnte Luke gebrauchen.

»Du wirst meine Frau«, drängt er. »Und sie ist meine Mutter.«

»Ich weiß. Genau deshalb ...«

»Ich dachte, du liebst mich«, sagt Luke. »Ich dachte, du wolltest eine gläubige Christin sein.«

Wolltest.

Veras Blick fällt auf ihren Ring, der poliert werden müsste. Wahrscheinlich hat Luke recht. Wahrscheinlich sollte sie ihm beipflichten, obwohl er weder vom Verhalten seiner Mutter ihr gegenüber weiß, noch von der Macht, die Lynn über sie hat, noch von dem kräftezehrenden Lärm in ihrem Kopf. *Nicht obwohl, sondern wegen des Lärms sollte sie ihm beipflichten. Nicht wegen des Lärms, sondern wegen des Mordes.*

Seit Lynn das Wort verwendet hat, geht es Vera nicht mehr aus dem Kopf. Es liegt ihr ständig auf der Zunge. Es schmeckt intensiv und Übelkeit erregend und schnürt ihr die Kehle zu, sodass sie keine Luft bekommt. Sie kann nicht atmen. *Dann soll sie auch nicht atmen.* Vielleicht sollte sie den Rest der Zeit, die Lynn noch bleibt, einfach den Atem anhalten. Jesus hat doch auch das ultimative Opfer vollbracht. Wenn Vera tatsächlich »zum Glauben finden« will, wenn sie wieder rein und gut sein will, gut genug für Luke, dann sollte sie doch wohl genau das ebenfalls tun.

Vera drückt ihre Zigarette aus, zündet sich eine neue an und lehnt sich an das Sofa. An die Patchworkdecke ihrer Mutter. Sie fragt sich flüchtig, wozu ihre Mutter ihr wohl raten würde. Bei dem Gedanken an ihre Mutter verspürt sie erneut das Engegefühl in der Brust. Wäre sie in der Lage zu weinen, dann würden ihr Tränen in die Augen steigen. Sie hebt den Kopf. Die Frau im Spiegel sieht blass und gezeichnet aus. *Wie gezeichnet – als wäre sie eine grobe Skizze, noch nicht ganz das Wahre. Als fehlte noch die Farbe.*

»Warum tust du es nicht einfach für mich? Für uns? Ich weiß, wie *gut* du bist, Vera.«

Sie reibt sich seufzend die Stirn und kratzt sich dabei unabsichtlich mit dem Diamanten ihres Verlobungsrings, an den sie sich erst noch gewöhnen muss. Die Frau im Spiegel zuckt zusammen und verzieht das Gesicht zu einer hässlichen Fratze. Rupft sich mit einer einzigen, schnellen Bewegung das dünne Haar am Ohrläppchen aus. Draußen vor dem offenen Fenster kreist eine Schar Tauben. Vera schwindelt. Lukes eintönige Stimme wirkt erhebend und deprimierend zugleich.

»Ich will nicht, dass sie sich zu Tode grämt, weil ich ihre Sandwiches nicht anrühre.«

Schweigen am anderen Ende, dann dringt seine Stimme

durch den Kunststoff, kalt und ruhig: »Das ist nicht witzig.«

Vera seufzt nervös.

»Rauchst du?«, fragt Luke.

Sie nimmt einen tiefen Zug von ihrer Zigarette und marschiert los in Richtung Süden, von West Hampstead durch St John's Wood und um den Regent's Park herum, die Baker Street entlang bis nach Marylebone. Horden von Feierabendeinkäufern eilen an ihr vorüber, voller Tatendrang, Gewissheit, Zielstrebigkeit. Vera, die nichts dergleichen empfindet, hält sich an die Gehsteigkante, bemüht, ihnen aus dem Weg zu gehen.

Am liebsten würde sie allen aus dem Weg gehen, insbesondere Luke. Sie weiß, er wird es herausfinden. Er wird sie enttarnen. Verstoßen. *Mäh, mäh, schwarzes Schaf.* Wieder hört sie Kinderlieder. Sie sollte sich konzentrieren, oder eher: sich ablenken. *Sie sollte sich ablenken, indem sie sich konzentriert.* Auf ihn. Oder auf Lynn. Oder darauf, die Dinge wieder ins Lot zu bringen, nach allem, was bei Lynn geschehen ist. Doch seither kann sie nicht aufhören, an jemand anderes zu denken. Jemand anderes zu sehen. Jemand anderes zu hören, ihm zu lauschen: ihren Sohn. Hat sie überhaupt das Recht, ihn so zu nennen?

Wenn sie die Augen schließt, und sei es nur für eine Sekunde, dann sieht sie die seinen lebhaft in der Dunkelheit aufleuchten. Blau, *noch immer blau, für immer blau.* Sie würde nie herausfinden, ob sie so blau geblieben wären. Sie hört ihn auch, hört ein Phantomheulen im Plätschern der Dusche, im Wind jenseits der dünnen Fensterscheibe und immer öfter in ihrem Kopf. Warum hat sie es Lynn erzählt? Warum musste Lynn unbedingt das Thema Kinder aufs Tapet bringen? Warum hat sich Vera gestattet, zurückzublicken? Sie blickt niemals zurück. Das ist die Regel. Das ist der Trick. Doch jetzt, jetzt kann sie nicht mehr aufhören, an ihn zu denken. Und an Charlie. An die Lüge, die sie ihm erzählt und Lynn gegenüber wiederholt hat. Nein, nicht wiederholt – die Lüge, die sie sie glauben gemacht hat, die Lüge, die nun wieder aufgetaucht ist in ihrer Welt, die doch eigentlich frisch und neu und rein sein sollte. *Mach mich rein.* Lukes Bibelzitate prasseln auf ihr Hirn ein. Sie kann es Luke unmöglich erzählen. Aber sie hat das Gefühl, dass sie jeden Moment explodieren wird, dass sie damit herausplatzen wird, dass die Wahrheit in die Risse sickern wird, die sich zwischen ihnen aufgetan haben. Und wieder fing es damit an, dass sie jemanden verlassen hat. Diesmal war es Lynn.

Vera biegt um eine Ecke und geht über die Straße. Vor ihr reiht sich ein Taxi an das andere. Einmal, als sie zu vollgedröhnt war, um es nach Hause zu schaffen, hat sie in einer Taxizentrale geschlafen.

Die Erinnerung daran trifft sie unerwartet.

Sie hebt den Kopf.

Und da erspäht sie sie: die von einer kleinen Kuppel gekrönte Kirchturmspitze am Ende der Straße. Sie spürt, wie ihr Blick magisch davon angezogen wird, und denkt, ohne sonderlich überrascht zu sein: Das ist St George, die Kirche, von der Sally-Ann gesprochen hat. Dabei war Vera bis zu diesem Moment gar nicht klar, dass sie weiß, wo sich diese Kirche befindet. Ihre Hände beginnen aus unerfindlichen Gründen zu zittern. Sie sieht auf ihre Tasche hinunter, in der ihre Bibel steckt, nebst ihrem Portemonnaie mit der zusammengefalteten Zeitungsmeldung. Ihr ist, als könnte sie beides spöttisch »Feigling!« flüstern hören. Sie hebt den Blick zur Kirche. Noch mehr Spott. Sie kneift die Augen zu. »Lächerlicher Hokuspokus«, schnaubt sie und wiederholt es gleich noch einmal, halblaut. Als sie die Augen wieder aufschlägt, ist die kleine Kuppel an der Kirchturmspitze von einem warmen Glanz umgeben. »Also gut«, knurrt sie. »Also gut. Sehen wir es uns mal an.« Damit stiefelt sie trotzig auf das charmante steinerne Gebäude zu.

Die Kirche ist riesig. Vera erklimmt die Stufen und verharrt kurz am Eingang, unter dem imposanten Giebel der Fassade. Ein altes Buntglasfenster zaubert farbige Flecken vor ihr auf den Boden. Obwohl die Abendmesse laut der Ankündigungstafel erst in einer knappen Stunde beginnt, haben sich schon etliche Besucher eingefunden. Vera folgt einem Schild zur Cafeteria in der Krypta.

Unten sind sämtliche Wände mit Plakaten beklebt: *Unser Alpha-Kurs verändert Leben! Alles über die Prophezeiung! Nutze deine heilenden Kräfte! Richtig beten, richtig leben! Auch du hast das Zeug zum Guru! Schwierige Bibelstellen verständlich erklärt! Ehevorbereitungskurse!* Vera klingeln schon allein beim Lesen die Ohren angesichts der unzähligen Ausrufezeichen. Sie fragt sich gerade, was sie eigentlich hier soll, als eine vertraute Silhouette beschwingt die Treppe herunterläuft.

»Du bist gekommen!«, ruft Sally-Ann.

Sie hakt sich bei Vera unter, um ihr alles zu zeigen. Es gibt Vorführräume, Diskussionsecken und Aufenthaltsbereiche. Alles in allem erinnert St Georg eher an ein modernes Konferenzzentrum als an eine Kirche, auch deshalb, weil nicht überall die traditionellen schmiedeeisernen Kreuze zu sehen sind. Das ist also Christsein im einundzwanzigsten Jahrhundert. Vera entspannt sich ein wenig. Nach und nach füllt sich die Krypta. Da und dort bilden sich Grüppchen. Die Leute sind jung, lebhaft und begeistert, genau wie Sally-Ann es ihr prophezeit hat, und sie tragen legere Kleidung, als kämen sie geradewegs aus einer Bar oder vom Konzert einer Indie-Band. Manche sehen so aus, als hätten sie auf dem Weg zu Jesus etliche Hindernisse überwinden müssen. Der Gedanke wirkt tröstlich und lässt die Kinderlieder in Veras Kopf leiser werden. Zum allerersten Mal kommt ihr die Idee, dass der Glaube dieser Menschen vielleicht deshalb so stark ist, weil er auf die Probe gestellt wurde.

Harmlose Unschuldige denkt sie unwillkürlich und lacht insgeheim darüber. Oder hat sie laut gelacht? Vera schüttelt den Kopf und presst die Lippen zusammen. Oder haben sie doch gesündigt, so wie sie selbst? Steht in der Bibel nicht irgendwo, dass alle Menschen Sünder sind?

Sie gehen wieder nach oben, und Sally dirigiert sie ins Hauptschiff der Kirche. Hier dominieren Pracht und Prunk des Georgianischen Zeitalters, in ein warmes Licht gehüllt: Säulen und Balkone, große Bogenfenster, der Boden aus Walnussholz, über ihnen ein Tonnengewölbe. Es gibt etwa fünfhundert Sitzplätze, und vor dem Altar ist eine Art Bühne aufgebaut. Vera erspäht ein Keyboard, Gitarren, Mikrofone und ein komplettes Schlagzeug.

»Erwartet ihr eine Band?«, scherzt sie.

Sally-Ann lächelt bloß.

Sie setzten sich irgendwo in die Mitte, ein paar von Sally-Anns Bekannten gesellen sich zu ihnen. Vera lehnt sich zurück und wartet ab, während sich die Reihen füllen. Die Bandmitglieder betreten die Bühne und stimmen eine leise Soft-Rock-Ballade an, der Text dazu wird auf eine der Steinmauern der Kirche projiziert. Die Leute beginnen zu singen, manche summen mit, einige stehen auf und bewegen sich im Takt, andere bleiben sitzen und haben die Augen geschlossen. Vera rutscht verlegen auf ihrem Platz hin und her und beobachtet die Leute in ihrer Nähe. Ihr Blick ist nicht auf den Altar oder das Kreuz gerichtet, an dem Jesus hängt, sondern auf die, die im Gegensatz zu ihr die Gnade Gottes erfahren haben und sich ihrer so sicher sind. Wie Luke.

Wie kann er so sicher sein? Seit er von der Krankheit seiner Mutter erfahren hat, verspürt Vera den Drang, ihn zu trösten, ihn in die Arme zu nehmen und ihm zu sagen, dass alles gut wird, auch wenn seine Welt im Begriff ist, auseinanderzufallen. Doch wann immer sie seine Hand ergreifen will, zieht er sie weg und legt sie stattdessen auf die Bibel, seinen ständigen Begleiter, sodass Vera nie so recht weiß, was sie sagen soll. Vorhin am Telefon hat sie genau das Falsche gesagt. Sie schafft es noch nicht einmal, ihm zu helfen, indem sie sich um seine Mutter kümmert, und alles nur wegen ihrer Lügen und Geheimnisse und geheimen Lügen. Auch Lukes Glaube wirkt auf sie nach wie vor wie ein Geheimnis. Sie hat behauptet, sie sei jetzt Christin, aber wenn sie ganz ehrlich ist, kommen ihr sowohl die Bibel, auf die er so fixiert ist, als auch sein Glaube noch immer vor wie ein schlechter Scherz. Wo war Jesus vor drei Jahren, als sie ihn brauchte? Wo war er, als sie sich für Drogen und Lügen entschieden hat? Als sie schwanger war? Als sie diese *idiotische* Entscheidung getroffen hat, in der Überzeugung, das Richtige zu tun? Wo ist er jetzt? Die Band spielt weiter, und plötzlich hat Vera ein eigenartiges, fremdes Gefühl im Hals – kein Schmerz, sondern ein dicker, fetter Kloß. Sie überlegt, ob sie ein Hustenbonbon dabeihat. Als sie den Blick hebt, um den Text zu lesen und mitzusingen – *Wir lieben dich, Jesus … Dein Tod schenkt uns Leben und Freiheit* –, wird der Kloß in ihrer Kehle noch größer. Er schnürt ihr die Luft ab. Vera hustet. Rund um sie singen immer mehr Leute und wiegen sich mit beseelten Mienen im Takt zur Musik. Vera dagegen sitzt regungslos da, wie gelähmt. Sally sieht kurz zu ihr rüber und lächelt. Die Musiker spielen weiter. *Unsere Liebe ist grenzenlos* … Gitarre, Bass und Schlagzeug werden lauter. Stimmen. Lärm. Klatschen. Crescendo. Und dann plötzlich: Stille. Vera schluckt schwer. Ihre Umgebung erscheint ihr surreal. Alles dreht sich, gerät in Bewegung. Kein Stillstand mehr, keine Regungslosigkeit. Ein Gitarrist spielt allein weiter, und der Pfarrer tritt ein paar Schritte nach vorn und lädt die Gemeinde ein, dem Herrn ein Lied darzubringen. Alle dürfen sich angesprochen fühlen, dürfen singen, was ihnen in den Sinn kommt. *Wer möchte etwas singen?* Schweigen. Dann ertönt mit einem Mal von ganz hinten eine einzelne Frauenstimme, kräftig und voller Hoffnung. *Wir preisen dich, Jesus, wir preisen dich.* Die Band und die anderen Gläubigen stimmen mit ein. Vera denkt an Luke, an ihre Unfähigkeit, ihm zu helfen und seiner würdig zu sein. *Wir preisen dich.* Ihre Gedanken wandern weiter zu seiner schwierigen, schonungslosen, angsteinflößenden Mutter. Zu ihrer bevorstehenden Heirat, eine Angelegenheit, in der sie ihre Eltern nicht konsultiert hat. Der Kloß in ihrem Hals pocht und schiebt sich höher. Veras Gedanken wandern zu ihrem Baby. Ihrem Sohn. Der Song rauscht in ihren Ohren. Ihr wird heiß, und sie fürchtet schon, sie könnte in Ohnmacht fallen, als – gerade noch rechtzeitig – Stille einkehrt.

Der Geistliche tritt erneut ans Mikrofon und spricht über Verantwortung – christliche Verantwortung, über Jesus als Revolutionär: *Er predigt nicht nur Barmherzigkeit, er ist auch politisch aktiv, er ist uns ein Vorbild, er steht auf für ...* Vera steht auf, setzt sich wieder hin, als Sally-Ann an ihrer Hand zerrt. Sie fühlt sich benommen. Ihr schwirrt der Kopf, ihre Seele ist in Aufruhr. Arme Lynn. Armer Luke. So viel Leid. So viel Tugend. Das Weinen eines unentdeckten Säuglings hallt in ihrem Kopf. So viel Verderbtheit. So viel Reue. *Vergib mir, Jesus. Hilf mir, mich zu bessern ...*

Die Band stimmt den nächsten Song an. Diesmal steht Vera mit den anderen auf und wiegt sich zur Musik, singt in Gedanken mit, weil ihr die Stimme versagt. *Vergib mir. Hilf mir.* Die Worte wirbeln und purzeln durcheinander, nehmen erneut Form an. *Hilf mir.* Der Geistliche tritt ans Mikrofon: »Ich möchte nun all jene zu mir bitten, die das Gefühl haben, die Gemeinde sollte beim Herrn ein gutes Wort für sie einlegen.« Und plötzlich stellt Vera fest, dass sie sich bewegt. Ohne lange darüber nachzudenken, ohne jegliche Befangenheit, begibt sie sich, gleichsam von unsichtbaren Händen dirigiert, an den Ort, an den sie gerufen wurde. Kein Zögern, kein Zweifeln.

Sally-Ann steht auf und folgt ihr nach vorn. Dort legt sie Vera behutsam eine Hand auf die Schulter und beginnt ohne ein Wort der Erklärung zu beten, leise und mit geschlossenen Augen, aber in ihrer Stimme liegt eine ruhige Zuversicht, als wären ihre Worte an einen engen Vertrauten gerichtet. Vera sieht sich um. Eine zweite Frau gesellt sich zu ihnen, dann eine dritte. Auch sie legen Vera die Hände auf die Schultern und bitten Gott, ihr zu helfen. Die beiden kennen sie nicht, was die selbstlose Geste nur umso bemerkenswerter macht.

Nun schließt auch Vera die Augen. Sie denkt an die sterile Atmosphäre in der Abtreibungsklinik, an das Krankenhaus, an die Stufen des Kinderheimes, an die drei Charlies – den großen, ihren kleinen und die gleichnamige Droge. Und daran, dass sie ihren Eltern gern sagen würde, wie leid es ihr tut, und dass sie sie liebt. Und dass sie sich gern selbst sagen würde, wie leid es ihr tut. Daran, dass sie ihrem Sohn gern sagen würde, wie schrecklich, schrecklich leid es ihr tut, und dass sie, seit sie ihn dort auf den Stufen abgelegt hat, jede Sekunde an ihn denkt – auch, wenn sie abgelenkt ist, wenn ihr Leben stillsteht, wenn sie vor dem Spiegel hässliche Grimassen schneidet. Sie kneift die Augen noch fester zu. Da ist keine Musik mehr, nur noch Worte, weder schön noch eloquent, weder poetisch noch prophetisch, aber sie sind da, und sie sind ernst gemeint – sie sagt sie nicht mehr bloß, um ihre Gedanken in eine andere Richtung zu lenken. Sie sind kein Mantra, sondern ein aufrichtiges Gebet. *Hilf mir.* Hunderte von Erinnerungen überschwemmen sie, Erinnerungen, die sie zu lange verdrängt hat. Ihr Baby blinzelt sie mit seinen blauen Augen hilflos an. Sie betet weiter: *Hilf mir, hilf mir, hilf mir.*

Geduldig flüstert sie die Worte, ohne auf etwas anderes zu hoffen als einen Augenblick der Ruhe. Der Stille. Und plötzlich rutscht der Kloß in ihrem Hals nach oben, und Vera bekommt keine Luft mehr. Die betenden Frauen, die sie umringen, wirken gelassen und unbesorgt, während sie selbst nach Atem ringt. Wieder und wieder schnappt sie vergeblich nach Luft, wird immer panischer, bis sie schließlich ein allerletztes Mal den Mund öffnet und einen unverkennbaren Laut vernimmt: ein Schluchzen. Verblüfft fasst sie sich an die Augen und stellt fest, dass ihre Fingerspitzen nass werden. Tränen strömen ihr über die Wangen. Sie betrachtet ungläubig ihre von Make-up und Wimperntusche befleckten Finger, dann presst sie sich die Hände auf die Brust, spürt, wie sie sich mehrfach hintereinander heftig hebt und senkt. Die Frauen lassen eine nach der anderen ganz langsam die Arme sinken. Sally-Ann drückt noch einmal ihre Schulter und flüstert: »Lauf nicht gleich weg.« Und Vera, die nicht eine Träne vergossen hat, seit sie vor drei Jahren auf der harten Liege der Abtreibungsklinik lag, steht da, umgeben von drei Frauen, die sie vor einem Jahr noch despektierlich als Betschwestern bezeichnet hätte, und weint.

KAPITEL ZWÖLF

ES FÜHLTE SICH so an, als laste das Gewicht der gesamten Welt auf seinen Schultern, als Luke die Empfehlungen der Gesundheitsinitiative für die Demokratische Republik Kongo für den Minister zusammenfasste, der vermutlich nur die ersten paar Absätze seines hundertzweiunddreißig Seiten starken Konvoluts überfliegen würde. Luke musste ihm den Inhalt klar und deutlich darlegen und seine Empfehlungen mit einem strukturierenden Imperativ hinsichtlich der erforderlichen Maßnahmen versehen, ansonsten bestand die Gefahr, dass der Minister die Message völlig aus den Augen verlor. Oder zumindest nicht mit dem nötigen Eifer bei der Sache war und vor der Presse bloß eine halbherzige oder verzerrte Erklärung ablieferte. Was zur Folge hätte, dass in der Demokratischen Republik Kongo womöglich etliche tausend unschuldige Kinder noch länger und vor allem unnötig leiden müssten. Dann hätte Luke versagt. Er durfte nicht versagen. Er musste sie retten.

»Ich bin überzeugt, wenn wir uns eng an diesen Vorgaben orientieren, haben wir eine echte Chance, ihr das Leben zu retten«, schloss Luke.

»Ihr?«

»Wie bitte?«

»Sie sagten ›ihr das Leben zu retten‹«, wiederholte der Minister. Er hob das Deckblatt an und überflog die darunterliegende Seite. Luke war klar, dass dies womöglich bereits das Maximum an Aufmerksamkeit war, das sein Gegenüber dem Bericht widmen würde.

»Oh ... Äh, ja«, stotterte er. »Ich meinte Afrika; schließlich könnte man den Kontinent bildlich gesprochen als missbrauchte Frau bezeichnen.«

Der Minister legte den Kopf schief und sah zu ihm hoch, dann gluckste er leise. »Gefällt mir, das Bild. Das werde ich verwenden.«

Der Versprecher beschäftigte Luke noch eine ganze Weile. Er nahm das Mittagessen nicht in der abteilungseigenen Kantine ein, sondern kehrte den riesigen Regierungsgebäuden den Rücken und ging zu einem kleinen Italiener, wo er sich allein an einen Tisch ganz hinten setzte, ein Sandwich bestellte und an den Hautfetzen rund um seine Fingernägel knabberte, bis es kam. Als er bemerkte, dass es nicht mit getrockneten Tomaten belegt war, wie auf der Karte beschrieben, sondern mit frischen, rief er laut nach der gestressten Kellnerin, die sich gerade am anderen Ende des Restaurants befand, und ließ es zurückgehen.

»Warum ist es so schwierig, genau das zu servieren, was auf der Karte steht?«, knurrte er, wohl wissend, dass er sich albern benahm und dass es eigentlich gar nicht um das Sandwich ging. Sich strikt an das geschriebene Wort zu halten, das hatte bislang stets funktioniert. Genau genommen war es sogar das Einzige, das alles vereinfacht und ihm Sicherheit gegeben hatte.

Unsicherheit, offene Fragen, eine Welt, die er immer weniger im Griff hatte, all das hatte Luke nach dem Tod seines Vaters vor fünfzehn Jahren schwer zu schaffen gemacht. Er hatte damals nicht nur den Vater verloren, sondern auch seinen Mentor, seine Inspiration. Ihn hatte er vor jeder größeren Entscheidung konsultiert, seine Zustimmung hatte er eingeholt, ehe er sich seine Meinung gebildet hatte. Und er hatte gewusst, auf ihn konnte er zählen, sollte er je in Schwierigkeiten geraten oder Hilfe brauchen, auch wenn es nie so weit gekommen war. Als sein Vater mit fünfundvierzig an einem schweren Herzinfarkt gestorben war, hatte Luke, gerade mal neunzehn, am Anfang seiner ersten ernsthaften Beziehung gestanden und gerade überlegt, welche Vorlesungen er im neuen Studienjahr besuchen sollte. Philip hatte übers Wochenende nach Cambridge kommen wollen, um seinem ehemaligen Institut einen Besuch abzustatten, und bei der Gelegenheit hatte Luke mit ihm darüber reden wollen. Während Philip einigermaßen amüsiert die etwas abenteuerliche Anfahrt mit Bus und Bahn geplant hatte, weil das Auto in der Werkstatt war, hatte Luke seinen Schlafsack herausgekramt, damit sein Vater im Bett nächtigen konnte. Doch Philip hatte die Reise nicht mehr antreten können, und Luke hatte in den darauffolgenden Monaten ohne seinen Rat zurechtkommen müssen, hatte in einem fort die Zähne zusammengebissen, in dem krampfhaften Versuch, die Tränen zurückzuhalten, die ihn zu ersticken drohten. Und keine Hoffnung auf Rettung weit und breit.

In dieser Phase hatte er sich vermehrt Jesus zugewandt. Philip hatte sich seit jeher in der Kirche engagiert, und für Luke war es nur eine logische Konsequenz gewesen, sein Erbe dort anzutreten. Viel wichtiger war für ihn jedoch die Erkenntnis gewesen, dass er sich, wenn er genau so handelte, wie es in der Heiligen Schrift stand, nicht fragen musste, was wohl sein Vater gedacht hätte. Wenn er nach den christlichen Lehren lebte, blieb es ihm erspart, hineinzulauschen in diese schreckliche Leere in seinem Inneren. Und im Laufe der Jahre füllte sie sich mit Regeln und Zitaten und Lektionen, die zunächst auf sanfte Weise seine Entscheidungen steuerten und sich schließlich zu Prinzipien verdichteten, die Luke nicht nur Kraft gaben, sondern auch für Beständigkeit und Ordnung sorgten.

Doch jetzt hatte er erneut den Boden unter den Füßen verloren, denn er konnte das Tempo, in dem sich der Zustand seiner Mutter verschlechterte, nicht beeinflussen, selbst wenn er noch so eifrig die Bibel studierte, noch so viel Geld an wohltätige Einrichtungen spendete, noch sooft betete und auf Alkohol und Sex verzichtete. Nachts lag er wach und fragte sich besorgt, wie er ihnen allen am besten beistehen konnte – seiner Mutter, John, Vera. Afrika.

Vera brauchte ihn, das wusste er. Im Grunde konnte er es ihr nicht verdenken, dass sie seine Mutter hatte hängen lassen. Die Angelegenheit war ihr einfach eine Nummer zu groß gewesen. Luke hatte schon bei ihrer allerersten Begegnung den Kummer in Veras blauen Augen gesehen, die Selbstzweifel, die das Gute in ihr unterminierten, obwohl es so deutlich erkennbar war. Er sah, dass sie Jesus brauchte, und er wollte ihr so gerne helfen. Anfangs war er unter anderem deshalb von ihr hingerissen gewesen, *weil* sie so anders war, und wenn ihm die Last der Verantwortung wieder einmal allzu sehr zusetzte, hatte er sie angerufen, nur um ihr zu lauschen und anhand der Gedankenlosigkeiten, die sie bisweilen von sich gab, der liebenswerten Schnitzer, die ihr unterliefen, vor Augen zu führen, wie weit er selbst bereits war (zumal sein Vater ihm das nicht mehr bestätigen konnte). Doch viel häufiger hatte er ihr ein spirituelles Erweckungserlebnis gewünscht. Eigentlich sollte er sie in ihrer Entwicklung unterstützen, nun, da sie sich so sehr ins Zeug legte, aber er konnte es nun einmal kaum noch erwarten, bis sie so weit war, bis sie ihm endlich jenen Halt geben konnte, den er so bitter nötig hatte. Er hatte dann doch ihr Angebot, bei Home Care anzurufen, angenommen; seine Mutter würde Hilfe bekommen. Aber darum ging es nicht.

Es ging darum, dass Vera ihn enttäuscht hatte. Ihn und seine Mutter. Was natürlich *seine* Schuld war. Ihr Scheitern, ihre Fehler, ihr Egoismus konfrontierten ihn lediglich mit seinen eigenen Schwächen.

Luke war müde.

Mit seinen eigenen Schwächen, jawohl. Statt Vera mit gutem Beispiel voranzugehen, nörgelte er an ihr herum, zeigte ihr die kalte Schulter. Er ließ sie im Stich. Er ließ alle im Stich. Irgendwie musste es ihm gelingen, dem Chaos Einhalt zu gebieten. Als die Kellnerin mit seinem Sandwich kam, hob er mit dem Gebaren des geschorenen Samson den Kopf.

»Mit Mozzarella und getrockneten Tomaten«, verkündete sie. »Genau wie es auf der Karte steht.«

Luke nickte und nahm einen Bissen. Es schmeckte nicht so gut, wie er es sich vorgestellt hatte.

KAPITEL DREIZEHN

Der Bus war verspätet. Emily wartete nicht gerne. Beim Warten begannen ihre Füße zu zucken und vergaßen, dass sie manchmal nur zum Stehen und zum Laufen benötigt wurden. Aber es machte einen Unterschied, ein vorher festgelegtes Ziel zu haben. Das ließ sie sicherer auftreten, trieb sie voran. Es half ihr, nicht zurückzublicken. Emily zog die Jacke enger um ihren mageren Körper und spähte zum frühmorgendlichen Oktoberhimmel hinauf: blau, aber blasser als in ihrer Erinnerung an klare, sonnige Tage. Sie beobachtete, wie eine einzelne Wolke unbeirrbar am Horizont entlangmäanderte. Es hatte eine Zeit gegeben, vor vielen Jahren, da hatten Cassien und sie auf dem Friedhof hinter dem Haus gelegen und Ausschau nach einzelnen Wolken am Himmel gehalten, hatten ihre Gestalt abwechselnd interpretiert, sich Geschichten dazu ausgedacht und einander damit zum Lachen gebracht: ein verwunschenes Haus, ein Elefant, ein Hund mit zwei Köpfen, ein lächelndes Gesicht. Später, an einem finsteren Ort ohne Himmel, hätte sie bei der Erinnerung an diese endlosen Nachmittage alles gegeben für den Luxus solch eines trägen Augenblicks, hätte alles in ihrer Macht Stehende getan, egal, was, für die Freiheit, innehalten zu können, ungepeinigt, sicher, und eine Wolke am Himmel beobachten zu können, und sei es nur ein paar Sekunden lang.

Emily ließ die Wolke nicht aus den Augen: ein würdiges

Studienobjekt, das, ostwärts driftend, zu einem dünner werdenden Strich verblasste, sich an den Rändern mit jeder Sekunde, die verstrich, veränderte. Doch Emily fiel nichts ein, an das der Anblick sie erinnerte, keine Geschichte, und so blieb die Wolke lediglich ein weißer Streifen im Blau.

Die Villa von Mrs Lynn Hunter war das erste Zuhause, das Emily betrat, seit sie bei ihrer Tante ausgezogen war. Ihre eigene Wohnung zählte nicht, die war kein Zuhause, sondern lediglich eine Höhle, in der sie überwinterte. Nein, überwintern war nicht der richtige Ausdruck – sie konnte nicht lange überleben ohne Nahrung, ohne Luft, das war ihr nur allzu deutlich bewusst.

Es war nicht Mrs Hunter, die ihr öffnete. Emily kannte sie noch nicht, sie wusste lediglich, dass Lynn Hunter keine betagte Dame war, sondern eine verwitwete Krebspatientin, die leichte Unterstützung im Haushalt benötigte, wobei nicht ausgeschlossen war, dass mit der Verschlechterung ihres Gesundheitszustandes auch eine medizinische Betreuung notwendig wurde. Vor Emily im Türrahmen stand ein junger Mann, weiß, schlank, mit dunklen Augen. Er hatte etwas an sich, das ihn aufsehenerregend wirken ließ. Und harmlos. Er trat sogleich zur Seite und bat sie mit einer lässig-eleganten Handbewegung herein. Nachdem er die Tür behutsam hinter ihr geschlossen hatte, flüsterte er verschwörerisch: »Meine Mutter ist nicht so gut gelaunt heute.« Er nahm Emily Jacke und Schal ab und hängte beides an einen wuchtigen Kleiderständer aus Holz, dessen Arme, wie Emily bemerkte, auf Hochglanz poliert waren, der Sockel dagegen war von einer dicken Staubschicht bedeckt. »Es war nicht ihre Idee, sich Hilfe zu holen, müssen Sie wissen, sondern die meines Bruders. Aber nachdem sie in den vergangenen Wochen nicht mehr so gut allein zurechtgekommen ist, hat sie schließlich – widerstrebend – eingewilligt.

Nehmen Sie's nicht persönlich, falls sie etwas bärbeißig wird.«

»Bärbeißig?«

»Oh, tut mir leid, sind Sie nicht von hier?« Der junge Mann betrachtete sie nun etwas eingehender, schien ihrem Akzent hinterherzulauschen.

»Ich ... Ich bin ...« Emily verstummte und wich automatisch einen Schritt nach hinten. Es waren immer die gleichen Fragen, die sie aus dem Tritt brachten. Was *war* sie? Das Einzige, was sie sein wollte, war ein Mensch, und manchmal war sie sich nicht einmal dessen ganz sicher. Doch irgendwie waren alle ganz darauf versessen, sich selbst und ihre Mitmenschen in Schubladen zu stecken. Musste sie dasselbe tun? Sie besaß einen britischen Pass, doch was, wenn es eines Tages schlecht war, Britin zu sein? Es war besser, kein Etikett verpasst zu bekommen. Falls Blut vergossen wurde, konnte ein Etikett den Blutfluss auch nicht stoppen. »Ich kenne bloß das Wort nicht«, brachte sie schließlich mühsam hervor.

»Ach so, bärbeißig? Ein etwas altmodischer Ausdruck, ja. Er bedeutet schroff, barsch, kurz angebunden. Sie verstehen schon.«

Emily lächelte. Es war ungewöhnlich, dass jemand das von ihr annahm.

»Ja.«

Der Mann, dessen Gegenwart seltsamerweise beruhigend auf sie wirkte, schenkte ihr seinerseits ein Lächeln, ein unbeschwertes, charmantes Lächeln, das, wie sie vermutete, häufig zum Einsatz kam.

»Ich zeige Ihnen kurz das Haus und mache Sie dann miteinander bekannt.« Seine Worte waren begleitet von einer weiteren anmutigen Geste. »Ich heiße übrigens John.«

Sie gaben einander die Hand. Seine Finger waren weich,

lang und grazil, und er umschloss ihre deutlich rauere Handfläche mit kräftigem Griff, wie um seine Redlichkeit zu
unterstreichen. Bei ihrem Vater und ihren Brüdern hatten
sich die Handflächen ungleich härter angefühlt; Gahijis
Hände waren fast wie Leder gewesen, mit harten Stellen
übersät von der Arbeit in der Seifenfabrik, was Emily stets
als Ironie empfunden hatte. Manchmal hatte sich Gahiji die
Hände mit Milch eingerieben, in dem Versuch, die Schwie-
len etwas aufzuweichen, doch selbst dann hatte sie sich bei
seinen Umarmungen gewunden und theatralisch gekreischt:
»Eine Schlange! Eine ledrige Schlange!«

Sie folgte John in die Küche. Das Haus war mindestens
viermal so groß wie das ihrer Tante, und alles war alt. Was
nicht heißen sollte, dass die Einrichtung schmutzig oder ver-
schlissen war oder ausgetauscht werden musste, sondern alt
im Sinne von antik und mit Geschichte behaftet. Mit einer
persönlichen Geschichte. Die Dielen, die unter ihren Schritten knarzten, waren aus massivem Holz gefertigt und wirkten gepflegt. In der Küche hing ein etwas muffiger Geruch,
als sei der Raum in letzter Zeit kaum genutzt worden, und
ein Blick in die Schränke ergab, dass bei etlichen Lebensmitteln das Mindesthaltbarkeitsdatum überschritten war
und überall gründlich durchgeputzt werden musste. Aber
in der Spüle stand kein benutztes Geschirr, und sämtliche
Arbeitsflächen waren leer, einmal abgesehen von einer mit
zwei Beuteln bestückten Teekanne, die bereits darauf wartete, mit kochendem Wasser gefüllt zu werden.

Im vollgestopften Wohnzimmer herrschte eine beklem-
mende Atmosphäre. Überall waren Bücher: in den Regalen
an den Wänden, auf Beistelltischchen, zu Podesten für
kleine antike Lampen aufgestapelt, und auf dem Fußboden,
an Skulpturen aus Edelstahl gelehnt, deren bizarre Winkel
die Angelegenheit bedenklich instabil wirken ließen, fast,

als wären auch die angelehnten Bücher eine Art Kunstinstallation. Vollkommen unmöglich, dass ein einziger Mensch so viel liest, dachte sie, oder zumindest, dass er so viel liest und zugleich ein Leben führt. John deutete auf den Fernseher und zeigte ihr, wo Lynn ihre CDs aufbewahrte.

»Manchmal hört sie gern Musik«, sagte er. Er erwähnte weder die in einer Glasvitrine ausgestellten Pokale, noch den imposanten Chesterfield-Ohrensessel, noch die Bilder glamouröser weißer Menschen über dem Kamin. Stattdessen führte er sie wieder in den Korridor und zeigte ihr mit entschuldigender Miene, wo die Putzutensilien aufbewahrt wurden. »Meine Mutter hat immer großen Wert auf Ordnung und Sauberkeit gelegt«, bemerkte er. »Sie war richtig berühmt dafür.« Schließlich führte er Emily nach oben.

Mrs Hunter saß im Bett, ein Buch in den Händen, doch ihr Blick war starr auf die aufgeschlagenen Seiten gerichtet, statt darüberzuwandern, als würde sie gar nicht lesen. Emily erfasste schlagartig, dass sie hier eine Frau vor sich hatte, die in zwei getrennten Welten lebte: eine, die man mit den Augen sehen konnte, und eine, zu der nur ihre Gedanken Zutritt hatten, in etwa so, wie Emily es von sich selbst kannte.

Der einzige Hinweis auf die Krankheit der Frau waren das leere Glas und die Tabletten auf dem Nachttisch. Es lag keine Kleidung herum, die Schranktüren waren geschlossen, der Vorhang jenseits des Bettes war ordentlich zusammengebunden, das Fenster dahinter eröffnete den Blick in den kleinen Garten hinter dem Haus. Von ihrem Standpunkt an der Tür aus konnte Emily einen großen, ausladenden Baum am anderen Ende des Gartens ausmachen, bei dessen Anblick sie unwillkürlich an die Bäume denken musste, auf denen sie früher herumgeturnt war und damit an Cassien.

John schob die Tür etwas weiter auf, und Mrs Hunter hob den Kopf und ließ das Buch sinken – mit einer gewissen

Erleichterung, wie Emily annahm, denn ihre Handgelenke waren spindeldürr. Obwohl sie zugedeckt im Bett saß, trug sie eine Wolljacke, und ihr Haar war zu einem eleganten Dutt hochgesteckt, als wollte sie auf eine Party. Sie war etwas zusammengezuckt, als sie sie bemerkt hatte, als hätte man sie dabei ertappt, wie sie sich im Spiegel betrachtete. Sie beachtete Emily kaum, stattdessen richtete sie den Blick, der mit einem Mal grimmig wirkte, auf ihren Sohn.

»Mutter, das ist Emily«, erklärte John hastig. »Von Home Care.« Es klang beschwörend, beinahe flehentlich in der angespannten Stille. Mrs Hunter zügelte ihren Unmut nur lange genug, um einmal durchzuatmen, ehe sie antwortete. Als sie den Mund öffnete, erwartete Emily, eine schwache Stimme zu hören, so dünn wie ihr Körper, doch sie klang fest, ruhig und resolut.

»Sie ist viel zu jung, John.«

Ihr Sohn intervenierte, als sie theatralisch die Decke zurückschlug und tat, als wolle sie aus dem Bett steigen, um Emily hinauszukomplimentieren. Mrs Hunter wollte nicht, dass jemand ihre Sachen anfasste.

»Es liegt nicht an Ihnen«, versicherte er Emily, doch während sie vor der Schlafzimmertür wartete, hörte sie Mrs Hunter sagen: »Ich will nicht, dass dieses junge Ding, das gerade mal volljährig ist, in meinem Haus herumwieselt wie eine Kakerlake.«

Kakerlake.

Emily erstarrte geschockt, als sie das Wort vernahm. Sie hatte nicht damit gerechnet, es noch einmal zu hören, noch einmal so genannt zu werden, und dass es ausgerechnet in diesem Kontext geschah, warf sie aus der Bahn. Auf einen Schlag dröhnte ihr der Kopf so heftig, wie schon seit Langem nicht mehr. Die Schmerzen raubten ihr förmlich die Sinne –

manchmal wurden sie sogar so heftig, dass sie in Ohnmacht fiel. Emily sank auf einen mit Samt bezogenen Hocker auf dem Treppenabsatz, der fast so groß war wie ihr gesamtes Zuhause in Ruanda, und versuchte zu verstehen, warum sie plötzlich so niedergeschlagen war. Sie hatte helfen wollen. Genau das hatte sie an der Arbeit für Home Care gereizt: Sie bot ihr eine Möglichkeit, Leid zu lindern, zumindest das anderer Menschen, wenn schon nicht ihr eigenes. Eine Möglichkeit, für jemanden da zu sein, ohne dem Betreffenden vertrauen zu müssen, ohne ihrerseits etwas zu erwarten. Tja, wie es aussah, hatte sie doch gehofft, irgendwie davon zu profitieren. Sie hatte eine liebenswürdige ältere Dame erwartet, die ihre Unterstützung zu schätzen wusste, ihr dafür dankbar war. Sie hatte nicht mit Wut und Beschimpfungen gerechnet, mit gefährlichen Wörtern.

John schlug vor, sie solle unten »ein bisschen klar Schiff machen«. Er fragte, ob sie Erfahrung als Reinigungskraft mitbringe.

Es war eine Erleichterung, sich wieder reinen Routinetätigkeiten zu widmen, die kein Nachdenken erforderten. Das systematische Vor und Zurück des Wischmopps auf den Holzdielen ließ Emily allmählich ruhiger werden. Als John ging, gelang es ihr, sich einigermaßen freundlich zu verabschieden, danach werkelte sie weiter und war froh, ihre Ruhe zu haben. Auf den ersten Blick wirkte das Haus ordentlich aufgeräumt und sauber, doch kaum fing Emily an, Gegenstände zu verrücken – ganz leise, um das Ungeheuer im Obergeschoss nicht aufzuschrecken –, taten sich die ersten Risse in der Fassade auf. Jemand hatte zwar die Oberflächen abgewischt, dabei aber nichts von dem hochgehoben, was darauf stand, und das offenbar schon wochenlang nicht mehr. Graue Staubmuster – die Umrisse der Bücherstapel und Vasen, des Toasters – überzogen das gesamte Haus wie ein Ausschlag. Emily entfernte sie hochzufrieden und stöberte weiter. In den Küchenschränken herrschte Chaos: Ganz hinten standen Dosen und Schachteln noch ordentlich nebeneinander, weiter vorn aber war alles bunt durcheinander hineingestopft worden, wo immer sich Platz dafür gefunden hatte. Im Esszimmer stieß sie auf eine Schublade, die ausschließlich mit Gummiringen gefüllt war. Mit der Zeit wuchs ihre Neugier, und schon bald sauste sie im Erdgeschoss hin und her, ohne zu bemerken, wie viel Lärm sie machte, während sie Fotos und Nippesfiguren zur Hand nahm und betrachtete und die dünne Staubschicht fortwischte, die alles bedeckte. Sie wusste nicht, woher dieser plötzliche Eifer kam; möglicherweise aus dem Antrieb heraus, etwas zu konstruieren oder zu rekonstruieren: ein Leben, eine Geschichte. Die Lebensgeschichte der Frau, die oben allein im Bett lag. Ein winziger silberner Elefant erinnerte sie flüchtig an ihre eigene Geschichte, an einen Park, den sie einmal besucht hatte. Sie ließ ihn kurzerhand in ihrer Hosentasche verschwinden, als gehöre er ihr.

Nur eine Tür war verschlossen. John hatte ihr weder das Zimmer dahinter gezeigt, noch hatte er ihr gesagt, wo sich der Schlüssel befand, also nahm sie an, dass sie dort nicht saubermachen sollte. Sie hätte es zu gern getan. Der Blick hinter die Schranktüren eines fremden Menschen hatte etwas in ihr geweckt, was sie seit vielen Jahren nicht mehr verspürt hatte: Neugier? Interesse? Appetit? Tatendrang? Sie konnte den Beigeschmack des Gefühls nicht so recht einordnen, fand jedoch Gefallen daran, als sie nun die Zunge über die Zähne gleiten ließ. Widerstrebend wandte sie sich von der verschlossenen Tür ab und kehrte zurück in den Eingangsbereich. Dort wischte sie mit ihrem feuchten Tuch über den Sockel des Kleiderständers und stellte fest, dass er aus einem silbernen Metall war.

»Da unten komme ich nicht hin.«

Emily fuhr herum. Mrs Hunter stand hinter ihr, leicht gekrümmt, aber makellos gekleidet; auf ihrer blassen, dünnen Haut zeichnete sich der Abglanz ihrer Schönheit ab. »Der Staub dort unten ärgert mich seit Wochen, aber ich hatte keine Lust, diese Vera um Hilfe zu bitten, und Männer sehen so etwas einfach nicht, stimmt's?« Emily war sprachlos. »Ich werde mir im Wohnzimmer eine Tasse Tee genehmigen. Mit Zitrone. Keine Milch«, fuhr Lynn fort. »Mach eine ganze Kanne, du trinkst mit.«

Emily suchte zwei Porzellantassen und goss den Tee auf, in der Kanne, die man offensichtlich genau zu diesem Zweck bereits auf die Anrichte in der Küche gestellt hatte. Mrs Hunter – Lynn – war durchtriebener, als sie aussah. Sie hatte diese Détente von vornherein geplant, so viel war klar, doch warum hatte sie vor ihrem Sohn eine derartige Entrüstung an den Tag gelegt? Hatte sie vorhin Theater gespielt oder tat sie es jetzt? War sie boshaft oder hatte sie bloß Schmerzen? Schmerz, das wusste Emily, konnte Gefühle korrumpieren. Sie musste herausfinden, welche authentisch waren.

Lynn griff mit ihren knochigen Händen nach der Tasse und schnalzte ungehalten mit der Zunge, weil es keine Kekse dazu gab. »Ich kann noch welche holen«, bot Emily an, worauf Lynn kopfschüttelnd meinte, es gehe auch ohne, und sie anwies, auf dem Sessel gegenüber von ihr Platz zu nehmen.

Eine Weile saßen sie schweigend da. Lynns Miene hatte nun etwas Vages, eine verstörende Undurchschaubarkeit, die eindringlich und zugleich kühl wirkte, als wäre Lynn im Geiste meilenweit weg, obwohl sie Emily nicht aus den

Augen ließ. Emily war, als würde sie durch ein Fernrohr beäugt. Sie widerstand dem Drang, an ihrem Pony herumzuzupfen, und erwiderte den Blick der älteren Dame, deren Haltung ihr das Gefühl gab, einer Lehrerin gegenüberzusitzen, oder einer Beamtin der Einwanderungsbehörde. »Wie fühlen Sie sich heute?«, zwang sie sich schließlich zu fragen.

Statt einer Antwort gab Lynn ein ungeduldiges Schnauben von sich und wedelte herablassend mit der Hand. »Angenehm mild heute«, bemerkte sie dann und spähte flüchtig aus dem Fenster, als wäre das Wetter und nicht ihr Gesundheitszustand der Grund dafür, dass sie hier saßen und miteinander Tee tranken, ungeachtet der Kluft zwischen ihnen – eine Kluft der Generationen, der Ethnien und der persönlichen Geschichten, die sie einander noch nicht offenbart hatten.

Emily war nicht bereit, gleich das Handtuch zu werfen. »Wenn ich irgendetwas für Sie tun kann, wenn Sie Hilfe benötigen ... Ich bin entsprechend ausgebildet«, begann sie, um Lynn an ihre kürzlich erworbenen Fähigkeiten als Pflegefachkraft zu erinnern, an ihre Nützlichkeit, doch wie es aussah, hatte sie damit genau das Falsche gesagt.

»Diese ganze Situation ist völlig absurd«, platzte Lynn aufgebracht heraus. »Ich bin sehr gut in der Lage, allein für mich zu sorgen, und ich kann darauf verzichten, dass ein junges Ding wie du in meinem Haus herumschnüffelt. Hast du etwas gestohlen?«

»Nein!«

»Ich werde es merken«, fuhr Lynn fort. »Ich mag krank sein, aber ich bin nicht senil. Meine Söhne haben dich nur herbestellt, damit sie kein schlechtes Gewissen haben müssen.« Schäumend vor Wut, das Gesicht zu einer Grimasse verzogen, sodass von ihrer Schönheit nichts mehr zu sehen war, machte sie ihrem Zorn Luft. Gleich aufgestauter Lava sprühte er aus ihr heraus.

»Ich meinte nur ...«

»Es interessiert die beiden kein bisschen, was ich will – und ich will nur eines, nämlich meine Ruhe. Es ist immer noch mein Leben, mein Tod, und ich komme ganz hervorragend allein zure...«

»Den Kleiderständer haben Sie nicht allein sauberbekommen«, warf Emily ein.

Lynn verstummte abrupt und beugte sich sichtlich angestrengt nach vorn, um ihren Tee abzustellen und umzurühren. Eine Weile war in der Stille, die sich mit Emilys Bemerkung zwischen ihnen aufgetan hatte, nur das Klimpern ihres Löffels zu hören.

»Unverschämtheit«, knurrte Lynn schließlich bedächtig. Sie betrachtete Emily, nun ohne die Distanziertheit von vorhin, dann gab sie plötzlich ein leises Glucksen von sich, das in ein Husten überging, und zog ein zusammengeknülltes Stofftaschentuch aus dem Ärmel. Emily wusste nicht, ob sie schmunzeln oder ernst bleiben, ihre Hilfe anbieten oder den Blick abwenden sollte, also tat sie gar nichts. »Du kannst zum Putzen kommen. Ich schätze, in der Hinsicht kann ich Unterstützung brauchen«, räumte Lynn widerstrebend ein, als sie sich wieder gefangen hatte.

»Ich kann mehr als bloß putzen«, beharrte Emily nervös, doch nun war das Maß endgültig voll. Lynn pfefferte ihren Teelöffel auf das Tablett.

»Du wirst ausschließlich putzen. Dreimal die Woche«, erklärte sie bestimmt. »Von neun bis eins. Jetzt ist es halb eins. Du kannst mir noch einen Teller Suppe warmmachen, bevor du gehst. Nicht zu viel; kleine Portionen sind appetitanregender. Die Dosen sind im Vorratsschrank.«

Emily hatte zuletzt für jemand anderes eine Mahlzeit zubereitet, als sie noch bei ihrer Tante gewohnt hatte. Auntie legte großen Wert darauf, jeden Samstag traditionelle ruandische Gerichte zu kochen, und zwar üblicherweise in solchen Mengen, dass es bis Ende der darauffolgenden Woche reichte. Und sie hatte auch Emily dafür eingespannt, hatte sie in der Küche herumgescheucht, als wäre sie nur dafür geboren, Befehle zu erteilen. Ihr ganzer Körper hatte sich ausgedehnt, hatte sie größer und breiter aussehen lassen als morgens oder abends, wenn sie zur Arbeit aufbrach oder von dort nach Hause kam. Anfangs hatte Emily ihrer Tante das übel genommen. Vor allem in den ersten Tagen und Wochen nach ihrer Ankunft, in denen sie nur hatte schlafen wollen – was ihr auch meist gestattet wurde –, hatte sie den Küchendienst als eine Bestrafung empfunden, und das ständige Gemecker ihrer Tante war ihr ein Graus gewesen. Der Zwang, irgendetwas zu tun oder zu reden oder Aunties Geschwätz zu lauschen, war ihr zuwider gewesen; sie hatte nur einen Wunsch verspürt: sich zurückziehen zu können in ihre ohrenbetäubend stille Welt. Sooft es ging, hatte sie sich in ihr Bett verkrochen, hatte allein in ihrem Zimmer gelegen und auf jeden Versuch, sie zum Aufstehen zu bewegen, mit Widerstand und Tränen reagiert und am Ende geschrien und getreten und sich übergeben. Sie konnte nichts gegen diese Ausbrüche tun. Sie inszenierte sie nicht vorsätzlich. Es war, als befinde sich ihr Körper quasi im Energiesparmodus wie bei einem Komapatienten, dessen Organe all ihre Kraft darauf verwenden, die Schädigung des Gehirns zu beheben, und dessen winzige Bewegungen rein reflexhafter Natur sind. Aber Emily lag nicht im Koma; sie war sich der Gedanken in ihrem Kopf, die der Heilung bedurften, bewusst und stellte fest, dass eine Heilung unmöglich war.

Viele Wochen lang wurde dieser winterschlafähnliche Zustand toleriert, aber mit der Zeit wurde Auntie hartnäckiger, scheuchte sie mit den Worten »Du brauchst dringend Bewegung« aus dem Bett, zog sie an den Armen in die Küche und übertrug ihr allerlei Aufgaben. »Ein bisschen schnippeln, das wirst du doch wohl schaffen«, sagte sie. »Wie, du kannst nicht? Ich bitte dich. Erzähl mir nicht, dass du nicht imstande bist, ein paar Kartoffeln zu schälen oder den Reis zu kochen.« Derart traktiert zwang Emily ihre Finger zu gehorchen. Erst erschien es ihr ausgeschlossen, aber irgendwie gelang es ihr, das Gemüse zu putzen; sie tupfte den Fisch ab, kochte Kartoffeln, schwang das Messer, und nach ein paar Tagen mischte sie bereits fast ohne Aunties Anweisungen Auberginen und Mais und Spinat, weil sie kein Cassava hatten auftreiben können. Und die ganze Zeit über lauschte sie ihrer Tante, deren Monologe, vorgetragen in einer Art Klagegesang, von den unerfreulichen Details ihres täglichen Lebens handelten: vom kalten Wetter, von ihrer unterbezahlten Arbeit, von ihrem vielbeschäftigten Ehemann, vom dämlichen Bus, der andauernd zu spät kam.

Emily erkannte, dass dieses Gejammer ein reiner Zeitvertreib war, ein Beweis dafür, dass ihre Tante eben gern redete, und sie achtete kaum auf die Fülle an Klagen. Doch eines Tages setzte sich Auntie, die eben noch im Eintopf gerührt hatte, an den Tisch, wo Emily wie üblich das Gemüse putzte, und sagte: »Deine Mutter war eine ganz wunderbare Frau, Emmy.«

Emily brachte kein Wort heraus. Sie blickte stur geradeaus auf die Kartoffeln, obwohl ihre Hände jäh innehielten und das Schälmesser losließen, sodass es auf den Tisch fiel und dabei winzige Kartoffelschalenfitzelchen auf der furnierten Oberfläche verteilte.

»Du weißt, dass sie meine Cousine war?«, fuhr Auntie fort.

Wieder antwortete Emily nicht, doch ihre Tante schien es nicht zu bemerken. Zu reden war ihr offenkundig wichtiger als Zuhörer zu haben. »Ich kannte sie seit ihrer Geburt«, sagte sie und gab dabei einen Schnalzlaut von sich, ähnlich denen, die Emily von ihrer Mutter kannte. »Dein Vater ebenfalls. Er war ein Freund meines Bruders, musst du wissen. Er war ein guter Mann. Er war sehr klug, genau wie du, nicht wahr? Deine Mutter hat mir geschrieben, wie unheimlich klug du bist.« Auntie griff nach dem Schälmesser und machte anstelle von Emily weiter. Wieder ein Schnalzlaut. »Sie hat immer gesagt, ich sei verrückt, weil ich ausgewandert bin. ›Wie konntest du Ruanda verlassen?‹, hat sie mich gefragt. Sie hat dieses Land viel zu sehr geliebt. Sie hat die Menschen geliebt. Ich nicht. Ich habe zugesehen, dass ich wegkomme. Schon in der Schule kam ich mir eingesperrt vor. Diese ganzen starren Strukturen, die Regeln, das gefiel mir nicht. ›Nein‹, habe ich zu meiner Mutter gesagt, ›ich gehe‹, obwohl sie mich bekniet hat zu bleiben. Ich hatte schon mein Ticket. Doch deine Mutter dachte anders. Sie hat mir Briefe geschickt, hat mich auf dem Laufenden gehalten. Sie hat mir auch geschrieben, als meine Mutter starb. Sie war diejenige, die damals bei ihr war.« Auntie wischte sich verstohlen eine Träne aus den Augen. »Sie war so stark«, sagte sie, und dann stand sie auf und kehrte zurück an den Herd. »Es tut mir sehr leid für dich, Emilienne. Ein junges Mädchen sollte nicht seine Mutter verlieren.«

Danach hatte sich Emily erneut tief in sich selbst zurückgezogen, was ihrer Tante nicht entgangen war. Sie hatte Emilys Mutter nicht mehr erwähnt, hatte nur noch ein paarmal versucht, Emily zum Erzählen zu bewegen. Angetrieben von einer morbiden, unbestimmten Neugier versuchte sie herauszufinden, was geschehen war, und tastete sich Schritt für Schritt in die Landschaft von Emilys Erinnerungen vor, fragte eines Tages etwa, ob es in der alten Kirche gebrannt habe. Doch nach einer Weile redete sie nicht mehr über Ruanda, sondern beschränkte sich darauf, Gerichte zu kochen, bei deren Duft sich Emilys Appetit in Luft auflöste und der Magen schmerzhaft zusammenkrampfte vor Trauer, sodass am Ende schüsselweise Essen übrig blieb.

Ihr Onkel war ihr tunlichst aus dem Weg gegangen. Er kannte die Geschichten. Nicht *ihre* Geschichte, sondern die offizielle Berichterstattung. Er wusste, dass sie Entsetzliches durchgemacht hatte. Er sah die Narbe auf ihrer Stirn, aus der damals noch bisweilen Eiter gesickert war. Er wusste, was man ihr womöglich angetan hatte, mit welchem Gift man sie wahrscheinlich bewusst infiziert hatte, und er behandelte sie wie ein bemitleidenswertes Tier: ein armes, geschändetes Geschöpf, das man bedauert und um das man sich aus einer moralischen Verpflichtung heraus kümmert, mit dem man aber ansonsten nichts zu schaffen haben will. Beim Abendessen erkundigte er sich manchmal scheinbar interessiert, oder wie um sie zu ermuntern, welche Gerichte sie zubereitet hatte, nur um selbige dann, säuberlich zur Seite geschoben, auf seinem Teller liegen zu lassen.

Emily konzentrierte sich voll und ganz darauf, Lynns Suppe nicht anbrennen zu lassen. Sie hatte eine Dose gefunden, bei der das Mindesthaltbarkeitsdatum noch nicht überschritten war, und der dünnen Brühe ein paar Karotten sowie etwas Mehl hinzugefügt, um sie anzudicken. Im Wohnzimmer lief inzwischen deutlich vernehmbar der Fernseher. Emily arrangierte die Suppe sowie ein Glas Wasser auf einem Tablett, überlegte kurz und stellte dann noch eine Untertasse mit drei Keksen daneben.

Lynn verdrehte die Augen, sobald sie ihr Mittagessen erblickte. »Ich sagte, eine kleine Portion«, mäkelte sie. »Und bei uns isst man keine Kekse zur Suppe. Woher kommst du eigentlich?«, schob sie hinterher und wedelte gereizt mit der Hand, als Emily ihr helfen wollte, das Tablett mittig auf ihrem Schoß zu platzieren.

Emily tat, als könnte sie nicht antworten, weil das Einsammeln des Teegeschirrs ihre gesamte Aufmerksamkeit erforderte. Doch Lynn griff weder nach dem Suppenlöffel, noch wanderte ihr Blick zurück zum Fernseher. Stattdessen musterte sie Emily abwartend. »Ich hatte dich etwas gefragt.«

Emily überlegte blitzschnell, ehe sie sagte: »Ich lebe in Hendon. Das ist nicht allzu weit von hier, nur zwanzig Minuten.«

»Sei nicht albern; ich weiß, wo Hendon liegt. Ich meinte, wo du ursprünglich herkommst«, tadelte Lynn sie, kopfschüttelnd in Anbetracht der dummen Antwort.

»Ach so. Ich bin in Afrika aufgewachsen«, gestand Emily, um einen unbekümmerten, forsch-fröhlichen Tonfall bemüht, doch sie hatte noch nicht genug von sich preisgegeben.

»Wo denn in Afrika?«, wollte Lynn wissen. »Etliche Bekannte von mir waren nach dem Studium dort, hauptsächlich als freiwillige Helfer. Die hatten bei ihrer Rückkehr so einiges zu berichten. Und sie haben mir allerhand Staubfänger mitgebracht, kleine Elefanten und Giraffen und dergleichen. Also?«

Emily stand unentschlossen da, mit den Teetassen in der Hand, während endlose Sekunden vergingen. Sie spürte das Gewicht des silbernen Elefanten in ihrer Hosentasche und fragte sich angstvoll, ob er sich unter dem Stoff abzeichnete. »Ich komme aus Ruanda«, erwiderte sie schließlich mit einem extrabreiten Lächeln.

Diese Information stellte Lynn nun endlich zufrieden. Sie

schwieg, musterte Emily zum dritten Mal an diesem Tag eingehend, gab ihr das Gefühl, eine Art Beweisstück zu sein, oder ein seltener archäologischer Fund, Zeugnis einer ausgestorbenen Zivilisation, was sie ja in gewisser Weise auch war. Ein Hauch der Erkenntnis und Erinnerung wanderte über Lynns Gesicht. Das hatte das Wort *Ruanda* so an sich; es war unmöglich, damit keine Reaktion hervorzurufen. *Ruanda, das ist doch das Land, in dem sich diese ganzen Menschen gegenseitig umgebracht haben,* dachten die Leute und fragten sich unwillkürlich, ob Emily jemanden getötet hatte, da sie ganz offensichtlich nicht getötet worden war. Manche reagierten auch mit Schock und Neugier und Anteilnahme, freundlichere Emotionen zwar, aber deshalb nicht minder unangenehm. Emily wandte sich mit dem Teegeschirr zur Tür und überließ Lynn die Entscheidung zwischen diesen beiden Varianten, während sie in der Küche die Teebeutel entsorgte und die Kanne gründlich sauber schrubbte und wieder auf die Anrichte stellte. Sie nahm sich besonders viel Zeit beim sorgfältigen Abwaschen der Porzellantassen, sagte sich, sie sei nur deshalb so langsam, damit sie nicht zu Bruch gingen. Schließlich kehrte sie zurück ins Wohnzimmer.

»Soll ich das in die Küche bringen, bevor ich gehe?«, fragte sie und deutete auf die Suppe, die Lynn kaum angerührt hatte. Wieder erntete sie nur ein gereiztes Wedeln mit der Hand, eine Geste, an die sie sich bereits gewöhnte.

Lynn sah ihr geradewegs in die Augen. »Woher hast du deine Narbe?«

Ihre Unverblümtheit traf Emily unvorbereitet. Sie atmete tief durch, dann fragte sie ausweichend: »Soll ich Ihnen nicht das Tablett abnehmen?«

Lynn schnaubte entnervt. Es ging ihr sichtlich gegen den Strich, wenn sie behandelt wurde wie ein Pflegefall. Auch sie hatte eine verräterische Narbe, die sie lieber verborgen hätte: ihre Schwachheit. Kaum hatte Emily dies erkannt, schlug sie gleich noch einmal in dieselbe Kerbe: »Soll ich Sie wieder nach oben bringen, Mrs Hunter?«

Lynn schob ihre ausgestreckten Arme unsanft beiseite. »War es eine Machete?«

»Ich könnte Ihnen auch ein Bad einlassen«, fuhr Emily fort, eine offene Kampfansage, wenn auch in trügerisch fürsorglichem Tonfall.

»Was ist aus deiner Familie geworden?«

»Ich bereite dann noch das Abendbrot vor, ja?« Sie lieferten sich einen regelrechten Schlagabtausch. »Warten Sie, ich nehme Ihnen das lieber ab, ehe Sie die Suppe verschütten.« Emily griff nach dem Tablet, worauf Lynn sie an beiden Handgelenken packte und festhielt. Emily entwand sich ihrem Griff und versuchte erneut, das Tablett anzuheben, und Lynn leistete weiter Widerstand. Als sie sich schließlich geschlagen geben musste, weil ihre Kräfte nachließen, entwischte Emily mit triumphierender Miene in die Küche. Nachdem sie das Geschirr gewaschen hatte, ging sie, mit Jacke und Handtasche bewaffnet, zurück ins Wohnzimmer, bereit für einen schnellen Abgang, bereit zur Flucht. Doch Lynn beachtete sie kaum. Sie hatte den Fernseher lauter gedreht und sich eine Decke um die Schultern gelegt. Jeglicher Kampfgeist hatte sie verlassen, ihr Blick war nun wieder so abwesend-distanziert wie vorhin.

»Früher habe ich nie ferngesehen«, murmelte sie halblaut statt einer Antwort auf Emilys nervösen Abschiedsgruß.

Beunruhigt von dieser Veränderung, wich Emily bedächtig nach hinten in den Korridor. Sie fragte sich, ob sie Lynn allein lassen konnte. Sie fragte sich auch, ob Lynn jetzt wieder Theater spielte, ob sie etwas ausheckte, ob sie womöglich beschlossen hatte, bei Home Care anzurufen und die Betreuung abzubestellen. Sollte sie sie bitten, es nicht zu tun?

Doch ehe sie den Mund aufmachen konnte, rief Lynn sie abrupt noch einmal zurück ins Wohnzimmer. »Du wirst am Freitag wiederkommen«, befahl sie ihr schlicht. »Sei um neun Uhr hier.«

Auf der Heimfahrt im ruckelnden Bus, der sich durch dichten Verkehr quälte, ließ Emily, von rempelnden Passagieren umringt, die Finger über die glatte Oberfläche des gestohlenen Elefanten gleiten. Den Blick nach vorn gerichtet, hob sie eine Hand, um ihre Augen vor der Wintersonne abzuschirmen, deren Strahlen nun kräftiger als morgens die Kälte durchdrangen.

KAPITEL
VIERZEHN

CHARLIE HATTE monatelang nichts von sich hören lassen. Bei ihrem letzten Telefonat hatte er hysterisch zu lachen angefangen, als Vera erzählte, sie lese neuerdings die Bibel. Er hatte ihr prophezeit, das sei garantiert bloß eine Phase und allerlei sarkastische Bemerkungen über Luke (den »Messias«, wie er ihn nannte) vom Stapel gelassen. Doch ein Tag nach ihrem Besuch der Messe in St George lag auf ihrem Schreibtisch im Büro ein von Hand beschrifteter, weißer Briefumschlag, inmitten ihrer in Reih und Glied angeordneten gelben Haftnotizen – mit den kreativen Blumenmustern war es von einem Tag auf den anderen vorbei gewesen. Der Umschlag enthielt eine Schwarz-Weiß-Postkarte, auf der Grace Kelly in einem weißen Kleid verführerisch in die Kamera lächelte. Auf der Rückseite stand in Charlies undeutlicher Handschrift quer über die Adresslinien: *Herzlichen Glückwunsch, V – wie ich höre, willst du den Bund fürs Leben schließen.*

Vera saß fast zwanzig Minuten da und stierte auf die Karte. Beim Mittagessen nahm sie den zusammengefalteten Zeitungsausschnitt aus ihrem Portemonnaie, hielt ihn neben die Karte und betrachtete beides über ihren Cappuccino hinweg, der am Ende kalt wurde. Eine Stunde später steckte sie den Zettel wieder an seinen Platz, ohne ihn auseinandergefaltet zu haben, und verstaute Charlies Karte vorsichtig hinten im Schutzumschlag ihrer Bibel. Danach vergingen noch fast vier Wochen, bis sie sich dazu durchringen konnte, Charlie anzurufen. Ein vorsichtiger erster Schritt.

In dem Alpha-Kurs, der jeden Mittwoch in St George stattfindet, war sie bislang dreimal. An der Außenmauer der Kirche rankt sich, gleich zärtlichen Fingern, an einer Stelle eine Kletterpflanze empor, deren Blätter – erst grün, dann gelb, jetzt leuchtend rot – ihr bewusst machen, wie unendlich langsam ihre Fortschritte sind, verglichen mit den rapiden Veränderungen in der Natur. Doch seit ihrer ersten Begegnung mit Jesus oder der Wahrheit (sie kann es nicht anders nennen, so albern und melodramatisch es auch klingen mag) fühlt sie sich schutz- und wehrlos. Sie weiß, dass sie mit Charlie sprechen, ihm reinen Wein einschenken muss, aber sie braucht noch Zeit, um ihr Waffenarsenal zu bestücken. Immer wieder denkt sie an die Geschichte vom verlorenen Sohn, vor allem an die Szene im Schweinestall, als dem Sohn wieder einfällt, dass er ein Zuhause hat. Das kommt ihr nur allzu bekannt vor. Die dramatische Veränderung in ihrem Inneren dagegen traf sie völlig unvorbereitet. Sie hat ihr nicht wie erwartet Seelenfrieden, Gewissheit und Zufriedenheit beschert, nein. Aus all dem, was in ihr schwelte und glomm, was sie so eifrig übertüncht hat, wurde ein loderndes Feuer. Ein Inferno.

Sie wünschte, sie könnte mit Luke darüber reden. Offiziell ist er ihr nicht mehr böse, doch neuerdings erinnert er sie jedes Mal, wenn sie Zeit mit ihm verbringen will, an die sterbenden Kinder in Afrika, die auf seine Hilfe zählen. Er erinnert Vera nicht an seine sterbende Mutter oder an die Tatsache, dass sich jetzt an ihrer Stelle eine Fremde um sie kümmert, doch Vera weiß, dass er im Geiste bei Lynn ist und nicht bei ihr, seiner Verlobten. Genau wie sie im Geiste bei Charlie ist und nicht bei Luke.

Sie weiß, sie muss sich mit Charlie treffen. Das ist seit

jener ersten Messe in Sally-Anns Kirche mehr als offensichtlich. Natürlich muss sie es auch ihren Eltern sagen, und Luke. Doch Charlie muss es als Erster erfahren. Ob es ihr gefällt oder nicht, die Wahrheit steigt brodelnd höher wie kochendes Blut, und sie kann ihr nicht Einhalt gebieten. Bleibt nur noch die Frage, was sie sagen wird, und wann und wie. Die Alpha-Kurse sind wie Abwehrraketen; sie sieht zu, dass sie möglichst viele davon abgreift.

Sie treffen sich an einem Donnerstagabend in einer Tapas-Bar in Soho. Luke erzählt sie nichts davon. Charlies blütenweißes Hemd steht am Kragen offen, in seinem Mundwinkel hängt eine unangezündete Zigarette. Vera trägt den schlichten Hosenanzug, in dem sie im Büro war. Sie ist ungeschminkt, eine bewusste Entscheidung. Sie ist gekommen, um zu beichten, und nicht, um die Dinge zu verkomplizieren. Als sie sich ihm nähert, erhebt sich Charlie und küsst sie zahm auf beide Wangen. Ein scharfer, intensiver Duft umgibt ihn.

»Mein lieber Schwan, der jungfräuliche Look steht dir. Du siehst umwerfend sexy aus, V.«

Charlie hat nicht vergessen, dass sie am liebsten einen vollmundigen spanischen Rioja Alavesa trinkt, und bestellt eine Flasche davon, aber ehe sie sich setzen, entschuldigt sich Vera und schlängelt sich zwischen den eng stehenden, keinerlei Privatsphäre bietenden Tischen hindurch zur Toilette. Dort steht sie mit der einzelnen Kabine im Rücken vor dem Spiegel und betrachtet sich. Sie schneidet weder Grimassen noch betrachtet sie Muttermale oder Hexenhaare. Das hat sie, wie ihr in diesem Augenblick auffällt, nicht mehr getan, seit sie das erste Mal in Sally-Anns Kirche war. Stattdessen führt sie ein ernstes Gespräch mit sich selbst. Sie ruft sich in Erinnerung, wie oft Charlie sie hat sitzen oder abblitzen lassen, wie leicht es ihm gelingt, sie zu verwirren und zu verunsichern, und dass er sie zum Koksen gebracht hat und ihr eines Abends ungefragt etwas in den Drink gemischt hat. In dieser Nacht hatten sie den besten Sex aller Zeiten, und seit sie vor drei Jahren gemeinsam in der Klinik waren, sind sie bei jedem ihrer sporadischen Treffen am Ende im Bett gelandet. Sie haben sich nach wie vor viel zu erzählen, sie verstehen sich meisterhaft aufs Smalltalken, aufs Schäkern. Das Knistern ist immer noch da, oder zumindest eine unterschwellige Glut. Beide waren sie einer schnellen Nummer kaum je abgeneigt, und überhaupt war sie noch nie in der Lage, Charlie eine Abfuhr zu erteilen. Wobei Vera in den letzten Jahren manchmal das Gefühl hatte, dass sie sich eher aus dem Gefühl heraus, ihm etwas schuldig zu sein, flachlegen ließ, als Entschädigung sozusagen. Wie dem auch sei, ihre wahre Komplizenschaft besteht nicht in den sexuellen Begegnungen, sondern in ihrem Schweigen – dem Schweigen hinsichtlich der einen Angelegenheit, die sie niemals ansprechen und die Vera hier und heute aufzuklären gedenkt.

Hilf mir.

»Du hast dich also von einem Haufen evangelikaler Chorknaben bekehren lassen und bist jetzt eine wiedergeborene Christin?«, fragt Charlie grinsend, als sie beim zweiten Glas Rioja sind. »Das nennt man dann wohl Brainwash!«

»Vorsicht, Charlie«, warnt sie ihn. »Mir ist es ernst damit. Aber das verstehst du erst, wenn du es selbst gespürt hast. Du solltest es ausprobieren.«

Charlie prustet los. »Siehst du mich allen Ernstes in der Kirche?«

Sie mustert ihn eingehend. Er ist so attraktiv wie eh und je, vielleicht sogar noch mehr. Er strotzte förmlich vor

Selbstvertrauen. Mittlerweile ist er Banker und wirkt respektabel und erfolgreich, doch der Glanz in seinen Augen erinnert sie an wilde Partynächte, hedonistische Wochenenden im Bett, ganze Tage im Drogenrausch. »Nein, aber vor ein paar Jahren hätte ich mich selbst auch nicht in der Kirche gesehen.« Sie streicht sich eine Haarsträhne hinters Ohr und nippt an ihrem Wein.

»Ich ebenso wenig, V.« Er beugt sich nach vorn und tätschelt ihr das Knie, wobei seine Fingerspitzen ihren Oberschenkel streifen, dann lehnt er sich wieder zurück und nimmt eine weitere Zigarette aus der Packung. »Also, dann erzähl mal von deinem Luka. Was hat er mit dir angestellt, um diese Wandlung zu bewirken? Ist wohl eine richtige Kanone im Bett, was?«

»Er heißt nicht *Luka* sondern *Luke*, Charles, und ich bin sicher, er ist ein ganz wundervoller Liebhaber, aber wissen tu ich es nicht, weil wir noch nicht miteinander geschlafen haben.« Kaum war es heraus, wünschte sie, sie hätte es nicht gesagt.

»Er ist noch Jungfrau?!«

»Er ist Christ«, rudert sie zurück.

»Oh mein Gott, das glaub ich einfach nicht!«

Charlie reibt sich prustend die Augen, darum bemüht, sich wieder einzukriegen.

»Ich habe eine unglaubliche Erfahrung gemacht, Charlie«, fährt sie ernst und in eindringlichem Tonfall fort. »Ich habe ihn gespürt. Jesus. Ich habe ihn kennengelernt. Es hat mich total verändert ...« Warum fällt es ihr so schwer, zu beschreiben, wie sie zum Glauben gefunden hat? Charlie ist der erste Mensch, mit dem sie darüber redet, doch ihr ist, als würde er ihre Erfahrung mit seinem Zynismus in den Dreck ziehen. Ihr Glaube ist noch nicht stark genug, um derartigen Angriffen gewachsen zu sein. Sie bricht ab.

Charlie lässt die Hand sinken. »Das heißt, ich kann dich nicht mehr in Versuchung führen, V?«

»Ich bin verlobt, Charlie.«

»Ich weiß, ich weiß, aber was, wenn du es nicht wärst?« Er blickt ihr geradewegs in die Augen, und ehe sie weiß, wie ihr geschieht, sieht sie sich mit ihm im Bett eines Hotelzimmers, sieht, wie sie einander die Kleider vom Leib reißen. Sie wird mit dem Hemd anfangen, seine Brust wird wie üblich noch leicht gebräunt sein vom letzten Urlaub in Südfrankreich oder an der Amalfiküste oder irgendwo anders, noch weiter weg. »Komm schon, V, ein kleiner Quickie dann und wann, fehlt dir das denn gar nicht?« Charlie pustet ihr eine Rauchwolke ins Gesicht und zwinkert ihr zu. »Du bist jedenfalls immer abgegangen wie eine Rakete. Wie lange lebst du jetzt schon enthaltsam?«

»Na ja, seit wir zwei das letzte Mal ...«, hört sie sich verlegen gestehen. Doch das ist nicht das Geständnis, wegen dem sie hier ist.

»Herrje, du armes Ding. Also, wenn du willst, ich stehe gerne zur Verfügung ...«, säuselt er nonchalant.

Sie lächelt. Das ist typisch Charlie: Einmal ist keinmal ... Es gelingt ihm immer wieder, sich zwischen ihre Stärken und ihre Schwächen zu schieben und sie durcheinanderzuwirbeln. Sie nimmt einen großen Schluck Wein. *Hilf mir.* Genau das hat Charlie schon immer getan: Er hat sich nie aufgedrängt, er hat sie lediglich dazu gebracht, zu vergessen. *Willkommene Vergesslichkeit.* Er versteht sich darauf, Tatsachen zu verdrehen, zu verzerren, was ihr durchaus gelegen käme ...

Nein. Es war nicht seine Schuld. Er weiß von der »Abtreibung«, aber er ahnt nicht, was danach kam. Das geht allein auf ihre Kappe. Das ist ihre Sünde. Die schlimmste von allen. Bei dem Gedanken daran stockt ihr der Atem. Sie hustet, und Charlie klopft ihr übertrieben auf den Rücken. Doch die Wahrheit lässt sich nicht durch Übertreibung zur Komödie umschreiben.

»Danke für das Angebot, Charlie, aber ich liebe Luke«, presst sie schließlich hervor. »Und Jesus.«

Charlie verschluckt sich erneut an seinem Wein. »Gott, V, du bist echt zum Brüllen heute.«

»... und deshalb muss ich dir etwas sagen«, fährt sie hastig fort, ehe sie der Mut verlässt. Es dauert eine Weile, bis sich Charlie wieder beruhigt hat. Als ihm jedoch auffällt, wie nervös sie mit einem Mal wirkt, nimmt er einen Schluck Wein und stellt das Glas wieder auf den Untersetzer. Dann sieht er sie an. »Schieß los, V«, sagt er.

Sie holt tief Luft. »Erinnerst du dich an ›Singing in the rain‹?«

Statt einer Antwort zieht Charlie sichtlich unangenehm berührt an seiner Zigarette.

»Weißt du noch, dass du es gesummt hast? Damals, in der Klinik?«

Er leert sein Glas in einem Zug, dann sieht er sie mit schmalen Augen an. »Natürlich. Warum reden wir darüber?«

Vera greift ebenfalls nach ihrem Glas, doch es ist leer. Sie holt noch einmal tief Luft. »Ich hab's nicht durchgezogen. Ich habe nicht abgetrieben.«

»Was?«

Vera atmet noch einmal tief durch. Jetzt gibt es kein Zurück mehr. Wieder ist ihr, als lägen unsichtbare Hände auf ihren Schultern. »Ich habe nicht abgetrieben«, wiederholt sie bedächtig. »Ich habe die Tabletten nicht geschluckt. Ich habe das Baby bekommen.«

Charlie bringt kein Wort heraus. Er legt den Kopf schief. Vera wartet ab. Er mustert sie, und in seinem Blick liegt unmissverständlich jene Frage, die sie gefürchtet hat. Als er sich etwas gefasst hat, stellt er sie ihr: »Ich ... Ich habe ein Kind?«

Natürlich gibt es noch andere Fragen, und auch die wird er ihr noch stellen. Aber diese ist die wesentlichste.

»Es war ein Junge.«

Charlie öffnet den Mund, doch Vera weiß nicht, ob sie weitersprechen kann, wenn sie ihn nun zu Wort kommen lässt, also hebt sie die Hand. »Er kam am neunzehnten Januar im University College Hospital zur Welt. Ich war zwei Tage mit ihm dort. Ich habe ihn Charlie genannt. Ich ...« Ihre Stimme zittert, die Tränen sind nicht mehr weit. Das sind sie selten in letzter Zeit. »Ich habe ihn auf die Treppe des Kinderheims St Andrews in Euston gelegt.« Sie ringt nach Atem. Sie kann es nicht aussprechen. Sie holt ihr Portemonnaie aus der Handtasche. »Danke, dass du für mich gesummt hast«, schluchzt sie. »Es tut mir leid. Es tut mir so schrecklich leid.« Sie zieht die Zeitungsmeldung aus dem Portemonnaie, faltet sie auseinander und reicht sie Charlie, dann stürmt sie ohne einen Blick zurück zur Tür.

»*Hilf mir*«, flüstert sie in die kühle Nachtluft.

KAPITEL
FÜNFZEHN

OBWOHL SIE SICH vorgenommen hatte, es nicht zu tun, freute sich Lynn mittlerweile auf die Tage, an denen Emily da war. Einmal abgesehen von dem kurzen Debakel mit Vera, war es schon viele Jahre her, dass außer ihr noch jemand im Haus war. Natürlich stattete ihr bisweilen jemand einen Besuch ab, wobei sie schon seit Monaten keine ihrer Freundinnen mehr empfangen hatte, von denen jede Strähnchen im Haar und ein Blackberry hatte und jede Menge Dinge, über die sie sie auf dem Laufenden halten wollten. Und Luke und John benahmen sich wie Gäste, wenn sie kamen; sie saßen da und ließen sich bedienen. Mit Emily verhielt es sich anders. Sie war oft stundenlang im Obergeschoss beschäftigt, saugte, wischte Staub oder bezog das Bett neu, während Lynn fernsah oder, sofern sie die Energie dafür aufbrachte, eines ihrer Lieblingsbücher zur Hand nahm, um ein, zwei Kapital darin zu lesen. Manchmal begegneten sie einander den ganzen Vormittag nicht, doch das Geräusch von Emilys flinken Schritten oder das Brummen des Staubsaugers gaben Lynn das Gefühl, Gesellschaft zu haben, das Gefühl, dass da jemand war, der Zeugnis von ihrer Existenz ablegen konnte.

Mit Philip hatte sie oft ganze Tage auf diese Weise verbracht: Er raschelte im Arbeitszimmer mit irgendwelchen Unterlagen oder werkelte im Gartenschuppen mit Setzlingen, während sie etwas buk oder irgendwo im Haus herumschusterte und etwaige Spuren, die sie hinterlassen hatten, beseitigte. Keine Worte, und doch eine gewisse Bestätigung, kein Austausch, und doch die Verheißung von Ewigkeit ... Es war schön, wieder die Gegenwart eines anderen Menschen in ihrem Leben zu spüren, seine Schritte auf dem Holzfußboden zu vernehmen, zu hören, wie Hände, die nicht die ihren waren, Schränke öffneten.

Seit einem Monat ging Emily nun dreimal pro Woche bei ihr ein und aus. Sie wusste, wo was hingehörte und wo die Reinigungsmittel aufbewahrt wurden. Sie war mit den Einnahmezeiten und der Dosierung von Lynns Medikamenten vertraut, und wenn Lynn übel war, stellte sie ihr schweigend einen leeren Eimer neben den Sessel und tat ansonsten, als würde sie es nicht bemerken. Sie musste nicht mehr darum gebeten werden, um Viertel vor elf den Tee zu servieren, sondern kam unaufgefordert mit dem Tablett ins Wohnzimmer, samt einer Zitronenscheibe und zwei Vollkornkeksen für jede von ihnen. Und dann nahm sie auf dem Lehnstuhl Platz, auf dem früher Philip gesessen hatte. »Finden Sie es nicht langweilig, immer die gleichen Kekse zu essen?«, fragte sie eines Mittwochs.

Im Radio wurde, während sie an ihrem Tee nippten, eine Hitliste der »besten Jazz-Klassiker aller Zeiten« gespielt. Emily kannte keinen einzigen davon, doch wann immer Lynn einen Titel nannte, kaum dass die ersten paar Töne erklangen, nickte sie mit ernster Miene. Es war das erste Mal an diesem Mittwochvormittag, dass sie das Wort an Lynn richtete, und es hatte den Anschein, als hätte sie dafür all ihren Mut zusammengenommen. Einmal abgesehen von ihrer unverfrorenen Bemerkung am allerersten Tag, war sie sehr schweigsam, diese Emily, so völlig anders als Vera mit ihrem exzessiven Mitteilungsbedürfnis. Bei John hieß Emily »Engel«: »Der Engel hat diese schauderhafte Vase abgestaubt«; »Der Engel hat eine ganz köstliche Suppe gekocht«; »Wie wär's mit einem Schuss Brandy in den Tee, Engel?« Und Emily schien sich ganz allmählich für seine schalkhafte Art zu erwärmen, denn manchmal konnte sie ein Lächeln nicht unterdrücken. Und sie fing an, selbst Fragen zu stellen.

»Wenn ich Geld hätte, so wie Sie, würde ich mir immer unterschiedliche Kekse kaufen«, schob sie nun hinterher.

»Was für Kekse hattet ihr in Ruanda?«, fragte Lynn. Sie versuchte schon seit Tagen, Emily über ihre Heimat auszufragen. Vielleicht aus einer noch nicht ganz erloschenen wissenschaftlichen Neugier heraus, oder weil die Existenz dieses Mädchens sie irgendwie in der Gegenwart verankerte. Vielleicht auch, weil ihr kleiner silberner Elefant verschwunden war. Doch jedes Mal fand sich etwas, das weggeräumt werden musste, ein Licht, das ausgeknipst werden musste, und wenn nicht, warf Emily den Staubsauger an. Jetzt allerdings saß sie fest zwischen Tee und Jazz-Melodien. Sie fasste sich an den Pony, strich ihn glatt, sagte aber nichts.

»Du solltest deine Narbe nicht verstecken«, bemerkte Lynn.

Emily hob überrascht den Blick, noch immer schweigend.

»Sie macht dich besonders.« *Schön* hatte sie eigentlich sagen wollen. In ihren Augen glich Emily mit ihrer mysteriösen Exotik einer afrikanischen Prinzessin, oder zumindest ihrer Vorstellung von einer afrikanischen Prinzessin. Dass sie so jung war, irritierte Lynn weniger als erwartet, deutlich weniger als bei Vera. Vielleicht empfand Lynn ihre Mädchenhaftigkeit als nicht ganz so schmerzlich, weil sie so völlig anders war. Ihre dunkle Haut war makellos bis auf die Narbe, ihr Hals lang und schlank, ihre aufgeworfenen Lippen ließen sie aussehen, als würde sie sich permanent in Zurückhaltung üben. Sie hatte zwar eine kleine Lücke zwischen den Schneidezähnen, und sie war ein richtiger Zappelphilipp, aber wenn sie, was selten vorkam, still dasaß und lächelte, zeichnete die tiefe Narbe über der linken Braue das Oval ihres mandelförmigen Auges nach, gleich konzentrischen Kreisen auf der Oberfläche eines Teiches. »Schön«, fügte Lynn nun doch hinzu.

Emily errötete und senkte den Blick. »Wir hatten Vollkornkekse wie die hier. Und hinterher hat man uns spezielle Proteinkekse gegeben.«

»Hinterher?«

Emily stand auf. »Benötigen Sie sonst noch etwas, Mrs Hunter?«

»Früher habe ich selbst Kekse gebacken ...«, sagte Lynn.

»Meine Mutter hat immer Muffins gemacht«, erwiderte Emily. Es entstand eine kurze Pause.

»Wir müssten einige Zutaten dafür besorgen.«

Emily blieb zögernd an der Tür stehen. Der Radiomoderator kündigte mit samtiger Stimme die nächste Jazz-Nummer an. Lynn setzte sich probehalber etwas anders hin. Ihre rechte Seite schmerzte, aber nicht so heftig wie sonst bisweilen.

»Im Moment regnet es nicht«, stellte sie fest.

Als sie an der Kreuzung standen, an der die St Ann's Terrace in die St John's Wood High Street überging, lehnte Lynn es zum wiederholten Male ab, sich bei Emily unterzuhaken. Es regnete zwar nach wie vor nicht, aber der Bürgersteig war mit feuchten Blättern übersät, die sich, von unzähligen Schuhen plattgetreten, zu einem tückischen braunen Film verdichtet hatten. Emily setzte jeden Schritt bedächtig und hochkonzentriert, ohne sich um etwaige Passanten zu kümmern, die sie beobachten mochten. Die Verantwortung lastete schwer auf ihr. Wenn Lynn stürzte, würde man die

Schuld bei ihr suchen. Obgleich Lynn ihre Hilfe abgelehnt hatte. Obgleich sich Emily theoretisch auf mit nassen Blättern übersäte Gehwege berufen konnte. Obgleich Emily selbst außer Atem und unsicher auf den Beinen war. Emily hielt Lynn noch einmal den Arm hin; wieder winkte Lynn ungeduldig ab.

Bevor sie aufgebrochen waren, hatte Lynn darauf bestanden, dass Emily ihr ein ganz bestimmtes, zu ihrem Outfit passendes Paar Schuhe brachte. Unter dem Wollmantel trug sie ein schlichtes marineblaues Kleid und eine schwarze Feinstrumpfhose, und dazu hatte sie die von Emily bereitgestellten braunen Ballerinas partout nicht anziehen wollen, ganz zu schweigen von den schwarzen Halbschuhen, bei deren Anblick sie nur gelacht hatte. Nein, es hatten die marineblauen Pumps sein müssen. Es waren keine Stilettos, sondern solide, bequeme Pumps mit einem zweieinhalb Zentimeter hohen Absatz, trotzdem hätte Emily eine noch geringere Fallhöhe vorgezogen. »Man kann nie wissen, wer einem über den Weg läuft«, hatte Lynn gesagt und ihren Mantel zugeknöpft, nicht ohne im Vorzimmerspiegel ihr Make-up einem prüfenden Blick zu unterziehen, als gingen sie auf eine Party. Emily hatte diese offenbar altersunabhängige weibliche Besessenheit vom eigenen Aussehen amüsiert, doch jetzt spürte sie – auch ohne direkten Körperkontakt –, dass das Gehen Lynn zusehends anstrengte. Sie erwähnte nicht, dass sie vorsichtshalber die schwarzen Halbschuhe mitgenommen hatte.

»So, da wären wir«, verkündete Lynn betont munter, konnte aber ihre Erleichterung genauso wenig verhehlen wie ihren Frust darüber, dass sie es kaum schaffte, die schwere Tür des kleinen Supermarktes zu öffnen. Im selben Moment trat eine junge Mutter aus dem Laden, gefolgt von einer Nanny samt Kinderwagen, sodass Lynn einen Schritt zur Seite machen musste. Ein Anflug von Beschützerinstinkt flammte in Emily auf, als sie sah, dass Lynn dabei das Gesicht verzog, als hätte sie Schmerzen. Sie trat einen Schritt näher, doch Lynn hatte sich schon wieder gefangen und schnalzte missbilligend mit der Zunge. »Ich habe meine beiden ganz ohne Hilfe aufgezogen«, sagte sie, zu Emily gewandt.

Sie kauften Mehl, Vanilleextrakt, Eier und geriebene Mandeln. Butter und Zucker hatte Lynn noch zu Hause, damit mussten sie sich nicht unnötig abschleppen. Emily brannten schon die ganze Woche die Hände, möglicherweise von der Kälte.

Zum Schluss legte Lynn noch eine in dunkelblaues Papier gehüllte Tafel Bitterschokolade von Green & Black's in den Einkaufskorb.

»Bioschokolade«, bemerkte sie. »John ist überzeugt, Biolebensmittel könnten mich heilen, was natürlich absurd ist, aber wir können ihm ja trotzdem den Gefallen tun.«

Emily trug den Korb zur Kasse und lächelte bei dem Gedanken an John, der bisweilen unangekündigt hereinschneite und mit seinem harmlosen Geplauder, seinen wehenden Haaren und seinem Duft nach Aftershave gleich einer frischen Brise ihren Alltag durcheinanderwirbelte. Oft brachte er frisches Obst und Gemüse und allerhand Körnerfutter mit, lauter Dinge, von denen er gelesen hatte, sie hätten sich im Kampf gegen Krebs als nützlich erwiesen. Lynn zückte ihren Geldbeutel, reichte der Kassiererin mit einem »Guten Morgen!« eine Karte und tippte energisch ihren Pin ein.

Die junge Frau an der Kasse erwiderte den Gruß nicht und machte keinen Hehl daraus, dass die ganze Interaktion für sie lediglich Teil ihrer stumpfsinnigen täglichen Verpflichtungen war. Lynn dagegen legte eine untypische Lebhaftigkeit an den Tag, einen Hauch von Fröhlichkeit. Fast als wollte sie Emily eine neue Seite an sich offenbaren. Der kleine Ausflug tat ihr sichtlich gut.

»Guten Morgen«, wiederholte Emily nachdrücklich, zur Kassiererin gewandt. Lynn warf ihr einen überraschten Blick zu und gluckste belustigt, mit einem so verschwörerischen Funkeln in den Augen, dass Emily lachen musste. Sie konnte sich nicht erinnern, wann sie zuletzt jemanden zum Schmunzeln gebracht hatte, und sei es nur sich selbst. Das Mädchen an der Kasse schüttelte den Kopf, den Mund zu einem Grinsen verzogen, was wiederum Lynn zum Lachen fand. Nun prusteten sie beide, laut und ausgiebig, und Emily musste daran denken, wie sie mit ihrer Mutter Gemüse geputzt hatte.

Als sie jedoch aus dem Laden trat, die Tüte über dem Arm, die Packung Eier in der Hand, hatten sich die Wolken verzogen und die Sonne lachte kräftig vom strahlend blauen Himmel. Emily schwindelte sogleich im gleißenden Licht. Sie blinzelte, und ihr flüchtiges Hochgefühl verpuffte jäh. Schon den ganzen Tag hatte sich eine Migräne angekündigt, und Lynn hatte sie mit ihren Fragen zusätzlich aus dem Gleichgewicht gebracht. Sie tastete nach der Wand.

»Diese Muffins haben wir bestimmt im Handumdrehen fertig«, sagte Lynn, als sei es ihr nicht entgangen. Sie ließ die Ladentür zuschwingen. »Du gehörst ohnehin etwas aufgepäppelt.« In ihrer Miene spiegelte sich noch immer ein Anflug von Ausgelassenheit, als sie mit dem Gebaren eines Zauberkünstlers die Hand in der Einkaufstüte versenkte, die Schokolade herausfischte und ein Stück abbrach. »Hier. Zum Überbrücken.« Sie hielt Emily die Tafel hin, doch diese schüttelte den Kopf. In letzter Zeit litt sie an Appetitlosigkeit; Lynns Kekse waren oft das Einzige, was sie hinunterbrachte. Mit einem Mal war ihr übel.

»Können wir bitte einfach losgehen?«, bat sie vorsichtig.

Lynns Heiterkeit verpuffte auf einen Schlag. Wortlos pfefferte sie die Tafel zurück in die Tüte und marschierte los, allerdings nicht in die Richtung, aus der sie gekommen waren.

»Wo wollen Sie hin?«, fragte Emily.

»Na, nach Hause. Dieser Weg ist kürzer. Es ist gleich eins, nicht? Du willst doch bestimmt schnellstmöglich nach Hause.« Sie wirkte pikiert, vielleicht auch eine Spur peinlich berührt, was Emily zwar leidtat, doch es war zwecklos, Lynn widersprechen zu wollen. Lynn duldete keinen Widerspruch. Außerdem konnte Emily nicht leugnen, dass sie nur noch nach Hause wollte. Sie wollte allein sein und das grelle Tageslicht aussperren.

»Du hättest ruhig erwähnen können, dass es schon so spät ist«, rügte Lynn sie.

Emily nickte bloß. Ihr brummte der Schädel, ihr Magen rebellierte, während sie Lynn pflichtbewusst durch ein Labyrinth gewundener Straßen folgte, bis sie schließlich vor einer Kirche standen.

Einer Kirche mit Kuppeldach.

Das die Sonnenstrahlen reflektierte.

Vor der Kirche ein Mann, mit einer Leine in der Hand.

Geschrei.

Hundegebell.

»Emily?«, sagte Lynn.

Doch es war zu spät. Die Packung Eier plumpste auf die Straße, und Emily rannte.

Lynns dunkelblaue Pumps waren mit Eigelb bespritzt. Der Mann mit den Hunden rief seine Tiere zur Ordnung und ging weiter. Emily war weg, und kein Taxi weit und breit. Lynn verspürte einen schmerzhaften Stich in der Seite. Sie war seit Wochen nicht mehr allein einkaufen gewesen. Sie hatte ihr Handy zwar dabei, wollte ihre Söhne aber nicht belästigen. Ein Anflug von Panik erfasste sie. »*Contenance*!«, befahl sie sich selbst.

Das heftige Pochen in Emilys Schläfen nahm zu, ein penetrantes Hämmern, das alle anderen Geräusche übertönte – alle bis auf das schwere, gehetzte Stampfen ihrer Füße auf den Pflastersteinen. Die Angst trieb sie vorwärts, fort von Lynn und ihren Einkäufen – die Angst, eingeholt zu werden von dem Gebell und den Schreien, die scharf wie Messerstiche in ihren Ohren gellten. Selbst hier, wo sie umgeben war von freundlicher Unfreundlichkeit, von Kälte und Grau.

Vor ihr schwang quietschend ein Gatter in den Angeln. Emily stieß es weiter auf und betrat eine von Bäumen eingesäumte düstere Grünanlage, halb Park, halb Friedhof. Neben einer Schaukel kauerte sie sich, nach Luft ringend, auf den Boden und zerrte an ihrem Schal, dann schlang sie die Arme um die Knie und rieb die pulsierende Narbe daran. Es war die Kuppel der Kirche gewesen, die sie so aus der Fassung gebracht hatte – eine Kuppel wie die, unter der sie einst Zuflucht gesucht hatte. Und der Lärm: das Geschrei, das Gebell. Die Kehle wurde ihr eng und enger, bis Emily das Gefühl hatte, zu ersticken.

Nein, mir ist kalt, sagte sie sich. Ich bin in London, und die Luft ist kalt und klar.

Dennoch verspürte sie ein Brennen und Kratzen im Hals, und dann raste sie auch schon ungebremst zurück in die Vergangenheit, vorbei an Erinnerungen, die sie sonst sorgfältig unter Verschluss hielt und nur scheibchenweise zuließ, vorbei an Erinnerungen, die sie bändigen und verdrängen konnte. Und sie war wieder dort. In Ruanda.

Sie hatten die Männer kommen sehen. Ihr kleines Holzhaus stand auf einer Hügelkuppe, direkt vor dem Friedhof, in dem sie zwischen Bäumen und Büschen manchmal Verstecken spielten. Es war leicht, Besucher auszumachen, die über die Felder zu ihnen kamen. *Diese* Besucher schwangen Macheten und Masus. Einer der Männer an der Spitze des Zuges trug einen Speer. Er hielt ihn, als wäre er ein alter Stammeskrieger, und er stimmte einen Sprechgesang an, in den die anderen rasch einfielen: *Hutu Power, Hutu Power.* Alle trugen die Farben Blau, Grün, Gelb – Farben, die nun bedrohlich wirkten, die nichts mehr zu tun hatten mit Himmel, Gras und Blüten. *Grün steht für das Gras* … das hatte man ihnen in der Schule beigebracht. Jetzt nicht mehr.

Rukundo erspähte sie als Erster. Sie waren an dem Tag nicht zur Schule gegangen, hatten sich stattdessen vor dem Haus herumgetrieben und so getan, als gebe es etwas zu tun, als würden sie nicht nur herumsitzen und warten. Seit Tagen schon war es zu gefährlich, sich auf die Straße zu wagen. Überall rotteten sich Hutu-Power-Anhänger zusammen, die sangen und Leute anhielten, von denen sie wussten, dass sie zu den Tutsi gehörten. Sie hielten Leute an, weil sie in ihren Augen zu groß waren, oder auch nur einfach so. Wer Glück hatte, kam mit Beleidigungen davon, doch die Stimmung heizte sich immer mehr auf. Es fühlte sich an, als erreichte das Wasser in einem Kessel langsam, aber sicher, den Siedepunkt, und man konnte nur tatenlos zusehen und sich möglichst weit vom Kessel fernhalten.

Sie blieben unter sich und in der Nähe des Hauses. Nicht einmal Jean kam vorbei, wie er es früher oft getan hatte.

Gahiji hatte sich vor einer Woche Freunden angeschlossen, die über die Grenze nach Uganda wollten, um der Rebellenarmee beizutreten. Er wollte Teil der Widerstandsbewegung werden. »Wenn wir viele sind, und bewaffnet, dann können wir etwas ausrichten«, hatte er gesagt. Cassien, stets unerschrocken und unbedacht, hatte ihn begleiten wollen, wohl auch, weil er Gahiji verehrte, doch Papa hatte es ihm verboten, und Emily hatte ihm einen Klaps verpasst, als er ihr diese gefährliche Idee unterbreitet hatte. In Ruanda waren sie wenigstens zusammen, und sie hatten Freunde und ein Dach über dem Kopf. Sie würden vorsichtig sein und überleben. Trotzdem hatten ihre Eltern Gahiji nicht aufgehalten. Sie hatten ihn zum Abschied geküsst, hatten Emilys Protestgeheul ebenso ignoriert wie die Tränen, die sie erst aus Selbstmitleid und dann aus Angst um ihn vergossen hatte, während er entschlossen seine paar Habseligen zusammengepackt hatte. Ihren flehentlichen Blicken war er ausgewichen. Emily hatte schon früh erkannt, dass sie ihren ältesten Bruder damit um den Finger wickeln konnte, und als kleines Mädchen gern davon Gebrauch gemacht. Gahiji war stets als Erster zur Stelle gewesen, um ihr den Rücken zu stärken, etwa gegenüber ihrer Mutter, und selbst, wenn Emily zu Recht getadelt wurde, etwa, nachdem sie seinen neuen Gürtel als Sprungseil missbraucht und kaputtgemacht hatte. Und gegenüber Jean, nachdem dieser mit seinem Kuss alles kaputtgemacht hatte.

Dabei hatte sie sich bloß verplappert, als sie mit Gahiji von der Kirche nach Hause gegangen war, ein gutes Stück vor den anderen. Sie hatte nicht vorgehabt, es jemandem zu erzählen. Es wussten ohnehin zu viele davon, denn Jean hatte dafür gesorgt, dass genügend Leute seine Version der Geschichte kannten. Doch als Gahiji meinte, Jean mache sich in letzter Zeit ziemlich rar, rutschte es Emily heraus.

Sie hatte sich in den vergangenen Monaten vergeblich bemüht, dafür zu sorgen, dass sich das Verhältnis zwischen Jean und ihr normalisierte; er betrachtete sie nach wie vor auf diese beunruhigend eindringliche Art und Weise, und in letzter Zeit zwinkerte er ihr auch wieder zu. »Es sieht aus, als hättest du nervöse Zuckungen, wenn du das machst«, sagte Emily eines Tages zu ihm und griff nach der Zigarette, die sie sich hinter dem Schulgebäude teilten. Sie war gerade noch zwölf, er war seit Kurzem vierzehn. Jean verzog das Gesicht zu einer sarkastischen Grimasse und nahm ihr die Zigarette aus dem Mund.

»Und du siehst aus wie ein Junge, wenn du rauchst«, konterte er und hüllte sie nicht sonderlich gekonnt in eine Rauchwolke.

Emily grinste. Sie fühlte sich auf vertrautem, sicherem Terrain, wenn sie einander aufzogen. »Hör auf!« Sie wedelte mit der Hand. »Das riecht meine Mutter doch.«

»Sie wird es ohnehin an deinem Atem riechen.« Jean lachte trotzig, nahm einen letzten Zug und drückte den glimmenden Stummel aus. »Riech mal meinen Atem.« Emily lehnte sich ein klein wenig nach vorn, verzog theatralisch das Gesicht und hielt sich die Nase zu, worauf Jean die Augen verdrehte, ehe er ihren Kopf mit beiden Händen packte und zu sich zog, bis ihre Nasen nur noch Zentimeter voneinander entfernt waren. »Du musst schon näher rankommen«, sagte er. »Sonst riechst du gar nichts.« Er öffnete die Lippen ein klein wenig und atmete aus, und die Wärme seines Atems bescherte Emily ein sonderbares, fremdes Gefühl in der Magengegend, ungefähr so, als wäre sie im Begriff, von einem hohen Ast zu springen oder eine Prüfung zu schreiben. Und statt zurückzuweichen, verharrte sie wie gebannt in der Rauchwolke, die sie umgab, und stellte fest, dass sie alles um sich herum überdeutlich wahrnahm: die

vereinzelten Bartstoppeln auf Jeans Oberlippe, den Schweißtropfen auf seiner Schläfe, das leichte Zittern seines Kinns.
Sie fragte sich, ob der schneeweise Fleck auf seinem Rücken
noch immer da war. Und dann, zu spät, wurde ihr klar, dass
er sie küssen würde.

Sie war nicht gefasst auf den Druck seiner Lippen auf den
ihren, auf die forschende, fordernde Zunge in ihrem Mund,
ein Gefühl, das sie zwar nicht direkt ekelerregend, aber doch
unangenehm und alarmierend fand. Emily verzog das Gesicht. Ja, sie war fast dreizehn, aber sie interessierte sich
noch nicht für Jungs, nicht auf diese Weise, nicht einmal für
Jean, was er eigentlich hätte wissen müssen. Als er schließlich von ihr abließ, stieß sie ihn heftig von sich. »Was soll
denn das?«, schrie sie und ließ mit einem kräftigen Fußtritt
eine Staubwolke zwischen ihnen aufwirbeln. Auch der Zi-
garettenstummel flog durch die Luft. »Du machst alles ka-
putt! Du bist so dämlich! Dämlich und erbärmlich!«

Jean wich einen Schritt zurück und wäre beinahe gestol-
pert, sagte aber nichts. Sie standen sich einen Moment lang
schweigend gegenüber. Sie wollte, dass er sich entschuldigte
oder sie aufzog oder irgendwie die Zeit zurückdrehte, doch
er stierte nur wortlos an die Wand hinter ihr, als suchte er
dort, in der Luft, verzweifelt eine Antwort auf ihre Frage,
nun, da Emily ihm keine einflüsterte.

»Also?«, fragte sie, nachdem ein paar lange Sekunden verstrichen waren, weil einer von ihnen irgendwann etwas sagen musste. Auf Jeans Schläfe bildete sich ein weiterer
Schweißtropfen. Dreimal klappte er den Mund auf und wieder zu, ohne ein Wort herauszubringen – keine Erwiderung,
kein Gegenangriff, keine Rechtfertigung. Stattdessen stieß
er ein absurd lautes Lachen hervor, dann wandte er sich ab
und stakste schweigend davon, das Kinn vorgereckt in dem
kläglichen Versuch, die übliche Großspurigkeit an den Tag

zu legen. »Gut! Geh nur!«, schrie Emily ihm nach. Doch dann verpuffte ihre Wut jäh, und stattdessen überkam sie, während sie ihm nachsah, eine verwirrende Mischung aus Kummer und Bedauern, und je weiter er sich entfernte, je kleiner sich seine Silhouette vor der untergehenden Sonne und den Hügeln und dem Gras ausnahm, desto stärker wurde das Gefühl des Verlusts, das sie erfasst hatte. Es war das erste und beileibe nicht das letzte Mal, dass sie sich die frustrierende, quälende Frage stellte, was gewesen wäre, wenn ... Sie wusste nur eines: Dass sie mit Jean reden musste, und zwar bald, und sei es nur, um herauszufinden, weshalb sich plötzlich ihr Magen schmerzhaft zusammenkrampfte.

Tags darauf wimmelte es vor der Schule wie üblich vor Kindern in beigefarbenen Uniformen. Emily war früh aufgebrochen, ohne Cassien, und hatte unterwegs einen Zwischenstopp bei Jean eingelegt, doch der war bereits losgegangen, zumindest hatte seine Mutter behauptet, er sei nicht da. Er hatte weder am Gatter noch unterwegs auf sie gewartet, und auch nicht an der Wiese, auf der er manchmal mit Cassien Fußball spielte. Emily stellte sich auf die Zehenspitzen, um nach ihm Ausschau zu halten, konnte ihn aber nirgends entdecken. Stattdessen gesellte sich eine Mitschülerin, die sie noch nie hatte leiden können und über die sie sich mit Jean insgeheim oft lustig gemacht hatte, mit triumphierender Miene zu ihr und krähte: »Du bist ja niedlich ... Nicht zu fassen, dass du versucht hast, Jean zu küssen!« Sie lachte laut, zum Vergnügen der Umstehenden, die interessiert zuhörten und Emily anstarrten, wie sie erst jetzt bemerkte. »Aber natürlich hat er dich abblitzen lassen. Er sagt, er könnte niemals eine Tutsi küssen.«

Als Gahiji das hörte, machte er sogleich kehrt. Er spürte Jean auf halbem Weg zwischen der Kirche und dem See auf, bedrohte ihn mit der Faust und zwang ihn, sich zu entschuldigen, im Beisein der Mädchen, mit denen Jean unterwegs gewesen war und geflirtet hatte. Ja, Gahiji hatte stets dafür gesorgt, dass die Dinge wieder ins Lot kamen. Er hatte sie stets beschützt und ihre Tränen gestillt.

Am Tag seines Aufbruchs nach Uganda allerdings hatte er Emily bloß an sich gedrückt und ihr dann mit schief gelegtem Kopf versichert: »Wir sehen uns bald wieder.« Sie wusste so gut wie er, dass er das nur gesagt hatte, um sie zu trösten, trotzdem klammerte sie sich verzweifelt an seine Worte.

Rukundo stürmte in die Küche, gefolgt von Cassien und Simeon. »Die Männer!«, rief er. »Sie kommen! Die Interahamwe!« Mama ließ das Brett mit dem Gemüse fallen, das sie gerade geschnippelt hatte: Karotten und Süßkartoffeln, die sie fein säuberlich zu kegelförmigen Häufchen aufgeschichtet hatte, kullerten über den Fußboden, ein Karottenstück rollte hinter die Feuerstelle, wo es auf Nimmerwiedersehen verschwand. Emily hob das Baby aus der Wiege. Es hieß Mary – ein Schwesterchen, endlich – und war vor vier Monaten zur Welt gekommen. Ihr Vater erschien hinter den Jungs mit einem nutzlosen Prügel in der Hand.

»Wir gehen, auf der Stelle«, befahl er. Sie verließen das Haus durch die Hintertür und hasteten durch den Friedhof. Ihre Mutter trug Mary auf dem Arm, weil ihr keine Zeit geblieben war, sie sich auf den Rücken zu binden. Emily hielt sich hinter Cassien, so dicht es ging. Rukundo und Simeon liefen weit voraus und duckten sich unter den Ästen der Bäume, auf die sie gemeinsam geklettert waren. Ihr Vater bildete das Schlusslicht und achtete darauf, dass alle vor ihm waren. Einmal ging Emily zu Boden, doch sie rappelte sich gleich wieder auf. Ihr Vater packte sie an der Hand, und irgendwie trugen ihre Füße sie weiter.

Als sie die Kirche erreichten, wurde ihnen klar, dass sie

nicht die Einzigen waren, die geflohen waren. Hunderte von Menschen drängten sich vor den Türen. Etliche Priester scheuchten sie vor sich her ins Gotteshaus wie Schäfer ihre Herde.

Emily umklammerte die Hand ihres Vaters und bat Gott im Stillen um Vergebung, dass sie sich je darüber beschwert hatte, den Rosenkranz beten zu müssen. Denn hier war er, jetzt, wo es darauf ankam. Er hatte ihre Gebete erhört, genau, wie Mama es ihr prophezeit hatte. Emily drehte sich schuldbewusst zu ihrer Mutter um. Doch anstelle eines stolzen Lächelns, weil sie recht behalten hatte, huschte über das Gesicht ihrer Mutter ein Ausdruck, wie ihn Emily noch nie an ihr gesehen hatte – keine Spur von Triumph, sondern ein irgendwo zwischen Trauer und Ungläubigkeit, zwischen Traum und Realität angesiedelter Blick, und ihre Augen waren nicht auf die Geistlichen gerichtet, sondern auf die Ströme verängstigter Menschen.

Mary begann zu schreien, und Emily ließ die Hand ihres Vaters los und wandte sich widerstrebend von ihrer Mutter ab, um dem Baby den kleinen Finger in den Mund zu stecken. Mary war eng in eine weiße Decke gewickelt, die Mama mit Emilys Hilfe in der Sonne gebleicht hatte, zwischen den Falten lugten nur ihre hübschen Lippen hervor. Das Baby nuckelte ein paar Sekunden lang heftig an Emilys Finger, dann ließ es den Kopf nach hinten sinken und schlief, beruhigt von der vertrauten Berührung, ein, inmitten der rempelnden, kreischenden Menschenmassen.

»Sie liebt dich«, bemerkte ihre Mutter und riss Emily damit aus ihrem tranceähnlichen Zustand. »Und ich liebe dich, meine Tochter«, fügte sie hinzu, steif, mit einer eindringlichen Zärtlichkeit, die viel erschreckender war als alles andere.

Emily umklammerte die Stangen der Schaukel noch fester und schluchzte auf. Sie zitterte am ganzen Körper. Sie hätte den Schal nicht lockern sollen; die kalte Luft war daruntergekrochen und hatte von ihr Besitz ergriffen. Ihre Muskeln krampften sich ohne ihr Zutun zusammen, ihre Zähne klapperten in einem lähmenden Rhythmus, der es ihr unmöglich machte, sich von der Stelle zu rühren. Sie musste sich bewegen. Sie musste zurückkehren in ihre Wohnung, in einen Zustand, den sie steuern konnte. Sie musste die Tür zu den Erinnerungen, die sie überfluteten, schließen, musste Ruanda vergessen. Mary vergessen. Sie durfte nicht an das denken, was danach kam.

Denn was danach kam, war durchsetzt von Rauchschwaden, die sich durch Ritzen drängten. Heiß. Erstickend. Verschwommen vor Intensität. Sie erinnerte sich an zu Tode verängstigte Menschen, die vor der Kirche anstanden wie die Tiere vor Noahs Arche: immer zwei oder drei nebeneinander, von der Angst zur Ordnung getrieben. Sie klammerten sich an das, was sie kannten: Hierarchie, Autorität und Befehlsketten. Ruanda. Emily und ihre Familie reihten sich in die Schlange ein, während sich in der Ferne ein Stimmengewirr erhob, Gesänge und ausgelassenes Geschrei, ein Jubeln und Grölen, das näher kam.

Türen. Sie erinnerte sich an die Türen, die sich schlossen, an die Priester, die sich davor postierten, an das Tuscheln von beinahe zweihundert Menschen, an ihr Gebet, das die Kirche erfüllte – das lauteste Gebet, das sie je gehört hatte, dem Herrgott mit heftig pochenden Herzen dargebracht, unter Schweiß und stillen Tränen. Dann und wann hustete jemand oder ein Baby greinte, doch meist nicht allzu lange, ehe jemand – üblicherweise die Mutter – dem schluchzenden Kind eine Hand auf den Mund presste, riskierte, es zu ersticken. Emily hatte Mary erneuert den kleinen Finger in den Mund geschoben, damit sie still blieb. Ihr war, als könnte sie noch jetzt ihre feuchten Lippen spüren, die Wärme ihres schlafenden Körpers.

Holz traf auf Holz, als mit Prügeln auf die soliden Kirchentüren eingeschlagen wurde. Glas splitterte. Menschen schrien. Einige der Frauen stürmten zu den Priestern, die Hutus waren, aber auch Vertreter Gottes: »*Rettet uns! Helft uns!*«, flehten sie. Sie küssten den Priestern die Hände. Und die Priester lächelten beruhigend, daran konnte sich Emily genau erinnern. An dieses Lächeln und das beschwichtigende Nicken. Emily war ihnen zutiefst dankbar dafür gewesen. Die Priester tätschelten ihren Schäfchen den Kopf, segneten sie und bauten sich vor den schweren, schützenden Türen auf.

Und dann öffneten sie sie.

Klar erkennbar als Priester in ihren Soutanen.

Riefen: *Tut uns nichts, wir sind Hutus.*

Gottes Diener.

Seelenhirten.

Freunde.

Und Emily, die auf dem Boden hinter dem Altar kauerte, wo ihr Vater sie alle hingescheucht hatte, sah, wie bewaffnete Männer in das Gebäude stürmten und die Priester zuvorkommend zur Seite traten. Ruhig und gelassen, als wäre es genau so vereinbart.

Dann war wieder alles verschwommen und zugleich nicht verschwommen genug. Da waren Macheten und Masus, und bald war überall Blut. Frauen wurden nach draußen gezerrt, an den Füßen oder an den Haaren. Eine Tür öffnete und schloss sich, und mit jedem hereinfallenden Sonnenstrahl ertönte ein neuer Schrei.

Dann Dunkelheit. Die Männer hatten sich zurückgezogen und die Türen von außen abgeschlossen. Nun saßen sie fest, aber zumindest waren die Männer fort. Emily dankte Gott, den Blick auf ihre Mutter gerichtet. Doch jetzt wurde das Geschrei erst richtig laut. In der nun herrschenden Finsternis klang es tiefer und gequälter als vorher, verursacht durch ein kollektives Leid, das sich durch die Haut bis in die Seele gefressen hatte. Welle um Welle brach es aus unzähligen Kehlen hervor, angefacht sowohl von akutem Entsetzen als auch von der nachhallenden Verzweiflung angesichts erlittener Verluste: geliebte Menschen, die den Tod gefunden hatten oder ihn in den Händen der Mörder draußen bald finden würden; fehlende Gliedmaßen; klaffende Wunden in kraftlosem Fleisch; zerfetzte Haut, von der das Blut auf den bereits blutbespritzen heiligen Boden troff; Schädel, gespalten gleich Wassermelonen; jegliche Mitmenschlichkeit dahin, verpufft im Vakuum der dunklen Kuppel über ihnen.

Die Männer draußen tranken Bier und vergingen sich immer wieder abwechselnd an Tutsi-Frauen, die längst nicht mehr schrien, die inzwischen ohnehin mehr tot als lebendig waren, sei es wegen ihrer Verletzungen, sei es wegen des langsamen Siechtums, zu dem die Männer sie bewusst verdammt hatten. H. I. V., H. I. V. – drei toxische Buchstaben, vom Blut durch ihren Körper gepumpt, eine Kriegswaffe, deren Wirkung ungleich länger anhielt als die von Gewehrschüssen. In der Kirche kauerten die Überlebenden, gefangen hinter den Türen, deren Schlüssel die Priester sicher in den Taschen ihrer Gewänder verwahrten. Manche suchten panisch nach Angehörigen. Andere, die dem Tod entgangen waren, weil sie unter den Leibern der bereits Getöteten Zuflucht gesucht hatten, wagten nicht, sich zu bewegen, wagten selbst dann, wenn vertraute Rufe lockten, nicht zu antworten, während die Leiber über ihnen erkalteten.

Die Erwachsenen, die überlebt hatten, sprachen die ganze Nacht mit gedämpfter Stimme über Politik – über den Flugzeugabsturz des Präsidenten, über die Sendungen auf Radio Mille Collines, die Organisation und Bewaffnung der örtlichen Hutu-Power-Gangs –, geflüsterte Worte, die Emily damals nicht viel sagten; sie erkannte darin lediglich den Grund dafür, dass sie dort saß, den Kopf an Cassiens Schulter gelehnt, die Hand ihrer Mutter umklammernd, während diese ihr leise ins Ohr sang und ihr mit zitternden Fingern das Haar glatt strich. Nur wenige schliefen. Bis zum Tagesanbruch hing ein übler Gestank in der Luft. Kinder verlangten stöhnend nach Wasser. Erwachsene antworteten nicht mehr. Alle warteten.

Es dauerte viele Stunden, bis die Häscher draußen ihren Rausch ausgeschlafen hatten, und als sie erwachten, schien die Morgenluft sie mit neuer Blutgier erfüllt zu haben. Durch die Fenster verfolgten die Menschen in der Kirche, wie die Priester gehorsam die Türen aufschlossen, und dann stürzten sich die Interahamwe erneut auf sie. Emily stellte entsetzt fest, dass sie einige von ihnen kannte. Am Vortag hatte sie in der allgemeinen Panik nur die Waffen bemerkt und nicht die Gesichter, doch nun sah sie, dass es sich um Leute aus ihrem Dorf handelte, und sie konnte den Blick nicht von ihnen abwenden. Viele von ihnen waren noch jung, ehemalige Mitschüler von Gahiji, etliche waren sogar aus Simeons und Rukundos Klasse. Sie kannte ihre Namen. »*Inyenzi*«, krakeelten die Jungen und Männer und schwangen ihre Waffen. »Dreckige Kakerlaken. Jetzt werdet ihr zurechtgestutzt.«

Verschwommen, aber nicht verschwommen genug.

Sie entwickelten eine gewisse Routine, verschonten nicht einmal die Kinder. »Sie wollen uns allesamt ausrotten«, hörte Emily einen Freund ihres Vaters murmeln. »Alle Tutsi. Sie

können es nicht riskieren, die Kinder am Leben zu lassen.«
Emily drückte Mary noch fester an sich. Stunde um Stunde
kauerte sie mit ihrer Familie hinter dem Altar, schweigend,
während die Männer immer wieder kamen. Es fühlte sich
an, als machten sie sich mitschuldig, indem sie nichts taten,
nichts sagten, nicht einmal schrien, doch was hätten sie
schon tun können? Gegen Abend gab es ebenso viele Tote
wie Überlebende.

Worte hallten von den Wänden wider und schwirrten ihr
durch den Kopf, flüchtig und doch einprägsam.

»Wir müssen etwas tun«, beschwor Emilys Vater sie
schließlich in der Dunkelheit. »Wir müssen kämpfen.«

»Womit denn?«, kam die Antwort im Flüsterton. »Mit bloßen Händen gegen Macheten und Gewehre und Speere?
Unsere paar Leute gegen sie alle? Wir werden sterben.«

»Das werden wir ohnehin«, hörte Emily ihren Vater erwidern, worauf sie sich die Ohren mit den Händen zuhielt,
nicht ohne Cassien zuvor zu kneifen, damit er sie ebenfalls
kniff, denn das war ein Schmerz, mit dem sie umgehen
konnte.

Und dann erübrigten sich mit einem Mal sämtliche Diskussionen, denn die Interahamwe verfielen auf eine neue
Idee: Durch alle Fenster gleichzeitig flogen brennende Ge-
schosse. Das war das Ende. Nun würden sie sterben.

»Feuer!«, kreischten die Leute. »Sie verbrennen uns bei
lebendigem Leib!« In ihrer Angst sprangen die Menschen
auf, verließen ihre Verstecke, kämpften sich unter den Leichen hervor. Papa ergriff Emilys Hand und bedeutete ihnen,
in geduckter Haltung zu verharren, während die anderen,
von Panik erfasst und bereits hustend vom Rauch, in Gruppen auf die verriegelten Türen zustürmten, bereit, sie mit
den Schultern zu rammen. Emily spähte hinter dem Altar
hervor, feuerte sie im Stillen an, doch das erwies sich als

ebenso unnötig wie ihre Gebete: Sobald die Schultern der Menschen auf die Türen trafen, flogen selbige auf. Emily sah erstaunt zu ihrem Vater hoch, die vorwärtsstürmende Menge johlte triumphierend, euphorisch, hoffnungsvoll. Die Hoffnung machte sie blind, trieb sie voran. Sie rannten keuchend hinaus in die frische Luft, geradewegs in die scharfen Klingen der wartenden Macheten.

Das Gelächter draußen war fast ebenso laut wie das Wehklagen drinnen, am Lautesten jedoch waren die Flammen. Ihr Prasseln und Tosen erfüllte die Kirche, während Emily und ihre Familie sich hinter dem Altar keuchend noch tiefer auf den Boden duckten.

»Wir müssen fliehen«, rief ihnen ihr Vater zu. Seine Stimme klang erstickt vom Hustenreiz und vermochte kaum das Geschrei zu übertönen. »Aber nicht durch die Tür. Wir gehen hinten raus.«

»Wie denn? Hier gibt es keinen Ausgang«, schrie Mama, ebenfalls keuchend, ihre Miene fremd und verzerrt vor Furcht.

»Dann machen wir eben einen«, beschloss Papa.

Gefolgt von Simeon und Rukundo kroch er hastig zur Stirnseite, wo die drei gemeinsam begannen, auf die Mauer einzuschlagen – mit dem einen Stock, den sie hatten, mit einem Kerzenständer, der umgekippt auf dem Boden gelegen hatte, mit bloßen Händen. Sie rangen nach Atem, ihre Bewegungen wurden schwächer und verzweifelter, doch ganz allmählich gab das Mauerwerk nach. Cassien bearbeitete es mit dem nackten Fuß, und schließlich warf sich auch Mama immer wieder mit voller Kraft und unter Einsatz ihres gesamten Körpergewichts gegen die sich lockernden Ziegelsteine. Endlich war der Durchbruch geschafft. Die Öffnung war klein – gerade so groß, dass sie durchpassten. Mama zwängte sich als Erste hindurch, dann folgte Emily.

Sie sprang leichtfüßig ins Gras, gerade so, als wäre sie von einem Baum gehüpft, und nahm dann Mary entgegen, die man ihr hastig durchreichte. Danach quetschten sich die Jungs einer nach dem anderen durch das Loch, und zum Schluss tauchte auch Papa auf. Sie kauerten sich in das von gelben Blüten gesprenkelte Gras. Laute der Verwüstung und Verstümmelung drangen an ihr Ohr: dumpfe Schläge und Schmerzensschreie, das erregte Brüllen der Verursacher. Das Gotteshaus hinter ihnen brannte nach wie vor lichterloh, der durchdringende Gestank von verkohltem Menschenfleisch hing in der Luft. Emily war, als befände sie sich in biblischen Zeiten, als wäre die Kirche ein noch lebender tierischer Organismus, der einem Rachegott als Opfer dargebracht wurde. Sie sah an dem Gebäude hoch. Die in Rauchschwaden gehüllte Kuppel glühte vom Feuer in ihrem Inneren.

Cassien packte ihre Hand. Sie rannten geduckt, im Zickzack, und Emilys Herz klopfte zum Zerspringen, immer heftiger, bis es sich anfühlte, als wäre es durch ihren Körper gewandert bis hinauf in den Kopf, als wollte es mit seinem dröhnenden Pochen die grauenhaften Geräusche der Umgebung übertönen. Vor einer einsehbaren Stelle blieben sie stehen, und Emilys Vater drehte sich zu ihr um und wisperte ihr etwas zu, ehe sie weiterhasteten, doch sie hörte es nicht, zu laut war das Pochen in ihrem Kopf. Sie drückte Mary noch fester an sich und folgte ihm über die Lichtung, lief immer weiter, den Blick auf Cassiens Fersen geheftet. Die auf stumm geschaltete Welt raste an ihr vorüber, bis sie schließlich an einer dicht bewachsenen Stelle, die ihnen vorübergehend Schutz bot, anhielten. Erneut richtete ihr Vater das Wort an sie, seine Miene sorgenvoll. Sie verstand ihn noch immer nicht und antwortete deshalb nicht. Die Welt dröhnte. Wieder sagte er etwas zu ihr, sein Tonfall drängender. Ihr Herz hämmerte, in ihren Ohren rauschte das Blut. Ihr Vater kam langsam auf sie zu. Er streckte den Arm aus, strich ihr sanft über die Wange, schob ihr das Haar aus den Augen, sagte noch etwas, aber seine Worte waren nicht mehr als ein unverständliches Brummen. Erst jetzt bemerkte sie, dass sich auch die anderen zu ihr umgedreht hatten. Ihr war, als ahne sie, weshalb, dennoch konnte sie das Gefühl nicht recht zuordnen. Alle sahen sie an, und sie selbst weinte, Tränen strömten ihr über die Wangen. Ihre Mutter schlug die Hände vors Gesicht, und Simeon wirkte zutiefst betroffen. Aber erst, als Cassien das Baby ihrem Griff entwand, drang ihr ins Bewusstsein, dass Mary vorhin, inmitten des Geschreis beim Ausbruch des Feuers, geschwiegen hatte, dass sie auch auf ihrer Flucht durch das Unterholz keinen Ton von sich gegeben hatte, dass sie nicht mehr an dem Finger nuckelte, den Emily ihr wie üblich zwischen die weichen, noch warmen Lippen geschoben hatte, dass sie nicht atmete, dass das Herz in ihrer kleinen Brust nicht mehr schlug.

Emily presste sich die Hände an die Brust, und erst beim Kontakt mit dem warmen Wollpullover bemerkte sie die schneidende Kälte in ihren Fingern. Innerlich war ihr heiß, als wären all ihre Eingeweide kräftig durchgeschüttelt worden. Sie rieb das Gesicht an der kalten Eisenstange des Gerüsts, an dem die Schaukeln an ihrer quietschenden Aufhängung im Wind vor und zurück schwangen. Ein paar Teenager tollten zwischen uralten Grabsteinen unweit des Spielplatzes umher und wirbelten übermütig die braunrote Laubschicht auf, die die Erde gleich einem Schutzmantel überzog. Eine Barriere bildete, einen Puffer an der Schwelle zwischen Leben und Tod. Emily geriet jäh in Rage angesichts dieser Unbekümmertheit, dieser Gedankenlosigkeit gegenüber der Natur mit ihren heilenden Kräften. Sie selbst musste ohne derlei Hilfsmittel zurechtkommen. Kein Puffer. Keine Gräber. Keine Grabsteine, die ihr die Last der Erinnerung ein wenig abnehmen könnten. Sie beäugte die Jugendlichen finster, als sie sie passierten, doch sie stierten sie bloß verständnislos an. Sie verstand es ja selbst nicht. Was geschehen war, lag jenseits ihrer Vorstellungskraft, jenseits aller Mitmenschlichkeit. Sie ließ den noch immer dröhnenden Kopf auf die Erde sinken und vergrub die Finger im harten Boden, bis sich der Dreck tief unter ihre Nägel gefressen hatte und die Fingerknöchel bluteten. Der Schmerz tat wohl; er verortete sie in einer Zeit, die leichter zu bewältigen war als die in ihren Gedanken. Sie wühlte die Finger noch tiefer in die Erde. Wie tief müsste sie sich wohl selbst verletzen, bis auch sie verblutete? Bis das Werk der Mörder vollbracht war? Ihre Finger bohrten sich noch weiter hinein, weiter, tiefer.

Ihr war, als spürte sie Cassiens behutsame Hand auf der Schulter. »Sie ist tot«, murmelte Emily desorientiert, noch immer in der halb gefrorenen Erde wühlend. Bis sie jäh registrierte, dass Lynns dunkelblaue Pumps vor ihr standen und dass es Lynns Hand war, die da auf ihrer Schulter lag. Ruhig. Beruhigend.

»Emily ...«, sagte Lynn beschwichtigend. Hinter ihr stand ein junger Mann, der die Szene neugierig verfolgte. Lynn musste ihn rekrutiert haben, um ihre Einkäufe zu tragen. »Steh auf, Emily, ganz langsam. Lass dir Zeit.«

Emily kehrte schlagartig in die Gegenwart zurück. Sie erhob sich und versuchte, ihre wunden Hände zu verbergen. »Es geht mir gut«, flüsterte sie. »Es geht mir gut.«

Der Mann musterte sie skeptisch und reichlich neugierig.

»Das weiß ich doch«, sagte Lynn vernehmlich in seine Richtung. »Natürlich geht es dir gut. Aber, lieber Himmel, auf die Warterei hätte ich verzichten können. Und ich glaube, ab morgen solltest du fünfmal die Woche kommen, immer vormittags, ab neun. Ich kläre das mit deinem Supervisor. Und jetzt lass uns gehen.« Lynn hielt ihr den Ellbogen hin, und Emily hakte sich bei ihr unter, und so machten sie sich, kaum merklich aneinandergelehnt, auf den Weg durch den Park. Der verwirrt dreinblickende junge Mann folgte dem eigentümlichen Duo auf eine energische Kopfbewegung von Lynn hin, die Tüte mit ihren Einkäufen in der Hand – ohne die zerbrochenen Eier.

Im Korridor hing der übliche Gestank, als Emily Stunden später die Treppe zu ihrer Wohnung in der fünften Etage erklomm. Ihre wunden Hände waren steif vor Kälte. Das Blut war getrocknet, und der dicke Schorf auf ihren Fingerknöcheln bekam schmerzhafte Risse, als sie in ihrer Handtasche nach dem Schlüsselbund suchte. An einem normalen Tag hätte sie die Schlüssel schon längst in der Hand, doch heute bewegte sie sich wie in Zeitlupe. Während sie noch in ihre Tasche kramte, schwang die Tür der Nebenwohnung auf, und ein dunkelhäutiger Mann trat heraus. Emily sah unwillkürlich zu ihm hinüber und kam nicht umhin zu bemerken, dass er geradezu unverschämt attraktiv war: Das Gesicht kantig und zugleich knabenhaft, fast engelsgleich, der Körper schlank, aber männlich behaart. Er trug dunkle Jeans, weiße Turnschuhe und ein graues Sweatshirt, dessen Kapuze seinen Kopf umrahmte. Sein schwarzes Haar war deutlich glatter als das ihre. Ehe sich Emily verlegen abwenden konnte, hatte der Mann ihren Blick aufgeschnappt und streckte ihr freundlich lächelnd die Hand hin.

»Hallo, Schwester«, sagte er. »Du bist also meine stille Nachbarin.«

Emily ergriff zögernd seine Hand. Seine Finger waren

schmal und zart, zerbrechlich. Sie gestattete sich noch einen flüchtigen Blick in sein attraktives Gesicht, ehe sie sich wieder ihrer Tür zuwandte. Wie sie ihre Schüchternheit hasste! Das war nicht sie, jedenfalls nicht so, wie sie früher gewesen war. Doch es war besser, sich bedeckt zu halten, kein Aufsehen zu erregen. Sie drehte den Schlüssel im Schloss um.

»Du blutest ja«, bemerkte der Mann und deutete auf ihre Hände.

»Nur ein paar Kratzer«, murmelte Emily und stemmte sich vergeblich gegen die Tür – sie klemmte.

Ihr Nachbar ließ sich nicht so leicht abwimmeln. »Ich heiße Omar«, sagte er. »Schön, dich kennenzulernen.«

Emily nickte und schickte sich an, durch die Tür zu treten, die sich eben ruckartig geöffnet hatte, als Omar blitzschnell eine Hand an den Türrahmen legte.

»Und wie heißt du?« Er grinste und reckte den Hals, in dem Versuch, einen Blick in ihre Wohnung zu erhaschen.

»Ähm, Emily.«

»Ich finde es gut, meine Nachbarn zu kennen, weißt du?«

Nachbarn. Emily schauderte.

Omar hatte sich etwas anders hingestellt und lehnte nun lässig mit dem Oberarm am Türrahmen. »Hey, du solltest aufhören, Boxkämpfe gegen Ziegelmauern zu führen.« Er grinste erneuert. Seine Zähne glänzten so weiß wie die der Leute in Werbunganzeigen oder auf Plakaten. Sie starrte ihn wortlos an, bis sein Grinsen einem amüsierten, fragenden Blick wich. Schließlich lachte er und wandte sich zum Gehen. »Tja, dann mach's gut, Emily.«

»Eigentlich heiße ich Emilienne.«

Omar ließ den Arm sinken und trat einen Schritt zurück. »Hat mich gefreut, Schwester.«

Sie erwiderte sein Lächeln, solange es ging, dann beugte sie abrupt den Kopf, schloss die Tür und sank an Ort und

Stelle auf den Boden. Im Sitzen streckte sie den Arm nach oben, um den Riegel vorzuschieben. Den Schlüsselbund verstaute sie in der Jackentasche, dort würde er bleiben, sicher, in ihrem Besitz, bis sie wieder bereit war, sich der Welt zu stellen. Sie hörte, wie sich Omars Schritte jenseits der Tür entfernten, langsam erst, dann schneller, hörte, wie er beschwingt die Treppe hinunterlief, immer zwei Stufen auf einmal nehmend.

In dieser Nacht hatte Emily lebhafte Träume, in denen es vor vertrauten Gesichtern wimmelte, gütig lächelnd, fürsorglich, lachend; Freunde, Nachbarn, Lehrer, Priester. Dann sah sie die gleichen Gesichter erneut, verzerrt und fremd, beängstigend in ihrer rätselhaften Mischung aus Vertrautheit und Bösartigkeit. Erst schwebten sie über ihr, düster und erdrückend wie sich stetig wandelnde Regenwolken, dann sanken sie langsam herab und verdichteten sich zu einem Nebel, der ihr Sicht und Atem raubte. In ihrem Traum wedelte sie nach Luft ringend mit den Armen, um die Rauchschwaden zu vertreiben, wehrte sich verzweifelt gegen den Tod. Dabei war das der einfachste Teil am Überleben. Diese instinktiven, impulsiven Handlungen, das Ringen um existenzielle Bedürfnisse wie Luft, das konnte man nicht »Leben« nennen. Das war ein bloßes Existieren. Der nächste Schritt war viel schwieriger, eine Schlacht, die stets aufs Neue geschlagen werden musste, wann immer sie erwachte.

Sie erwachte.

Etwas klingelte. Das Telefon.

Emily fuhr erschrocken hoch. Sie war nicht an das Geräusch gewöhnt, kaum jemand hatte ihre Nummer. Sollte sie irgendwo sein? Sie wusste nicht, wie lange sie geschlafen hatte. Eine Nacht? Zwei? Ihr ganzer Körper schmerzte, ihr Kopf dröhnte. Sie ließ ihn wieder auf das Kissen sinken und schloss die Augen. Plötzlich – ohne, dass sie an ihn gedacht hätte – sah sie Omars Gesicht vor sich, seine fragende Miene, dann das Gesicht von Lynn, die ihr verdattert nachblickte, während sie weglief.

Das Telefon klingelte.

Sie schlug die Augen auf, musste sich regelrecht zwingen, sie offen zu lassen. Das lebhafte Gebimmel wollte so gar nicht in ihre düstere Wohnung passen, in die durch das winzige Fenster kaum etwas von dem matten Tageslicht draußen hereinfiel.

Das Telefon klingelte.

Mit großer Mühe rappelte sich Emily auf und starrte, auf der Bettkante sitzend, zu dem klingelnden Gerät hinüber, das auf der gegenüberliegenden Seite des Zimmers stand, knapp außerhalb ihrer Reichweite.

KAPITEL
SECHZEHN

CHARLIE TERRORISIERT sie unablässig mit Anrufen.
In all den Jahren, die sie zusammen und getrennt und dann wieder zusammen waren, hat er stets behauptet, er sei kein Fan von Telefonaten, er ziehe die romantische altmodische Herangehensweise vergangener Zeiten vor wie in den Filmen, die sie sich zusammen ansahen. Dort erschienen die Leute zur vereinbarten Zeit am vereinbarten Ort und trafen wie erhofft aufeinander oder auch nicht, wodurch sich Handlungsstränge zufallsbedingt verkomplizieren konnten oder auch nicht. »Handys machen das Leben langweilig«, hat er oft gesagt. Trotzdem hatte er sein Handy stets in Griffweite und ging oft nicht ran, wenn es klingelte. Vermutlich lieferte er jeder seiner Freundinnen die gleiche Erklärung.

Jetzt ist es Vera, die nicht rangeht, wenn es klingelt. Ihre Eltern melden sich nie, ihre Arbeitskollegen auch nur selten, und wenn es Luke ist, hinterlässt er eine Nachricht. Er hat ihr eine Menge Nachrichten hinterlassen, seit der kühle Oktober vom eisigen November abgelöst wurde. Es ging um die Blumendeko, um das Eröffnungslied für den Gottesdienst, um die Kanapees für den Empfang. Sie haben die Hochzeit auf Januar vorgezogen, um die Wahrscheinlichkeit zu erhöhen, dass Lynn sie noch erlebt. Der große Tag ragt noch immer wie ein Leuchtturm vor Vera auf. Er verspricht ihr Luke, verspricht ihr Glück, was lange Zeit ein und dasselbe für sie war. Doch sie ist unfähig, sich auf die Einzelheiten zu konzentrieren. Auf ihn. Auf sie beide.

Es ist ein merkwürdiges Gefühl; als hätte sich all das, was sie für gegeben hielt, in Luft aufgelöst, während vor ihren Augen das Unmögliche flackernd zum Leben erwacht. Noch vor ein paar Wochen hätte sie alles dafür gegeben, sich mit unwichtigen Einzelheiten beschäftigen zu können. Mit Details der Gegenwart, die sie von dem ablenkten, was davor war, und von der Tatsache, dass sie sich nicht vorstellen konnte, was als Nächstes kommen sollte. Doch auf einmal geht alles rasend schnell. Sie hört keine Kinderlieder mehr, der Lärm in ihrem Kopf ist verstummt, und sie fühlt sich stärker, klarer. Schuldiger zwar und trauriger, aber auch verantwortungsbewusster, weniger böse, weniger allein. Ganz und gar nicht allein. Ein Teil von ihr ist immer noch versucht, bei dem Gedanken daran zu lachen, doch sie *weiß* jetzt, dass sie nicht allein ist – sie hat Jesus, und von ihm will sie nicht abgelenkt werden, ganz gleich, ob es um die Gegenwart, die Zukunft oder die Vergangenheit geht. Mit seiner Hilfe hat sie sich ihrer Sünde gestellt. Mit seiner Hilfe hat sie Charlie davon erzählt. Und mit seiner Hilfe – und ebenso sehr mit Lukes Hilfe – will sie sie hinter sich lassen.

Aber damit machte sie sich natürlich etwas vor, denn Erinnerungen bremsen, bedrücken und belasten, sie drängen und zerren nach hinten, in die Vergangenheit. Und jetzt, da sie sie zugelassen hat, schleichen sie sich in ihre Wachträume und überfallen sie noch öfter als vorher, lebhaft und unermüdlich. Sie mag in diesen Augenblicken zwar nicht mehr allein sein, trotzdem sind sie kräftezehrend. Details, von denen sie gar nicht wusste, dass sie sie wahrgenommen hatte, kommen ihr in den Sinn: die Farbe des Schildchens, das die Kinderschwester an der Hand des kleinen Charlie befestigte.

Seine winzigen Finger, die eine Miniaturausgabe ihrer eigenen waren. Der mittlere Zeh seines linken Fußes, der die anderen um Millimeter überragte.

Eines ist klar: Was immer sie tun muss, um zu akzeptieren, was geschehen ist, nein, *was sie getan hat* – Luke informieren, ihre Eltern, die Polizei? –, sie hat es noch vor sich. Sie besucht jede Woche den Alpha-Kurs, doch die Antworten stellen sich nicht rasch genug ein. Sie braucht Hilfe. Sie braucht Luke. Was sie nicht brauchen kann, sind Details, die sie ablenken. Und Charlies Anrufe, die sie ständig daran erinnern, klingeling, klingeling ...

Die Hochzeitseinladungen gehen raus. Luke hat sie ausgesucht. Er hat sich den Spruch überlegt und Veras Eltern angerufen, um zu fragen, ob sie darin erwähnt werden möchten. Luke übernimmt die Kosten für den kleinen Empfang selbst, es ist also nicht nötig, sie als Gastgeber zu nennen, doch er findet, es gehört sich so, der Anstand gebietet es, sie zu fragen. Er zieht eine Augenbraue hoch, während er mit Vera darüber spricht.

Er hat nichts gesagt, doch Vera ist nicht entgangen, dass er sie in den vergangenen Wochen, in denen es zusehends kälter wurde, immer wieder so angesehen hat. Neben der hochgezogenen Augenbraue gibt es auch noch andere, kaum merkliche Unterschiede, die Vera zutiefst beunruhigen. Dass er auf ihre Witze mit versteinerter Miene reagiert, beispielsweise. Oder dass er ihr die Hand entzieht, wenn sie danach greift. Es ist lange her, dass er sie geküsst hat.

Eines Abends im November steht er plötzlich bei ihr auf der Matte, und sie kann förmlich sehen, wie es brodelt in ihm, in seinem stets vernunftgesteuerten Hirn. Sie hat tagsüber vergessen, ihn anzurufen, und auch nicht nachgesehen, ob er ihr eine Nachricht hinterlassen hat. Gut möglich, dass er angerufen hat. Aber Vera hatte versucht, nicht an ihr Handy zu denken, und noch weniger daran, wer statt Luke dran sein könnte und was der Betreffende ihr an den Kopf werfen könnte. Luke berichtet, er sei bei seiner Mutter gewesen. Vera weiß nicht, was sie sagen soll. Sie breitet die Arme aus, doch er weicht zurück. Sie bietet ihm ein Glas Wein an, doch er zieht nur wieder eine Augenbraue hoch und schüttelt den Kopf. Er will mit ihr reden, allerdings nicht über seine Mutter oder über St George und auch nicht über sie beide oder über die Arbeit, und was immer Vera sagt, scheint er unangebracht zu finden. Er will auch nicht bleiben.

Tags darauf erinnert er sie am Telefon, dass sie keinen Wein trinken sollte. »Weißt du nicht, dass dein Körper ein Tempel des Heiligen Geistes ist? Es ist deine Pflicht, zu verhindern, dass er von fremden Mächten beherrscht wird.« Das sollte doch nun wirklich nicht zu viel verlangt sein, wiederholt er mehrfach. Nicht von seiner zukünftigen Frau. Schweigen. Vera spürt, dass sie etwas sagen sollte, aber sie kann nicht. Sie zieht nicht ernsthaft in Erwägung, auf Wein zu verzichten. In ihren Augen ist das keine Voraussetzung dafür, dass man Jesus liebt. Obendrein muss sie an den Rotwein denken, den sie vor all den Wochen in der Tapas-Bar getrunken hat, und an das Piepsen ihres Handys, das ihr signalisiert, dass jemand angerufen hat. Charlie höchstwahrscheinlich.

Nachts stapeln sich Lukes Vorwürfe immer höher um sie, über ihr. Sie wiegen schwer und jagen ihr Angst ein. Sie wagt nicht, sich auszudenken, was er sagen würde, wenn er die ganze Wahrheit über ihre Vergangenheit erfahren würde. Was würden ihre Eltern sagen? Was würde ein Richter sagen? Was sagt Jesus dazu? Einige der Passagen, die sie im

Alpha-Kurs durchgenommen haben, gehen ihr durch den Kopf. *Für die Freiheit hat Christus uns frei gemacht.* Sie fühlt sich nicht frei.

Immer wieder durchforstet Vera die Bibel, immer wieder ignoriert sie das Klingeln ihres Telefons, immer wieder betet sie. Und sie raucht, sammelt die Asche in einem kleinen Behältnis, benetzt sie mit ihren Tränen. Sie hat vor, es zu beerdigen. Nur ihre Lunge wird Zeuge ihres langsamen, schrittweisen Abschieds von ihrem Sohn sein. Ihre Sehnsucht nach ihm wächst, und zugleich die Sehnsucht danach, ihn zur letzten Ruhe betten und loslassen zu können.

KAPITEL
SIEBZEHN

SIE HATTEN Rommé gespielt, bevor die Jungs kamen. Lynn hätte das etwas einfachere Kaluki vorgezogen, aber dafür hätten sie einen Dritten benötigt, und Emily hatte bereits bewiesen, dass sie besser als Lynn mit Zahlen und Wahrscheinlichkeiten umgehen konnte. Lynn war noch nie ein Fan von Glücksspielen oder Mathematik gewesen. Analysieren, um die Ecke denken, Kreativität und blindes Vertrauen, darin lagen ihre Stärken. Andererseits hatten Zahlen neuerdings durchaus ihren Reiz für sie, lieferten sie doch klare Antworten, ließen keinen Spielraum für Zweifel, für ein Was-wäre-wenn. Außerdem gab es beim Rommé die Möglichkeit, zu spekulieren und alles zu riskieren. Während Emily Straßen und Paare und Flushes anhäufte, entlockte Lynn ihr mit ähnlichem Geschick Details über ihre Kindheit in Ruanda, indem sie allerhand Fragen in die Unterhaltung einflocht.

Es war ein gehöriger Schock gewesen, als sie Emily in der Vorwoche mit blutigen Händen in dem kleinen Park vorgefunden hatte, und auch ihre Worte – *Sie ist tot* – konnte Lynn nicht vergessen. Wenn sie die Szene nachts vor sich sah, war sie stets aufs Neue aufgewühlt, aber zumindest verdrängten die Erinnerungen daran die Visionen ihres eigenen Verfalls. Emilys Fingerknöchel heilten allmählich, und sie hatte sich wieder einigermaßen gefasst und trug erneut ihre unüberwindbare Zurückhaltung zur Schau. Dennoch verband sie nun das Wissen um düstere Begebenheiten. Als Emily am Tag nach ihrem Einkauf nicht aufgetaucht war, hatte Lynn das weder ihren Söhnen gegenüber erwähnt, noch hatte sie sich bei der Agentur beschwert. Stattdessen hatte sie selbst bei Emily angerufen, und als diese beim vierten Versuch endlich rangegangen war, hatte sie sie sanft, aber bestimmt zu sich bestellt. Sie hatte sie ohne jeglichen Vorwurf zurückbeordert in die Wirklichkeit, hatte ihre Zerknirschtheit und Dankbarkeit ebenso wenig kommentiert wie ihre neuerliche Nervosität und Ängstlichkeit. Das Geheimnis, das sie teilten, bildete ein vielversprechend flatterndes Band zwischen ihnen. Doch Lynn hütete sich, mit dem Genozid anzufangen. Sie fragte Emily, welche Speisen und Tänze es bei ihnen gegeben hatte, was sie als Kinder gespielt hatten.

Es dauerte eine Weile, aber nach und nach ließ sich Emily darauf ein. »Ich bin kein typisches Beispiel«, sagte sie. »Ich bin mit meinen Brüdern auf Bäume geklettert. Ich habe Fußball gespielt und mich im Dreck gewälzt. Ich war nicht wie die anderen Mädchen.«

Lynn nickte. »Du warst ein Wildfang. Genau wie ich.«

»Sie sind auf Bäume geklettert?« Emily blickte amüsiert lächelnd von den Karten hoch.

»Ich bin auch mal von einem runtergefallen.« Lynn hob den linken Arm, nicht ohne vor Schmerz das Gesicht zu verziehen. »Mein Arm war an drei Stellen gebrochen.«

Emily lächelte noch breiter. »Dann war es bestimmt seltsam für Sie, einen so femininen Sohn zu haben.«

»Wie, feminin?«

»John – war er immer so sanft? War es ein Schock, als Sie herausgefunden haben, dass er schwul ist?«

»John ist nicht schwul«, widersprach Lynn barsch.

»Oh.« Emily hob erneut den Blick und rutschte verlegen auf ihrem Stuhl herum. »Okay.«

»Er ist sensibel, das ist alles.«

»Okay.«

Schweigen. Lynn warf eine Karte weg, Emily nahm sie auf die Hand, sagte zögernd »Rommé« und legte den Beweis auf den Tisch.

Natürlich hatte Lynn es insgeheim immer gewusst. In den hintersten Winkeln ihres Gedächtnisses lauerte die Erinnerung an einen Tag etwa ein Jahr vor Philips Tod, an dem John, damals fünfzehn, versucht hatte, mit ihr zu reden. Doch statt ihn erzählen zu lassen und ihm zuzuhören, hatte Lynn abgelenkt, ehe er jenes leidvolle Thema hatte anschneiden können, das ihn damals so offensichtlich beschäftigt hatte. Sie hatte es vorgezogen, ihm belanglose Fragen zu stellen: Was willst du zum Abendbrot? Hast du deine Hausaufgaben erledigt? Ja, ich erinnere mich an deinen Freund Tony – ist das nicht der Junge, dessen Mutter in der Psychiatrie ist? Wie schön, dass du für ihn da bist in dieser schwierigen Zeit ... Philip war nebenan gewesen und wäre dem Jungen bloß mit allerlei christlichen Belehrungen über die Sünde der Homosexualität gekommen. Ansichten, die Lynn damals zum Teil ebenfalls vertreten hatte.

Sie hatte sich eingeredet, es wäre zu seinem Besten, und seither tat sie so, als hätte er nie den Versuch unternommen, ihr das Vermutete zu offenbaren. Als hätte sie durch diese Unterlassung seine Abkehr von der Sünde bewirkt, ohne ein Urteil darüber oder über ihn fällen zu müssen, ohne die Dinge offen ansprechen zu müssen. Sie hatte gehofft, Philip und Luke würden nichts bemerken – und zugleich gewusst, dass sie nichts bemerken würden, schließlich sorgte sie höchstpersönlich dafür. Sie hatte sich gesagt, es gäbe ja auch gar nichts zu bemerken. Hatte es selbst geglaubt. Hatte es ignoriert. Ignoriert. Ignoriert.

»Er ist sensibel«, wiederholte sie.

»Okay«, bekräftigte Emily.

Wie auf ein Stichwort hörten sie die Eingangstür zufallen, und dann ertönte Johns Stimme vom Fuße der Treppe her. Es war schon nach zwölf, aber Emily hatte Lynn davon überzeugen können, dass es absolut akzeptabel war, den Vormittag im Bett zu verbringen, dass Lynn es Emily im Grunde einfacher machte, wenn sie das Mittagessen im Bett einnahm, weil sich ihre Tabletten sowieso hier im Schlafzimmer befanden.

»Mutter?«, rief John mit tiefer, weicher Stimme von unten. »Engel? Seid ihr da oben?«

Emily sah betreten zu Lynn, die sie mit einem Kopfnicken aufforderte, an ihrer Stelle zu antworten, weil sie nicht die Kraft hatte, die Stimme zu erheben. Emily wiederum hatte nach wie vor Hemmungen, in Lynns Gegenwart die Stimme zu erheben, also eilte sie zur Tür und steckte den Kopf hinaus, damit John sie von der Treppe aus sehen konnte. »Wir sind im Schlafzimmer. Wir verbringen heute den Tag im Bett, mit Rommé.«

»Mit Rum, soso. Und ich hab Brandy dabei.« John zwinkerte und kam mit leeren Händen die Treppe hoch. »Na, Engel, wie geht's?«

»Gut, danke.«

»Und wie geht es ihr?«

»Ich lasse euch zwei ein bisschen ungestört plaudern.« Emily wartete, bis John eingetreten war, dann nahm sie das Tablett mit dem Mittagessen und ging zur Tür, nicht ohne Lynn einen nachdrücklichen Blick zuzuwerfen.

»Hallo, Mutter«, sagte John, noch etwas außer Atem, und ließ sich auf dem Stuhl neben dem Bett nieder. »Du siehst toll aus.«

Als Luke eintraf, saß John noch immer bei Lynn und unterhielt sie mit der Schilderung der verpatzten Aufführung vom Vorabend. Vermutlich lag es an Johns unbeschwertem Tonfall – an seinem vergleichsweise unbeschwerten Leben –, dass Luke so genervt auf ihn reagierte, gestresst von seinen vielfältigen Verantwortungen: die Armen in Afrika, die kranke Mutter, die Hochzeitsvorbereitungen. Lynn nahm an, dass deshalb ständig eine gereizte Stimmung zwischen den beiden herrschte. Andererseits war ihr Verhältnis schon eine ganze Weile so angespannt. Als ihr Ältester nach Philips Tod so tapfer und ohne zu zögern das Erbe seines Vaters angetreten hatte, war John praktisch noch ein Kind gewesen, oder jedenfalls musste Luke es so empfunden haben. John wurde damals noch bekocht und bekam von seinen Lehrern gesagt, was er tun sollte, und er fühlte sich – im Gegensatz zu Luke – ganz offensichtlich nicht bemüßigt, auch nur eine von Philips Aufgaben in der Kirche zu übernehmen. Er hatte es nicht getan, weil er nicht dazu in der Lage gewesen war, das war Lynn mittlerweile schmerzlich klar geworden. Und sie selbst hatte viel zu lange viel zu überzeugend so getan als ob. Luke hatte in all den Jahren nur eines wahrgenommen: Dass sein kleiner Bruder immer seltener zu Hause war, sich immer öfter in Clubs, die sie nicht kannten, mit Freunden traf, die er ihnen nie vorgestellt hatte, sodass Lynn allein zu Hause saß und Luke sich verpflichtet fühlte, seiner Universität an den Wochenenden den Rücken zu kehren, um ihr Gesellschaft zu leisten.

Zwei Jahre später war John bei der erstbesten Gelegenheit in eine Studentenwohnung gezogen, obwohl er sehr gut auch weiterhin bei seiner verwitweten Mutter hätte leben können, zumal die Schauspielschule nur zehn Minuten von seinem Elternhaus entfernt lag. Und er hatte nie auch nur daran gedacht, wieder bei ihr einzuziehen, hatte auch nie ernsthaft Anstrengungen unternommen, Lynn in sein Leben zu integrieren. Luke hatte sich maßlos darüber geärgert, ebenso wie über den Kontrast zwischen seinem treulosen Bruder und den Ansprüchen, die er an sich selbst stellte. Und Lynn hatte weiter Ausreden für John vorgebracht, genau wie eh und je, wohl wissend, dass sie Lukes Zorn damit nur noch schürte. Luke ahnte nichts von den Schuldgefühlen, die sie dazu trieben, und sie konnte ihm keine Erklärung liefern.

Selbst jetzt, an ihrem Krankenbett sitzend, kabbelten sich die beiden wie üblich, und sahen dabei immer wieder zu ihr in Erwartung eines Urteilsspruchs. Luke war aus dem Büro herbeigeeilt, um die Mittagspause mit seiner Mutter zu verbringen, und als er erfuhr, dass auch John eben erst gekommen war, obwohl er den ganzen Vormittag freigehabt hatte, ermahnte er ihn zu mehr Verantwortungsbewusstsein, worauf John ihm Selbstgerechtigkeit unterstellte. Es hatte eine Zeit gegeben, da hätte sie beiden einen Klaps auf den Hinterkopf verpasst, um dem Theater ein Ende zu machen, doch inzwischen fand sie ihre Zwistigkeiten ermüdend, so unendlich ermüdend, und so schloss sie stattdessen nur benommen die Augen.

Es war Emily, die sie schließlich zum Schweigen brachte, in dem sie den Kopf zur Tür hereinsteckte und sagte: »Ich habe Stimmen gehört, bis runter in die Küche. Ist alles in Ordnung, Mrs Hunter?«

Die Jungs verstummten auf der Stelle. Es war in ihrer Familie noch nie üblich gewesen, Missstände nach außen zu tragen – immerhin eine Angelegenheit, in der sie sich alle nach wie vor einig waren.

John setzte sogleich ein Lächeln auf. »Alles wunderbar, Engel, danke der Nachfrage«, versicherte er ihr munter.

»Mrs Hunter?«

Lynn wusste es zu schätzen, dass Emily explizit sie nach ihrer Meinung fragte und nicht ihre Söhne.

»Danke, Emily, es geht mir gut.« Sie blickte zwischen ihren Söhnen hin und her. »Die beiden werden sich jetzt benehmen.«

Doch dann erhob sich Luke. »Emily. Schön, dass wir uns endlich kennenlernen.« Er streckte ihr die Hand hin.

Emily ergriff sie, und es war unmöglich, nicht zu bemerken, wie sie plötzlich in sich zusammensank, wie entgeistert sie ihn anstarrte, wie heftig die Hand zitterte, mit der sie sich den Pony glattstrich. Angesichts ihres offensichtlichen Unbehagens lief der sonst so souveräne Luke rot an.

»Wow, das nenn ich eine umwerfende Wirkung«, feixte John, sobald sich die Tür wieder geschlossen hatte. »Du verstehst dich echt auf den Umgang mit Frauen, was, Luke?«

»Ach, sei still«, fauchte sein Bruder und schlüpfte in seinen Mantel. Dann hielt er inne. Sein Blick wanderte zur Tür, zum Boden und schließlich zu seiner Mutter. »Aber du bist zufrieden mit ihr, oder, Mutter?«, fragte er. Seine Stimme war nur ein Flüstern, sei es aus Angst oder Erschöpfung.

Lynn wedelte lediglich mit der Hand.

KAPITEL
ACHTZEHN

ES WAR, als wäre sie wieder dort, als stünde sie wieder vor ihm.

Es waren seine Augen gewesen, ihre Widersprüchlichkeit – halb grau, halb grün. Weder das eine noch das andere, sondern zweierlei gleichzeitig. Hell und dunkel. Vertrauen und Verrat.

Sie hatten ihren Schutzschild durchbohrt, Lynn und London zum Trotz. Und nun war sie wieder dort, bei ihm.

Ja, Lukes Haut war weiß, und er hatte blondes Haar und eine viel spitzere Nase. Bei einem schwarzen oder braunen Gesicht, selbst bei Omars lächelndem Filmstargesicht wäre die Ähnlichkeit deutlich größer gewesen. Doch die Augen, die Augen allein hatten Emily dazu getrieben, ins Erdgeschoss zu hasten und sich in der hintersten Ecke des Hauses zu verschanzen. Sie hatte den Schlüssel zum Wintergarten vor ein paar Tagen endlich gefunden, hatte sich bis gerade eben aber noch nicht hineingewagt. Nun schloss sie fahrig hinter sich ab.

Heftig zitternd, der Blick starr geradeaus, presste sie die Wange an das Türblatt und atmete tief durch, in dem Versuch, Luft in ihre Lunge zu pressen. Wieder und wieder rief sie sich in Erinnerung, dass sie in Sicherheit war. »Du bist in England«, sagte sie laut und dachte angestrengt an Schnee und Wolkenkratzer, Züge und Pfützen. Sie rieb sich die in Wolle gehüllten Arme und rief sich die windigen Winter, die missmutigen Busfahrer, die weißen Gesichter in Erinnerung. Es nützte alles nichts. Ihr Magen krampfte sich zusammen, und sie übergab sich auf den Fußboden. Kalter Schweiß bedeckte ihre Haut. Sie hörte, wie draußen Türen geöffnet und geschlossen wurden, vernahm Schritte auf der Treppe, dann andere, langsamere, und schließlich das Knarzen eines Wohnzimmersessels. Aus dem Fernseher drangen Stimmen; doch es hätten genauso gut Schüsse sein können, die grauenerregenden Hiebe einer Machete, schallendes Gelächter, der Aufprall ihres Gesichts auf dem Boden.

Irgendwann verlor sie das Bewusstsein. Das kam vor; in letzter Zeit häufiger. Es begann mit einem schrillen Klingeln in ihrem Kopf, das immer lauter wurde, bis es schmerzte und nicht mehr auszuhalten war, und schließlich wurde alles um sie schwarz. Als sie die Augen wieder öffnete, waren sie ganz verklebt, und ihr linker Arm war taub, weil sie zu lange darauf gelegen hatte. Es roch nach ihrem Erbrochenen. Sie sah sich nach einem Fenster um.

Der Raum war bis oben hin voll mit bemalten Leinwänden: etliche große, eineinhalb Meter hohe Bilder lehnten an einem Tisch, unzählige kleinere, quadratische, waren teils an den Wänden aufgehängt, teils achtlos übereinandergestapelt wie Bierkästen. Ein noch unvollendetes Gemälde stand auf einer Staffelei. Emily öffnete ein Fenster, um zu lüften, und schob die Vorhänge vor den hohen Terrassentüren zur Seite, um das halb fertige Bild besser betrachten zu können. Es hatte etwas an sich, das sie faszinierte. Die anderen waren schön anzusehen, raffiniert und detailreich gestaltet, und man konnte ganze Geschichten herauslesen aus den im Hintergrund einer riesigen Landschaft mäandernden Wegen, aus der Miene der porträtierten faltigen, kantigen Gesichter oder aus einem verstohlenen Seitenblick. Das unvollendete Bild war vom Stil her anders. Es war ebenfalls ein Porträt, aber es wirkte nüchtern, nackt, die Haut des Gesichts blass und ebenmäßig, abgesehen von einer Handvoll Sommersprossen. Das duftige hellblonde Haar schien im Wind zu flattern, als würde das Modell laufen, aber der Blick der blauen Augen war unbewegt, der Ausdruck der Lippen unauffällig. Dennoch schien das Gesicht förmlich zu leuchten, voller Hoffnung und Möglichkeiten, voller Kraft und Zuversicht. Obwohl das Bild insgesamt aus vielen Farben zu bestehen schien, hatte Lynn hauptsächlich Rot verwendet, allem Anschein nach von Hand gemischt, jedenfalls den unzähligen Rotschattierungen auf der kleinen, farbverkrusteten Palette nach zu urteilen, die neben der Staffelei lag.

Emilys Mutter hatte Kunst geliebt, obwohl sie keine Bilder besessen hatten, genau wie ihr Vater Bücher geliebt hatte, obwohl er bei der Arbeit im Hotel kaum je einen ganzen Satz hatte lesen müssen. Soweit sich Emily erinnerte, war Malerei keine künstlerische Ausdrucksform, der sie in Ruanda häufig begegnet war – das Land hatte keine Tradition in diesem Bereich. Tanz und Gesang, das ja, aber niemand in ihrem Dorf hatte gemalt – wohl aus Mangel an Zeit und den nötigen Mitteln dafür. Als kleines Mädchen hatte Emily ihre Mutter einmal zu einer kleinen Galerie in Kigali begleiten dürfen. Dort hatte Mama ihr ein Bild gezeigt, das sie schon dreimal gesehen hatte und das ihr Hoffnung gab, wie sie gesagt hatte – sie hatte nicht erklärt, weshalb oder inwiefern Hoffnung vonnöten war, sie hatte nur eine halbe Ewigkeit dagestanden und das Bild angestarrt, selbst als Emily es kaum noch erwarten hatte können, wieder nach Hause zu fahren. Ihre Mutter hatte ihr auch einmal gestanden, dass sie das Malen gern richtig gelernt hätte, sich stattdessen aber damit begnügte, das Leben ihrer Kinder zu verschönern. Und genau das hatte sie getan, was in ihrem Dorf durchaus eine Herausforderung gewesen war.

Wieder tauchten Lukes Augen vor ihr auf, verschmolzen mit denen eines anderen. Emily hob die Finger zu ihrer Narbe und ließ dann den Blick über den von ihr beschmutzten Boden wandern, den eine Staubschicht überzog, wie sie erst jetzt bemerkte. Vorsichtig drehte sie den Schlüssel im Schloss um und trat hinaus in den Korridor, doch ihre Hoffnung, unbemerkt in die Küche schleichen zu können, um Putzmittel und einen Eimer Wasser zu holen, zerschlug sich.

»Emily?«, tönte Lynns Stimme aus dem Wohnzimmer.

Sie erstarrte.

»Emily? Würdest du bitte kurz zu mir hereinkommen?«

Emily verspürte zwar in der Gegenwart von Mrs Hunter zusehends eine gewisse Vertrautheit, trotzdem klangen ihre Fragen und Bitten wie Befehle, denen man Folge zu leisten hatte.

Lynn saß in ihrem üblichen Sessel und sah fern, wobei sie den Kopf in einem unbequemen Winkel zur Seite neigen musste, weil ihr eine große Blumenvase den Blick verstellte. Wahrscheinlich hatte sie es nicht geschafft, sie zu verschieben. Ihr Zustand hatte sich in den vergangenen Wochen rapide verschlechtert, doch sie war sehr darauf bedacht, sich das nicht anmerken zu lassen, am allerwenigsten in der Gegenwart ihrer Söhne. Stattdessen musste Emily nun in ihrem Auftrag die Teekanne mit zwei Teebeuteln bestücken und einen Teller mit Keksen – inzwischen gab es auch andere Sorten – bereitstellen. Das sei effizienter, hatte Lynn argumentiert, doch Emily wusste, es diente nur dem Schein. Jedes von Lynns neuen Bedürfnissen, jedes neue Gebrechen, das sich schleichend bemerkbar machte, durfte lediglich wie eine triviale Unannehmlichkeit behandelt und auf keinen Fall erwähnt werden.

Emily trat zum Couchtisch und schob die Vase mit den Lilien ein Stück nach links.

»Ich nehme an, du hast dich mit gutem Grund im Wintergarten verbarrikadiert und dort deinen Magen entleert?«, bemerkte Lynn, ohne den Blick vom Fernseher abzuwenden. Sie erwähnte weder die Bilder in besagtem Wintergarten noch die Tatsache, dass der Raum stets abgeschlossen war.

Emily sagte nichts.

»Bist du krank?«

Emily schüttelte den Kopf.

»Schwanger?«

»Nein.«

»Bist du Luke schon einmal begegnet?«

Emily schüttelte erneut den Kopf, doch diesmal schien sich ihr gesamter Körper mitzubewegen, und je mehr sie versuchte, gegenzusteuern, desto unkontrollierter wurde die Bewegung, bis alles um sie schwankte, als stünde sie in einem Boot oder als würde sie von einer Kraft, die viel stärker war als sie selbst, hin und her geworfen. Mit weichen Knien tastete sie nach der Couch. Reiß dich zusammen, sagte sie sich und versuchte, gegen die Benommenheit anzukämpfen, doch mittlerweile hatte das Übelkeit erregende Schwanken das gesamte Wohnzimmer erfasst. Alles drehte sich erbarmungslos. Lynns Stimme hallte gedämpft irgendwo im Hintergrund, solide, beruhigend, aber zu weit entfernt. Dann wurde wieder alles schwarz.

Das Erste, was Emily sah, als sie wieder zu sich kam, waren die Blumen. Sie musste im Sturz die Vase umgerissen haben, denn sie lag zerbrochen auf dem Boden, und die Lilien, die sich eben noch himmelwärts gereckt hatten, waren mit abgeknickten Köpfen über den gesamten Teppich verteilt.

»Die sind von John.« Emily drehte den Kopf zur Seite und stellte fest, dass Lynn etwas ungelenk neben ihr kniete. Ihrem angeschlagenen Zustand zum Trotz hatte sie es offenbar geschafft, Emily ein Kissen unter den Kopf zu schieben und ein Glas Wasser zu holen, das sie ihr nun hinhielt. Emily richtete sich auf und nahm das Glas. »Seltsamerweise mochte ich Lilien noch nie«, fuhr Lynn fort. »Sie waren Philips Lieblingsblumen; deshalb hatte ich stets welche im Haus. Mittlerweile bringt John sie mir immer mit, dabei habe ich am liebsten Narzissen.«

»Gelb.« Emilys Kehle schmerzte.

»Sie erinnern mich an den Frühling.«

»Auf den Hügeln in Ruanda wuchsen überall gelbe Blumen«, krächzte Emily. »Gelbe und weiße.«

»Das klingt sehr hübsch.« Lynn rappelte sich auf, kehrte jedoch nicht zurück zu ihrem Sessel, sondern ließ sich auf dem Sofa nieder, wo Emily sie bislang noch nie hatte sitzen sehen. Sie tätschelte auf den Platz neben sich. »Komm und setz dich zu mir, Emily. Es ist an der Zeit, dass du damit herausrückst.«

»Womit?«

»Mit deiner Geschichte. Erzähl mir, was dir in Ruanda zugestoßen ist. Was deiner Familie zugestoßen ist.«

»*Wird dein Mund zum Messer, dann gib auf deine Lippen acht*«, murmelte Emily automatisch, gefolgt von einem Schnalzlaut.

»Unsinn. Es ist an der Zeit, dass du es dir von der Seele redest, Emily. Du kannst mit Luke anfangen, wenn du willst.«

Emily schob sich vorsichtig in Richtung Couch und ließ sich zögernd darauf nieder, möglichst weit von Lynn entfernt. »Er hat mich an jemanden erinnert, das ist alles. Es ist nicht weiter wichtig.«

»An wen?«

Emilys Magen krampfte sich erneut zusammen. »Fragen Sie mich das nicht.«

»An wen, Emily? An wen erinnert er dich?«

»Ich kann nicht ... Ich will nicht ...«, stotterte Emily. »Ich habe noch nie darüber gesprochen.«

»Tja, mir scheint aber, du musst«, beharrte Lynn, ohne die Stimme zu erheben, doch ihr Tonfall war gewohnt drängend, gebieterisch, jener Tonfall, mit dem sie das Leben vor sich hertrieb und ihre Mitmenschen dazu brachte, zu handeln. Emily brach in Tränen aus.

»Das ist gut«, sagte Lynn. »Lass es heraus. Ich mache uns eine Kanne Tee.«

Sie war lange fort, und in dieser Zeit trocknete sich Emily ein ums andere Mal mit dem Ärmel das Gesicht, doch ihre Tränen versiegten nicht. Die Vorstellung, einen anderen Menschen mit ihrem Kummer zu belasten, war ihr unangenehm, wobei es fast so schien, als habe Lynn aus der Situation, aus dem Gefühl, gebraucht zu werden, neue Kraft geschöpft. Emily hörte sie beim Aufstellen des Teewassers in der Küche vor sich hin summen und dann in Zeitlupe mehrfach zwischen Küche und Wintergarten hin und her gehen, wohl, um dort sauber zu machen. Als Lynn wieder auftauchte, half Emily ihr zwar beim Abstellen des Tabletts, überließ ihr aber das Einschenken.

»Zucker?«, fragte Lynn.

»Drei Löffel.«

Sie nippten eine Weile schweigend an ihrem Tee, bis Lynn schließlich sagte: »Fang einfach an. Am Anfang.«

»Ich weiß nicht, wo der Anfang ist. Ich habe es nie geschafft, meine Erinnerung in der richtigen Reihenfolge zusammenzusetzen.«

»Dann fang irgendwo in der Mitte an«, drängte Lynn. »Um die chronologischen Details kümmern wir uns später.«

»Nein.« Emily schüttelte den Kopf. »Ich will nicht daran denken.« Doch ihr war auch bewusst, dass sie jeden Tag daran dachte, selbst dann, wenn es ihr richtig gut ging. Ein kurzer Blick in grau-grüne Augen genügte. »Ich will das alles einfach nur vergessen.«

»Aber du solltest es nicht vergessen«, erwiderte Lynn bestimmt. »Du musst es freilassen. Das ist deine persönliche Geschichte, Emily. Du musst sie erzählen, damit sie zu Geschichte werden kann, zu einem bloßen Bericht über etwas, das war, wie ein Buch. Wenn du sie weiter für dich behältst, wird sie dir schaden. Sie wird in dir gären und dich von innen auffressen, und am Ende kauerst du wieder irgendwo mit blutenden Fingerknöcheln auf dem Boden.«

Emily hielt sich schweigend an ihrer Tasse fest.

»Betrachte es als meinen letzten Wunsch«, sagte Lynn. Das war astreine Erpressung.

Emily schloss die Augen. Sie nahm vorsichtig noch einen Schluck von ihrem Tee, spürte, wie sich die süße Flüssigkeit einen Weg durch sie bahnte, dann füllte sie ihre Lungen mit der warmen Luft aus Lynns Wohnzimmer, in dem ein Feuer im Kamin brannte. Sie hob den Kopf und sah zu Lynn, die sich ihrer Manipulation vollauf bewusst war, davon zeugte der Anflug eines Lächelns auf ihren Lippen.

»Also gut, ich versuch's«, sagte Emily schließlich. »Ich versuche, Ihnen meine Geschichte zu erzählen.« Dennoch öffnete und schloss sich ihr Mund dreimal, ehe das erste Wort herauskam, denn Emily wusste, wenn sie erst anfing zu reden, gab es kein Zurück mehr, dann würde sie sich verlieren, würde Erinnerungen zulassen, die sie in den vergangenen acht Jahren stets mühsam zu verdrängen versucht hatte. Sie würde in Gedanken weiter zurückgehen, als sie es sich je gestattet hatte. »Helfen Sie mir?«, bat sie, und Lynn nickte, und dann begannen Emilys Gedanken auch schon zu rasen. Ihr war, als würde sie von der Vergangenheit förmlich angesogen. In bedrohlichem Tempo zog ihre höhlenähnliche

Wohnung neben der von Omar an ihr vorüber, das weiche Bett im Haus ihrer Tante, gefolgt von der chaotischen Flugreise, dem Flüchtlingslager, den UNO-Soldaten mit ihren nutzlosen Gewehren und dem Friedhof, und dann rannte sie mit einem Mal von Panik getrieben durch das Unterholz, hinter sich eine brennende Kirche, in den Armen ein totes Baby.

Sie hatten keine Zeit, um Mary zu bestatten. Keine Zeit für die entsprechenden Rituale. Papa hob unter einem Niembaum mit bloßen Händen ein flaches Grab aus, und Emily und ihre Brüder halfen, es mit trockener Erde und Blättern zu bedecken. Ihre Mutter rührte sich nicht von der Stelle. Sie alle erlebten in diesen Tagen derartige Augenblicke der Lähmung, Sekunden, in denen sich ihr Geist weigerte zu akzeptieren, was ihre Augen sahen. Dies war bei ihrer Mutter der Augenblick der Lähmung: Das erste tote Kind. Der Beginn dessen, was für sie stets unvorstellbar gewesen war. Papa und Rukundo mussten sie stützen, als sie kurz darauf schweigend ihren Weg durch das Unterholz fortsetzten, dicht gefolgt von Simeon und Emily. Diesmal bildete Cassien das Schlusslicht – um sie zur Eile anzutreiben, falls sie langsamer wurde, und um ihr zu Hilfe zu eilen, falls sie stürzte, das war Emily klar.

Und dann stürzten sich plötzlich die Männer auf sie, warfen sie zu Boden, hielten sie fest.

»Welche Männer?«, unterbrach Lynns Stimme sie wie aus weiter Ferne. »Wo bist du?«

Emily brach ab. Sie brachte alles durcheinander. Ihr Gehirn blockte ab, es wusste um die drohende Gefahr.

»Kehr zurück ins Unterholz«, befahl Lynn. »Du hast gesagt, ihr seid gerannt.«

Emily überlegte mit halb geschlossenen Augen. Sie vernahm das Klimpern einer geblümten Porzellantasse im Hintergrund. Vielleicht wäre es einfacher, immer nur in einer Welt auf einmal zu sein? Doch sie hatte panische Angst, ihr Anker in der Gegenwart könnte ihr abhandenkommen. »Und Sie sagen mir Bescheid, wenn ich wieder etwas auslasse?«

Lynn nickte. »Also. Ihr seid gerannt.«

Vielleicht hätten sie im Busch bleiben sollen, doch wie lange hätten sie dort überleben können? Schon jetzt waren sie hungrig und durstig und so erschöpft, dass sie regelmäßig stürzten. Sie legten viel zu lange Pausen ein, verwendeten zu viel Zeit darauf, den Stimmen zu lauschen, die »Kakerlaken!« riefen. Zweimal sah Emily ihre Mutter stürzen, sah, dass sie nicht einmal die Kratzer an ihren Beinen bemerkte oder die roten Blutspuren auf ihren Waden.

Es wurde Nacht. Emily hörte, wie sich ihre Eltern berieten, hörte, wie sie einander verzweifelt anflehten, sich etwas einfallen zu lassen. Sie hofften, wider besseren Wissens, eine Lösung zu finden, die sie bislang irgendwie übersehen hatten, einen einfachen Ausweg. Dann und wann konsultierten sie auch Rukundo, nicht jedoch Simeon und Emily – es war nicht ihre Art, mit Kindern über derart besorgniserregende Dinge zu sprechen. »Alles wird gut«, gelobte ihre Mutter, und dann bettete sie Emilys Kopf auf ihren Schoß, streichelte ihr übers Haar, legte ihr wie immer die schützenden Fingerspitzen über die Augen. Und als ihre Eltern dachten, sie schliefe, vernahm Emily die geflüsterte Wahrheit vor dem Hintergrund anderer Furcht einflößender Geräusche aus dem Dickicht. Sie erfuhr, was sie alles nicht tun konnten: *Sie konnten nicht* in ein anderes Dorf flüchten, wo man sie sofort als Außenseiter erkennen würde und als Tutsi identifizieren würde. *Sie konnten nicht* versuchen, in eine Stadt nahe der Grenze zu Uganda zu gelangen, von wo die Rebellenarmee, vielleicht unterstützt von Gahiji, nach Ruanda einfallen wollte, weil es überall Straßensperren gab. *Sie konnten nicht* im Busch bleiben, denn früher oder später würde man sie finden, und wenn nicht, dann würden sie verhungern. »In unserem Dorf haben wir Freunde unter den Hutu«, hörte Emily ihre Mutter sagen. Sie hatten Nachbarn wie Ernest, die ihnen helfen und sie verstecken würden, deren Herz nicht zu Stein geworden war. Morgens verkündete Papa: »Wir gehen nach Hause.«

Sie machten sich auf den Weg, erfüllt von einer eigenartigen Vorfreude, etwa so, wie man sich auf dem Heimweg nach einer langen Reise auf ein sauberes Bett freut, auf einen vertrauten Stuhl, auf die Rückkehr zur Normalität; eine Vorfreude, die mit jedem Schritt wächst. Emily ertappte sich dabei, dass sie Cassien anlächelte, worauf er sie grinsend in die Rippen boxte. Ein flüchtiger Augenblick des Glücks im Angesicht der Gefahr. Sein Grinsen war wie immer, ein Grinsen, das sie schon ihr ganzes Leben lang sah, wenn sie auf dem Weg zur Schule durch das Dorf liefen, wenn sie auf Bäume kletterten, nach Wolken Ausschau hielten oder einander nachts in ihrem Bett Witze erzählten, obwohl sie eigentlich schlafen sollten. Simeons Grinsen war wie ein Versprechen, es verströmte eine unangebrachte Unbeschwertheit, die ihnen die Kraft geben würde, das alles zu überstehen, den Ereignissen in der Kirche zum Trotz, den Leichen und dem Feuer zum Trotz, den wahnsinnigen Männern, die keine Männer mehr gewesen waren sondern Monster, zum Trotz, dem Verlust ihrer kleinen Schwester zum Trotz. Emily klammerte sich mit aller Kraft an dieses Grinsen.

Schließlich erreichten sie den Rand des Waldes, an den der Friedhof hinter ihrem Haus angrenzte, und Papa bedeutete ihnen, stehen zu bleiben und still zu sein. Bewaffnet mit einem abgebrochenen Ast, schlich er leise zu ihrem Haus, stieß die Hintertür auf und verschwand im Inneren. Emilys Mutter hielt sich an einem Ast fest und holte in den nun folgenden Minuten dreimal Luft, so tief, dass es schmerzen musste, und sie blinzelte kein einziges Mal, selbst dann nicht, als ihr ein wagemutiger Käfer über den Fuß krabbelte. Emily kauerte neben ihr und gelobte im Stillen, nie mehr etwas anzustellen, wenn Gott nur dafür sorgte, dass ihr Vater heil wieder an der Tür auftauchte. Es war die erste von vielen Verhandlungen, die sie mit Gott führte, ehe ihr klar wurde, dass solche Unterhaltungen zwecklos waren. Noch allerdings sprach sie ein überschwängliches Dankesgebet.

Drinnen war es besser. Ihr Haus war nicht groß, aber es hatte Mauern; es hatte Fenster, die man schließen konnte, und Türen, die man zusperren konnte. Sie sprachen leise, ohne dazu ermahnt zu werden, und hielten den Mund, wenn sie in der Ferne vorbeigehende Nachbarn erspähten. Drei Häuser weiter lebte eine weitere Tutsi-Familie, doch Emily sah niemanden aus dem Haus kommen, und Papa scheuchte sie sogleich vom Fenster weg. Mama ging schnurstracks in die Küche, wo sie feststellte, dass jemand den Vorratsschrank geplündert und ihre Konserven gestohlen hatte, genau wie den Alkohol. Aber es waren noch ein paar Reste da, aus denen sie zumindest ein paar Happen für jedes Kind zubereiten konnte. Sie bat sie zu Tisch, und sie aßen, wie sie sonst auch aßen, als wäre es eine ganz normale Mahlzeit an einem ganz normalen Tag, als wäre Mary bloß nicht dabei, weil sie in ihrem Bettchen schlief.

Im Laufe des Tages gestatteten sie es sich, in vertraute Routinen zu verfallen. Papa schmökerte in einem seiner Bücher und ließ die langen, schmalen Finger zärtlich über die Seiten wandern. Irgendwann rief er Emily zu sich und befahl ihr, laut aus dem Buch vorzulesen und das Gelesene zu erörtern, als könnte es sich eines Tages als hilfreich erweisen, wenn sie Machiavellis Gedanken über Macht und Schein begriffen hatte. Doch sie war zu sehr damit beschäftigt, sich zu fragen, was mit ihrem Dorf geschehen war, was dazu geführt haben mochte, dass sowohl Hutus, die sie kannte, als auch Hutus, die sie nicht kannte, sie so sehr hassen. Es gab doch keinen Unterschied zwischen ihnen! Das war es, was sie am meisten verwirrte, zu dieser Tatsache kehrten ihre Gedanken immer wieder zurück. Sie hatten die gleiche Hautfarbe, sie sprachen die gleiche Sprache, sie lebten Seite an Seite, sie heirateten sogar untereinander. Jean war ein Hutu, und sie waren beste Freunde gewesen – zumindest, bis er versucht hat, sie zu küssen. Zugegeben, danach hatte er nicht mehr mit ihr gesprochen, nicht einmal, wenn sie sich auf der Straße begegnet waren, aber deswegen war er doch bestimmt nicht gleich zu der Überzeugung gekommen, dass sie und jeder andere Tutsi sterben müsse. Nicht Jean, für den sie einmal beinahe alles gewesen war. Ihr Vater hätte es ihr bestimmt erklären können, doch er zog es an diesem seltsamen, surrealen Tag vor, über Machiavelli zu reden, und sie ließ ihn gewähren. Es war beruhigend, seiner Stimme zu lauschen und sich an das darin mitschwingende Versprechen zu klammern, dass vor ihr eine Zukunft lag, für die sie vorbereitet sein sollte.

Als die Nacht hereinbrach, riefen Mama und Papa sie zusammen und erklärten ihnen ihren Plan. Mama würde sich im Schutz der Dunkelheit zum Haus ihres Nachbarn hinüberschleichen, an die Hintertür. »Wir brauchen Wasser und etwas zu essen«, sagte sie. »Ernest wird uns helfen.« Emily nickte. Das war ein guter Plan. Einige Hutus hatten den Verstand verloren, doch Ernest war ihr Freund, ihr Nachbar, er war bis zuletzt nett zu ihnen gewesen, hatte sich mit Papa besorgt über die Krawalle auf den Straßen unterhalten und über die jungen Männer, die sich der Interahamwe anschlossen. Sie vertraute seiner tiefen, bellenden Stimme und dem Lachen, das stets auf seine selbstironischen Kommentare folgte. Er würde sie beschützen. Er würde ihnen helfen.

Mama kehrte mit Lebensmitteln beladen zurück: Mangos aus Ernests Garten, eine Tasse Reis, ein Eimer Wasser. »Wir sollen auf sein Signal achten – wenn wir eine Kerze in seinem Fenster sehen, sollen wir ihm die Tür aufschließen. Er bringt uns Essen.« Mama lächelte. Die Erleichterung war ihr deutlich anzusehen. »Und ansonsten sollen wir im Haus bleiben, bis dieser Irrsinn vorbei ist. Und er *wird* vorbeigehen«, wiederholte sie nachdrücklich mit einem Blick zu ihrer Tochter, doch ihren dreizehn Jahren zum Trotz spürte Emily, dass diese Worte ebenso sehr Mamas eigener Beruhigung dienten wie der ihren. Danach hatte sie keinen rechten Appetit mehr, zumal sich die Angst in ihrem Bauch zu einem stetig größer werdenden Klumpen zusammenballte.

Nachts schreckte sie immer wieder hoch. Wenn sie schlief, träumte sie von Geschrei und knisternden Flammen; in den Wachphasen dazwischen war ihr das Schweigen ihrer Brüder unheimlich, deren weit aufgerissene Augen sich in der Dunkelheit abzeichneten. Einmal saß Mama am Fußende des Bettes, als sie erwachte. »Schlaf, meine Tochter«, sagte sie, als sie sich rührte, und streichelte ihr den Knöchel. Doch Emily fand keinen Schlaf. Der Kummer in den Augen ihrer Mutter war zu beunruhigend, ihr Blick zu konzentriert, fast als wollte sie sich Emily ganz genau einprägen. Emily schloss die Augen und tat, als würde sie dösen, und irgendwann lullten Mamas Liebkosungen sie tatsächlich ein, und sie fiel zum allerletzten Mal in einen friedlichen Schlaf.

Emily öffnete die Augen.

Lynn war näher gerückt und streichelte ihr über den Arm. Emily wich der Berührung unwillkürlich aus.

»Das war noch nicht alles, stimmt's?«, fragte Lynn leise.

Emily schüttelte den Kopf. Durch das Wohnzimmerfenster fiel das trübe Londoner Tageslicht herein.

»An wen erinnert dich Luke?«

Wieder schüttelte Emily den Kopf, heftiger diesmal.

»Erzähl weiter, Emily. Bitte, erzähl weiter.«

Doch Emily brachte kein Wort heraus. Sie konnte sich nicht gestatten, weiter als bis zu diesem Punkt zu gehen.

Lynn betrachtete sie eingehend. In ihrer Miene spiegelten sich Kummer, Mitgefühl und Neugier. »Es ist schon nach zwei«, sagte sie schließlich bedächtig. »Ich habe dich viel zu lange aufgehalten. Ich werde dir die Überstunden bezahlen.«

»Es tut mir leid.« Emily erhob sich unsicher. »Ich hätte gar nicht damit anfangen sollen.«

»Oh doch«, sagte Lynn, und dann, nach einer kurzen Pause: »Emily, ich glaube, ich werde dich künftig etwas länger brauchen als bisher. Ich arrangiere das.«

»Es tut mir leid«, sagte Emily erneut und ging zur Tür. Sie fühlte sich benommen, gefangen zwischen ihren beiden Welten.

»Lass dir Zeit, Emily«, ermahnte Lynn. »Lass dir Zeit. Wir sehen uns morgen.«

KAPITEL
NEUNZEHN

MIT JEDEM frostigen Wort von Luke wächst Veras Angst, dass seine Mutter ihn eingeweiht haben könnte. Sie haben sich wieder gezankt, oder zumindest beinahe; irgendwie reden sie in letzter Zeit andauernd halb aneinander vorbei. Sie hat immer noch fest vor, Luke von der Abtreibung zu erzählen – besser gesagt, ihm zu erzählen, was stattdessen geschehen ist. Trotzdem verstreicht der November. Jeden Abend fasst sie den Vorsatz, legt sich zurecht, was sie sagen wird, stellt sich gedanklich auf die Konsequenzen ein, doch tagsüber fallen ihr dann einfach nicht die richtigen Worte ein. In die Flucht geschlagen vom beharrlichen Klingeln ihres Telefons vermutlich. Frühmorgens macht sie sich, noch ehe das Klingeln beginnt, auf den Weg nach Marylebone, in der Hoffnung, dort in der Ruhe unter dem Tonnengewölbe, zwischen den Kirchenbänken oder in den Büchern darauf zu stoßen und damit Erlösung zu finden. Sie gibt die Hoffnung nicht auf, selbst nach mehreren erfolglosen Versuchen. Sie fühlt sich unterstützt hier; ihr ist, als lägen die unsichtbaren Hände dauerhaft auf ihren Schultern. Doch der Verlust ihres Sohnes schmerzt wie am ersten Tag, eine untilgbare Schuld, von der sie Luke noch immer nicht erzählt hat, weil sie das Risiko, ihn zu verlieren, einfach nicht eingehen kann.

Bei einem ihrer seltenen Dates will Luke, nichtsahnend, wie er ist, wissen, warum sie Lynn nicht besucht. Es ist Wochenende, und sie waren im Regent's Park spazieren und wärmen sich nun in seinem Wagen auf. Luke hat Kaffee und ihren Lieblingsdattelkuchen besorgt, und sein Tonfall ist sanft, aber merklich zurückhaltend. Distanziert. Als sie ihn darauf anspricht, sagt er, sichtlich bemüht, ruhig zu bleiben: »Ich bin enttäuscht.«

»Weil ich mich nicht um deine Mutter kümmere?«

An den rasierklingenartig scharfen Grashalmen draußen hat der bitterkalte Frost vereinzelte Eiskristalle hinterlassen. Der Motor brummt, und im Radio läuft eine Bach-Sonate, die Vera einmal spielen konnte. Luke dreht sie leiser. »Weil du dich seit Monaten nicht bei ihr hast blicken lassen, weder allein noch mit mir.« Ein leiser Vorwurf. »Ich verstehe es einfach nicht, Vera.«

»Ich bin nicht sicher, ob sie mich sehen will«, erklärt Vera lahm.

»Natürlich will sie das. Sie ist nicht nachtragend.«

Vera wendet sich ab und tastet ihre Taschen nach der Zigarettenschachtel ab, bis ihr einfällt, dass sie ja in Lukes Gegenwart nicht rauchen darf. Um ihre nervösen Hände zu beschäftigen, dreht sie das Radio lauter.

»Nun sag doch irgendetwas!«, stößt Luke hervor. Er hat die Stimme erhoben, um die Musik zu übertönen.

Zum ersten Mal, seit sie sich kennen, ist er rot angelaufen, sein sandfarbenes Haar ist zerzaust, von seiner üblichen Vernunft und Gelassenheit ist nichts mehr übrig. Luke lässt die Faust auf das Lenkrad niederdonnern und erwischt dabei die Hupe. Das Geräusch zerreißt die Stille draußen. Vera lehnt sich zur Seite, von ihm weg. Beide haben die Luft angehalten, und selbst die Sonate scheint verunsichert auf einer einzelnen Note zu verharren, als warte sie gespannt ab. Doch die Aggressivität, die Vera bei anderen Männern erlebt hat, bleibt aus. Kein Gebrüll, keine Kraftausdrücke. Bisweilen vergisst sie, wie anders Luke ist. Wie viel besser. Wäre es *sein* Baby gewesen, vielleicht hätte sie ... Luke atmet aus und sinkt in sich zusammen. Er lehnt die Stirn ans Lenkrad, und sein Gesicht wird aschfahl, ebenso rasch, wie es vorhin rot angelaufen ist. Seine blassen Finger umklammern das Lenkrad.

»Bitte, Vera«, fleht er mit bebender Stimme, ohne sie anzusehen. »Ich versuche, ihr zu helfen. Ich versuche, das Richtige zu tun, zumindest in der kurzen Zeit, die ihr noch bleibt. Du bist meine Verlobte. Du solltest sie besuchen.«

Veras Telefon klingelt in ihrer Handtasche. Schon wieder. »Das Büro«, lügt sie hastig und schaltet es aus. Luke hebt nicht einmal den Kopf. Hat er sich daran gewöhnt? Daran, dass sie nur halb anwesend ist, nur Halbwahrheiten von sich gibt? Ihr Magen krampft sich zusammen. Die Vorstellung, dass sie ihn verlieren könnte, ist wie ein kräftiger Schlag in die Magengrube. Er wirkt schwach und zugleich immer noch so stark, wie er dort sitzt, über das Lenkrad gebeugt. Vera legt ihm vorsichtig die Hand auf den Arm. So nah waren sie sich seit Wochen nicht mehr. Durch seinen dicken Wintermantel hindurch spürt sie seinen Puls, und ihr ist, als hätte man ihr einen kleinen Stromstoß verpasst.

»Du hast recht«, räumt sie abrupt ein, »ich hätte deine Mutter besuchen sollen.«

Er holt hörbar Luft. Vera lässt die Hand auf seinem Arm liegen, fühlt den Rhythmus unter dem Stoff. »Nächstes Mal komme ich mit«, verspricht sie. »Aber vorher muss ich dir etwas sagen.«

Und dann erzählt sie es ihm.

Dass sie von Charlie schwanger war.

Dass sie beinahe eine Abtreibung hatte und dass sie seiner Mutter gegenüber behauptet hat, sie hätte abgetrieben.

Dass sie das Baby zur Welt gebracht hat.

Dass sie es weggegeben hat.

Sie bricht ab. Wartet. Überlegt. Entscheidet.

Luke sieht zu ihr hoch. Seine sonst zweifarbigen Augen sind fast schwarz.

Kurze, dunkle Tage schleichen vorüber. Vera malt an jedem davon Kritzeleien auf Charlies Karte, bis seine Worte fast zur Gänze überdeckt sind. Luke hat ihr bei dem Gespräch im Auto nach einem langen, ungemütlichen Schweigen dafür gedankt, dass sie es ihm gesagt hat. Vera hielt verlegen den Blick gesenkt, als er das sagte, doch er schien es nicht zu bemerken, oder aber er dachte, ihr Geständnis sei Grund genug dafür. Er sagte, er sei dankbar, dass sie ihm die Möglichkeit bot, sich dazu zu äußern und damit, so hoffe er zumindest, für hilfreiche Erleuchtung zu sorgen. Und dann drückte er ihr ganz flüchtig die Hand. Doch seither sind sieben Tage vergangen, und er hat sich noch immer nicht »geäußert«. Sie haben nicht miteinander gesprochen. Er hat ihr einige Nachrichten geschickt, in denen es um die Hochzeit ging, was sie als gutes Zeichen wertet, doch ihre Anrufe hat er nicht angenommen. Sie haben noch nicht analysiert, was sie ihm gesagt hat, er hat sie noch nicht von den verbliebenen Geheimnissen befreit. Nun steht sie mit einer Schachtel Feingebäck vor Lynns Tür und kommt sich etwas albern vor, als sie sie Luke mit großer Geste hinhält. Doch sonst hat sie nichts. »Ich hab was Süßes mitgebracht«, erklärt sie überflüssigerweise.

Er sieht gut aus. Müde, besorgt und eine Spur zerzauster als sonst, dafür aber mit einem warmherzigen Blick in seinen grau-grünen Augen. »Ich hätte es wohl nicht erwarten sollen«, sagt er leise, nach einer langen Pause.

»Was denn?«

»Mehr als Feingebäck. Na ja. Ich habe dir zu viel zugemutet.«

Seine Worte versetzen ihr einen Stich.

»Ich bin zu ungeduldig«, fährt er fort, in dem Versuch, sich zu erklären, sein Urteil zu entschärfen. Dann streckt er langsam die Arme aus, um ihr die Schachtel abzunehmen.

Um ihre Gabe anzunehmen, und damit auch Vera und das, was sie getan hat? *Das, von dem er weiß* ... Vera schüttelt den Kopf. Sie will ihm auch den Rest erzählen. Die ganze Wahrheit. Sie ist schon so weit gekommen. Doch sein Atem schickt warme Wirbel durch die kalte Luft, der vertraute Duft seines Rasierwassers steigt ihr in die Nase, und der Wunsch nach seiner Vergebung wird übermächtig. Sie atmet tief ein und fragt sich, wie sie zulassen konnte, dass Luke zu einer Nebensächlichkeit in ihrem Leben wurde.

Dann klingelt ihr Telefon. Natürlich. Es klingelt andauernd. Klingeling. Sie zuckt zusammen, als wäre ein Streifen- oder Krankenwagen mit Sirene vorbeigefahren. Ein Warnlicht, das an die vor ihr liegenden Gefahren erinnert.

»Komm rein«, flüstert Luke, und sie tritt ein, ohne ihm noch mehr zu erzählen, ohne ans Telefon zu gehen, das sie aus ihrer Handtasche anblinkt. Sie nimmt kaum Notiz von der Hand, die Luke ihr auf den Rücken gelegt hat, vom Kummer in seinem Blick, registriert auch nicht, dass sein Blick auf ihr ruht, während sie dem seinen ausweicht.

Vera und Lynn begrüßen einander zunächst mit großem Trara. Lynn besteht darauf, dass die Törtchen auf einem besonderen Teller serviert werden, den Luke erst aus der hintersten Ecke der Vitrine im Esszimmer kramen muss, und dass sie von den dazugehörigen Kuchentellern essen, an die Luke sich gar nicht erinnern kann, doch auch sie stöbert er schlussendlich auf. Lynn freut sich sichtlich über die Verwendung des Porzellans und lässt es sich nicht nehmen, den Tee selbst zuzubereiten, in einer ebenso aparten Kanne, und das, obwohl sie sie mehrfach beschwören, sitzen zu bleiben und das ihnen zu überlassen. Schließlich haben alle Platz genommen und versuchen angestrengt, die gute Laune aufrechtzuerhalten.

Lynn sitzt gegenüber von Vera und schweigt vernehmlich. Ihr weißes Haar ist wie üblich zu einem Knoten im Nacken zusammengebunden, ihre Bluse frisch gebügelt, ihre Wangen dezent mit Rouge bestäubt, doch um die Augen und in den Mundwinkeln haben sich tiefe Falten in ihre Haut eingegraben. Ihre Lippen sind trocken und rissig, und ihr spitzes Kinn zeugt von beginnender Unterernährung. Sie wirkt deutlich älter als achtundfünfzig. Dann und wann, wenn sie sich unbeobachtet wähnt, verzieht sie das Gesicht vor Schmerz. Es ist ein eigentümliches Gefühl für Vera, diese Mischung aus Mitleid und Bangen. Sie versucht, sich normal zu verhalten, bemerkt aber selbst, dass ihre Stimme deutlich höher ist als sonst. Niemand lacht über ihre Scherze. Lukes Gesicht scheint nicht auf Lachen eingestellt zu sein – er ist vollauf damit beschäftigt, seine Mutter zu beobachten, spannt dann und wann die Kiefermuskeln an oder blinzelt heftig. Vera schluckt schwer beim Anblick seiner angeknabberten Fingernägel. Als sie nach seiner Hand greifen will, die auf dem Sofa liegt, verschränkt er die Finger vor dem Bauch. Dann steht er auf und geht hinaus – ein dringender Anruf, sagt er entschuldigend.

Sie hört ihn ihm Nebenraum telefonieren, seine Stimme wird lauter und leiser, höher und tiefer. Vera versucht, ihren Atemrhythmus dem seinen anzupassen, und zermartert sich, nun, da sie wieder mit Lynn allein ist, das Hirn auf der Suche nach einem Gesprächsthema. Vergeblich. Seit vorhin beim Eintreten ihr Handy geklingelt hat, denkt sie nur an Charlie, selbst in der Gegenwart von Luke und Lynn, selbst in Anbetracht ihres Leids. Veras Gedanken kreisen nur um ihn, den Vater, den Ex, das Opfer, den Täter. Und um das, was er ihr früher oder später alles an den Kopf werfen wird – Vorwürfe, berechtigte Anschuldigungen. Ihr graut davor. Sie weiß, das Handy in ihrer Tasche wird wieder klingeln, immer wieder. Sie hätte es ausschalten sollen, doch es kommt ihr unhöflich vor, es jetzt, vor Lynn, herauszukramen. Sie gibt sich Mühe, ihre Tasche nicht allzu auffällig anzustarren. Das Schweigen dauert an. Vor ihrem nächsten Besuch wird sie sich ein paar Gesprächsthemen überlegen. *Worüber redet man mit der zukünftigen Schwiegermutter, die selbst keine Zukunft mehr hat?* Lynn sagt nichts und erweckt auch nicht den Anschein, als bemühe sie sich um ein Gespräch. Vielleicht haben sie sich einfach wenig zu sagen, weil sie so grundverschieden sind. Lynn so untadelig und Vera so unvollkommen, nach wie vor.

Aber sie können sich nicht ewig anschweigen.

»Ich habe es ihm gesagt«, verkündet Vera aus heiterem Himmel.

Lynn bleibt keine Zeit zu antworten, denn im selben Moment gesellt sich Luke wieder zu ihnen.

Er wirkt entschlossen, erfrischt. In seiner Miene spiegelt sich der Hauch eines Lächelns. Vera betrachtet ihn erfreut, erleichtert darüber, dass er doch zurechtkommt, dass er auch ohne ihre Aufmerksamkeit zurechtgekommen ist. Doch kaum hat er das Handy in seiner Hosentasche verstaut und wieder seinen Platz auf dem Sofa eingenommen, wirkt er plötzlich rastlos. Er hüstelt und fragt seine Mutter, ob sie eine Decke braucht. Sie verneint. Er fragt, ob er das Fenster schließen soll. Sie verneint. Er fragt, ob er noch eine Kanne Tee machen soll. Lynn deutet auf die Kanne auf dem Tisch und sagt, sie sei doch noch halb voll. Luke nickt, nimmt seine Bibel zur Hand und fragt, ob er ihnen daraus vorlesen soll, und diesmal lässt Lynn ihn gewähren. Er umklammert den Buchrücken, während er Passagen zitiert, in denen es um Glaubensproben geht, um schwere Zeiten und um Heilung. Seine Stimme klingt so fest wie eh und je, nachdrücklich und sicher, doch er hebt kaum je den Blick zu Lynn, die kerzengerade und regungslos auf ihrem elfenbeinweißen Fauteuil thront und ehrerbietig lauscht. Nur dann und wann runzelt sie flüchtig die Stirn, besinnt sich jedoch sogleich wieder auf Luke und setzt eine neutrale Miene auf. Luke hält den Kopf gesenkt und bemerkt es nicht, doch Vera sieht es. Gebannt verfolgt sie das tragische Schauspiel, in dem Mutter und Sohn gefangen sind. Mutter Hingabe. Mutter Selbstaufopferung.

Nach einer gefühlten Ewigkeit trifft John ein. Er lümmelt sich in seiner großspurigen Art auf das Sofa und zieht sich demonstrativ den Schal vor den Mund, verdreht zwar die Augen, gibt aber keinen Ton von sich, während Luke weiterliest. Auch Lynn sagt nichts. Dort sitzen sie nun, jeder für sich, und das Einzige, was sie eint, sind Lehren, an die John nicht glaubt, wie Vera weiß; Verheißungen Gottes, die wohl für so manchen von ihnen wie leere Worte klingen; Botschaften, die, wie ihr allmählich bewusst wird, nicht allein aus der Bibel stammen, sondern auch im Herzen wohnen. Und keiner der drei fragt: *Warum wir?* Keiner erwähnt das, was Luke nur allzu deutlich ins Gesicht geschrieben ist: Angst und Panik und Verletzlichkeit. Sie machen einfach weiter, klammern sich an die Worte, überlassen es Luke, sich an ihrer Stelle daran zu klammern. Seine Stimme klingt mit jedem Wort noch beharrlicher, noch verzweifelter, noch bekümmerter, bis schließlich Veras Handy klingelt, wie sie es bereits vorhergesehen hat. Jetzt hat sie zumindest die Möglichkeit, einzugreifen und Luke zu Hilfe zu eilen.

»Vielleicht ist das ja der Pfarrer, der der Meinung ist, dass wir allmählich zum Ende kommen sollten«, flachst sie und schiebt dann leise hinterher: »Du willst deine Mutter doch nicht *zu Tode* langweilen, oder, Luke?« Sie schenkt ihm ein zärtliches Lächeln, eines, von dem er einst behauptet hat, es leuchte wie ein Sonnenaufgang.

»Das ist nicht witzig«, sagt er ernst.

Veras Handy klingelt weiter.

John grinst schief angesichts ihrer unglücklichen Wortwahl, Luke und Lynn mustern sie erwartungsvoll.

Das Handy klingelt hartnäckig weiter.

»Ich wollte doch bloß ...« Vera verstummt. Ja, was? Sie wollte, dass Luke innehält, den Blick hebt. Jetzt hat er den Blick gehoben, macht aber keine Anstalten, *ihr* zu Hilfe zu eilen. Vera weiß nicht, was sie sagen soll. Sie wollte weder frech noch geschmacklos rüberkommen.

Ihr Handy klingelt immer noch.

»Willst du nicht rangehen?«, schnarrt Lynn übellaunig. »Oder wie lange sollen wir uns das Gebimmel noch anhören?«

Aller Augen ruhen auf ihr.

Erwartungsvoll.

Das Klingeln hört nicht auf.

»Nun mach schon«, drängt Lynn.

Luke nickt.

John nickt.

Lynn nickt bekräftigend.

Vera fischt wie in Zeitlupe das Telefon aus ihrer Handtasche und hält es sich ans Ohr.

»Leg nicht auf«, sagt Charlie.

KAPITEL ZWANZIG

LYNN SASS kerzengerade am Esstisch, die Hand auf einem Stapel Unterlagen. Der mit ihrem Monogramm versehene Füllfederhalter, den Philip ihr einst geschenkt hatte und mit dem sie hauptsächlich Dankeskarten verfasst hatte, schwebte über dem obersten Blatt, an der Spitze hatte sich eine winzige Tintenblase gebildet. Einer von Philips ehemaligen Mitarbeitern hatte ihr Testament überarbeitet und in der aktualisierten Version dem Umstand Rechnung getragen, dass Philip gestorben und ihr Nachwuchs inzwischen erwachsen war und dass Luke demnächst heiraten würde. Sie hätte sich schon vor Jahren darum kümmern sollen. Der Anwalt hatte sie regelmäßig daran erinnert, doch bei Philips Tod war sie gerade mal vierzig gewesen. Und jetzt war sie noch keine sechzig … Sie hatte eben nicht mit der Vergangenheit abschließen wollen, ganz offiziell. Oder war nicht dazu in der Lage gewesen. Genau wie Emily. Jetzt musste sie es tun, und sie überflog die lange Liste der Gegenstände, für die sie schon bald keine Verwendung mehr haben würde, das Inventar jener Besitztümer, anhand dessen sich ein Leben katalogisieren lässt.

Das Haus musste wohl an John gehen. Lynn presste sich eine Hand auf die Brust. Seit der Unterhaltung mit Emily beim Rommé vor ein paar Wochen versetzte ihr der Gedanke an ihren Jüngsten jedes Mal einen schmerzhaften Stich. Aber jetzt war nicht die Zeit für Gefühlsanwandlungen, jetzt gingen praktische Aspekte vor. John hatte kein regelmäßiges Einkommen und lebte noch immer in einer gemieteten Einzimmerwohnung. Er brauchte ein Dach über dem Kopf.

Sie hob den Füller an. Doch Luke würde es zweifellos als Brüskierung empfinden. Er würde glauben, dass sie John bevorzugte, und das würde seine Erinnerungen an sie trüben. Vielleicht sollte sie ihn schon im Vorfeld darüber informieren oder ihn zum Testamentsvollstrecker bestimmen, ihn, den vernünftigen, verantwortungsbewussten Sohn, auf den immer Verlass war. Ja, genau das musste sie ihm signalisieren, musste ihm Anerkennung zollen für seine Bemühungen, stets für alle da zu sein. Sie würde nicht mehr da sein, und solche Einzelheiten waren wichtig. Sie würden das Bild der Jungs von ihr prägen, würden bestimmen, wie sie sie in Erinnerung behielten.

Luke wird Philips Armbanduhr haben wollen. Lynn nahm sie jeden Morgen aus der Schatulle, um sie zu polieren und sich über das Handgelenk zu streifen, und dann lauschte sie dem Ticken, gleich einem Herzklopfen. Luke hatte diese Uhr seit jeher bewundert. Sie setzte die Feder aufs Papier und hielt ihre Entscheidung gewissenhaft fest, in ihrer schönsten Schrift. Bei ihren Geschichtsprüfungen damals in Cambridge hatte ihre Handschrift arg gelitten. Der Inhalt war bedeutend wichtiger gewesen als die Form. Doch jetzt, hier, nahm sie sich Zeit für Sorgfalt und Schnörkel.

John sollte den Plattenspieler erben, den sie in den letzten Jahren kaum je benutzt hatten. Sie waren schon vor einer halben Ewigkeit auf Kassetten und CDs umgestiegen, und in den vergangenen Monaten hatte Lynn den iPod verwendet, den Luke ihr gekauft hatte. Doch das antiquierte Gerät stand nach wie vor im Wohnzimmer, neben einem Stapel alter Vinylplatten. Bevor ihre Schmerzen richtig schlimm geworden waren, hatte John es dann und wann in einem

Anfall von Überschwang abgestaubt und in Gang gesetzt, und dann waren sie zu Frankie Laine oder Dicky Valentine gemeinsam um das Sofa gewalzt wie auf einem altmodischen Tanzball. Zweifellos hatte John gespürt, dass ihr das fehlte, dieses Gefühl, mit einem Mann übers Parkett zu schweben. Hatte John einen Mann, mit dem er übers Parkett schweben konnte? Gab es jemanden, den er liebte? Jemanden, der ...

Was noch? Es musste doch noch andere Dinge von Wert in ihrem Leben geben, Dinge, die ihre Söhne haben wollen würden. Das Porzellan. Lynn setzte erneut die Feder aufs Papier, um die Bestandteile der Sammlung aufzulisten. Das Porzellan musste natürlich an Luke gehen, der eine Ehefrau haben würde. Sie würde es zu schätzen wissen, mit der Zeit vielleicht das eine oder andere Stück hinzufügen. *Sollte sie Vera explizit erwähnen?* In letzter Zeit war Lynn ihr gegenüber wieder etwas gnädiger gestimmt, obwohl sie sie nach wie vor schwer zu ertragen fand. Sie war nun einmal jung, ungehobelt, unbeholfen, verliebt ... und jung, so jung. Aber sie bemühte sich hartnäckig, das musste man ihr lassen. Sie war erfrischend direkt. Und es schien, als wären sie stillschweigend übereingekommen, die peinlichen Szenen von damals, bevor Emily gekommen war, nicht zu erwähnen. Doch was, wenn sie sich scheiden ließen? So etwas kam vor heutzutage, und in Anbetracht von Veras Vergangenheit ... Würde Vera dann ihre Taschen packen und Lynns Hochzeitsporzellan darin verstauen? Andererseits wollte sie es ja vielleicht gar nicht haben. Womöglich ersetzte sie die geblümten Tassen durch ein stilloses modernes Service, und Lynns Sammlung verstaubte unbeachtet ganz hinten in einem Schrank, oder sie landete in einer Umzugskiste auf dem Speicher und geriet in Vergessenheit, statt verwendet oder zur Schau gestellt zu werden.

Lynn notierte lediglich Luke als Erben. Dann fielen ihr plötzlich die Aktien ein und das von Philip eröffnete Offshore-Bankkonto, von dem sie noch immer Geld bezog. Und die Bilder. Und ihr Schmuck. Sie schraubte den Füllfederhalter zu und legte ihn auf den Tisch. Sie war müde und hatte Schmerzen, und ihr war übel. Es gab zu vieles zu bedenken. Sie wollte sich ausruhen. Doch die Unterlagen mussten verschwinden, ehe Luke kam, und das Bett war noch nicht gemacht, und in der Spüle in der Küche stand eine benutzte Tasse. Und das neueste Bild war noch nicht fertig, und sie wartete noch auf den Rückruf der Agentur wegen Emilys Wochenenddienst.

Unter Schmerzen stand sie auf, schob alle Schriftstücke zu einem Stapel zusammen und verstaute sie in der Schublade, in die sie eigentlich immer eine Schachtel Dinner Mints oder frische Lavendelzweige hatte legen wollen. Oder leere Grußkarten. Aber sie war stets unbefüllt geblieben, einmal abgesehen von den Gummiringen, die Philip verwendet hatte, um seine Post zu bündeln. Die sie unerklärlicherweise nach wie vor bisweilen auf dem Boden fand und zu deren Entsorgung sie sich nicht durchringen konnte. Sie hielt sich einen Augenblick am Türrahmen fest, ehe sie ins Wohnzimmer ging, wo sie auf ihren Lehnstuhl sank und die geröteten Augen schloss. Sie dankten es ihr bereitwillig mit Tränen.

Vergangene Nacht hatte sie wieder nicht schlafen können, zum einen wurde sie geplagt von körperlichen Malaisen – Übelkeit und Kopfweh und Schmerzen im Arm – zum anderen von ihren Gedanken: die Zukunft, die Zukunft, die Zukunft; die sie nicht erleben würde und die sich ihrem Einfluss, ihrer Kontrolle entzog. Ihre Gedanken kreisten unablässig um Themen wie Luke und seinen Drang, die Welt in Ordnung zu bringen. Um John und sein Leben, von dem sie viel zu wenig wusste und auf das sie mit ihrer Scheinheiligkeit einen Schatten geworfen hatte. Um die Tatsache, dass ihre Möglichkeiten, derlei ins Lot zu bringen, rapide dahinschwanden. Und um Emily. Am häufigsten um Emily. Dabei war die junge Frau praktisch eine Fremde und sollte ihr längst nicht so viel bedeuten. Dennoch ertappte sich Lynn ständig dabei, dass sie an sie dachte.

Es war schier unmöglich, Schlaf zu finden, wenn sich erst einer dieser Gedanken festgesetzt hatte. Oder, schlimmer noch, alle zugleich. Lynn öffnete die Augen, und eine Träne rollte ihr über die Wange. Es gab noch so viel zu tun. So vieles, was sie noch tun wollte.

Als sie erwachte, war Luke da. Er saß auf seinem angestammten Platz gegenüber von ihr und beobachtete sie schweigend.

»Wie lange bist du schon hier?«, murmelte sie.

»Erst ein paar Minuten.«

Lukes Stirn war zerfurcht wie sooft. Er fing an zu altern.

Lynn setzte sich aufrecht hin und tätschelte sich die Frisur. »Ich habe nur ganz kurz die Augen zugemacht. Ich war den ganzen Vormittag beschäftigt.«

»Bist du müde, Mutter? Möchtest du lieber nicht essen gehen?«

»Sei nicht albern. Ich habe hier gesessen und auf dich gewartet, und dabei bin ich eingedöst, das ist alles. Es ist sehr warm hier drin.«

»Ich hatte John doch aufgetragen, das Thermostat zu überprüfen.«

»Ich mag es warm.«

»Ich sehe gleich mal nach.«

Luke nahm Lynn die Handtasche aus dem Schlafzimmer mit. Das ungemachte Bett erwähnte er nicht. »Gut siehst du aus, Mutter«, stellte er fest, während sie ihren schlichten

knielangen schwarzen Mantel zuknöpfte und sich zur Tür
wandte.

John und Vera saßen bereits am Tisch. John trug ein weißes
Hemd und dazu ein elfenbeinweißes Jackett und einen Seidenschal. Lynn hatte ihm jahrelang karierte Hemden und
Wollblazer gekauft, doch vergangene Woche hatte Emily in
ihrem Auftrag eine maßgeschneiderte Samtweste vom
Schneider abgeholt. Lynn hatte sie bereits für Weihnachten
eingepackt, für den Fall, dass dafür später keine Zeit mehr
blieb. Für den Fall, dass diese Geste alles sagen musste. Als
sie hereinkamen, wedelte John übertrieben mit den Armen,
während Vera, die sich den Bauch vor Lachen hielt, unmerk-
lich auf ihrem Stuhl in sich zusammensank. Sie schien von
innen heraus zu leuchten.

»Stören wir?« Luke rückte erst für Lynn den Stuhl zurecht, ehe er Vera einen Kuss gab – einen recht flüchtigen,
wie Lynn bemerkte – und sich dann neben ihr niederließ.

»John erzählt gerade von seinem neuen Stück«, berichtete
Vera. »Die Besetzung ist echt zum Piepen.«

»Du hast nicht nach dem Thermostat gesehen«, sagte
Luke, zu seinem Bruder gewandt.

Sie redeten über sich selbst. In dieser Hinsicht waren sie sich
alle drei ähnlich. Dabei war das gemeinsame Mittagessen,
wie Lynn wusste, ein Zeichen für ihre Schuldgefühle angesichts der Tatsache, dass sie starb. Es entsprang dem Wunsch,
ihr etwas Gutes zu tun, solange sie noch am Leben war. John
und Luke tauschten »joviale« Seitenhiebe aus, die mitnichten
jovial waren, ohne zu bemerken, wie sehr sie sich deswegen
grämte – über sich selbst grämte. Sie sollte gute Miene zum
bösen Spiel machen und die dankbare Mutter mimen, aber
sie konnte nichts ausrichten gegen die Welle der Verbitte-

rung, die sie erfasst hatte. Vor allem, da die Jungs ihr so deutlich zeigten, dass sie alles falsch gemacht hatte. Dann und wann erkundigte sich jemand – zumeist Vera – nach ihrem Gesundheitszustand: Litt sie schon unter den vorhergesagten Schwindelanfällen? Unter Übelkeit? Lethargie? Das war das Thema, zu dem sie konsultiert wurde: ihre Krankheit. Wobei sie Lynn selbst in dieser Hinsicht den Expertenstatus absprachen. Sie wussten alles besser. Sie waren jung, sie hatten im Internet recherchiert, sie *googelten* alles und waren voll informiert. Lynn war noch keine sechzig. Philip war fünfundvierzig gewesen ... Die drei plauderten weiter, über die Arbeit, über Freunde, über die Hochzeit, über Johns Theaterstück und Lukes Beförderung, über Veras neue Kirche, an die sie eher zufällig geraten war. Sie bezogen Lynn in ihre Unterhaltungen mit ein, aber nicht als gleichberechtigte Gesprächspartnerin; Lynn hörte ihnen zu, jedoch nur mit halbem Ohr.

Es war ihr ganz recht so; auf diese Weise blieb ihr mehr Zeit, um über Emily nachzudenken. Lynn hatte das Thema Ruanda seit Emilys Begegnung mit Luke und dem daraus resultierenden Gespräch nicht mehr angeschnitten. Man konnte einen Menschen nicht zwingen, über derart leidvolle Erfahrungen zu sprechen. Das Opfer musste von sich aus darauf zu sprechen kommen. Also hatte Lynn im Laufe der vergangenen Wochen aufmerksam nach Gelegenheiten Ausschau gehalten, um Emily dazu zu ermuntern. Sie hatte dafür gesorgt, dass sie gemeinsam Aufgaben erledigten, bei denen eine Unterhaltung unvermeidbar war, hatte Emily allerlei Einkäufe aufgetragen, in der Hoffnung, die erstandenen Gegenstände – die Samtweste beispielsweise – könnten ihr Interesse wecken. Und sie hatte bewusst die Tür zu ihrem Atelier offen stehen lassen und ein Bild hervorgekramt, das sie vor einigen Monaten gemalt hatte – eine

Komposition in Schwarz und Violett, deren Farbwirbel von ihrem eigenen Kummer, ihrem Groll, ihren Ressentiments zeugten. Sie hatte versucht zu signalisieren, dass ihr Kummer und Leid nicht fremd waren. Dass sie gern als Ansprechpartnerin zur Verfügung stand.

Die oberflächliche Unterhaltung am Tisch plätscherte weiter dahin. Gelegentlich widersetzte sich Lynn dem Sog ihrer Tagträume und ließ eine provozierende Bemerkung vom Stapel, um das Jungvolk zu schockieren, womit sie jedoch nur befremdete Blicke erntete, als wäre es die Krankheit, die aus ihr sprach, und nicht sie selbst, als wären ihre Worte nur Teil der Geräuschkulisse.

Sie fragten sie nicht nach ihren Hoffnungen, ihren Träumen, ihren Zielen. Vermutlich nahmen sie an, sie hätte keine mehr. Oder hätte nie welche gehabt. Oder sie hielten sich selbst für die fleischgewordene Erfüllung ihrer Hoffnungen und Träume.

Vera schäumte förmlich über vor Euphorie. Sie legte noch mehr jugendliche Begeisterung an den Tag als sonst, einen zuckersüßen, vor freudiger Erregung strotzenden Eifer, der Lynn den letzten Nerv raubte. *Die Vorspeisen! Der Fisch! Habt ihr den Fisch gesehen?! Der Käsekuchen!* Sie lächelte unablässig, strahlte insbesondere Luke an, in dem vergeblichen Versuch, ihn anzustecken mit ihrer abgeschmackten Ausgelassenheit. Lynn entging nicht, dass Luke ernst blieb – aus Respekt vor ihr und ihrem eigenen humorlosen Betragen? Lynn fragte sich unwillkürlich, was der Auslöser für Veras Enthusiasmus sein mochte. »Auf Fisch sollte man keinen Käsekuchen essen«, informierte sie sie.

Vera bestellte einen Früchtebecher.

Lynns Mousse au Chocolat war zu süß und erinnerte sie an den widerlichen Geschmack, den sie in letzter Zeit immer öfter im Mund hatte. Sie stocherte lustlos darin herum. Hatte sie je etwas zurückgehen lassen? Philip hatte das bisweilen getan, wenn ein Gericht verkocht war oder nicht richtig durch war, versalzen oder nicht warm genug, und es war Lynn jedes Mal unangenehm gewesen. Es hatte ihr widerstrebt, jemanden vor den Kopf zu stoßen oder die Aufmerksamkeit auf die Makel anderer zu lenken. *Wer unter euch ohne Sünde ist, der werfe den ersten Stein.* Warum eigentlich? Im Sinne der Fairness? Seit wann war das Leben denn fair? Zu ihr war es das nicht. Zu Emily ebenso wenig. Vera war die Einzige, die alles zu haben schien.

»Worum geht es in eurem Stück?«, fragte sie John, als der Kaffee serviert wurde. »Und wann ist die Premiere?«

Lynn reichte dem Kellner ihre halb gegessene Mousse, bestellte stattdessen ein Zitronensorbet und sah zu, wie ihr Kaffee durch den Filter lief, eine clevere Konstruktion, die den dunklen Satz von der reinen Flüssigkeit trennte.

»Es ist eine Komödie.« John grinste seinen Bruder über seinen Cappuccino hinweg an. »Würde dir gefallen, Luke.«

»Soso.«

John strich sich anmutig ein paar Strähnen aus der Stirn und lächelte vielsagend, als wäre er im Begriff, ein Geheimnis zu lüften. »Es geht um einen Mann, der besessen ist von sich selbst«, sagte er. »Er interessiert sich nur für sich selbst.« Er grinste Vera spitzbübisch an. »Und er ist die ganze Zeit genervt, weil er viel besser ist als alle anderen. Am Ende stirbt er bei einem Verkehrsunfall, weil er in den Spiegel geschaut hat statt auf die Straße.« John nahm noch einen Schluck Kaffee, ohne seinen Bruder aus den Augen zu lassen.

Vera lachte.

»Und das soll eine Komödie sein?«, fragte Luke ungewöhnlich ruhig.

»Es ist sehr sarkastisch. Macht echt großen Spaß, darin mitzuwirken.«

»Tja, ich schätze, man kann einiges daraus lern...«

»Echo und Narziss«, verkündete Lynn, die Schiedsrichterin, und griff nach ihrer Tasse. Sie hatten zweifellos angenommen, sie hätte nicht zugehört. Vielleicht hatten sie sie auch schlichtweg vergessen, so verblüfft, wie sie sie nun musterten. Sie wartete ab, bis sie sicher sein konnte, dass sie die Aufmerksamkeit aller am Tisch hatte, dann nippte sie bedächtig an ihrem Kaffee. »Nicht wahr, Vera?«

»Narziss? Wie die Blumen, meinen Sie?« Vera fuhr sich verlegen durch das offene blonde Haar, und Lynn lachte gehässig. Na, also. Jetzt hörten sie ihr zu.

»Hast du nicht Alte Geschichte studiert? Griechische Mythologie?«, fragte sie.

»Ich habe Sozialpolitik studiert.«

»Ach, das ist ein eigenes Studium? Ich dachte, das wäre ein Lehrgang, den du zusätzlich belegt hast.« Der Kellner brachte Lynns Zitronensorbet, und sie schob sich sogleich einen Löffel voll in den Mund. Zum ersten Mal an diesem Nachmittag spürte sie die Schmerzen in der Seite nicht. »Kann man mit *Sozialpolitik* denn etwas anfangen?«

»Im Augenblick kann ich damit sogar sehr viel anfangen.« Vera bedachte Lynn mit ihrem ermüdenden Lächeln. »Ich bin seit Kurzem für ein neues Projekt zuständig, bei dem es um eine Wohltätigkeitsorganisation geht, und da war es sehr hilfreich. Letzte Woche war ein Artikel darüber in der *Sunday Times*. Ein Artikel von mir. Ich habe die Interviews geführt.«

»Du meinst, du hast aufgeschrieben, was die Leute dir erzählt haben?«, hakte Lynn nach.

»Na ja, es war schon ein bisschen mehr als ...«

»Wie eine Sekretärin? Du musst ja ein Ass in Steno sein.«

»Ehrlich gesagt habe ich alles aufgenommen.«

»Ah, ja. Verstehe. Sehr clever. Tja, klingt ja alles sehr wichtig und beeindruckend.« Vera hatte es die Sprache verschlagen, und auch Luke sagte nichts. »Also, John«, fuhr Lynn lebhaft fort. »Wie war das mit deinem Stück? Echo und Narziss ...«

Zu ihrer Enttäuschung fand sie das betretene Schweigen, das sie verursacht hatte, weniger befriedigend als erwartet. Es war ihr sogar eine Spur peinlich. Als wäre sie ein Teenager, der etwas allzu Freches, allzu Gewagtes von sich gegeben hat. Sie war dankbar, als John der Unterhaltung wieder eine leichte, unbekümmerte Note verlieh. Sie hatte nicht vorgehabt, noch einmal zu unterbrechen, doch der Schmerz kam plötzlich wie ein Dolchstoß, und statt der kühlen Säure des Sorbets hatte sie auf einen Schlag wieder den ekelerregend süßen Geschmack im Mund, und am Ende musste Luke die Kreditkarte dalassen, damit John die Rechnung begleichen konnte, während sie schon mal zum Auto gingen. Zu Hause wollte Luke den Arzt rufen. Er schien sich, was ihre Krankheit anging, nicht über den Weg zu trauen, begegnete ihr nicht mit der gleichen Souveränität, mit der er sich um Finanzen oder Glaubensfragen oder Politik kümmerte, und ihrer Intuition traute er genauso wenig. Wann immer sie einen Pieps von sich gab, machte er ein Theater, doch sie wusste, dass sich ihr Arzt als ebenso nutzlos entpuppen würde wie alle anderen. Emily hatte sie vergangenen Dienstag zu Doktor Hammond begleitet, und der hatte ihr Schmerzmittel verschrieben und ihr empfohlen, sich über ihre Art von Krebs zu informieren, damit sie vorbereitet war auf die zu erwartenden Symptome. Aber Lynn hatte nicht die geringste Lust, die letzten Tage ihres Lebens über ihren Tod zu lesen, also hatte sie ihn gebeten, ihr kurz und bündig zu sagen, worauf sie sich einstellen musste. »Reden Sie Klartext mit mir«, hatte sie gefordert. Doch seine Auskünfte waren wenig aufschlussreich gewesen: Müdigkeit, Übelkeit, möglicherweise Schmerzen, eine Verschlimmerung des Hustens, der sie seit Jahren plagte, im fortgeschrittenen Stadium eventuell auch Gelbsucht. Der Verlauf sei bei jedem anders. Im Grunde hatte er keine Ahnung gehabt. Also hatte auch Lynn keine Ahnung. Sie wusste nur, dass ein Arzt ihr nicht helfen konnte und dass die Schmerzen zum Ende hin immer schlimmer werden würden.

»Hör auf, Luke«, fuhr sie ihn an, auf dem Sofa sitzend, während er eine Decke über sie breitete und sorgfältig feststeckte.

»Noch bin ich kein Pflegefall. Es geht mir wieder gut.«

Er stand neben dem Sofa, ein Zierkissen in den Händen. »Bist du sicher, Mutter?« Ihr entging nicht, dass sein Kinn zitterte, dass sich seine Finger in das Kissen krampften. Sie nickte steif und bedeutete ihm, sich zu setzen. Er kam der Aufforderung langsam nach. »Sollen wir beten, Mutter?«

Lynn schloss die Augen. »Das Wasser hat gekocht«, erwiderte sie.

Während Luke den Tee aufgoss, döste sie vor sich hin. Es war warm unter der Decke wie in dem Sommer, in dem John zwei geworden war. Luke hatte die Windpocken, und es fühlte sich an, als hätte das ganze Haus seine kühlende Zink-Lotion vonnöten. Luke hatte Angst vor dem Arzt, der ihn bei seinen Hausbesuchen mit dem Stethoskop traktierte. Vielleicht waren ihm der rote Bart oder die buschigen Augenbrauen suspekt, jedenfalls antwortete er auf seine Fragen mit einer Stimme, die ihn deutlich jünger machte, als er tatsächlich war. Sie hörte von fern die Türglocke. Der Arzt?

»Das sind garantiert John und Vera. Wetten, John hat mal wieder seinen Schlüssel vergessen?«, brummte Luke in der

Küche, und Lynn registrierte in ihrer Benommenheit, dass seine Stimme tiefer klang.

»Es ist John«, rief er gleich darauf aus dem Korridor, und sie konnte förmlich hören, wie er die Augen verdrehte, als er ihren zweiten Sohn wie erwartet vor der Tür erblickte. Würde er auch die Augen verdrehen, wenn er wüsste, warum sich John so rar machte? Nicht, dass das erklärt hätte, warum John sooft seinen Schlüssel vergaß. Aber es erklärte, warum er sich vor ihnen zurückgezogen hatte, warum er nicht zur Messe ging. Besser gesagt erklärte die Tatsache, dass sie ihn gezwungen hatte, seine Homosexualität für sich zu behalten, diese Dinge.

Sie versammelten sich im Wohnzimmer, und Vera schenkte den Tee aus. Sie wusste noch, wie Lynn ihn trank, und verschüttete diesmal nichts. Sie hatten die grüne Teekanne mit den weißen Krokussen genommen, die bei Lynn nie zum Einsatz gekommen war. Der Anblick erinnerte sie unwillkürlich an das Wochenende mit Philip in Cornwall, wo sie sie entdeckt hatten. »Die verwenden wir für Teepartys«, hatten sie einander gelobt, während der Ladenbesitzer die Kanne vorsichtig in Zeitungspapier eingewickelt hatte. Aber sie hatte nicht zum übrigen Porzellan gepasst, also hatten sie immer die elfenbeinweiße mit den roten Mustern genommen.

»Reichst du mir die Kekse, Philip?«, bat sie John und bemerkte im selben Augenblick ihren Versprecher.

»Ich heiße John, Mutter, nicht Philip.«

»Ich weiß, ich weiß«, fauchte sie und nahm sich eines der Ingwerplätzchen, die Emily besorgt hatte. Der Blick, den die Jungs wechselten, entging ihr nicht.

Sie schienen auf etwas zu warten. Alle drei beobachteten sie und sprachen leise, als wäre sie so zerbrechlich wie das Porzellan, das sie in den Händen hielten.

»Hört auf«, schnarrte sie, und wieder tauschten sie verstohlene Blicke aus. »Hört sofort auf«, wiederholte sie.

»Hast du Schmerzen, Mutter?«, erkundigte sich Luke besorgt, allzeit bereit, aufzuspringen.

»Nein, alles bestens.«

»Spielt dein Magen wieder verrückt?«

»Ich sagte doch, es geht mir gut.« Jetzt befand sie sich plötzlich nicht mehr an der Peripherie, sondern stand im Mittelpunkt; jede ihrer Bewegungen wurde zur Kenntnis genommen und analysiert. Doch das war nicht die Geschichte, in der sie die Hauptrolle hatte spielen wollen. Das war nicht, worauf sie gewartet hatte, wofür sie Opfer gebracht hatte, was man ihr versprochen hatte.

»Vielleicht braucht sie noch eine Schmerztablette«, sagte Vera zu Luke.

Lynn ließ ihre Teetasse fallen. Das Porzellan zerbarst auf der Stelle auf dem Holzboden, der Tee sickerte zwischen die Dielen, lief in den Perserteppich und fraß sich an der Seitenlehne des elfenbeinweißen Sofas hoch. Vera schnappte nach Luft.

Luke sammelte die Bruchstücke ein. »Keine Sorge, Mutter, die flicken wir wieder zusammen.«

»Lass gut sein.«

John nickte bestätigend. »Das kriegen wir wieder hin.« Jetzt, in ihrer Angst, waren sie sich endlich einig. Vera eilte in die Küche, um einen feuchten Lappen zu holen.

»In den Müll damit«, befahl Lynn, doch sie ignorierten es einfach oder nahmen es nicht wahr.

»Da ist noch nichts verloren«, versicherte Luke ihr in beschwichtigendem Tonfall.

»Alles halb so wild«, bestätigte John.

Und da verlor Lynn die Geduld. »Werft sie weg, hab ich gesagt!«, hörte sie sich keifen, und dann hustete sie, während sich ihre Stimme kratzend einen Weg durch ihre Brust und in ihre Kehle bahnte. »Sie ist hinüber. Nicht mehr zu retten. Aus, Ende. Wischt den Tee auf und vergesst es.«

»Aber ich kann sie bestimmt kleben, Mutter«, versuchte Luke es noch einmal. »Anhand des Musters ...«

»Nein, das kannst du nicht«, widersprach Lynn fest. »Und ich will auch nicht, dass du es versuchst.« Die Scherben wurden mittels Kehrbesen und Schaufel im Mülleimer in der Küche entsorgt. Vera tupfte halbherzig an den Flecken am Sofa herum. Niemand unternahm den Versuch, den Perserteppich zu reinigen. Schweigen senkte sich über sie herab.

»Ich an eurer Stelle würde mich um euer Leben kümmern«, verkündete Lynn, plötzlich hellwach, und erntete damit erschrockene Blicke. Sie setzte sich aufrecht hin. »Die ganze Angelegenheit könnte sich noch eine Weile hinziehen. Ich bin noch nicht tot.«

Da es Luke zur Abwechslung die Sprache verschlagen hatte, war es John, der für sie beide protestierte. »Bitte, Mutter, sag doch nicht so etwas«, flehte er.

Das Telefon klingelte. Lynn stieß ein übertrieben enerviertes Seufzen hervor und wedelte mit der Hand, um vor Vera nicht aus der Rolle zu fallen, schließlich hatte sie sie vor ein paar Wochen just für eine derartige Unterbrechung getadelt. Doch wie sehr hatte sie dieses Geräusch, das Klingeln *ihres* Telefons, geliebt! Es hatte Zeiten gegeben, da hatte es genauso häufig gebimmelt wie das der Jungen heutzutage – eine Einladung zum Dinner; ein Plausch; Philip, der nur kurz Hallo sagen wollte; ihre Mutter, die sich nach ihrem Befinden erkundigte: *Überanstrengst du dich auch nicht? Wie geht es den Jungs? Isst du genug?* Damals hatte sie sich darüber geärgert, jetzt sehnte sie sich mit einer glühenden Traurigkeit danach.

»Eine Pippa von Home Care ist dran«, vermeldete John

zögernd, das Telefon in der Hand. »Sie sagt, sie will mit dir reden, wegen Emilys Wochenenddienst.«

»Ich habe meine Entscheidung doch bereits mitgeteilt«, explodierte Lynn erneut, diesmal ohne das Ausmaß ihrer Reaktion beabsichtigt zu haben. Ihre berühmte Contenance war nun endgültig dahin, das war ihr bewusst, aber sie würde den Teufel tun und sich gegenüber Außenstehenden als hilfsbedürftig präsentieren. Sie dachte nicht daran, zuzugeben, dass sie bei Home Care bereits eine Erweiterung der Betreuungsleistung beantragt hatte. Mit einem tiefen, schmerzhaften Atemzug sah sie von ihren Söhnen zu ihren Büchern in den Regalen. Zu den Geschichten. Das hier war nicht ihre Geschichte. In *Der geheime Garten* hatte sie sich als Mary Lennox gesehen, nicht als Colin; in *Große Erwartungen* war sie nicht Miss Havisham gewesen, sondern Pip; in *Stolz und Vorurteil* hatte sie Elizabeth Bennet geliebt, klug, kühn, unkonventionell. Sie war Elizabeth.

»Aber du wirst mehr Hilfe brauchen«, versuchte Luke, sie zu besänftigen. »Ich frage gern mal in der Kirche nach, wenn dir das lieber ist ...«

Sie würde nicht in Vergessenheit geraten, ohne ein Zeichen gesetzt zu haben.

»Wenn sie nicht will, dann will sie nicht«, stellte John fest. Er fragte Pippa hastig, ob sie sie zurückrufen dürften, und legte das Telefon auf den Beistelltisch. »Ich muss jetzt los, Mutter.« Damit beugte er sich über sie, um ihr einen Kuss zu geben.

Es war noch nicht vorbei. Noch konnte sie sich nützlich machen. Seit sie von Emilys Geschichte wusste, hatte Lynn wieder das Gefühl, eine Aufgabe zu haben.

Luke stand auf. »John, du kannst nicht einfach so was sagen und dann hinausspazieren. Übernimm gefälligst auch mal ein bisschen Verantwortung.«

Ihre Aufgabe war es, Emily zu helfen. Deshalb musste sie unaufhörlich an sie denken. Vielleicht war Emily deshalb bei ihr gelandet, dachte Lynn. Vielleicht hatte sie deshalb diese üble, üble Krankheit bekommen. Viel zu früh. Zu abrupt, wie Philip. Sie schüttelte den Kopf. Es war albern und töricht, an eine derartige Vorsehung zu glauben. Eine allzu romantische Vorstellung. Und trotzdem: Dies könnte ihre Chance sein, Spuren zu hinterlassen in dieser Welt, im Leben – nicht in gedruckter Form, sondern in den mit Bedacht gewählten Worten, die zwischen ihr und einem einzigen anderen Menschen fielen. Worte in einer Sprache, die sie als Mutter und Ehefrau beherrschte. Ja, so musste es sein.

»Ich übernehme sehr wohl Verantwortung. Ich höre auf Mutter.«

»Das tust du nicht.« Luke funkelte John vorwurfsvoll an, die Hände geballt. »Du machst es dir einfach wie immer. Du ignorierst, wie krank sie ist und wie schlimm es noch werden wird. Werd endlich erwachsen, John! Sie wird Hilfe benötigen. Wirst *du* dich etwa um sie kümmern?«

»Um mich muss sich niemand kümmern«, unterbrach Lynn indigniert. Sie zerrte die Decke etwas höher und unterdrückte ein Husten. Luke sah zu ihr, in Erwartung eines Schiedsspruches, doch sie wedelte erneut mit der Hand. Sie hatte keine Zeit für das Gezank der beiden. Sie musste Emily dazu bringen, sich ihr zu öffnen, musste ihren Widerstand überwinden, ehe es zu spät war.

»Es ist jedes Mal dasselbe, John!«, echauffierte sich Luke. »Du wälzt alle schwierigen Entscheidungen auf mich ab. Hauptsache, du kannst weiter dein unbeschwertes Leben führen. Der verlorene Sohn.«

Sie musste Emily dazu bringen, mit ihrer Geschichte herauszurücken, sie sich von der Seele zu reden.

»Mein Leben ist mitnichten unbeschwert«, fauchte John

mit finsterer Miene. »Du weißt nicht das Geringste über mein Leben. Du wolltest nie etwas darüber wissen, genauso wenig wie Mutter, also ...«

Lynn hob den Kopf. Ihr Jüngster stand wie erstarrt an der Tür, zornig, gekränkt. Sie seufzte. Natürlich. Emily war nicht die Einzige, die sich dringend etwas von der Seele reden sollte.

Nachdem John gegangen war, sank Luke wieder auf seinen Sessel. Vera legte ihm eine Hand auf die Schulter, doch er schüttelte sie ab. »Immer denkt er nur an sich«, brummte er.

»Er hat auch sein Päckchen zu tragen.«

»Warum musst du ihn andauernd verteidigen?«

Luke seufzte schwer, genau wie Philip es vor langer Zeit getan hatte. Vera sah auf die Uhr.

»Also gut, Emily kann meinetwegen auch an den Wochenenden kommen«, sagte Lynn.

KAPITEL
EINUNDZWANZIG

CHARLIE WARTET schon vor ihrer Wohnung. Es ist das dritte Mal binnen drei Tagen, dass sie sich treffen, und die Stunden dazwischen haben sich unerträglich lange hingezogen. Er hat versprochen, heute Fotos mitzubringen, und Vera kann den Drang, die letzten Meter im Hopserlauf zurückzulegen, kaum unterdrücken. Sie hat sich den ganzen Nachmittag auf diesen Augenblick gefreut, schon während des Mittagessens mit Lynn und auch danach, als sie in Lynns behäbigem, leblosem Wohnzimmer saß und verfolgte, wie die behäbigen, dahinsiechenden Sekunden verstrichen. Schon seit Tagen ruft sie sich immer wieder ein- und denselben Augenblick in Erinnerung.

Sie sagt es sich ein ums andere Mal vor, laut und deutlich, um es zu hören, zu spüren, mit beiden Armen fest zu umschließen. Sie muss beim Blick in den Spiegel hysterisch lachen, und ihr Gegenüber, eine ganz passabel aussehende Frau, lacht mit ihr. Selbst jetzt, als sie auf Charlie zugeht, wiederholt sie flüsternd seine Worte: *Er lebt, Vera. Diese Meldung aus der Zeitung, die du mir gegeben hast, die hast du nicht richtig gelesen, du Dussel. Das war ein anderes Baby, irgendein armer Tropf in Clapham. Du hast gesagt Euston, richtig? St Andrews? Ich habe nachgeforscht, Erkundigungen eingezogen. Ich habe einen Anwalt engagiert. Ich hab ihn gefunden, Vera.*

Charlie winkt und zieht einen kleinen Umschlag aus der Tasche. Sie greift danach, doch Charlie schwenkt ihn über ihrem Kopf, bis sie ihm einen Kuss auf die gespitzten Lippen gedrückt hat. Sie reißt den Umschlag auf, und da ist er.

Er lebt.

Er ist wunderschön.

Und seine Augen sind noch immer blau.

KAPITEL ZWEIUNDZWANZIG

Luke saß in einer leeren Bank ganz hinten in der Kirche, seine Bibel in den Händen. Er war allein, abgesehen von ein paar Kindern, die auf die Chorprobe warteten, während die Organistin schwere, dröhnende Akkorde spielte. Luke war durchaus klar gewesen, dass gerade keine Messe stattfand, trotzdem hatte er früher Feierabend gemacht, um herzukommen. Was höchst untypisch für ihn war, zumal heute einfach alles schiefgelaufen war und man von ihm erwartete, dass er wusste, was zu tun war. Luke Hunter, der für jedes Problem eine Lösung auf Lager hatte. Sein Blackberry vibrierte in der Hosentasche. Es konnte Vera sein oder John, seine Mutter oder jemand von der Arbeit. Es konnten alle möglichen Leute sein, denen er keine Lösung liefern konnte. Denen er nicht helfen konnte. Die er enttäuscht hatte.

Wenn er den Bogen überspannte, bestand die Gefahr, dass er Vera ganz verlor, das war ihm klar. Sie drifteten täglich weiter auseinander. Er sehnte sich danach, ihre Arme zu nehmen und sie sich unter dem Mantel um die Taille zu legen wie früher. Aber er konnte sich nicht dazu durchringen. Er wusste nicht, wie er auf ihr Geheimnis reagieren sollte, darauf, dass sie einen Sohn hatte. Es lag gar nicht so sehr am Sex oder an der Schwangerschaft – bei dem Gedanken daran war ihm zwar, als hätte man ihm einen dumpfen Schlag gegen die Brust versetzt, aber viel mehr als das störte ihn die Tatsache, dass sie sich aus dem Staub gemacht hatte. Dass sie ihr eigen Fleisch und Blut einfach verlassen hatte. Und dass sie gar nicht erst versuchte, es wiedergutzumachen. Eine angst- und hormonbedingte Kurzschlussreaktion, dafür hatte er ja noch ansatzweise Verständnis. Doch warum unternahm sie jetzt, als gläubige Christin, als Erwachsene, die unterstützt wurde, keine Anstrengungen, ihr Kind ausfindig zu machen? Warum fehlte es ihr an der nötigen Kraft? Warum redete sie noch nicht einmal darüber? Er würde sie unterstützen, sich als Adoptivvater zur Verfügung stellen. Sie müsste nur mit ihm reden. Doch sie ließ weder ihn noch ihre Eltern an sich heran, ja, sie dachte noch nicht einmal an ihren Sohn irgendwo dort draußen. Auf ihr Alter konnte sie sich nun wirklich nicht mehr herausreden.

Wenn sie ihm in letzter Zeit vorsichtig eine Hand auf die Schulter legte, nervös und zögerlich, dann musste er sogleich an Schwäche denken. Und damit an seine Mutter. Es erfüllte ihn mit Zorn und Groll. Gut möglich, dass Vera es spürte, denn im Grunde berührte sie ihn kaum noch und schien auch das hilflose Zucken seiner Hände nicht zu bemerken.

Luke umklammerte seine Bibel noch fester. Die Kinder hatten zu singen begonnen, begleitet von der Orgel, die nun so laut spielte, dass Luke jäh das Gefühl hatte, zu ersticken. Eine Tür schwang auf, der Pfarrer trat ein. Luke erhob sich, die Bibel an sich gepresst. Bis er draußen bei seinem Wagen ankam, waren seine Finger weiß wie Knochen.

KAPITEL
DREIUNDZWANZIG

EMILY EILTE die letzten Treppenstufen ihres Wohnhauses hinunter und trat etwas unsicher hinaus in die kraftlose Dezembersonne.

»Hey, Schwester!«, rief Omar, der am Gebäude gegenüber an der Mauer lehnte. Neben ihm stand ein Mann, der eine weit geschnittene, weiße Hose, einen elfenbeinweißen Kaftan und, der Kälte zum Trotz, Sandalen trug. Obwohl er ständig mit ihrem neuen Nachbarn zusammensteckte, wusste Emily nicht, wie er hieß. Omar und sie grüßten sich mittlerweile, als wären sie gute Bekannte. Er stand fast jeden Morgen hier unten, lässig an die Mauer gelehnt, und inzwischen hatte sie ihre anfängliche Befangenheit abgelegt und freute sich auf diese zufälligen Begegnungen mit ihm, obwohl sie nie mehr als ein paar Worte wechselten und ihre Gespräche kaum je über einen kurzen Austausch freundlicher Floskeln hinausging.

»Du bist früh dran für einen Samstagvormittag«, bemerkte Omar mit kaum verhohlener Neugier, und seine eindringlich dreinblickenden Augen erhellten sich ein wenig, während er eine Packung Zigaretten aus der hinteren Hosentasche fischte und auf ihre Erwiderung wartete. Sein Körper bildete wie üblich mit Wand und Boden ein Dreieck, sein Hinterkopf berührte die roten Backsteine, weshalb sich Emily, wenn sie mit ihm sprach, unwillkürlich ein klein wenig nach vorn beugte. Sie strich sich lächelnd über die Stirnfransen und wurde sich in Anbetracht von Omars perfekter Schönheit wieder einmal ihrer etwas zerrupften äußeren Escheinung bewusst.

»Ich arbeite jetzt auch am Wochenende«, informierte sie ihn.

»Ach ja?«, antwortete er sichtlich interessiert, doch dann tippte ihm sein Freund auf den Arm, um seine Aufmerksamkeit wieder auf ihre Unterhaltung zu lenken. Das offensichtliche Desinteresse des Mannes an ihr war nichts Neues für Emily. Sie hatte sich daran gewöhnt, dass er, sobald sie auftauchte, die Arme verschränkte oder anfing zu telefonieren oder einfach ging. Noch kein einziges Mal hatte er auch nur Anstalten gemacht, ihr die Hand zu schütteln, und diesmal schien er sich aktiv über sie zu ärgern, oder zumindest darüber, dass Omar wie immer mit ihr plauderte. Emily fühlte sich unbehaglich. Es machte ihr nichts aus, unbedeutend zu sein, es war sogar gut, nicht bemerkt zu werden, doch eine derart unverhohlene Abneigung empfand sie als bedrohlich.

»Meinen Glückwunsch, Schwester.« Omar strahlte sie an, als wollte er mit seinem Filmstarlächeln die Unhöflichkeit seines Freundes wettmachen. »Heißt das etwa keine Nachtschichten mehr?«

Emily nickte. »Ich arbeite nicht mehr für die Reinigungsfirma. Ich bin jetzt Vollzeitpflegefachkraft.«

»Also praktisch Ärztin.«

Sie schmunzelte zögernd und gestattete sich kurz, über diese Aussage nachzudenken, darüber, wie stolz sie sie machte. Darüber, wie schwer es ihr gefallen war, Lynn einen Einblick in ihre Vergangenheit zu gewähren. Und obwohl sie danach noch tagelang neben der Spur gewesen war, fühlte sie sich mittlerweile ansatzweise getröstet. Gebraucht. Nützlich. Omar bemerkte ihr Schmunzeln und lächelte noch breiter als vorher. Sie mochte es, dieses Lächeln. Als sein Freund jedoch jäh mit der flachen Hand an die Wand direkt neben Omars Kopf schlug, murmelte sie »Ich sollte gehen« und wandte sich zur Straße um.

»Wir sehen uns!«, rief Omar ihr nach, rührte sich jedoch nicht vom Fleck. Wie es schien, gab es nichts, das so schwer auf seinen Schultern lastete, dass er dafür seinen Platz dort an der Mauer aufgegeben hätte. Emily schlurfte davon, ohne sich noch einmal umzudrehen, nahm allerdings aus den Augenwinkeln wahr, dass sich Omar jetzt offenbar doch bewegt hatte, denn plötzlich stand er Nase an Nase mit seinem Freund da, mit finsterer Miene, und es klang fast, als hätten die beiden eine Auseinandersetzung. Konnte es sein, dass Omar ihn wegen seines Verhaltens gegenüber Emily zurechtwies? Sie schmunzelte erneut und ging etwas schneller in Richtung Bushaltestelle.

Heute wollte sich Lynn mit ihr das Porzellan vornehmen. Emily sollte jedes einzelne Stück aus der Vitrine nehmen und abstauben, und Lynn würde ihr erzählen, wann und wo sie es erworben hatte. In Emilys Tasche steckte – neben einer Packung Shortbread-Doppelkekse mit Himbeermarmelade – ein silberner Elefant, den sie beschlossen hatte zurückzugeben.

KAPITEL
VIERUNDZWANZIG

CHARLIE HAT das Sorgerecht beantragt. Das gesteht er Vera auf ihrem Sofa, eine Woche vor Weihnachten und ein paar Minuten, nachdem sie sich geweigert hat, mit ihm zu schlafen. Sie hat ihr Wohnzimmer mit silbernem Lametta dekoriert, und Charlie streicht beim Reden mit den Fingern darüber. Dann und wann löst sich einer der glitzernden Silberfäden. Er hat einen Vaterschaftstest gemacht, sagt er, ohne sie anzusehen, und wickelt sich einen Lamettafaden um den Daumen. Er besucht Charles (so wird der Kleine genannt, sagt Charlie) jetzt schon seit über einem Monat. »Aufrechterhaltung des Kontakts zum Elternteil«, erklärt er, als wäre das eine Erklärung. Und im Laufe der vielen, vielen Wochen, in denen sie, nun ja, seine Anrufe ignoriert hat, ist er zu dem Schluss gekommen, dass er seinen Sohn haben will, ob nun mit oder ohne Vera. Er strahlt über das ganze Gesicht, als er »Sohn« sagt. Er zerknüllt den Lamettastreifen zu einer kleinen Kugel und wirft sie wie einen Mini-Basketball in die Luft. Vera nickt und spürt, wie sich ihr Herz ein klein wenig zusammenzieht, doch sie sagt nichts. Sie verfolgt, wie das silberne Kügelchen auf dem Boden landet und zerfällt. Charlie rutscht näher. Er legt ihr eine Hand unters Kinn, hebt ihr Gesicht an und betrachtet sie eingehend. Sie lässt es geschehen. Es sei ein großes Glück, fährt er lebhaft fort, dass er gerade noch rechtzeitig Kontakt zu den Zuständigen im Kinderheim aufgenommen hat.

Charles wurde noch nicht adoptiert, aber man hatte bereits eine Pflegefamilie für ihn ausgesucht. Das hätte alles viel komplizierter gemacht. Es hätte deutlich mehr rechtliche Hürden gegeben. Sein Anwalt ist erfreut. Charlie lässt Veras Kinn los und wartet darauf, dass sie etwas sagt. »Das ist wirklich ein Glück«, stimmt sie leise zu. Charlie lächelt. Die Angestellten waren erstaunt, als sie hörten, dass er eben erst von seiner Vaterschaft erfahren hat, erzählt er. Erst seien sie skeptisch gewesen, doch mittlerweile überschütteten sie ihn mit Lob, weil er so bereitwillig in die Vaterrolle geschlüpft ist, und das gefällt ihm, gibt er zu. Und er weist darauf hin, dass er das Trinken und Rauchen und Koksen nicht unbedingt hätte aufgeben müssen, dass er heimlich damit hätte weitermachen können. Doch er hat aufgehört. Sie gratuliert ihm. Er hätte ohne Weiteres heimlich damit weitermachen können, wiederholt er, doch er möchte ein guter Vater sein. Sie nickt. Er sagt, er wollte die Abtreibung nicht. Wieder nickt sie, ganz bedächtig. Er sagt, er habe seither immerzu daran gedacht.

»Ich auch«, murmelt Vera vorsichtig.

Charlie runzelt die Stirn, und dann tritt eine lange Pause ein, ehe er wieder das Wort an sie richtet. Er hat eine Freundin, sagt er, aber falls Vera wieder mit ihm zusammensein will, damit sie eine Familie sind, dann würde er die Beziehung beenden, für Charles. Irgendwie ist seine Hand auf Veras Oberschenkel gelandet. Sie schiebt sie vorsichtig weg. Und da erwähnt Charlie, dass die Zuständigen im Kinderheim auch nach der Mutter gefragt haben. Sie wollten wissen, ob er sie in letzter Zeit gesehen habe. Wie er überhaupt von seinem Kind erfahren habe. Ob er rechtliche Schritte einleiten wolle. Offenbar hat die Aussetzung eines Kindes rechtliche Konsequenzen.

Vera erwidert nichts, und Charlie legt erneut eine lange

Pause ein. Dann steht er auf und zieht auch sie hoch. »Von mir erfahren sie natürlich nichts, V.« Er zieht sie an sich, umarmt sie eine Spur zu lange. »Ich werd dich nicht verpetzen, keine Angst.«

Sie lächelt gehorsam.

»Aber überleg es dir, ja?«

»Was?«

»Na, das mit uns. Ob du willst, dass es ein ›Uns‹ gibt. Eine Familie. Denn für mich gibt es nur alles oder nichts. Entweder wir machen gemeinsame Sache, oder ich beantrage das alleinige Sorgerecht. Man hat mir einen Job in New York angeboten, und ich werde Charles mitnehmen. Und es hat keinen Sinn, ihn mit einer Mutter bekanntzumachen, die in seinem Leben keine Rolle spielt. Das würde ihn nur verwirren. Findest du nicht auch? Das wäre doch ziemlich egoistisch. Nicht besonders *christlich*.«

Auf dem Weg zur Tür schiebt er, weil Vera erneut schweigt, etwas versöhnlicher hinterher: »Ich werde ein guter Vater sein.«

Tags darauf, es ist Freitag, verkündet Luke, er wolle mit Vera nach Venedig fliegen. »Wir brauchen ein bisschen Zeit für uns«, erklärt er leise, als er mittags überraschend im Büro auftaucht. Er hat sogar schon die Taschen für sie beide gepackt, sie liegen im Kofferraum seines Prius. Vera hat an ihrem Schreibtisch in der Ecke heimlich die Gesetzeslage in Bezug auf »Kindesweglegung« recherchiert und schließt hastig die betreffende Seite, als sie Luke erspäht. Sie würde gern den Verlauf überprüfen, um sicherzugehen, dass sie auch wirklich alles gelöscht hat, sämtliche Seiten mit Informationen über Rechtshilfe und Gefängnisstrafen. Nicht, dass die Aussicht, womöglich hinter Gitter zu wandern, sie übermäßig beschäftigt. Jedenfalls nicht ausschließlich. Viel mehr beschäftigt sie die Frage, die sie sich seit Charlies Ultimatum immer wieder gestellt hat und auf die sie keine Antwort hat: die Frage, ob die Erkenntnis, dass ihr Sohn noch lebt, genügt. Vera war so lange überzeugt, er wäre gestorben, und zwar durch ihr Verschulden. Allein zu wissen, dass er lebt, irgendwo hier in der Stadt, war weit mehr, als sie je zu träumen gewagt hat. Weit mehr, als sie verdient hat. Vermutlich sollte das genügen. Aber tut es das wirklich? Sie ist nicht sicher, ob sie sich mit dem Wissen begnügen kann. Ob sie es Charlie schuldig ist, sich damit zu begnügen. Ob sie es ihrem Kind schuldig ist, sich *nicht* damit zu begnügen. Und was, zum Teufel, sie sich selbst schuldig ist.

Luke wartet ab. Vera wirft noch einmal einen Blick auf den Computerbildschirm und nimmt sich Zeit, um ihren Schreibtisch aufzuräumen. Unter einem Stapel Unterlagen liegt ihre Bibel. Auch darin hat sie heimlich nachgeschlagen. Luke zwinkert ihr zu, als sie sie verstohlen in ihrer Handtasche verstaut. Sie lächelt ihn an. Sie würde Luke gern fragen, was sie seiner Meinung nach tun soll. Er würde ihr Problem sorgfältig von allen Seiten beleuchten, durch seinen Filter des Guten betrachten, darüber nachdenken, und dann würde er ihre Frage beantworten, ihr Problem mit einigen wenigen Worten aus der Welt schaffen. Es in Ordnung bringen, so, wie er es mit ihrer Frisur macht, wenn ihr eine Strähne ins Gesicht hängt. Aber er hat das Baby nicht erwähnt, seit sie ihm davon erzählt hat, und sie hat das Gefühl, dass das Thema ein wunder Punkt ist, etwas, das es unter den Teppich zu kehren gilt, und außerdem kann sie Luke nicht erklären, dass ihr Sohn am Leben ist (am Leben!), denn für Luke war er nie tot. Vera hebt die Hand und streicht sich eine Strähne hinters Ohr; bringt ihre Frisur selbst in Ordnung. Um sie gedämpftes Stimmengewirr, mal lauter, mal leiser. Luke wartet geduldig. Auf sie. Bis sie so weit ist. Vera nimmt ihre Stifte einen nach den anderen zur Hand und zupft bedächtig Haftnotizen von Schmierzetteln. Wirft einen Blick auf den Computerbildschirm. Felicity und etliche andere Kolleginnen schlendern herbei und beäugen Luke mit bewundernden Blicken, so wie sie es schon bei ihrem Verlobungsring getan haben. Luke stützt sich mit einer Hand an der Wand ab und erwidert ihr Lächeln, leicht amüsiert angesichts der Aufmerksamkeit, die ihm zuteilwird. Oder fühlt er sich geschmeichelt? Früher hat er auch Vera so angesehen. Inzwischen kann sie sich nicht mehr erinnern, wann sie zuletzt einen solchen Moment unbeschwerter Fröhlichkeit geteilt haben, wann sie sich zuletzt so nah waren. Wann er sie zuletzt mit diesem wohlwollenden Blick bedacht hat. Der Gedanke macht sie traurig und weckt jäh Angst und Schuldgefühle in ihr. Vera fährt ihren Computer herunter. Ihre Chefin, die eingeweiht war, sieht ihr lächelnd nach, während Luke sie hinausgeleitet.

»Ich weiß, ich war in letzter Zeit distanziert und ungeduldig und schlecht gelaunt«, sagt er, sobald sie im Auto sitzen. »Es gab so einiges, über das ich nachdenken musste. Aber ich habe mich an den Herrn gewandt und ihn um Rat gebeten, und mir ist klar geworden, dass mein Verhalten unfair und gemein war, und das tut mir leid. Wenn du erlaubst, würde ich das gern wiedergutmachen.«

Veras Herz klopft zum Zerspringen. Da sind sie: seine Güte, sein Wohlwollen. Sie tastet im Halbdunkel nach seiner Hand und streicht über die Fingerkuppen mit den abgenagten Nägeln. Sie kann Luke nicht sagen, dass sie in einer Stunde mit Charlie zum Mittagessen verabredet ist. Dass sie Charlie heute mitteilen soll, auf wen ihre Wahl gefallen ist – auf Luke oder auf Charles.

»Natürlich«, sagt sie stattdessen. »Wow, Venedig!«

Luke wirkt erleichtert angesichts ihrer Begeisterung. Er legt den Gang ein. »Ich liebe dich, musst du wissen«, sagt er leise, und es hat fast den Anschein, als wäre er wieder ganz der Alte.

KAPITEL
FÜNFUNDZWANZIG

Es war Lynn, die vorgeschlagen hatte, dass Emily über Nacht bei ihr bleiben solle, als Luke übers Wochenende mit Vera verreiste. Nach Venedig, wo Lynn nie gewesen war, obwohl es sie immer hingezogen hatte. Luke hatte zunächst John damit beauftragen wollen, zweimal täglich nach ihr zu sehen, um sicherzustellen, dass sie etwas aß. Anfangs hatte sie noch versucht, diese neue Facette ihrer Krankheit geheim zu halten, doch inzwischen kam es allzu häufig vor, dass sie nicht die nötige Energie fand, um nach unten zu gehen, und wenn doch, dann hatte sie keinen Appetit. Es war eigenartig, aber mittlerweile war die Nahrungsaufnahme nur noch eine reine Notwendigkeit. Früher hatten die Planung und Zubereitung von Mahlzeiten und deren gemeinsamer Genuss oft ganze Nachmittage in Anspruch genommen. Inzwischen waren die Zutaten der Gerichte wieder auf ihre wesentlichste Funktion reduziert, eine Unabdingbarkeit, die Lynn ein paar Minuten ihres Tages beschäftigte oder kostete. Wie dem auch sei, John konnte nicht vorbeikommen; sein Stück hatte am Wochenende Vormittagsvorstellungen. Doch er war da, als Luke kam, um sich zu verabschieden.

Lynn hatte es an diesem Tag ins Erdgeschoss geschafft und saß unter einer Decke im Sessel vor dem Kamin. Emily hatte John hereingelassen, sie hatte die beiden vorhin im Korridor scherzen hören. In seiner Gegenwart benahm sich Emily weniger wie ein eingeschüchtertes Kaninchen, war nicht so nervös, fuhr nicht ständig zusammen. John hatte diese Wirkung auf Menschen – er flößte ihnen Vertrauen ein. Vielleicht lag es aber auch an seiner Homosexualität, dass sich Emily von ihm nicht bedroht fühlte. Lynn dagegen hatte panische Angst vor der Unterhaltung, die sie mit ihm führen wollte – führen *musste*, wenn sie noch reinen Tisch machen und die Wogen zwischen ihm und Luke glätten wollte. Wenn sie sich selbst an das halten wollte, was sie Emily zu predigen gedachte: dass sie nur Frieden finden konnte, indem sie die Wahrheit ans Licht brachte und sich alles von der Seele redete. Entsprach das den Tatsachen? War es überhaupt möglich, Frieden zu finden? Schwer zu sagen, aber sie musste es zumindest versuchen. Ja, zumindest in dieser Hinsicht war Lynn nun ganz sicher: Sie musste es wenigstens versuchen, musste etwas tun. Musste mehr tun. Solange noch Zeit dafür war. Wenn noch Zeit dafür war. Lynn konnte es kaum erwarten, mit Emily zu reden. Aber erst musste sie sich um ihren Sohn kümmern, ihren Jüngsten, dem sie so verheerendes Unrecht zugefügt hatte, mit an Perfektion grenzender Gründlichkeit und den sie dafür mit zusätzlichen Kuchenstücken verwöhnt hatte.

Sie hatten keine Ahnung, dass sie belauscht wurden. Lynn hatte einen Teller selbst gebackenes Bananenbrot in der Hand und stand vor der halb offenen Tür zu ihrem gemeinsamen Kinderzimmer. Sie hielt sich mit der freien Hand den Mund zu und gluckste, während Luke seinem kleinen Bruder den Umgang mit Mädchen erklärte. Sie waren sieben und fünf.

»Du musst ihnen sagen, dass sie hübsch sind«, behauptete Luke. »Auch, wenn sie es nicht sind. Dann küssen sie dich, so.« Er drückte sich einen lauten Schmatzer auf die Hand.

288

»Aber auf die Lippen, und wenn ihr das richtig, richtig lange macht, müsst ihr nach Frankreich ziehen.«

»Aber Mami hat gesagt, man darf nicht lügen«, gab John ernst zu bedenken und zog die Nase kraus.

»Stimmt.« Luke wog diese Tatsache gegen andere Dinge ab, die er gelernt hatte. »Aber Daddy sagt Mami immer, dass sie hübsch aussieht, sogar, wenn sie findet, dass sie mit ihrer Frisur einem Kakadu Konkurrenz machen könnte.«

»Gar nicht wahr. Er sagt, sie sieht *atemberaubend* aus«, korrigierte John ihn, wieder todernst.

»*Atemberaubend*«, echote Luke lachend und wiederholte es der Übung halber gleich noch einmal.

»A-tem-be-rau-bend«, rief John und hopste durch das Zimmer, wobei er das Wort immer noch lauter vor sich hin trällerte, hochzufrieden, weil sein Bruder kicherte.

Sie hüpften in Socken vom Bett auf den Teppich, von dort auf die Spielzeugkiste und wieder aufs Bett, was ihnen wegen der Verletzungsgefahr eigentlich verboten war. Aber Lynn wartete noch einen Augenblick ab, ehe sie eintrat.

»Unser Engel macht Mittagessen«, verkündete John und ließ sich gegenüber von ihr auf dem großen Sofa nieder. »Riecht lecker. Vielleicht bleibe ich noch.« Er wackelte verschmitzt grinsend mit den Augenbrauen. Lynn hätte sich zu gern von seiner Fröhlichkeit anstecken lassen, hätte das Gespräch gern noch einen Moment hinausgezögert. Sie klopfte auf den Platz neben sich.

Er gesellte sich zu ihr. »Was machst du denn auf dem Sofa? Da sitzt du doch sonst nie. In deinem Fauteuil wärst du näher am Kamin.«

»Nun, ich muss dir etwas sagen, und da wollte ich lieber neben dir sitzen«, erwiderte sie sanft.

»Mir etwas sagen? Was denn?« Er beugte sich nach vorn

und tat, als könnte er es kaum erwarten, den neuesten Klatsch und Tratsch zu hören.

»Ich glaube nämlich nicht, dass eine Samtweste als Erklärung ausreichen wird, also ...«

John musterte sie argwöhnisch. Wahrscheinlich hielt er Ausschau nach Anzeichen für geistige Verwirrtheit.

»Ich weiß Bescheid, John«, sagte sie schlicht. »Ich weiß es, und du sollst wissen, dass ich es weiß und dass ich es immer wusste. Und dass ich dir hätte zuhören sollen, als du es mir sagen wolltest.«

John setzte sich etwas anders hin. »Wovon redest du, Mutter?«

»Von dir.«

Er sagte nichts.

»Es tut mir so leid, dass ich dich gezwungen habe, es geheim zu halten. Bitte verzeih mir. Es tut mir leid, und ich wollte dir sagen, dass ... nun ja, ich will nur, dass du glücklich bist, mit deinen Entscheidungen, mit deiner Sexualität.«

»Lieber Himmel, Mutter!«, stieß John hervor, sichtlich konsterniert angesichts ihrer Direktheit, nachdem sie das Thema in all den Jahren nie angeschnitten hatten. »Ich habe keinen blassen Schimmer, was du meinst.«

»Bist du glücklich, John? Gibt es ... Gibt es in deinem Leben jemanden ...«

»Also, wirklich, Mutter. Emily, bitte sei so gut und trag das Essen auf, uns hängt der Magen schon in den Kniekehlen.« Aus der Küche drang Töpfeklappern.

»John«, versuchte Lynn es noch einmal. »Ich weiß, ich habe dich gezwungen, dich zu verstellen, aber das ist nun nicht mehr nötig. Es ist meine Schuld. Die Kirche und dieser ganze Unsinn von wegen Keuschheit und ... Es ist meine Schuld, dass du dich zurückgezogen hast von uns allen. Ich verstehe, warum du dich abschottest und so vieles für dich behältst. Ich kann es dir nicht verdenken, und wenn Luke Bescheid wüsste, würde er vielleicht auch erkenn...«

»Es gibt nichts, über das Luke Bescheid wissen müsste«, unterbrach John sie hastig. Entschlossen.

Lynn verstummte. Sein Blick wirkte kühl wie Stahl, finster und ängstlich? Sie betrachtete ihn lange. Es gab so vieles, was sie ihn gern gefragt hätte, so vieles, was sie wissen wollte. Doch ihr war klar, er würde ihr keine Gelegenheit geben, ihren Fehler auszumerzen. Nicht mehr in diesem Leben.

Sie nickte bedächtig und fand sich damit ab. Sie hatte fast zwei Jahrzehnte geschwiegen, fehlgeleitet, wie sie war; da konnte sie auch noch einige weitere Monate dichthalten. Das war sie ihm schuldig. Das war das Mindeste, was sie für ihn tun konnte.

Emily hantierte noch immer in der Küche mit Töpfen und Pfannen. Das Radio lief, Frank Sinatra trällerte einen Song, den sie ebenso liebte wie John. Normalerweise hätte er mitgesummt, aber heute blieb er stumm. Lynn zog eben in Erwägung, seine Hand zu nehmen, als es an der Tür klingelte.

»Ich geh schon.« Er sprang auf und eilte in den Korridor.

Lynn stemmte sich ein wenig vom Sofa hoch und spähte aus dem Fenster. Luke stand vor der Tür. Er hatte den Motor seines Wagens laufen lassen; aus dem Auspuff quirlten Rauchschwaden. Vera saß auf dem Beifahrersitz.

»Keine Probe heute?«, hörte Lynn ihn fragen, sobald John ihm die Tür geöffnet hatte. Es war eine Frage ohne Hintergedanken, aber die beiden konnten schon längst nicht mehr zwischen aufrichtigem Interesse und Stichelei unterscheiden.

»Nein«, knurrte John.

Lynn zuckte zusammen. Das war alles ihre Schuld. Sie hatte angenommen, sie wäre zumindest eine gute Mutter gewesen, aber ...

Luke erschien in der Tür. Sie strich die Decke glatt und gab sich Mühe, so gesund und munter wie nur irgend möglich auszusehen, dennoch runzelte er bei ihrem Anblick besorgt die Stirn.

»Gut«, sagte Luke ernst, zu John gewandt, ohne einzutreten. »Gut, dass du hergekommen bist, meine ich.«

»Du bist doch derjenige, der übers Wochenende wegfährt.«

Luke verdrehte die Augen und wandte sich von seinem Bruder ab. »Ich muss gleich weiter, Mutter. Ich wollte mich nur kurz davon überzeugen, dass du alles hast, was du brauchst. Ist Emily da?«

Lynn nickte. »Sie macht das Mittagessen. Deine Verlobte fand es nicht der Mühe wert, hereinzukommen?«

»Ich habe ihr gesagt, sie soll sitzen bleiben. Wir müssen uns beeilen, sonst verpassen wir den Flug.«

»Nach Venedig. Natürlich.« Lynn wedelte mit der Hand. »Dann mal los.«

Luke zögerte. »Aber es geht dir gut so weit?«

»Selbstverständlich.«

»Und Emily weiß, welche Tabletten du abends nehmen musst?«

»Sie kommt jeden Tag, Luke«, erwiderte Lynn bissig. Es war unfair von ihr, ihren Frust an ihm auszulassen, nur weil er es aushalten konnte. Doch als er sich zum Gehen wandte, kam ihr eine Idee. »Emily?«, rief sie. »Emily!« Sie sah zu Luke. »Es ist wohl am besten, wenn sie kurz aus der Küche rüberkommt, dann kannst du ihr selbst sagen, was immer du ihr zu sagen hast.«

Es war ein grausamer, aber notwendiger Trick. Das Unbehagen stand Emily unverkennbar ins Gesicht geschrieben, als sie Luke erblickte. Er versuchte, es durch besondere Freundlichkeit seinerseits auszugleichen, trotzdem brachte ihn Emilys Verstörtheit sichtlich aus dem Tritt, und mit seinem gekünstelten Tonfall schien er sie nur noch nervöser zu machen. Bei der erstbesten Gelegenheit ergriff sie die Flucht. Aber beim letzten Mal hatte Emily auch erst die Kraft gefunden, zu reden, als ihre seelische Verfassung nicht schlimmer hätte sein können. Lynn sah zu John, der jäh das Interesse am Mittagessen verloren hatte und sich abrupt verabschiedete. Vielleicht läuft unsere Überlebensfähigkeit ja in genau solchen Augenblicken zu Höchstform auf, dachte sie, von Hoffnung und Entschlossenheit erfüllt.

»Also, du hast die Nummer unseres Hotels«, sagte Luke. »Ich habe dir den Zettel auf den Nachttisch gelegt. Versprich mir, dass du anrufst, falls du irgendetwas brauchst. Am Sonntagabend bin ich wieder da.«

Lynn gelobte es nachsichtig lächelnd. In Gedanken war sie schon wieder bei Emilys Reaktion auf Luke. Er zögerte einen Augenblick, seinen Mantel umklammernd – er wusste genauso gut wie sie, dass er nur einen Anruf erhalten würde, falls es mit ihr zu Ende ging. Sie sahen einander an, und Lynn spürte seinen Wunsch nach Bestätigung, Beruhigung, nach einer Berührung von ihr. Beinahe ... Beinahe hätte sie etwas gesagt, und doch schwiegen sie beide, bis sich Luke wortlos umwandte und sich auf den Weg machte – nach Venedig, wo er, wie Lynn wusste, die Zeit mit seiner jungen Verlobten genießen und sowohl Emily als auch John als auch seine sterbende Mutter vergessen würde.

KAPITEL
SECHSUNDZWANZIG

SIE KOMMEN mit dem Boot an. Die Sonne geht gerade unter, und die Wellen, die an den Seiten der *Paradiso* lecken und sie behutsam vorwärtsschieben, schimmern wie flüssiges Gold. Die Männer am Hafen haben ihr Gepäck an Bord gehievt und sicher in der Kabine verstaut, Vera und Luke dagegen sitzen draußen am Heck und bestaunen die perfekte Postkartenidylle, in die sie gerade einfahren. Als sich das Meer verengt und zum berühmten Canal Grande wird, hält Vera, ohne es zu bemerken, die Luft an. Sie atmet erst wieder aus, als sie spürt, wie Lukes angeknabberte Fingernägel sanft über ihre Handfläche streichen.

Das Licht verschmilzt allmählich mit dem Wasser, während sich die *Paradiso* zwischen den Gondeln hindurchschlängelt, die majestätisch durch das zähflüssige Schwarzgrün gleiten. Vera und Luke schweben an der Grenze zwischen zwei Welten, zwei Aggregatzuständen. Es wimmelt vor Touristen, die sich an den Händen halten, Boote besteigen und sich bereitwillig von der Romantik der Stadt in eine Traumwelt entführen lassen, während die Venezianer deutlich schneller durch die Schatten huschen, damit beschäftigt, die Fantasien der Besucher wahr werden zu lassen. Es ist, als sei die Anfahrt vom Flughafen mit dem schaukelnden Boot eine Notwendigkeit, ein fließender Übergang in die unvergleichliche Atmosphäre Venedigs.

Luke lächelt. Gegenüber der riesigen Kuppel von Santa

Maria della Salute steigen sie aus und lassen die letzten Erinnerungen an ihr Leben in London auf dem davongleitenden Boot zurück.

Im Hotel begeben sie sich auf ihre getrennten Zimmer, um auszupacken. Vera späht dann und wann durch das Fenster auf den Kanal hinaus. Der Anblick erfüllt sie mal mit dem angenehmen Gefühl, sich vorwärtszubewegen, dann wieder ist ihr, als würden kindliche Laute an ihr vorüberplätschern und sie nach hinten ziehen. Nicht, dass es nur vorwärts oder rückwärts gäbe, nur Vergangenheit oder Zukunft, nur Wahrheit oder Lügen. Aber es fühlt sich so an. Sie kann in der Tat nur das eine oder das andere haben. Vera versucht, nicht an Charlie zu denken, der mittlerweile im Kinderheim sein wird. Daran, dass er ihr möglicherweise erlaubt hätte, ihn zu begleiten. Er wird etwa eine halbe Stunde im Restaurant auf sie gewartet haben, ehe ihm klar wurde, dass sie nicht kommen würde. Bestimmt war er längst verärgert aufgebrochen, als er die Nachricht erhielt, die sie ihm hastig vom Auto aus geschickt hat, während sich Luke von Lynn verabschiedete. Vera weiß noch, wie Charlie ist, wenn er verärgert ist. Er wird nicht laut oder gewalttätig, aber eine Spur grausam. Er hat nicht auf ihre Nachricht geantwortet.

Eine halbe Stunde später trifft sie sich mit Luke in der Lobby. Sie wollen auf einem kurzen Spaziergang zum Markusplatz die Umgebung erkunden. Luke hat einen Stadtplan besorgt, geht einen halben Schritt vor Vera und liest eifrig jeden Straßennamen vor, den er erspäht. Er dirigiert sie in Windeseile um Ecken und zwischen den lethargischen Massen anderer Paare hindurch, die gemächlicher dahinschlendern. Es hilft, dass die Stadt reichlich Gesprächsanreize bietet. Es ist viele Wochen her, dass sie über ihre Beziehung geredet haben. Das Thema ist, seit Vera von ihrem Sohn erzählt hat, in den Hintergrund gerückt, an den Rand gedrängt. Oder vielmehr untergegangen, in die Tiefe gezogen von schwerwiegenden Lügen, ohne dass Vera es bemerkt oder sich groß Gedanken darüber gemacht hat. Luke verkündet den Namen der nächsten Straße, die er ausfindig gemacht hat. Angesichts seines wachsenden Vertrauens in seine Navigationskünste wünscht Vera, er wäre auch wieder so sicher, was sie angeht. Sie geht etwas schneller, darum bemüht, ihn einzuholen, angetrieben von dem mittlerweile vertrauten Gefühl unsichtbarer Hände auf ihren Schultern. Dank des kühlen Wetters finden sie relativ problemlos einen Tisch für zwei in einem Restaurant direkt am Markusplatz. Der Tisch steht im Freien, unter einer Markise, und ist umgeben von Heizpilzen. Sie sitzen einander gegenüber, und hinter Luke ragt gleich einem Ölgemälde die berühmte Basilika auf. Vera zückt ihre Kamera und macht ein Foto, auf dem Luke den Kopf leicht zur Seite dreht und über ihre Schulter späht, als gäbe es dort ein weiteres Gemälde zu sehen.

»Woran denkst du?«, fragt sie, als man ihnen die Speisekarte bringt.

»An nichts.« Er versteckt sich hinter der Liste mit den Tagesgerichten. »Wunderschön hier, nicht?«

»Märchenhaft.«

Der Kellner erscheint, und sie geben ihre Bestellung auf, Luke auf Italienisch. Vera öffnet den Mund, um etwas zu sagen, schließt ihn aber wieder. Die Paare an den anderen Tischen prosten sich mit ihrem Wein zu, sehen einander in die Augen und füßeln ungeniert. Vera und Luke entschuldigen sich und zucken zurück, wenn sich ihre Beine unabsichtlich berühren.

»Der Tisch ist ziemlich klein, nicht?«, bemerkt Luke. »Alles hier fühlt sich so nah beieinander an, regelrecht verzahnt.«

»Verbunden?«, schlägt Vera hoffnungsvoll vor.

»Ja, vielleicht.« Er zuckt die Schultern. »Aber es wirkt etwas verwirrend. Anarchisch. Dieser Platz kommt mir vor wie der Mittelpunkt eines Irrgartens. Ist dir aufgefallen, wie schmal und verwinkelt die Gässchen auf dem Weg hierher waren und wie ähnlich sie alle aussahen? Und jede von ihnen schien hierher zu führen. Es ist fast, als wäre das der einzige Ort, an dem man durchatmen und sich orientieren kann ... Würdest du den Weg zurück finden?«

»Wir sind von da drüben gekommen.« Vera deutet auf eine Ecke des Platzes, worauf Luke mit einem melancholischen Lachen erwidert: »Liebling, wir sind von der gegenüberliegenden Seite gekommen.«

Ihre Vorspeisen werden aufgetragen: Honigmelone mit Parmaschinken für Luke und ein schlichter Salat für Vera. Sie machen sich darüber her, begleitet von Begeisterungsbekundungen. Als Luke sie anlächelt, greift Vera zögernd nach seiner Hand.

»Man kennt einen Ort nie hundertprozentig«, setzt er das Gespräch fort, als hätte es die Unterbrechung nicht gegeben.

»Wie meinst du das?«

»Nun, vielleicht führt uns ja der Rest des Labyrinths in die Irre? Wer sagt uns denn, dass wir uns im Mittelpunkt befinden?«

»Dein Stadtplan«, scherzt Vera, doch Luke geht nicht darauf ein. Das Urteil, ob ihre Bemerkung witzig war oder nicht, bleibt aus.

»Nein, ich meine, woher wissen wir, ob der Ort, an dem wir uns befinden, wirklich der ist, für den wir ihn halten? Müssen wir ihn dafür verlassen, ihn von außen betrachten?« Luke sieht ihr in die Augen, als erwarte er von ihr eine Antwort auf diese verwirrende Frage, als könnte er erst weiteressen, wenn das Rätsel gelöst ist. Vera legt ihre Gabel zur

Seite und versucht zu verstehen, worauf er hinauswill. Ist es ihre Beziehung, die er von außen betrachten möchte? Weiß er von ihren Treffen mit Charlie? Weiß er noch mehr? Veras Knie touchiert das Tischbein, alles wackelt.

Luke lacht abrupt auf. »Was für eine romantische Stadt«, stellt er übertrieben fröhlich fest und widmet sich wieder seiner saftigen Melone, und Vera überlegt, ob seine Betrachtungen vielleicht doch nichts mit ihr zu tun haben.

»Ist alles in Ordnung, Luke?«, fragt sie.

»Romantik weckt den Philosophen in mir«, erwidert er statt einer Antwort. »C.S. Lewis sagt: ›Gute Philosophie ist nötig – und sei es aus dem einzigen Grund, dass schlechte Philosophie beantwortet werden muss.‹ Du solltest etwas von ihm lesen.«

»Hab ich.«

»Ich rede nicht von den Chroniken von Narnia.«

Vera zuckt zusammen, worauf Luke zerknirscht den Kopf schüttelt. »Entschuldige«, murmelt er.

Beim Hauptgang erkundigt sich Vera nach seiner Arbeit, und nun taut er endlich etwas auf und berichtet animiert in der Sprache der Politik von den neuesten Erfolgen seiner Gesundheitsinitiative in der Demokratischen Republik Kongo – von der umfassenden Initiative zur Bekämpfung der Cholera und dem System zur Versorgung mit sauberem Trinkwasser, das mit britischer Hilfe dort aufgebaut werden soll. Der Außenminister konnte endlich überzeugt werden, auch der Premierminister zieht mit ... Das Grün seiner Augen leuchtet wie schon seit Langem nicht mehr, was Vera erst in diesem Moment bewusst wird. Sein Enthusiasmus wirkt ansteckend. Vera erzählt nicht minder begeistert von St George und der Reise, auf der sie sich befindet, davon, dass sie einen ersten Eindruck bekommen hat, was es heißt, gläubig zu sein. Sie erwähnt auch, dass es ihr nach wie vor schwerfällt, gewisse Entscheidungen zu treffen.

Luke lauscht ihr mit frisch erwachter Aufmerksamkeit, während er sich an seiner Pasta gütlich tut. »Das Einzige, was du brauchst, ist Entschlossenheit. Du schaffst das schon.«

Vera lächelt zögernd. Sie genießt die Bestätigung, die ihr so lange nicht zuteilwurde – die sie wohl auch lange nicht eingefordert hat. Sie hatte fast vergessen, wie ermutigend sie wirkt. Doch sie wünscht, sie könnte ganz aufrichtig über die beiden vor ihr liegenden Wege sprechen, von denen der eine zu Luke führt und der andere zu ihrem Sohn, und zwischen denen nur Gestrüpp wuchert. Sie kommt sich vor wie eine Heuchlerin. Sie würde so gern mit ihm über Charles reden. Luke könnte ihr garantiert sagen, was sie tun soll, selbst wenn er sie dafür hassen würde. Sie öffnet den Mund, doch dann registriert sie, wie er sie mustert, wie die Hand, in der er die Gabel mit den aufgewickelten Spaghetti hält, mitten in der Bewegung innehält, als denke er über seinen nächsten Satz nach.

»Was ist?«, fragt sie mit einem flauen Gefühl im Magen.

»Nun, auch zu Entschlossenheit muss man sich entschließen. Und wenn du dich einmal entschieden hast, musst du auch dazu stehen. Du kannst nicht einfach das Handtuch werfen, sobald ...«

»Worauf willst du hinaus, Luke?«

Er sucht nach Worten. »Sobald es schwierig wird ...« Sie sagt nichts, und er fügt hastig hinzu: »Die Sache mit der Kirche, zum Beispiel. Mit meiner Kirche, meine ich ... Du hättest ruhig versuchen können, ein bisschen länger durchzuhalten.«

»Du meinst wohl eher, ich hätte bei der Pflege deiner Mutter etwas länger durchhalten sollen«, stellt Vera gereizt fest.

»Nein.« Luke legt die Gabel weg.

»Sei ehrlich, Luke.«

»Sei *du* ehrlich!« Er atmet tief durch. »Lass uns jetzt nicht darüber reden.«

»Aber du bist wütend«, stellt Vera fest. Sie kann nicht fassen, dass sie das nicht schon eher bemerkt hat. Sie fragt sich, wie lange er wohl schon wütend ist.

»Ja, ich gebe zu, ich war wütend deswegen«, räumt er mit etwas leiserer Stimme und einem vielsagenden Blick ein. »Und das war nicht der einzige Grund.«

Wieder wird Vera mulmig. »Du ... du hast kein Wort gesagt!«

»Was hätte ich denn sagen sollen?«

Vera antwortet nicht, und Luke lässt eine lange Pause entstehen. Er wirkt müde. »Was hätte ich denn sagen sollen?«, wiederholt er, als sei die Frage nicht nur an sie gerichtet, sondern an das Universum.

Doch Vera hat keine Antwort darauf. Sie hat nicht bedacht, dass das Wissen um die Existenz ihres Sohnes auch ihn nachhaltig beschäftigen könnte. »Hätte ich dich fragen sollen, wie du dein Kind einfach verlassen konntest?«, fährt er fort. »Wie du mir das alles verschweigen konntest? Wie du meine Mutter belügen konntest? Wie du auch sie einfach im Stich lassen konntest, obwohl sie stirbt?«

»Ich habe sie nicht sitzen lassen. Sie hat mich rausgeworfen!«, faucht Vera, wohl wissend, dass dies der am wenigsten schwerwiegende seiner Vorwürfe ist, aber es ist der Einzige, dem sie etwas entgegenzusetzen hat. »Sie hat mich mit ihren – du entschuldigst, ja? – *gottverdammten* langen Krallen gekratzt und gesagt, ich soll mich nicht mehr blicken lassen. Und dann hat sie allen in eurer dämlichen Kirche von meiner ›Abtreibung‹ erzählt.«

»Was?«

Vera holt tief Luft.

»Sie hat es ihren Freundinnen in der Kirche erzählt.«

Luke ist sprachlos. Er nimmt die Gabel zur Hand, legt sie wieder hin. »Das hätte sie nicht tun dürfen.«

Vera schweigt. So sitzen sie sich eine ganze Weile gegenüber.

»Jeder macht Fehler«, murmelt sie schließlich. Er nickt, und das gibt ihr den Mut, weiterzusprechen. »Wir sind alle Sünder, oder?« Wieder nickt er. »Auch ich. Selbst du.«

Seine Miene verfinstert sich. Er fasst ihre Worte als Angriff auf, obwohl sie nicht so gemeint waren. »Ich versuche, ein guter Christ zu sein«, protestiert er. »Ich hatte noch nie Sex, ich nehme keine Drogen, ich stehle und lüge nicht. Ich bemühe mich nach Kräften, mich an die Lehren Gottes zu halten. Ich trinke keinen Alkohol, ich gehe jeden Sonntag zur Kirche, ich habe mir eine Arbeit gesucht, die es mir ermöglicht, anderen zu helfen. Ich habe dir geholfen, oder? Oder? Ich lege mich weiß Gott ins Zeug, um ein guter Christ zu sein.«

Ohne es zu wollen, fängt Vera an zu lachen. Es erstaunt sie, dass ausgerechnet er, der nur lässliche Sünden vorzuweisen hat, den Drang verspürt, sich zu verteidigen.

»Unterstellst du mir etwa Scheinheiligkeit?«

»Nein, Luke, ganz und gar nicht.« Sie lacht erneut. »Ich sage nur, dass wir alle mal Fehler machen.«

»Natürlich tun wir das.« Er spricht langsam und ist sichtlich bemüht, nicht laut zu werden, hier, inmitten der anderen Gäste. »*Denn alle haben gesündigt und erlangen nicht die Herrlichkeit Gottes.* Römerbrief, Kapitel drei. Wir sind nun einmal Menschen, und jeder Mensch sündigt. Aber ich *versuche*, es nicht zu tun, das will ich damit sagen. Ich *versuche*, ein möglichst guter Christ zu sein. Ich ... warum reden wir überhaupt über all das?«

»Weil du ... Ich ...« Sie verstummt.

»Findest du, ich sollte zu Hause sein bei meiner Mutter, der Klatschbase?«

»Was? Nein. Und sie ...«

»Findest du, ich bin ihr kein guter Sohn? Bist du der Ansicht, ich habe meine Pflichten ihr gegenüber vernachlässigt?«

»Du bist ein wunderbarer Sohn, Luke.«

Er legt die Stirn in Falten. »Wenn ich ein so wunderbarer Sohn bin, warum überlasse ich es dann einem wildfremden Menschen, sie zu betreuen?«, fragt er abrupt und birgt das Gesicht in den Händen. »Ich sollte sie selbst pflegen. Aber ich ...« Er späht zwischen den Fingern hindurch nervös zu Vera. »Ich ertrage es nicht, ihren Verfall mitanzusehen.« Seine Stimme klingt erstickt vor Kummer.

»Die Pflegerin kümmert sich bestimmt rührend um sie, Luke.«

»Ja, ich weiß. Ich weiß, dass sie das tut.«

Schweigen.

Dann wird sein Blick wieder hart und distanziert, und plötzlich kämpft Vera mit den Tränen. Sie muss sich erst wieder an sie gewöhnen und weiß nicht so recht, wie sie damit umgehen soll. Sie kneift sich in den Oberschenkel, um sie zurückzuhalten. Luke senkt den Kopf wie zum Gebet, und obwohl sie von unzähligen Touristen umgeben sind, fühlt sich Vera sehr allein mit ihm. Es ist ein seltsam intimer Augenblick. Quälend. Sie verspürt jäh den Drang, ihm alles zu gestehen. *»Ich habe meinen zwei Tage alten Sohn vor einem Kinderheim ausgesetzt! Ich dachte, er ist tot!!!!«*, würde sie am liebsten schreien. Sie will es endlich beichten. Die Wahrheit sagen. Die *volle Wahrheit. Wahrheit, Wahrheit.* Sie beugt sich über den Tisch, die Lippen geschürzt. Aber ist das der richtige Zeitpunkt? Jetzt, da Luke so am Boden zerstört ist? Sie öffnet den Mund, schließt ihn wieder. Sollte sie jetzt nicht besser schweigen und stark sein? Andererseits würde es ihm vielleicht helfen, wenn sie ihn daran erinnert, dass seine Sünden oder das, was er dafür hält, bloß Kinkerlitzchen sind. Sie sind beide nicht perfekt, niemand ist perfekt, weder Charlie noch John noch Lynn noch nicht einmal Luke, und trotzdem liebt Jesus sie alle. »Luke, du bist um so vieles besser, als ich es je sein könnte«, sagt sie, doch ehe sie fortfahren kann, hebt er den Kopf und mustert sie mit seinen grau-grünen Augen.

»Ich hätte dich danach fragen sollen«, sagt er. »Nach dem Baby, und wie es kam, dass du das für die beste Lösung gehalten hast. Für den Kleinen, meine ich.«

Vera zuckt die Achseln, langsam, schuldbewusst.

»Ich meine, ich gehe mal davon aus, dass du es getan hast, weil du es für das Beste gehalten hast. Weil du seine Existenz nicht aufs Spiel setzen wolltest? Weil du wolltest, dass er es gut hat? Du hast dabei doch nicht bloß an dich selbst gedacht???«

Vera kann die Fragezeichen nicht hören, also sagt sie nichts.

»Sag etwas«, bittet er sie.

Sie holt tief Luft, einmal, zweimal. Es ist Zeit. Luke schenkt ihr ein ermutigendes Lächeln. »Ich ... ich hab mich ein paar Mal mit Charlie getroffen. Es ist nämlich so ...«

Luke hebt die Hand. »Zu viel Information« murmelt er. »Zu viel, zu viel.« Er lässt den Kopf hängen und schüttelt ihn leicht.

Als sie das Restaurant verlassen und auf die Piazza hinausschlendern, fällt Vera auf, dass die Kathedrale goldene Lichtflecken auf das Pflaster wirft. Die Menschen durchqueren sie, ohne den Glanz zu bemerken, der einige Sekunden auf ihren Schultern liegt. Doch Vera entgeht es nicht. Und sie durchschreitet sie mit Luke, lässt sie hinter sich. Sie gehen nebeneinander her, gemeinsam und doch jeder für sich. Den ganzen Weg von der Piazza zurück zum Hotel, den Korridor entlang bis zu ihrem Zimmer. Vera würde zu gern nach Lukes Hand greifen, doch er hält die Arme steif an den Seiten und schweigt, sagt lediglich kurz »Gute Nacht«.

Ihre Zimmer sind verbunden durch ein vornehmes gemeinsames Bad mit wunderschönen Fliesen. Vera schließt beide Türen, ehe sie sich auf dem Rand der mit Marmor verkleideten Wanne niederlässt und den Wasserhahn aufdreht. Sie versucht, sich nicht zu fragen, was Luke auf der anderen Seite der schweren Tür wohl denkt. Und auch nicht, was sich Charlie am anderen Ende des Mittelmeers wohl denkt. Oder was der kleine Charles in den vergangenen drei Jahren über seine Mutter gedacht hat, die ihn ausgesetzt hat. Versteht er, dass er keine Mutter hat? Fehlt sie ihm, obwohl er sich nicht an sie erinnert? Würde er sie wiederhaben wollen, falls sie denn zu ihm zurückkönnte? Falls sie sich dazu durchringen könnte, sich einem Mann auszuliefern, den sie nicht liebt und der sie den Rest ihres Lebens seine Macht spüren lassen würde? Falls sie sich dazu durchringen könnte, auf Luke zu verzichten? Luke, der schweigend nebenan sitzt, nur ein paar Meter entfernt? Luke, den sie im Gegensatz zu Charlie liebt und respektiert und der ihr leidtut und den sie ignoriert und verletzt hat und mit dem sie es sich womöglich auf ewig verscherzt hat.

Vera befühlt nachdenklich ihren Verlobungsring, dann zieht sie sich aus und steigt in die Wanne. Der weiche weiße Schaum hüllt sie ein, und das heiße, reinigende Wasser wärmt ihre Knochen und lässt sie auf der Stelle ruhiger werden. Nachdem sie sich mit der violetten Hotelseife am ganzen Körper eingeseift hat, lässt sie sich mit geschlossenen Augen tiefer in die Wanne sinken. Ohne es beabsichtigt zu haben, redet sie plötzlich mit Gott. *Hilf mir*, sagt sie, und dann in den Worten, die sie gelernt hat, um sich besser artikulieren zu können: *Himmlischer Vater, im Namen Jesu bitte ich dich, sende deinen Geist über mich, auf dass er in mir lebe und mir bis zum Ende meiner Tage ein himmlischer Begleiter sei. Amen.* Sie atmet tief ein, als sie ein Gewicht auf ihren Schultern spürt, etwas schwerer als sonst, aber warm. Hände, die sie leiten. Doch die Hände gleiten nach vorn zu ihrer Brust. Sie schlägt die Augen auf und erblickt Luke. Sie hat weder die Tür gehört noch seine bloßen Füße auf den Fliesen.

»Ich ...«, sagt er.

Vera setzt sich aufrecht hin, und Luke lässt die Hände sinken. Erst als er lächelt, bemerkt sie, dass der Schaum sie nun nicht mehr bedeckt. Hastig taucht sie wieder ein Stück tiefer und streckt den Arm nach einem Badetuch aus. »Luke! Was machst du denn hier, um Himmels willen? Hast du denn das Wasser nicht plätschern gehört?«, fragt sie im Flüsterton, als könnte sie auf diese Weise verhindern, dass einer von ihnen registriert, was genau hier vor sich geht.

Luke dagegen spricht mit lauter, fester Stimme. »Nicht«, sagt er und hält ihre Hand fest. »Ich will dich sehen. Ich will dich berühren. Ich will nicht mehr warten.«

»Was? Aber das ... das dürfen wir nicht«, stottert sie ungläubig. »Wir hatten uns doch vorgenommen ... Luke, *du* hast gesagt, wir sollten warten.« Wieder greift sie nach dem Frotteetuch, aber Luke ist schneller.

»Wir sind doch ohnehin bald verheiratet. Und es fühlt sich richtig an, oder etwa nicht?«

»Nein!«

»Charlie hat dich gesehen«, sagt er mit leicht beleidigter Miene und lässt das Badetuch etwas sinken.

Vera spürt sofort, wie ihr wieder Tränen in die Augen steigen. »Tu das nicht, Luke«, fleht sie ihn an und streckt die Hand nach dem Frotteetuch aus. »Es ist nicht, wie du denkst ...«

»Du hast dich ihm unzählige Male hingegeben. Du warst ihm eine Hure.«

»Luke!«, haucht Vera. »Was ist denn los mit dir?«

»Und mir wolltest du dich auch schon hingeben.« In seinem Tonfall schwingt Verzweiflung mit. Irgendetwas geht in ihm vor, doch sie hat keine Ahnung, was. Fühlt er sich ohnmächtig aufgrund der Krankheit seiner Mutter? Verspürt er aufgrund dessen den Wunsch, wenigstens irgendetwas kontrollieren zu können? Oder stecken seine Schuldgefühle Lynn gegenüber dahinter? (Diese Sorte Schuldgefühle ist ihr wohlvertraut.) Oder geht es um Charlie? Hat sich Luke ausgemalt, was wohl zwischen ihnen gelaufen ist? Und falls ja, ist es schlimmer oder weniger schlimm als die Wahrheit?

»Ich denke inzwischen anders darüber. Ich will warten.« Erst als sie es sagt, wird ihr bewusst, dass es stimmt. Die rein körperliche Seite der Sexualität genügt ihr nicht mehr. Sie will Intimität, Verbindlichkeit, eine schrittweise Enthüllung der Seele, bis sie in jeder Hinsicht nackt voreinander stehen. Als Ehemann und Ehefrau. Sie will Luke. Für immer. Wie sehr, das wird ihr in diesem Moment schlagartig klar.

»Komm schon, Vera. Genau das wolltest du doch, oder?«

»Wie kannst du das von mir verlangen?«

»Wie kannst du es mir verweigern?« Nachdem er das Badetuch über den Heizkörper in der gegenüberliegenden Ecke gehängt hat, lässt er sich am Rand der Wanne nieder, taucht die Hand ins Wasser und legt sie ihr auf den Oberschenkel. Vera steht auf. Er verfolgt, wie Wasser und Schaum an ihrem Körper hinablaufen, mit einem nervösen, gefährlichen Lächeln, für das Vera noch vor ein paar Monaten alles gegeben hätte. Jetzt jedoch stürmt sie zum Heizkörper, schnappt sich das Badetuch und wickelt sich fest darin ein. Die Traurigkeit schnürt ihr die Kehle zu. »Wie kannst du nur? Nach allem, was du mir gepredigt hast? Nachdem du in einer Tour von Regeln und Prinzipien und Werten geredet hast? Gelten die für mich etwa nicht, weil ich schon mal Sex hatte? Weil ich mein Kind weggegeben habe? Weil ich gesündigt habe? Werde ich immer eine Sünderin für dich sein? Gibt es kein Zurück?«

Und da verändert sich Lukes Lächeln. »Wir sind alle Sünder, oder?«, sagt er hintergründig. Seine Stimme schwankt. »Genau das wollte ich dir damit zeigen. Das ist alles. Es war nur ein Test, Liebling, und du hast ihn bestanden.« Damit küsst er sie auf den Scheitel, verlässt das Bad und schließt die Tür. Vera sieht ihm nach, nass und am ganzen Körper zitternd.

Als sie fast eine Stunde später ihren Kulturbeutel aus dem Bad holt und gedämpft Lukes schweres Schluchzen vernimmt, zieht sich ihr Herz schmerzhaft zusammen. Sie legt die Hand auf die Verbindungstür, spürt, wie unsichtbare Kräfte sie nach vorn schieben, doch sie zuckt ein paar Mal die Schultern, um das Gefühl abzuschütteln. Sie öffnet die Tür nicht, sagt weder gute Nacht noch auf Wiedersehen. Sie versucht, sich möglichst lautlos zu bewegen, selbst als sie den eleganten Korridor längst hinter sich gelassen hat, ebenso wie die Lobby und das Taxi zum Flughafen, bis sie zurück in London ist.

KAPITEL
SIEBENUNDZWANZIG

EMILY KAUERTE mit angezogenen Knien in einer Ecke des Wintergartens, als Lynn hereinkam. Vor etwa zwanzig Minuten hatte sie gehört, wie die Haustür zuschlug, gefolgt von Lukes Schritten auf dem Gehweg, und die einzigen Geräusche seitdem waren das Blubbern und dann das Zischen des überkochenden Mittagessens gewesen. Emily war trotzdem geblieben, wo sie war, den Blick starr auf die Gemälde vor ihr gerichtet. Hatte versucht, die Bilder in ihrem Kopf durch die vor ihren Augen zu ersetzen.

»Ich habe den Herd ausgeschaltet«, sagte Lynn ohne jeden Vorwurf und rieb sich die Seite.

Emily verspürte Gewissensbisse, als sie sie so dort an der Tür stehen sah, merklich gekrümmter als noch vor einer Woche. Dennoch fragte sie: »Warum haben Sie das getan?«

»Weil sonst die Suppe angebrannt wäre«, erwiderte Lynn.

»Warum haben Sie mich ins Wohnzimmer gerufen?«

»Ich weiß nicht, wovon du redest.«

»Das wissen Sie sehr wohl«, beharrte Emily. »Ihr Sohn. Sie wissen genau, dass er ... mich an jemanden erinnert.«

»An wen?«

Emily schwieg.

»Tja, ich weiß eben *nicht*, an wen er dich erinnert«, bemerkte Lynn nachdrücklich. »Aber meinst du nicht, es ist an der Zeit, dass du es mir erzählst?«

Emily sagte noch immer nichts. Bei jeder Erinnerung an

Lukes Augen, blickte sie sich rasch im Zimmer um. Auf der Staffelei stand ein neues Bild, das wilde, wirre Farbwirbel zeigte. An den Wänden hingen und lehnten die Landschaftsbilder und Porträts, die sie inzwischen sooft betrachtet hatte – jedes Mal, wenn sie in diesem Raum war. Das damals erst halb fertige Porträt der blonden jungen Frau, das sie angestarrt hatte, als sie sich das erste Mal hierher geflüchtet hatte, stand auf einem Stuhl neben der Staffelei, von festem Packpapier verhüllt.

»Es ist nicht einfach, Dinge ans Licht zu bringen, die lange verborgen waren«, murmelte Emily schließlich.

»Ich weiß, Emily. Aber du musst deine Geheimnisse preisgeben, um dich von ihnen zu befreien. Vertrau mir. Du hast mich dazu inspiriert, genau das zu tun.«

»Und warum ist dieses Bild dann zugedeckt?«, fragte Emily direkt. Statt einer Antwort ging Lynn so rasch sie konnte zu dem Porträt, entfernte mit einiger Mühe das steife Papier und drehte das Bild zu Emily um. Mittlerweile war es fertig. Die jugendliche Gestalt mit den blonden Haaren, die es zeigte, blickte den Betrachter direkt an, furchtlos und mit unverhohlener Neugier. Und von einem Leuchten erfüllt. Emily sah zu Lynn hoch.

»Das sind Sie«, bemerkte sie vorsichtig.

»Nein, das bin nicht ich.« Lynn schüttelte den Kopf. »Ganz und gar nicht. Ich war nie wie sie.«

Emily betrachtete das Bild erneut. »Doch, das sind Sie«, wiederholte sie.

Lynn betrachtete das Bild eingehend. Ihre Augen folgten den Konturen der Pinselstriche, als sähe sie sie zum allerersten Mal, als hätte sie mit ihrer Entstehung nicht das Geringste zu tun gehabt. In ihrer Miene spiegelten sich Traurigkeit und Verwirrung. Bedächtig hob sie die magere Hand zu ihrem faltigen Gesicht und berührte ihr weißes Haar, während sie das Porträt ganz genau unter die Lupe nahm. Dann schüttelte sie bekümmert den Kopf und fiel regelrecht in sich zusammen, eine Hand Halt suchend auf der Stuhllehne. Emily erhob sich. Sie hatte ein Gefühl der Enge in der Brust, und in ihrem Kopf drehte sich alles. Eigentlich hätte sie selbst einen Stuhl benötigt, an dem sie sich festhalten konnte, als sie nun mit zitternden Beinen auf Lynn zuging.

»Ich werde versuchen, es Ihnen zu erzählen«, sagte sie resolut und nahm Lynns zerbrechlichen Arm, und dann machten sich die beiden Frauen auf den Weg ins Wohnzimmer, leicht aneinandergelehnt, wie es ihnen inzwischen zur Angewohnheit geworden war.

Genau wie beim letzten Mal gab es Tee. Diesmal hatten sie ihn gemeinsam gemacht und langsam ins Wohnzimmer getragen, und dann saßen sie erst einmal eine Weile da und tranken ihn schweigend, Schluck für Schluck. Lynn wartete geduldig ab. Das heiße Getränk schien ihr neue Kraft zu verleihen. Emily zitterte. Schon beim letzten Mal hatte sie das Gefühl gehabt, das Gespräch nur mit knapper Not überlebt zu haben. Doch sie *hatte* es überlebt, und das war das Wichtigste, sagte sie sich. Und es hatte sie sogar ein klein wenig weitergebracht, genau wie Lynn es ihr versprochen hatte.

»Dann mal los«, sagte Lynn ermutigend. Selbst jetzt, in ihrem geschwächten Zustand, klang ihre Stimme so bestimmt und selbstbewusst. Inspirierend.

»Wo war ich stehengeblieben?«, fragte Emily. Schon jetzt, ehe sie angefangen hatte, schwindelte ihr. Wieder sah sie Lukes Augen vor sich, dann andere, ebenfalls zweifarbig.

»Du warst bei deiner Mutter stehengeblieben«, erinnerte Lynn sie. »Ihr wart zu Hause. Du hast geschlafen.«

»Ich habe geschlafen«, wiederholte Emily.

»Genau, und Ernest wollte euch helfen. Ihr wart aus der brennenden Kirche geflüchtet. Es ging euch gut.« Doch Lynns Worte verfehlten ihre beruhigende Wirkung.

Als Emily erwachte, war der Morgen angebrochen. Ihre Brüder waren bereits aufgestanden und saßen mit ihren Eltern am Tisch, nur Cassien stand neben dem Fenster, das Gesicht an die Wand geschmiegt, sodass man ihn von außen nicht sehen konnte.

»Ernest hat die Kerze angezündet«, verkündete er plötzlich und ging rasch zur Tür, um sie für ihren Nachbarn aufzuschließen. Dann bezog er wieder seinen Posten.

»Hier, Emily, es gibt Frühstück.« Mama zeigte auf eine kleine Schüssel mit Mangoschnitzen. Eine von Ernests Mangos.

Emily griff zu und ließ ein paar der süßen, saftigen Fruchtstücke über ihre Zunge und die Kehle hinuntergleiten. Das Schlürfen, das sie dabei von sich gab, klang laut und ein bisschen unappetitlich. Rukundo und Simeon waren still, und auch Papa und Mama sagten nur das Nötigste, doch Emily war in Plauderlaune. Das frische Morgenlicht ließ sie ihre Ängste vergessen und erfüllte sie mit Hoffnung. Es nahm dem gestrigen Tag etwas von seinem Schrecken.

»Können wir heute Kweti spielen?«, fragte sie. »Cassien, komm und setz dich zu uns«, befahl Papa, ohne ihre Frage zu beantworten.

»Ich halte weiter Wache«, erwiderte Cassien.

»Komm her und setz dich, Cassien.«

Ihr Bruder machte widerwillig ein, zwei Schritte vom Fenster weg, dann erstarrte er plötzlich.

»Was ist?«, fragte Emily und steckte sich ein weiteres glitschiges Stück Mango in den Mund. »Was hast du?«

Er drehte sich zu ihnen um, und in Anbetracht seiner panischen Miene hielt sie mitten in der Kaubewegung inne. Sie wusste Bescheid, noch ehe er geantwortet hatte.

»Sie kommen.«

Emily schlug die Augen auf. Lynn nickte.

»Ich weiß nicht, ob ich es schaffe«, flüsterte Emily.

»Du schaffst es.«

»Ich will aber nicht«, sagte Emily.

»Doch, du willst. Du weißt, dass du willst.«

Emily schloss die Augen. Es kam nicht mehr darauf an, was sie wollte. Sie hatte angefangen. Sie war bereits mittendrin.

»Sie kommen«, wiederholte Cassien.

Alle hasteten ans Fenster.

»Von dort drüben auch. Was sollen wir tun?«, rief Rukundo alarmiert.

Mama legte ihm eine Hand auf die Schulter. »Lauft«, sagte sie ruhig. Dann drehte sie sich zu ihnen um. »Jetzt, sofort.« Emily griff nach ihrer Hand, doch ihre Mutter schüttelte sie ab. »Los, los!«, herrschte sie sie an, wie sie es tat, wenn sich Emily weigerte, den Rosenkranz zu beten, oder wenn sie sie wieder vor die Tür schickte, weil Emily dreckig und voller Schrammen nach Hause gekommen war.

»Steht auf! Lauft! Jetzt sofort! Und versteckt euch, aber nicht gemeinsam, sondern jeder für sich. Vergesst das nicht.« Emilys Beine begannen, unkontrolliert zu zittern. Sie stand auf und sackte sogleich in sich zusammen.

Cassien fiel in das Geschrei ihrer Mutter mit ein. »Komm, Emilienne!« Er packte sie am T-Shirt und zerrte sie zur Hintertür.

Ihre Eltern rührten sich nicht von der Stelle.

»Mama! Papa!«, schrie sie, während Cassien sie hinter sich herzog, doch sie blieben, wo sie waren. Ihr Vater nahm ein kleines Küchenmesser zur Hand – die einzige Waffe, die sie besaßen. Beide wirkten ruhig. Gefasst. Rukundo und Simeon, die neben ihnen standen, machten ebenfalls keine Anstalten, wegzulaufen.

»Worauf warten sie denn noch?«, rief Emily panisch, während sie mit Cassien durch die Hintertür rannte und über den Zaun hinüber in den Friedhof kletterte. »Warum kommen sie nicht mit?«

»Du hast geschlafen, als ...« Er verstummte und scheuchte sie weiter.

»Was? Was meinst du?«

»Nichts. Lauf, Emmy.«

»Nein, warte. Was ist mit den anderen, Cassien?« Sie wurde langsamer, warf einen Blick über die Schulter.

»Lauf, Emmy!«

»Wir müssen auf sie warten.«

»Nein! Lauf! Sie kommen schon.« Er verpasste ihr einen kräftigen Schubs. »Glaub mir, Emmy, sie kommen nach. Lauf einfach weiter. Dreh dich nicht um. Los, schneller. Hier, auf diesen Baum.«

Hinter ihnen ertönten grölende Männerstimmen, dann das Klirren von zersplitterndem Glas und Schreie, die allzu vertraut klangen und zugleich völlig fremd, wie losgelöst von den Körpern, aus denen sie drangen, als hätte man sie ihrem Inneren mit Gewalt entrissen.

»Cassien!«, schrie Emily von dem Ast, auf den er sie gestemmt hatte. »Komm hier rauf, zu mir, Cassien.«

»Nein, wir müssen uns getrennt verstecken, Emmy. Sei still und mach dir keine Sorgen. Ich finde dich schon, wenn es vorbei ist. Ich verspreche es dir. Bleib einfach dort oben,

Emmy. Beweg dich nicht vom Fleck. Komm auf gar keinen Fall runter, was auch passiert. Versprich es mir.«

»Cassien!«, flüsterte sie erneut. »Cassien! Gut, ich verspreche es.« Doch er war schon verschwunden. Sie sah ihn davonhasten, fort von ihr, fort von den beiden Hutu-Männern, die plötzlich unter ihrem Baum aufgetaucht waren.

Sie schnappte nach Luft, presste sich die freie Hand auf den Mund und umklammerte mit der anderen den Ast so fest, dass sich ein scharfkantiges, abstehendes Stück Rinde in ihre Haut bohrte.

»Da hinten läuft er«, hörte sie einen der Männer triumphierend kreischen, nur ein, zwei Meter unter ihr. »Komm zurück, du dreckige kleine Kakerlake! Du kannst nicht ewig davonlaufen! Gleich wirst du zurechtgestutzt.« Der andere rief ihren Bruder beim Namen: »Los, komm her, Cassien. Mach es uns allen einfacher und spar dir das Versteckspiel«, bellte er. Eine tiefe, vergnügt klingende Stimme. Eine Stimme, die Emily erkannte.

Ernest. Wieder schnappte sie nach Luft und presste sich die Hand noch fester auf den Mund. Sie versuchte, still zu bleiben, wie Cassien es ihr befohlen hatte, doch die Mango, die sie vorhin gegessen hatte, die Mango von Ernests Baum, rumorte in ihrem Magen. Ihr Körper rebellierte gegen ihre Süße wie gegen ein Gift.

Du bist doch angeblich so schlau, Emilienne, hatte Ernest zu ihr gesagt. *Für jeden eine. Und die hier ist für deine Mutter.* Wie hatte er diese Männer zu ihnen führen können? Er musste doch wissen, wozu sie fähig waren! Er hatte sich mit Papa besorgt darüber unterhalten. *Und sag deiner Mutter danke für das Salz* ... Dann begriff sie: Er hatte die Männer nicht zu ihnen geführt, er war in ihrer Begleitung gekommen. Emily würgte die noch unverdauten Mangoschnitze heraus und presste das Erbrochene an ihr Gesicht, damit es nicht hinuntertroff. Als sie Luft holte, stieg ihr etwas davon in die Nase. Es brannte, doch sie gab keinen Ton von sich, sondern kniff die Augen zu und begann mit Gott zu verhandeln. Ganz kurz wurden die aufgeregten Stimmen leiser, entfernten sich ein Stück, klangen weniger real. Nervös ließ Emily die Hand sinken und atmete aus, aber noch ehe sie wieder eingeatmet hatte, kehrten die Stimmen zurück, diesmal noch lauter als zuvor. Sie hörte Ernests Stimme, keine zwanzig Meter entfernt: »Hör auf, dich zu wehren, Cassien.«

Sie hatten ihn. Der andere Mann lachte und johlte und rief: »Wenn du nicht stillhalten willst, müssen wir eben dafür sorgen, dass du es tust.«

»Wo ist deine Schwester?«, fragte Ernest, und Cassien, dessen dünne Stimme ihr verriet, dass er bereits schwer verletzt war, behauptete, er wisse es nicht, sie sei nicht daheim gewesen. Immer wieder flehte er heftig keuchend ihren Nachbarn an, den Freund der Familie, der stets so nett und großzügig gewesen war: *Sie war nicht zu Hause … bitte, Ernest … Onkel, bitte, sie war nicht bei uns.*

Dann vernahm Emily ein groteskes, metallisches Geräusch, und Cassien gab ein Brüllen von sich, bei dem ihr das Blut in den Adern gefror.

»Na gut, dann verrätst du es uns eben nicht«, lachte der fremde Hutu. »Wenn wir sie heute nicht finden, dann kommen wir eben morgen wieder. Wo kann sie schon groß hin?«

»Komm, wir gehen zurück zu den anderen«, pflichtete Ernest bei. »Nimm ihn mit.«

»Steh auf«, hörte Emily den anderen Mann zu Cassien sagen. Sie spähte zwischen den Zweigen hindurch und sah ihren Bruder auf einem Grab liegen, über und über voll Blut und mit klaffenden Wunden über den Fersen, dort, wo man ihm die Achillessehnen durchtrennt hatte. Doch er blickte geradewegs in die Augen seiner Angreifer und kein einziges

Mal zu ihr. Emily verspürte den Impuls, sich von ihrem Ast zu stemmen – sie musste hinunter, musste ihrem Bruder helfen –, doch seine Worte dröhnten laut in ihrem Kopf: *Komm auf gar keinen Fall runter, was auch passiert. Versprich es mir.* Sie hatte es versprochen. Sie erstarrte.

»Steh auf«, wiederholte der Mann, wohl wissend, dass Cassien nicht dazu in der Lage war.

Cassien rappelte sich mühsam auf die Knie.

»Mörder!«, hörte Emily ihn schnarren.

»Kakerlaken«, zischte der Mann. »Ihr kommt euch ja so gut vor! Ihr haltet euch für etwas Besseres, aber ihr seid nichts als Kakerlaken, eine Plage für Ruanda, ein Feind unseres Landes. Ihr wart es, die unseren Präsidenten ermordet haben. *Ihr* seid die Mörder! Und ihr habt gedacht, ihr kommt damit durch, aber jetzt werdet ihr zurechtgestutzt.« Mit dieser letzten Bemerkung schwang er seine Machete und ließ sie auf Cassiens blutende Knöchel niedersausen, wieder und wieder, und Cassien schrie und wand sich vor Schmerzen, während Ernest danebenstand und zusah. Emily umklammerte ihren Ast. Als sich der Mann Cassiens Handgelenken zuwandte, kniff Emily die Augen zu und begann zu beten. Hastig raterte sie sämtliche Gebete herunter, die sie kannte, und dann verhandelte sie erneut mit Gott, flehte ihn an. Keine Antwort. Also begann sie im Geiste zu singen: ihr Lied, das Siegerlied mit der nervtötenden Melodie. Sie wiederholte es ein ums andere Mal, mit inbrünstiger Ernsthaftigkeit, in dem Versuch, seine Schreie auszublenden.

So ging es noch eine ganze Weile weiter, das Splittern der Knochen übertönt nur von den Geräuschen, die ihr vierzehnjähriger Bruder von sich gab: Schreie, die mal klangen wie die des Kindes, an das sich Emily erinnern konnte, mal wie die des Mannes, zu dem er nie heranwachsen würde. Emily nahm die Hand vom Mund, versuchte, sich mit den vom Erbrochenen verklebten Fingern die Ohren zuzuhalten – erfolglos, denn sie hatte nur eine Hand frei, mit der anderen musste sie sich am Ast festhalten. So fest sie auch die Augen zukniff, sie konnte weder verhindern, dass sie alles hörte, noch, dass sie sich den Anblick dort unten ausmalte.

Der Mörder arbeitete sich systematisch zu Cassiens Kehle hoch. Als er dort anlangte, waren die Schreie längst verstummt, vom Körper abgetrennt wie die Gliedmaßen. Es herrschte Stille, eine grauenhafte, tödliche Stille. Emily öffnete vorsichtig die Augen, exakt in dem Moment, als der Mörder ihrem Bruder den Todesstoß verpasste: einen Hieb direkt unter das wohlgeformte jugendliche Kinn.

»Es gibt also noch mehr Kinder?«, fragte der Mann, als es vollbracht war, etwas atemlos, aber gelassen wie ein müder Fußballer nach einem Match.

»Ein Mädchen«, bestätigte Ernest. Seine Stimme schwankte leicht. »Und einen weiteren Jungen, bei den Rebellen.«

»Tja, die Kleine kann nicht weit sein. Wir kommen morgen wieder. Müssen ja schließlich ein bisschen Energie für sie tanken, nicht wahr?« Er lachte, und Ernest stimmte mit ein, während sie davongingen. Bei seinem tiefen, dröhnenden Lachen musste Emily an ihre Veranda denken und an ihre Eltern, die inzwischen höchstwahrscheinlich tot dort lagen.

Den ganzen Tag klammerte sie sich an ihren Ast. Es schien überall vor Hutus zu wimmeln. Sie konnte ihre Zurufe hören, Stimmen, die über die Felder schallten oder, ermattet, von den Schulwegen. Sie drangen raschelnd durch die Blätter; alltägliche Begrüßungen oder Befehle: *Nimm die Wäsche von der Leine, Das Mittagessen ist fertig, hol deinen Bruder* – surreal in ihrer Normalität, obszön. Doch auch andere Stimmen waren zu hören, Kreischen, eine absurde Mischung aus Angst und Euphorie. Emily konnte sich nicht bewegen, ihre Finger gehorchten ihr nicht, obwohl sie sie bereits angepustet und versuchsweise ein wenig damit gewackelt hatte, um zu sehen, ob sie wieder taten, was sie ihnen befahl, und sei es nur, dass sie sich noch fester an den Ast klammerten. Sie hatte versprochen, hier oben zu bleiben, bis er kam. Schuldgefühle krochen den Baum hoch. Sie hätte ihr Versprechen brechen sollen. Sie hätte etwas tun sollen. Doch was?

Wenn sie die Ereignisse der vergangenen Stunden etwas gelehrt hatten, rasch und unmissverständlich, dann, dass sie niemandem trauen konnte. In einem Dorf, in dem es vor Hutus wimmelte und nur noch beängstigend wenige Tutsis gab, konnte sie nicht von ihrem Baum steigen, das war ihr klar. Vielleicht konnte sie es später, in der Dunkelheit wagen, wenn die Nacht Cassiens sterbliche Überreste verhüllte. Vielleicht konnte sie dann ins Haus gelangen, und von dort weiter zum Haus ihres Onkels im Nachbardorf. Vielleicht später.

Im Augenblick jedoch war dieser Baum, den ihr toter Bruder für sie ausgesucht hatte, ihre einzige Hoffnung auf Rettung. Sie hatte noch nicht den Mut, zu inspizieren, was zu seinen Füßen lag. Die Schmerzensschreie, die noch immer in ihrem Kopf widerhallten, waren schlimm genug – sie wollte keine Bestätigung für das sehen, was sie gehört hatte. Ernest kehrte an diesem Nachmittag noch dreimal auf den Friedhof zurück. Er rief ihren Namen, versprach, sich um sie zu kümmern. Sie übergab sich zwei weitere Male. Beim zweiten Mal erbrach sie nur noch Galle.

Abends kamen die Hunde. Keine Haustiere, sondern wilde Streuner auf der Suche nach Nahrung. Emily hörte sie vor dem Haus kläffen und schauderte. Ein Jahr zuvor hatte sich Simeon bei einer Begegnung mit einem Rudel streunender Hunde eine klaffende Fleischwunde an der Wade zugezogen. Sie tauchten bisweilen am Rand des Busches auf, ihre kleinen schwarzen Augen gleich Perlen der Grausamkeit auf zu kurzem Zwirn. Aasgeier hatte Papa sie genannt, Raubtiere der übelsten Sorte. Emily stemmte sich ein wenig von ihrem Ast hoch und verrenkte sich fast den Hals, in dem Versuch, zu erkennen, woran sie sich gütlich taten. Sie hatten die Schwänze in die Luft gereckt und beschnüffelten etwas auf der Veranda, leckten, kauten, fraßen.

Das war zu viel. Ohne lange darüber nachzudenken, ließ Emily ihren Ast los und rutschte am Baumstamm entlang nach unten. Obwohl nichts mehr in ihr war, das sie noch hätte erbrechen können, begann sie zu würgen, sobald sie auf dem Boden war und Cassiens Körper erblickte. Fliegen umschwärmten die Stümpfe seiner Gliedmaßen. Sie scheuchte sie weg und wünschte, seine Augen würden sich schließen, wünschte, seine Mundwinkel würden nicht nach oben zeigen, eine unheimliche Grimasse, die an ein Lächeln erinnerte. Doch seine Lippen bewegten sich nicht, und die Fliegen stürzten sich sogleich erneut auf ihn. Bei jedem Wedeln ihrer Arme erhoben sie sich in die Luft, nur um sofort zurückzukehren. Sie waren zu zahlreich. Emily unternahm noch ein, zweimal den Versuch, sie zu verscheuchen, mit weichen Knien, vor Angst und Erschöpfung schlotternd, und sah schließlich ein, dass sie Cassien den winzigen Parasiten überlassen musste.

Im Haus war alles still. Ehe sie sich hineinwagte, bückte sie sich und hob eine Handvoll Steine auf – große und kleine, so viele sie tragen konnte, dann stieß sie die Hintertür auf. Breite rote Streifen auf dem Boden zeugten davon, dass hier ein blutender Mensch durch den Raum geschleift worden war. Doch sie sah keine Leichen, keine Beweise für die Geräusche, die sie gehört hatte. Ohne darüber nachzudenken, nahm sie den Eimer Wasser, der noch neben der Tür stand, holte einen Lappen aus dem Spülbecken und fing an, wie von Sinnen den Boden zu schrubben, angetrieben von der Vorstellung, dass sich die Wahrheit ja vielleicht auslöschen ließ, wenn es ihr nur gelang, das Blut wegzuwischen. Bis sie erneut ein Kläffen vernahm. Sie ließ den rot getränkten Lappen fallen, hastete zur Eingangstür, die schief in den Angeln hing, und schob sie einen Spaltbreit auf. Vor dieser Tür hatte Emily darauf gewartet, ihren von der Arbeit zurückkehrenden Vater zu erblicken. Dort draußen hatte sie mit ihrer Mutter Gemüse geputzt und Laken gebleicht, hatte die Wolken beobachtet und sich mit Cassien Lieder ausgedacht. Sie hatte die Welt geliebt, die davor ausgebreitet lag, heiß und schweißverklebt und bunt. Stattdessen ragten dort nun, gleich Schatten, drei schwarze Hunde auf und rissen Fleischstücke aus ihren Erinnerungen.

Emily spürte, wie sich ihr Magen zusammenzog, dennoch zwang sie sich, genauer hinzusehen. Sie erkannte sogleich Rukundos blaues T-Shirt. Er hatte es erst vor einem Monat bekommen und war stolz darauf gewesen, wie sich der Baumwollstoff an den Ärmelsäumen über seinen muskulösen Oberarmen gedehnt hatte, und obwohl Emily ihn deswegen aufgezogen hatte, war sie insgeheim ebenfalls der Meinung gewesen, dass er gut darin aussah, durchtrainiert und kräftig, ein bisschen wie Gahiji. Unweit von ihm lag Papas Brille auf der Erde, zerbrochen, daneben Mamas rotes Kleid mit dem schwarzen Streifen am Saum, der Rock aufgefächert wie ein Pfauenrad. Simeons Körper lag darauf, das Gesicht eingeschlagen wie bei einer zerbrochenen Porzellanpuppe, die Erde um ihn mit dunklem Blut getränkt. Es war nicht möglich, die übrigen Leichen zu identifizieren, sie waren zu schlimm zugerichtet, die Gliedmaßen standen in einem derart absurden Winkel ab, dass nicht mehr ersichtlich war, wie der Besitzer sie einst gehalten oder bewegt hatte, sie zum Laufen oder Kochen oder Baumklettern verwendet hatte, zum Umblättern einer Seite oder zum Streicheln ihres Knöchels.

Emily spürte ein Heulen in sich aufsteigen, ein Grausen, das sich explosionsartig entladen wollte, doch sie unterdrückte es und trat noch näher. Die Hunde knurrten, ließen sich jedoch nicht beim Fressen stören. Sie interessierten sich nicht für Beute, die noch in der Lage war, sich zu wehren. Als Emily das bewusst wurde, erfasste sie eine jähe Wut, die sie leichtsinnig machte. Sie hob die Hand und schleuderte einen ihrer Steine auf den nächstbesten Hund. Er jaulte auf und knurrte wild, fletschte bedrohlich die spitzen Zähne, sah dabei jedoch nicht auf, sondern setzte seine Mahlzeit fort. Emily holte erneut aus und schleuderte den nächsten Stein, fester diesmal. Nun fuhr der Hund zusammen und drehte sich zu ihr um. Sie traf ihn ein weiteres Mal, dann den zweiten und den dritten. Mit einem Mal hatte sie das Gefühl, dass sie es diesen Bestien nicht gestatten durfte, sich an ihrer Familie zu vergreifen, was auch immer sonst noch geschehen mochte. Sie durfte es nicht zulassen. Gegen die Männer, die gekommen waren, war sie machtlos, doch den Hunden musste sie Einhalt gebieten, und in diesem Augenblick verspürte sie keine Angst.

Sie warf ihre Steine nach ihnen, einen nach dem anderen, und als sie ihr ausgingen, klaubte sie weitere vom Boden auf. Die Hunde machten einen Satz auf sie zu, doch sie traktierte sie weiter, wieder und wieder und wieder. Wenn sie versuchten, sie zu ignorieren und weiter zu fressen, zielte sie auf ihre Schnauzen. Wenn sie sich ihr näherten, mit blutigen Lefzen, pfefferte sie größere Steine auf sie. Nach einer Weile traten die Streuner verwirrt und verunsichert den Rückzug an. Emily rannte ihnen nach. Sie hatte es sich nicht bewusst vorgenommen, doch mit einem Mal erschien es ihr von größter Wichtigkeit, diese skrupellosen, blutgierigen Bestien in die Flucht zu schlagen. Das war das Einzige, was sie tun konnte. Der Abstand zwischen ihnen wurde größer. Sie rannte schneller. Ihre Beine fühlten sich schwach an und zitterten, und ihre Muskeln brannten, doch sie zwang sich, weiterzulaufen. Schreiend und fluchend rannte sie blindlings hinter ihnen her, immer weiter und weiter, selbst als sie sie längst aus den Augen verloren hatte. Schließlich stolperte sie in einen Acker mit Süßkartoffelpflanzen, wo sie keuchend zusammenbrach und sich abrupt fragte, wo sie eigentlich hinwollte.

Und da hörte sie die Stimmen hinter sich. Laute, aufgekratzte Männerstimmen, von denen einige ihren Namen riefen. Zumindest eine von ihnen kannte sie, doch diesmal war es nicht die von Ernest. Emily konnte nicht klar denken. In ihren Schläfen pochte das Blut. Sie wollte sich aufrappeln, um weiterzulaufen und wieder auf einen Baum zu klettern, doch rings um sie gab es nur Süßkartoffelpflanzen, und ihre Knie waren so wackelig, dass sie gleich wieder hinfiel, als sie versuchte aufzustehen. Hilflos lag sie mit dem Gesicht nach unten auf der kühlen Erde. Die Stimmen näherten sich. Emily war wie gelähmt. Sie fragte sich, ob Raupen oder Schlangen in der Nähe waren. Sie hasste beides. Wieder versuchte sie, sich zu bewegen, doch ihr Körper wurde von einem krampfartigen Zittern geschüttelt, gegen das sie nichts ausrichten konnte. Sie konnte nicht fliehen. Sie konnte sich nicht verstecken, und als die Männer schließlich bei ihr waren, lachten sie schallend.

Sie befahlen ihr, aufzustehen. Sie gehorchte, und als sie stürzte, lachten sie erneut. Sie waren zu sechst und bewaffnet mit Macheten, Masus und Speeren. Sechs betrunkene, lüsterne, spottende Männer, sechs Gesichter, die sie selbst in ihrer Benommenheit wiedererkannte. Einige der Männer waren so alt wie ihr Vater, andere so alt wie ihre Brüder, und einer war nur ein Jahr älter als sie; ein Gesicht, das sie nur allzu gut kannte. Der Junge, der einmal ihr Freund gewesen war, ihr bester Freund, um ein Haar mehr als das; der Junge mit dem weißen Fleck am Rücken, der Junge, der sie verteidigt hatte, der bei ihnen vor dem Haus gespielt hatte und der erst vor ein paar Monaten versucht hatte, sie zu küssen. Inzwischen war sein Kinn männlich kantig. Er war gewachsen, seit sie sich zuletzt gesehen hatten, und steckte nun im Körper eines Mannes. Der Blick seiner grau-grünen Augen hatte nichts von seiner Intensität eingebüßt, noch immer spiegelte sich darin jene verstörende Leidenschaft, mit der vor ein paar Monaten die Probleme zwischen ihnen angefangen hatten. Doch nun war da noch etwas anderes: Angst, Verwirrung, Verunsicherung, als wäre ihm mitten in einem Spiel bewusst geworden, dass es aus dem Ruder gelaufen war; als wären sie gemeinsam auf einen Baum geklettert und hätten plötzlich bemerkt, dass sie sich viel zu weit hinaufgewagt hatten. Ein vertrauter Anblick, der Emily Hoffnung schöpfen ließ. »Jean?«

Er schüttelte den Kopf.

»Bitte, tu es nicht«, beschwor sie ihn dennoch. »Lass nicht zu, dass sie …« Im selben Moment wurde ihr klar, dass sie einen Fehler gemacht hatte. Die Umstehenden musterten ihren Freund aus Kindertagen mit anklagenden Fragezeichen in den Augen, und die Verunsicherung in seinem Blick wich auf der Stelle einem anderen Ausdruck: Scham, Schmach. Auch diese Gefühle waren nichts Neues, und sie waren gefährlich.

»Zieh dich aus«, befahl er ihr.

Die anderen Männer bogen sich vor Lachen, doch Emily rührte keinen Finger. Sie konnte nicht. Sie stand nur da und starrte in sein vertrautes Gesicht, und Jean starrte zurück.

Als er erneut den Mund aufmachte, um das Wort an sie zu richten, tat er es bedächtig und mit einer beunruhigenden Bedrohlichkeit. »Ich sagte, zieh dich aus«, wiederholte er, ohne seine zweifarbigen Augen von ihr abzuwenden. »Na los, runter mit den Kleidern, sonst erledigen wir das.« Jean, der in der Schule kaum den Mund aufgebracht hatte, der stets hilfesuchend zu ihr geblickt hatte! Er steckte sich eine Zigarette an und hielt sie ihr mit spöttischer Miene hin. »Nun mach schon! Oder glaubst du etwa, du bist zu gut für uns, weil du eine Tutsi bist?«

»Nein.« Emily schlang schützend die Arme um ihren Körper. Die Männer johlten. »Nein, das glaube ich nicht«, sagte sie so laut, dass es alle hören konnten, und fuhr dann im Flüsterton fort: »Das habe ich nie geglaubt, Jean. Du warst mein bester Freund. Ich war einfach noch nicht bereit. Bitte, tu das nicht, Jean.« Sie hätte schweigen sollen. Je inständiger sie ihn bat, sie zu verschonen, desto mehr schien ihre frühere Vertrautheit ihn zu erzürnen und den Eifer seiner Spießgesellen anzustacheln. Doch sie konnte nicht aufhören, ihn anzuflehen und seinen Namen zu sagen, als könnte sie ihm auf diese Weise die Augen öffnen, damit er diesem Wahnsinn ein Ende machte: *Jean, bitte! Jean!*

»Halt den Mund und zieh dich aus!«, bellte er abrupt und wedelte mit den Armen, um sie zum Verstummen zu bringen.

»Nein.«

Er boxte mit der Faust in die Luft. »Nun mach schon, Emilienne.« Es klang beinahe verzweifelt, doch diesmal würde sie ihm nicht helfen. »Zieh dich aus. Zieh dich aus, du Kakerlake!«

Die Worte waren ein Schlag ins Gesicht.

»Verpiss dich«, flüsterte sie. »Ich werde mich niemals für dich ausziehen.« Seine Rachsucht kam ihr so kindisch vor.

Es war fast, als stünden sie sich wieder hinter der Schule gegenüber, genau wie bei ihrem Streit vor ein paar Monaten. Diesmal allerdings trat er nach ihrer Abfuhr nicht verlegen den Rückzug an.

»Dann müssen wir das wohl übernehmen«, schnarrte er stattdessen. Die Männer traten grinsend näher, die Waffen gezückt.

Jean baute sich vor ihr auf, doch sie konnte sich nicht dazu durchringen, noch einmal um Gnade zu betteln. »Macht doch, was ihr wollt«, sagte sie ruhig, von einer befremdlichen Gelassenheit erfüllt. »Ich habe keine Angst vor dir, Jean. Vor keinem von euch. Mir ist egal, was ihr mir antut.« Sie spürte, wie sie bei ihren törichten Worten zuversichtlicher wurde, ja, sie glaubte sie sogar in diesem Moment. Sie hatte keine Angst. Sie war nicht auf ihre Gnade angewiesen. Sie wollte diese Männer provozieren, bis sie genauso wütend wurden, wie sie selbst es war. Sie würde sterben, das war offensichtlich, und deshalb war es besser, sie so sehr zu reizen, dass sie sie möglichst rasch töteten, sie mit einem einzigen Hieb zum Schweigen brachten, mit einem Gewehrschuss, einem Speerstoß – egal, was, Hauptsache, es ging rasch und ersparte ihr die endlosen Qualen, die ihr Lieblingsbruder hatte erdulden müssen. »Ihr seid alles Versager«, höhnte sie. »Ihr tötet uns doch nur, weil ihr schwach und neidisch seid.« Sie sah zu Jean. »Und armselig.«

»Halt den Mund!«

»Dumm und armselig!«

Jean riss seine Machete hoch, machte einen Satz auf sie zu und ließ die Waffe mit voller Wucht auf ihren Kopf niedersausen.

»Emily?«

Lynn beugte sich über sie und betupfte ihr mit einem

Taschentuch den Hals. »Schhh, Emily. Es geht dir gut. Du bist hier. Ich bin bei dir.«

Emily bemerkte, dass sie schluchzte, und ihre Kleider waren nass.

»Du bist in Ohnmacht gefallen und hast deinen Tee verschüttet«, erklärte Lynn. »Vielleicht sollten wir aufhören. Vielleicht war das genug für heute.«

»Es tut mir leid.«

»Das muss es nicht.« Lynn reichte ihr das Taschentuch und schenkte Emily noch einmal ein. Sie gab drei Löffel Zucker in die Tasse und reichte sie ihr. »Luke erinnert dich also an Jean«, bemerkte sie.

Emily nickte. »Sie sehen sich kein bisschen ähnlich, aber sie haben die gleichen Augen. Halb grau, halb grün. Hell und dunkel zugleich.«

»Möchtest du weitermachen? Möchtest du mir erzählen, was dann passiert ist?«

»Ich weiß es nicht. Ich habe noch nie darüber gesprochen. Man möchte meinen, ich ... Ich fühle mich so ...«

»Du hast keinen Grund, dich zu schämen. Du bist nicht für das verantwortlich, was andere dir antun. Nur für das, was du dir selbst antust.«

Emily nickte.

Immer noch liefen ihr Tränen über die Wangen. »Ich werde versuchen, es Ihnen zu erzählen«, murmelte sie. »Es tut mir leid, dass ich weinen muss. Wenn ich darüber rede, ist es, als wäre ich wieder dort. Und ich kann nicht aufhören. Ich kann es nicht aufhalten. Es geht alles so schnell ... Aber ...

»Aber was, meine Liebe?«

»Ich glaube, Sie haben recht. Ich glaube, ich muss weitermachen. Ich muss es durchstehen, muss alles in die richtige Reihenfolge bringen.« Sie berührte ihre Narbe. »Ich will nicht daran denken, aber es zieht mich zurück ...« Wieder begann sie zu schluchzen. »Sie haben mich alle ... beschmutzt ... vergiftet ... Und seine Augen waren so, so ...«

»Langsam, Emily«, murmelte Lynn. »Lass dir Zeit. Was hast du gesehen, als du wieder zu dir gekommen bist?«

Gesichter. In erster Linie Jeans Gesicht, aber nicht nur seines. Sie alle vergingen sich an ihr, warteten nicht einmal, bis sie an der Reihe waren, sondern zerrten zu zweit oder zu dritt an ihr, begrapschten sie, rissen ihr die Kleider vom Leib, und dann raubten sie ihr nicht nur die Unschuld, sondern auch jeden letzten Rest ihrer Kindheit und jedes noch so kleine bisschen Hoffnung. Stundenlang. Bisweilen verlor sie das Bewusstsein, dann ohrfeigten sie sie, bis sie wieder wach wurde. Sie kommandierten sie herum, befahlen ihr, zu betteln, vor ihnen zu kriechen. Wenn sie Jeans Stimme im Gewirr ausmachen konnte, nahm sie noch immer die Furcht wahr, die darin mitschwang, ein Zögern, aber auch Lust, eine wilde, wahnsinnige Genugtuung.

»Na, wer ist jetzt armselig?«

Sie flehte Gott an, es zu beenden, betete, er möge sie sterben lassen, oder versuchte, sich in die Benommenheit zu flüchten, die aus der Wunde auf ihrer Stirn in ihren Körper sickerte, doch die allzu intensiven Sinneseindrücke hinderten sie daran: die heißen, rauen Hände überall auf ihr, in ihr; der Schmerz, der durch ihren Körper raste, ausgehend von der Stelle zwischen ihren Beinen, die, das hatte ihre Mutter sie gelehrt, jede Frau behüten und beschützen sollte; die Taubheit, der dieser brennende Schmerz wich; das Gelächter der Männer, ihr Geschmack, ihre Härte; ein süßlicher und zugleich ekelerregender Geruch; die Erde in ihrem Mund, als sie ihr Gesicht auf den Boden pressten; die abendliche Kühle; ein wackelnder Zahn, den sie ausspuckte; das dunkle

Blut, das daran haftete; die Worte des Rosenkranzes, die ihr durch den Kopf schwirrten; das Gelächter; das Bier, mit dem sie sie bespritzten; die Tritte in die Magengrube, gegen den Kopf, das Gesäß; das Nicht-atmen-können, Nicht-sprechen-können, Nicht-antworten-können, wenn sie ihr Befehle erteilten; das Gelächter; die zugehaltene Nase, während sie ihr alle möglichen Körperteile in den Mund stecken; ihr Würgen; das Knacken ihres brechenden Nasenbeins, ihrer ausgerenkten Schulter; das Blut; das Gelächter.

Als sie endlich genug hatten, befahlen sie ihr, aufzustehen und sich anzuziehen; sie behaupteten, sie könnten den Anblick einer derart schamlosen, widerlichen Kreatur nicht ertragen. Sie versuchte, aufzustehen, brach jedoch sofort zusammen.

»Willst du dich denn nicht anziehen? Willst du nackt herumlaufen wie ein Tier?« Sie lachten, sagten noch einmal, sie solle aufstehen und sich anziehen, und fegten ihr mit der flachen Seite der Speerspitze die Beine weg, sobald sie versuchte, sich aufzurichten.

»Los, zieh dich an«, schnarrten sie, und sie rappelte sich erneut auf, fiel erneut hin, ließ erneut ihren Spott über sich ergehen.

Immer wieder hielt sie im Durcheinander nach Jean Ausschau, doch ihre Gesichter verschwommen ineinander, sodass sie ihn nicht mehr von den anderen unterscheiden konnte, seinen ungewöhnlichen Augen zum Trotz.

»Warum tötet ihr mich nicht?«, presste sie schließlich hervor.

»Das werden wir schon noch, keine Sorge«, erwiderte einer von ihnen. »Wir bringen alle Tutsis um. Aber wir haben heute schon deine ganze Familie umgebracht. Wir sind müde. Wir brauchen eine Pause. Außerdem möchte dein Freund Jean noch bis morgen warten.«

Der Mann, der das gesagt hatte, trat zur Seite, und hinter ihm kam langsam Jean in ihr Blickfeld. Er stand mit gebeugtem Kopf etwas abseits. Er nickte ihr ermutigend zu, und dann, dann tat er etwas absolut Verrücktes: Er zwinkerte.

Emily lachte.

Sie konnte nicht anders, ihren Qualen zum Trotz. Dieses Zwinkern kam ihr seit jeher so lächerlich vor, und in diesem Moment erschien es ihr unpassender denn je. Was wollte er damit zum Ausdruck bringen? War es verschwörerisch gemeint? Mitleidig? Entschuldigend? Wollte er sie an all die Stunden erinnern, die sie miteinander verbracht hatten? Bat er sie um Verzeihung? Bildete er sich ein, es wäre ein Akt der Barmherzigkeit, ihr noch einen Tag zu schenken? Ihr, seiner besten Freundin, die beinahe mehr gewesen wäre als das? Erwartete er ihren Dank dafür? Emily löste den Blick von ihm und ließ ihn langsam an ihrem nackten, gemarterten Körper hinunterwandern. Das war keine Barmherzigkeit, es bewies lediglich, dass sie seiner Willkür und Macht auf Gedeih und Verderb ausgeliefert war.

Einer der Männer warf ihr die Kleider hin, die sie getragen hatte, und sie zwängte ihren Körper unter Schmerzen in Hose und T-Shirt. Der Stoff fühlte sich auf ihren geschundenen Gliedmaßen an wie Blei, trotzdem war sie froh darum. Sie wischte sich mit dem Ärmel das Blut unter der Nase weg, und die zähe Flüssigkeit, die aus der Wunde an ihrer Stirn quoll; eine Substanz, die dicker war als Blut. Sie spürte Jeans Blick auf sich ruhen, als sie vor Schmerz das Gesicht verzog.

»Steh auf«, befahl er.

Sie stand auf.

»Abmarsch«, sagte er und zeigte ihr, in welche Richtung sie gehen sollte.

Sie trottete los. Bei jedem Schritt schossen höllische

Schmerzen durch ihre Beine und Hüften und durch die Wirbelsäule.

»Schneller«, bellte einer der anderen Männer.

Sie zwang sich, schneller zu gehen, stolperte, ging weiter, gehorchte. Der Wille, zu protestieren, ihnen die Stirn zu bieten, war dahin, versickert im Süßkartoffelacker. Sie bestimmte nicht länger über ihr Leben, über ihren Körper. Widerstand war zwecklos. Sie ging los, wenn man ihr befahl zu gehen, blieb stehen, wenn man ihr befahl anzuhalten. In ihrem Kopf herrschte Leere. Sie hatte keinen Plan, keine Hoffnung, kein Ziel, niemanden, dem sie vertrauen konnte, keine Angehörigen mehr, für die es sich zu leben lohnte, einmal abgesehen von Gahiji, und auch er war womöglich bereits tot. Egal. Man würde sie schon sehr bald ebenfalls töten.

Sie wusste nicht, wie lange sie unterwegs waren. Ihr Gesicht brannte im Gegenwind, und irgendwo in ihrem linken Bein knirschte ein Knochen. Gut möglich, dass sie bloß ein paar hundert Meter zurückgelegt hatten, doch es fühlte sich an wie viele Kilometer, als sie schließlich an ein provisorisches Gefangenenlager gelangten, eingerichtet auf einem ehemaligen Gelände der Kommunalverwaltung.

In einer Art überdimensionalem Käfig vor dem Gebäude erblickte sie eine Ansammlung von Gestalten, manche leblos auf der rot getränkten Erde liegend, andere auf Holzbänken hockend, den Kopf zwischen den Knien, fast ebenso tot wie die, die unbeachtet zu ihren Füßen lagen.

»Noch eine!«, rief einer von Emilys Häschern den beiden Hutus im Käfig zu, die große Masus schwangen, und öffnete das Gatter. Einer der Männer packte Emily und zerrte sie hinein.

»Du hast Glück«, sagte er zu ihr. »Du bist die Letzte für heute, danach machen wir Feierabend.« Er drehte sich zu seinem Freund um. »Ich habe Durst. Den Rest erledigen wir morgen.« Emily antwortete nicht, sondern ließ den Blick über »den Rest« wandern: gegenüber von ihr eine junge Frau mit zwei kleinen Töchtern, die sich ängstlich an ihre Beine klammerten, daneben der einzige Mann, ein zusammengesunkener, grauhaariger Greis – die Sorte Mensch, bei der ihr Vater sie gedrängt hätte, ihre Hilfe anzubieten. Abgesehen davon befanden sich noch gut zehn weitere Menschen im Käfig, ausnahmslos verängstigte Frauen und Kinder, einige jünger als Emily, einige blutend, einige weinend, einige, die mit einer Mischung aus Bedauern und Erleichterung zu ihr hochsahen. Und eine einzelne Frau, die reglos in der Ecke kauerte. Zunächst glitt Emilys resignierter Blick ebenso flüchtig über sie hinweg wie über die anderen, doch irgendetwas an ihr erregte jäh ihre Aufmerksamkeit. Emily blinzelte, weil ihr die Flüssigkeit aus der Wunde auf der Stirn in die Augen lief. Sah noch einmal hin. Schnappte nach Luft. Sie kannte diese grün und blau geprügelte, halb nackte Frau.

Dem Brennen in ihrer Brust zum Trotz war ihr plötzlich, als hätte jemand die Zeit zurückgedreht, und einen verblüffenden Moment lang war Emily keine misshandelte, missbrauchte Jugendliche mehr, sondern ein Kind, das nur einen einzigen Wunsch verspürt: sich seiner Mutter in die Arme zu werfen.

Ihre Mutter stand auf. »Ich will die Letzte sein«, verkündete sie.

Emily öffnete den Mund, schwieg jedoch, als sie den warnenden Ausdruck in den Augen ihrer Mutter sah, deren Oberkörper entblößt war, einmal abgesehen von einem zerfetzten Schal, der ihr schlaff um den Hals hing. Sie hatte ihn gern zu dem roten Kleid getragen, auf dem Simeons blutiger Körper gelegen hatte. Blutverschmiert und zitternd stand sie da, und dennoch stark und entschlossen, ohne sich ihren Schmerz anmerken zu lassen. Ihr Blick wanderte über ihre Tochter – über die blutende Nase, die zerfetzten, schmutzigen Kleider und die Wunde an der Stirn, und Emily spürte, wie ihr heiß wurde vor Scham. Sie schlang die Arme um sich und wünschte, sie könnte verbergen, was man ihr angetan hatte, was sie verloren hatte, was sie nicht hatte beschützen können. Unter dem Blick ihrer Mutter fühlte sie sich noch viel nackter als vorhin bei Jean und den anderen Männern, die sie ausgezogen hatten.

Der Wachposten, der Emily angesprochen hatte, lachte und packte ihre Mutter am Kinn. »Du dämliche Tutsi, willst du nicht lieber erst morgen drankommen?«

»Nein. Ich will die Letzte für heute sein«, erwiderte ihre Mutter. Emily öffnete mit heftig pochendem Herzen erneut den Mund, wurde von ihrer Mutter jedoch erneut mit einem scharfen Blick bedacht, während der zweite Wachposten sie von hinten in die Rippen boxte.

»Verzieh dich«, sagte er zu Emily und bedeutete ihr, sich zu den übrigen Gefangenen zu gesellen, die nun zum Gatter gescheucht wurden, aber Emily starrte wie gebannt ihre Mutter an.

»Nun geh schon«, drängte der Wachmann und verlieh seinen Worten mit dem Stiel seines Masus Nachdruck.

Ihre Mutter nickte energisch, und Emily machte sich gehorsam auf den Weg. Sie hörte den anderen Wachposten noch einmal vergnügt auflachen, ehe er ihre Mutter grob davonzerrte. »Also gut, du dämliche Tutsi, dann bist du eben die Letzte für heute.«

Emily spähte über ihre Schulter und sah, wie der Mann im Licht der untergehenden Sonne seinen riesigen Holzprügel hob, sah die Nägel daran in den letzten Sonnenstrahlen aufblitzen.

Sie blinzelte.

Die schönen Arme ihrer Mutter stemmten sich heldenhaft gegen die Erde.

Sie blinzelte erneut.

Es gibt Zeiten, da ist es unmöglich, an die eigene Existenz zu glauben, daran, dass das, was man gesehen hat, wirklich geschehen ist. In dem Moment, in dem ihre Mutter starb, spürte Emily, wie alles Leben aus ihrem Körper wich. Ihre Gliedmaßen fühlten sich hohl an. Dies war ihr Augenblick der Lähmung.

»Weitergehen!« Der Wachposten hob bereits seinen Prügel, doch der Greis schlurfte auf Emily zu, ergriff ihren Arm und zog sie mit sich. Emilys Beine bewegten sich ohne ihr Zutun. Es war belanglos, wohin sie ging. Alles war vergänglich, flüchtig, nur eine Möglichkeit, die Zeit totzuschlagen, bis sie, Emily, totgeschlagen wurde. *Morgen*, hatten sie gesagt. Morgen würden sie den Rest umbringen. Sie hatten es versprochen. Sie freute sich darauf, mit dem allerletzten Quäntchen Gefühl, das sie noch in sich trug.

»Wie hast du überlebt?«, unterbrach Lynn.

»Macht, was ihr wollt«, murmelte Emily.

»Emily? Komm zurück.«

»Ich kann nicht. Alles ist dunkel. Auf mir liegt jemand.«

»Nein, du bist hier, in London, in meinem Wohnzimmer. Wir lassen es für heute gut sein.«

»Meine Mutter ist gestorben.«

»Ich weiß.«

»Sie wollte nicht warten.«

»Sie wollte nicht zusehen, wie du stirbst.«

»Aber so musste ich zusehen, wie sie stirbt! Sie haben sie erschlagen. Und dann, im Gefängnis, war alles dunkel. Ich konnte den Himmel nicht sehen. Alle haben geweint. Mir war kalt.«

»Lass gut sein, Emily.«

Doch Lynns Stimme hatte ihre Bestimmtheit eingebüßt und drang nur schwach und wie von weit her an ihr Ohr. Da waren andere, lautere Stimmen, die nach ihr riefen. *Emilienne! Emilienne! Die da! Emilienne!*

Jean ragte über ihr auf, seine Augen weder grau noch grün, sondern dunkel und wild. Es war noch immer Nacht, und der alte Mann, an dessen Schulter ihr Kopf gelehnt hatte, schob sie mit bedauernder Miene von sich. Zwei weitere Hutus zerrten sie hoch. Die anderen Gefangenen schwiegen, während man sie aus der Zelle schleifte.

Sie brachten sie in einen kleinen Raum mit Neonröhren an der Decke, dessen Licht zu hell war für ihre malträtierten Augen, und setzten sie grob auf einen Stuhl direkt vor einem schmalen Schreibtisch. Jenseits des Tisches saß ein Mann, der ein Gewehr an einem Riemen über der Schulter trug. Er zündete sich bedächtig eine Zigarette an und beugte sich nach vorn, um Emily die Asche auf die Hand zu schnippen. Sie zuckte zusammen, schrie jedoch nicht auf; der Schmerz war nicht mehr als ein Staubkorn auf der Erde. Der Mann lehnte sich auf seinem Stuhl zurück und beobachtete sie eingehend. Er war von gedrungener, massiger Gestalt, und seine niedrige Stirn ließ seinen Blick bedrohlich wirken, selbst wenn er lachte. Sein Grinsen enthüllte zwei gähnende Löcher anstelle der Schneidezähne. Dann und wann lachte er obszön, und Jean und die anderen beiden, die ganz hinten an der Wand standen, stimmten mit ein.

»Wie alt bist du?«, fragte der Mann schließlich, nachdem er ihren geschundenen Körper eingehend betrachtet hatte.

»Dreizehn«, flüsterte sie.

»Hm. Dreizehn ...«, wiederholte er und rollte dabei das *r*.
»Und, wollen wir mal nachsehen, was unter diesen dreckigen
Klamotten steckt?«

Panik erfasste sie. Ihr fiel keine andere Erwiderung ein als
die Wahrheit: »Das ist Ihre Entscheidung.«

Er lächelte angetan und beugte sich erneut nach vorn, bis
ihre Gesichter nur Zentimeter voneinander entfernt waren
und ihr sein übelriechender Atem in die Nase stieg.

»Sir, die Gewehre«, meldete sich Jean zu Wort.

Der Mann hob den Kopf und funkelte ihn bitterböse an,
sichtlich verärgert über die Unterbrechung, dann ging er um
den Schreibtisch herum, postierte sich hinter Emily und
legte ihr besitzergreifend eine schwere Hand auf die Schulter.

»Du wartest draußen«, sagte er bestimmt zu Jean und ließ
die Hand in den Ausschnitt ihres T-Shirts gleiten. »Zu den
Gewehren komme ich, wenn ich so weit bin.« Jean senkte
den Blick und verließ gehorsam den Raum. Kaum hatte sich
die Tür geschlossen, zog der Mann die Hand aus dem Ausschnitt, packte Emily grob am Arm und zerrte sie hoch.
Speicheltröpfchen sprühten ihr aus den Zahnlücken ins Gesicht, als er fauchte: »Wo sind die Gewehre?«

Emily spürte, wie ihre Beine zitterten. Es erschien ihr gefährlich, zu sprechen, doch nichts zu sagen kam ihr noch
riskanter vor.

»Welche Gewehre?«, murmelte sie schließlich, worauf sich
der Mann erneut vor ihr aufbaute und sie mit den Fingern
am Kinn packte, sodass sie seinem Blick nicht ausweichen
konnte.

»Die Gewehre deines Bruders«, knurrte er bedrohlich.
»Der, der bei den Rebellen ist. Jean sagt, er hat deiner Familie Gewehre geschickt, und die brauchen wir. Du wirst uns
sagen, wo sie versteckt sind. Also, wo sind sie?«

»Es gibt keine Gewehre«, antwortete Emily kaum hörbar.

»Was?«

»Es gibt keine Gewehre.«

Ehe sie wusste, wie ihr geschah, hatte er ihr die Faust in den Magen gerammt, und sie stürzte keuchend zu Boden. Durch die Wucht seines Schlages war jäh alle Luft aus ihrem Körper gewichen, und zugleich kehrten die Schmerzen ihrer vorherigen Verletzungen zurück, sodass ihr gesamter Körper pochte und pulsierte. Der Mann ging lässig zu seinem Stuhl und rauchte seine Zigarette, während sie sich vor ihm auf dem Boden krümmte. Als sie wieder zu Atem gekommen war und sich auf die Knie aufgerappelt hatte, legte er sich eine Hand hinters Ohr, wie um ihrem Geständnis zu lauschen. Doch sie hatte ihm nichts zu sagen. »Es gibt keine Gewehre«, presste sie hervor.

»Wo sind sie?«

»Ich weiß es nicht.«

Seelenruhig gab er den beiden Männern, die hinter ihr an der Wand lehnten, ein Zeichen, worauf einer von ihnen nach vorn kam und Emily einen kräftigen Tritt in den Bauch verpasste. Wieder krümmte sie sich und schnappte nach Luft. Ihre Gedanken begannen zu rasen. Das ergab alles keinen Sinn – vor ein paar Stunden noch war sie ein Schulkind gewesen und hatte eine Familie und Träume gehabt, und jetzt regierte stattdessen dieser Wahnsinn.

»Sag die Wahrheit«, befahl der Mann, doch die Wahrheit schien nicht mehr zu existieren. Es gab nur noch Mord. Hutus, die mordeten und mordeten – und nicht nur eine Handvoll Menschen, sondern in Massen – und ungeschoren davonkamen. Selbst Ernest und Jean, selbst Nachbarn und Priester und Freunde. Menschen, die beinahe mehr als ihre Freunde gewesen waren. Dabei waren sie doch alle gleich, oder etwa nicht? War das nicht die Wahrheit? Sie alle waren Ruander, Menschen, oder etwa nicht? *Mama, warum muss ich eine Tutsi sein?* Tutsi, das war doch nur eine Bezeichnung. Das konnte doch alles nicht sein! Das konnte doch nicht tatsächlich geschehen! Das sind doch keine Menschen mehr, dachte sie benommen, verwirrt.

»Wo sind sie?«

»Es gibt keine Gewehre«, beteuerte sie erneut. Wieder ein Tritt in den Magen. Emily versuchte panisch einzuatmen, doch die Luft wollte nicht bis in ihre Lungen vordringen. Sie begann zu husten, ein Schwall Blut ergoss sich aus ihrem Mund.

»Bitte!«, flehte sie. »Es gibt keine Gewehre.« Es stimmte. Hätte sie ein Gewehr gehabt, dann hätte sie es längst benutzt, doch sie hatten kein Wort von Gahiji gehört, seit er fortgegangen war, um sich den Rebellen anzuschließen. Selbst Jean wusste das, warum also hatte er den Männern gesagt, sie hätten Gewehre versteckt? Warum behauptete er, sie wüsste, wo diese Gewehre waren? Um dafür zu sorgen, dass sie sie schneller töteten? Um sie loszuwerden, und mit ihr seine Schuldgefühle? Doch wozu dieser ganze Aufwand? Tags darauf hätte man sie ohnehin getötet. Das ergab alles keinen Sinn. Dann, als der Mann zum nächsten Tritt ausholte, begriff sie: Jean hatte es gesagt, um sie zu retten. »Es gibt Gewehre, es gibt Gewehre«, ruderte sie verzweifelt zurück und hielt sich schützend die Hände vor den Bauch. »Aber sie sind inzwischen in einem anderen Versteck. Ich weiß nicht mehr, wo. Vielleicht fällt es mir wieder ein, wenn ich mich etwas ausgeruht habe.«

Der Mann, der sie getreten hatte, hob den Fuß noch höher, doch sein Vorgesetzter gebot ihm Einhalt. »Sperrt sie in die hinterste Zelle«, befahl er. »Gewehre sind teuer. Wir können gut noch welche brauchen. Wir lassen sie eine Weile darüber nachdenken.«

Die Wahrnehmung, so dachte Emily, scheint ein unwilliges Opfer des Leidens zu sein. Während sie von den Männern hinausgezerrt wurde, versuchte sie sich, noch immer nach Luft schnappend, ihre Umgebung einzuprägen, ihr Überleben an einen Korridor oder ein Gebäude oder zumindest einen Grashalm zu knüpfen, an ein Detail, an das sie sich erinnern würde und das ihr Halt geben konnte. Doch Zeit und Raum waren nur noch Illusionen, genau wie alles andere, was sie stets als gegeben hingenommen hatte. War sie es, die mit einem dumpfen Geräusch auf dem Zellenboden aufschlug, oder hatte sich der Boden auf sie zubewegt? Und war es überhaupt der Boden, oder war es eine Wand? War sie wach, oder träumte sie? Lebte sie, oder war sie tot wie all die anderen Menschen, die sie kannte und liebte?

Als sie die Augen aufschlug, wusste sie nicht, wie lange sie geschlafen hatte – Stunden? Tage? Sie hatte schrecklichen Durst, ihre Kehle war rau wie Schleifpapier. Als sie versuchte aufzustehen, durchzuckte ein rasender Schmerz ihre linke Hüfte. Sie schob das T-Shirt hoch und stellte fest, dass ihre komplette linke Seite blau und grün war. Dann sah sie sich in der Zelle um, auf der Suche nach der Quelle des Gestanks, und stellte fest, dass sie sich angemacht hatte und damit auch den letzten Rest ihrer Würde eingebüßt hatte. Es war ihr gleichgültig. Die Leere in ihr hatte sich inzwischen verfestigt, hatte Wurzeln geschlagen. Nichts war mehr von Bedeutung.

Irgendwann kam ein Wachmann herein und stellte eine Tasse Wasser und einen harten Muffin auf den Fußboden. Er hielt sich die Nase zu und musterte Emily angeekelt, als sähe er in ihr seine schlimmsten Erwartungen in Bezug auf eine Tutsi bestätigt. Es war ihr nicht peinlich. Derlei Gefühle existierten für sie nicht mehr. Unbeeindruckt von seinem verächtlichen Blick, griff sie nach der Tasse und hob sie zu den Lippen, nur um festzustellen, dass sie den Mund nicht aufbrachte – ihr Kiefer klemmte. Nun, da das Wasser so verlockend nah war, empfand sie den Durst als noch quälender. Sie versuchte es erneut, zur Belustigung des Wachmannes, der hinter vorgehaltener Hand gluckste. Indem sie den Kopf in den Nacken legte, das Kinn gen Himmel gereckt, gelang es ihr schließlich, die Flüssigkeit in den schmalen Spalt zwischen ihren verkrusteten Lippen zu gießen. Auf dem Weg durch ihre Kehle verwandelte sich das Wasser in Feuer, doch sie schluckte und stierte den Wachmann trotzig an. Wenn doch nur ihr Magen ebenso stoisch geblieben wäre! Aber in ihrem Inneren begann es sogleich heftig zu gurgeln. Es war, als explodierte etwas in ihr, und binnen Sekunden lief eine braune Brühe an ihren Beinen entlang hinunter und tränkte ihre Hose. Der Wachmann lachte. Emily legte sich hin, bettete den Kopf auf den Boden und schlief weiter.

So ging es wochenlang. Jedes Mal, wenn man ihr Wasser gab, trank sie es, und jedes Mal lief es umgehend wieder aus ihr heraus. Die Männer warfen das Essen bald nur noch aus der Entfernung in ihre dreckige Zelle, um ihr nicht zu nahe zu kommen. Emily nahm den Gestank irgendwann nicht mehr wahr. Die ganze Zeit über pochte es in ihrem Kopf. Die klaffende Schnittwunde hörte auf zu nässen, und der sich bildende Schorf trug ebenfalls zu dem üblen Geruch in ihrer Zelle bei. Wenn sie auf dem Boden lag, spürte sie, wie sich ihre Rippen und Hüftknochen in den harten Untergrund bohrten, doch ganz allmählich erholte sie sich ein wenig. Dann und wann erschien der Mann, der sie hatte einsperren lassen, und fragte nach den Gewehren. Doch wie es schien, konnte er den Gestank, der sie umgab, nicht ertragen, denn er betrat ihre Zelle nie, um eine Antwort zu erzwingen.

Die meiste Zeit schlief sie. In ihren Träumen sah sie ihre

Mutter, halb nackt und heroisch, und sie sah sich selbst, schweigend; sie sah die zerbrochene Brille ihres Vaters, den leeren Ärmel von Rukundos blauem T-Shirt, Cassiens Arme und Beine, zu blutigen Stümpfen verwandelt, und sich selbst, untätig im Baum sitzend; sie sah Simeons eingeschlagenen Schädel und Ernest und Jean mit Macheten in der Hand. Manchmal sah sie diese Bilder auch noch, wenn sie die Augen öffnete. Sie schwebten vor ihr wie höhnisch grinsende Geister oder wie bizarr geformte Wolken, so verzerrt, dass eine Interpretation ihrer Gestalt ebenso unmöglich war wie die Konstruktion einer Geschichte dazu.

Sie musste gut einen Monat in der Zelle gewesen sein, ehe der leibhaftige Jean auftauchte, statt nur der in ihren Albträumen. Seine Haare waren länger und zerzaust, sein Gesicht glänzte, als hätte er in der Sonne gearbeitet, und er schien noch größer geworden zu sein, seit sie ihn zuletzt gesehen hatte. Vielleicht war sie aber auch geschrumpft. Er wirkte gesund. Als sich ihre Blicke kreuzten, las sie in seinen Augen Ekel angesichts dessen, was aus ihr geworden war; es lag aber auch eine gewisse Zurückhaltung in seinem Blick, sodass sich Emily fragte, ob ein kleiner Teil seiner Abscheu auch ihm selbst galt.

»Es ist fast vorüber«, sagte er, auf der Türschwelle stehend, in einem Tonfall, der irgendwo zwischen Triumph und Bedauern angesiedelt war. Emily verspürte nach wie vor nur Leere.

»Wer ist übrig?«

»Aus unserem Dorf, soweit wir wissen, nur du«, erwiderte er und fügte dann – mit einem albernen Lächeln, als hätte er immer noch ein Anrecht auf dieses Privileg – hinzu: »Jetzt wird dich keiner mehr umbringen wollen. Du bist berühmt. Die letzte Überlebende zu töten bringt Unglück, heißt es.«

Nur sie.

Die letzte Überlebende.

Unendliche Abwesenheit der anderen. Unendliche Einsamkeit.

Da Emily sein Lächeln nicht erwiderte, wurde auch er wieder ernst und raufte sich resigniert die ohnehin bereits zerzausten Haare. Sie sagte nichts.

»Ich habe jemanden gefunden, der dich verstecken wird«, fuhr er hastig fort, im Flüsterton und mit einem Blick über die Schulter. »Ein Mann, den du kennst, ist bereit, dich zu sich zu nehmen. Ich habe die Wachen bestochen. Heute Abend wird dich jemand holen kommen. Halte dich bereit. Kannst du aufstehen?«

Sie nickte.

»Gut.«

Emily sagte nicht.

Sie fühlte nichts.

Sie wusste natürlich, dass das ein Grund zur Hoffnung war, doch sie hatte keine. Sie wusste auch, dass Jean ein Zeichen der Dankbarkeit von ihr erwartete, doch sie konnte es ihm nicht geben. Sie hatte nichts mehr zu geben und nichts mehr zu sagen. Schweigend wartete sie darauf, dass er wieder in der Welt verschwand, in der er noch lebte und in der sie nicht mehr leben konnte. Auch Jean schien nicht in der Lage, etwas zu sagen. Er verharrte wartend an der Tür, jung und verunsichert, seinem männlichen Körperbau zum Trotz. Er ließ die Hand an den Gitterstäben der Tür auf und abgleiten und schien mit sich zu ringen, schien zu überlegen. Schließlich hob er langsam den Blick vom braun gefleckten Boden zu ihren blutunterlaufenen Augen. »Es tut mir leid, Emilienne«, gestand er leise.

Emily antwortete nicht. Was wollte er von ihr?

»Ich hatte keine andere Wahl«, fuhr er fort und verstummte abrupt, denn nun hatte Emily erkannt, worauf er aus war.

Es begann mit einem Lachen, oder eher einem höhnischen Grunzen, bei dem ihr die Kehle schmerzte und das Kiefergelenk knackste. Zum ersten Mal seit Wochen war da etwas, wo nichts gewesen war. Sie konnte das Gefühl sogar benennen. Es wurde stärker und stärker, je länger Jean dort vor ihr stand, einen Speer auf dem Rücken, die Schlüssel zu ihrem Gefängnis in der Hand. Emily wurde klar, dass sie ihn hasste, ihn und alle, die waren wie er. Sie hasste ihn aus tiefstem Herzen und mit aller Kraft, und irgendwie belebte dieser Hass ihren Geist.

Sie hörte auf zu lachen und sprang auf. Aufrecht stehen konnte sie nicht, doch sie richtete sich auf, so weit es ging, und sagte mit der Furchtlosigkeit ihrer Mutter, den Kopf hoch erhoben: »Du hattest sehr wohl eine Wahl. Ich war es, die keine Wahl hatte. Ich habe noch immer keine Wahl.«

»Aber ich habe dich gerettet.« Sein eckiges Kinn zitterte. »Du bist noch am Leben.«

»Ich wäre lieber tot«, stieß sie verächtlich hervor. »Leben ist mehr als essen und atmen. Du hast mir alles genommen, was das Leben ausmacht. Du hast noch deine Familie, deine Mutter, deinen Vater. Und ich, was habe ich? Was kann ich jetzt noch haben?«

Jean trat näher. Er schüttelte den Kopf, als wollte er ihre Worte abwehren, und betrachtete sie voller Verzweiflung aus dunklen Augen, ohne zu blinzeln. Sein Kinn zitterte noch stärker, und an seiner Schläfe glänzte ein Schweißtropfen. »Verstehst du denn nicht, Emilienne? Sie haben uns dazu gezwungen!«, sagte er flehentlich. »Auch ich bin ein Opfer!«

Er streckte den Arm aus, in dem Versuch, sie zu trösten, und erstarrte, als sie die Hand hob und schrie: »Nein, du bist kein Opfer, sondern ein Mörder! Fass mich nicht an!«

Und Jean fuhr zurück, gekränkt und erschrocken, gerade so, als wäre er es, auf den eine Machete niedersauste.

Emily geriet immer mehr in Rage. Die Wut, die von ihr Besitz ergriffen hatte, hielt sie aufrecht. »Eines Tages wird man dich dafür bestrafen!«, kreischte sie, während er hastig die Zellentür schloss. »Man wird dir das, was du getan hast, nicht verzeihen! Ich werde dir nie verzeihen!«

»Niemals! Ich werde dir nie verzeihen, niemals. Niemals«, murmelte Emily, ohne zu bemerken, dass Lynn ihr beruhigend über die zitternden Hände strich. Erst, als die Uhr auf dem Kaminsims schlug, wurde sie sich ganz allmählich ihrer Umgebung gewahr. Ihre Teetasse hatte heil den Weg auf den Couchtisch gefunden, und die Vorhänge waren zugezogen. Es war spät. Lynn beugte sich vor, nahm Emilys Glas Wasser vom Couchtisch und reichte es ihr.

Als Emily sah, wie sie dabei das Gesicht verzog, wurde sie sich schlagartig wieder ihrer gegenwärtigen Verantwortung bewusst. »Herrje, Sie haben Schmerzen«, sagte sie. »Und ich habe Ihnen kein Mittagessen gekocht. Ich habe Sie vernachlässigt. Es tut mir leid.«

»Sei nicht albern«, erwiderte Lynn. »Es ist nichts. Ich habe keine Schmerzen. Jedenfalls keine allzu schlimmen. Und ich *will* nicht, dass man sich um mich kümmert, das ist doch wohl offensichtlich. Ich kümmere mich bedeutend lieber um andere als um mich selbst. Genau wie du.«

»Stimmt«, gab Emily zu. Es verblüffte sie immer wieder, wie gut sich Lynn darauf verstand, andere zu durchschauen. »Es ist einfacher.«

»Aber ganz ohne Selbstfürsorge geht es nicht. Das hat früher oder später Konsequenzen.« Lynn legte sich eine Hand auf die Seite und atmete tief durch. »Ich habe gespürt, dass etwas nicht stimmt. Ich hätte mich schon vor Monaten untersuchen lassen sollen.« Nach einer kurzen Pause, in der sie Emily eindringlich musterte, sagte sie: »Du wirst mir jetzt ein Bad einlassen.«

Emily nickte dankbar, holte ebenfalls tief Luft und stand auf. Sie fühlte sich nach wie vor etwas benommen. Mit bleischweren Armen hob sie das Tablett mit dem Teegeschirr hoch und ging damit zur Tür. Ihre Beine zitterten, als wäre sie den ganzen Tag gelaufen, doch sie war froh, dass es etwas zu tun gab.

»Du wirst ihnen natürlich verzeihen müssen«, stellte Lynn fest.

Emily, die bereits an der Tür war, wirbelte herum, so rasch, dass die übrig gebliebenen Kekse vom Teller rutschten.

»Haben Sie nicht zugehört?«, stieß sie hervor, ungewollt laut und von einem plötzlichen, unbändigen Zorn erfasst, der nicht gegen Lynn gerichtet war und der ohne Frage zu ihrer Kündigung führen würde. »Sie haben meine Familie umgebracht! Sie haben Tausende und Abertausende von Menschen umgebracht! Sie haben meine Brüder in Stücke gehackt! Sie haben mich und mein Leben zerstört! Er hat mich verraten! Sie alle haben uns verraten! Ich werde ihnen nie verzeihen.«

»Tja, das wirst du müssen, wenn du das alles hinter dir lassen willst«, erwiderte Lynn ruhig. »Denn es ist dein Hass, der dich in der Vergangenheit gefangen hält, Emily. Deine Gedanken sind noch immer in dieser Zelle eingesperrt.«

KAPITEL
ACHTUNDZWANZIG

Lynn lag in ihrem frisch bezogenen Bett und ließ ihren Tränen freien Lauf. Sie rannen ihr lautlos aus den Augenwinkeln über die Wangen und sammelten sich heiß in ihrer linken Ohrmuschel. Ein paar Meter weiter, in dem Gästezimmer, in dem vor einem halben Leben manchmal Lynns Mutter genächtigt hatte, lag Emily, von deutlich heftigeren, aber ebenso leisen Weinkrämpfen geschüttelt. Vor einer Stunde hatte sie Lynn ins Bett geholfen. Seit dem Gespräch im Wohnzimmer am Vortag hatten sie lediglich mit Blicken und Gesten kommuniziert. Lynn hatte mit dem Kopf genickt, als Emily ihr das Frühstück gebracht hatte, und Emily hatte danach leise die Tür geschlossen, weil sie wusste, dass Lynn morgens häufig Kopfschmerzen quälten, und ihr etwas später die *Sunday Times* gebracht. Gegen Mittag hatte sich Lynn ins Wohnzimmer geschleppt, den Fernseher eingeschaltet und absichtlich die Tür offen stehen lassen, um Emily zum Eintreten zu ermutigen. Irgendwann hatte sich Emily tatsächlich zu ihr gesellt, doch sie hatten bloß schweigend dagesessen, gelegentlich tief Luft geholt, in dem Versuch, einen Satz zu beginnen, und dann doch nichts gesagt. Doch das war ebenso wenig der Grund für Lynns Tränen wie Emilys verstörende Schilderung. Nein, Lynn war in Gedanken zu einer Nacht vor langer Zeit zurückgekehrt. Damals hatte sie neben Philip im Bett gelegen und genau wie jetzt aus Frust und Verbitterung geweint, aber nun konnte sie diese Gefühle endlich loslassen – dank Emily.

Die Jungs waren noch zur Schule gegangen – Luke hatte kürzlich die letzten Abschlussprüfungen hinter sich gebracht, und John hatte eine Hauptrolle im aktuellen Schultheaterstück ergattert: Er sollte in »Romeo und Julia« den Mercutio geben. Zur Feier des Tages hatte Philip sie alle zum Essen ausgeführt, und beim Dessert hatte er dann ebenfalls eine erfreuliche Neuigkeit verkündet: Nach mehr als fünfzehn Jahren in der Kanzlei hatte man ihn endlich zum Seniorpartner ernannt. Die zusätzliche Woche Urlaub, die er als Bonus bekommen hatte, würden sie im Ausland verbringen, verkündete er. Einmal abgesehen von einem Kurztrip nach Südfrankreich drei Jahre zuvor und der einen Woche im Januar, die sie alljährlich beim Skifahren in der Schweiz verbrachten, hatten es Lynn und Philip in all den Jahren seit ihrer Hochzeit kein einziges Mal geschafft, ihren Traum wahrzumachen und Kontinentaleuropa zu bereisen. Stattdessen waren sie meist nur nach Cornwall gefahren, weil sich das zwischen Philips unvorhersehbaren Fällen eher einrichten ließ. Die Aussicht auf einen richtigen Sommerurlaub im Ausland begeisterte Lynn. Sie schlug vor, nach Italien zu reisen.

In dieser Nacht liebten sie sich zärtlich, wie sie das noch immer mit beruhigender Regelmäßigkeit taten, und lagen danach noch eine Weile aneinandergeschmiegt da, und während Philip eindämmerte, sann Lynn über all das nach, wofür sie dankbar sein musste: zwei erfolgreiche Söhne, ein liebevoller Ehemann, der bevorstehende Urlaub, Gesundheit, ihre komfortable finanzielle Lage, die Liebe Gottes – der sprichwörtliche Himmel auf Erden. Es war einer dieser seltenen Tage gewesen, an denen alles besser lief als erwartet, und ihr war, als müsste ihr Herz gleich überquellen vor Zufriedenheit. Und dann brach sie ohne Vorwarnung in Tränen aus.

Es war eine höchst unliebsame Überraschung gewesen, festzustellen, dass sie all ihrem Glück zum Trotz unglücklich war. Aus den dunkelsten Regionen ihres Geistes war jäh eine durchdringende Tristesse aufgetaucht, die ganz klar über bloße Melancholie hinausging und sich auch nicht mit den Hormonen oder zu vielen Gläsern Rotwein erklären ließ. Vielmehr handelte es sich um eine anhaltende, tiefgehende Niedergeschlagenheit, die nun, angesichts der Euphorie, die sie tagsüber verspürt hatte, besonders krass zutage trat, und sie war auch nicht so völlig aus dem Nichts aufgetaucht, wie es auf den ersten Blick schien. Das Glück des vergangenen Tages, das Glück ihres gesamten Lebens, so wurde Lynn klar, gründete auf unkalkulierbaren Kräften, die sich ihrem Einfluss entzogen. Sie hatte weder eine Karriere noch irgendwelche wissenschaftlichen Abhandlungen vorzuweisen, sondern lediglich ihre beiden Söhne. Sie waren der einzige Beitrag, den sie zum Wohle der Gesellschaft geleistet hatte, eine Großtat, die sie auch schon ein Jahrhundert eher hätte vollbringen können und die sie als nicht sonderlich nennenswert betrachtete. Sie saß in der Falle, wurde auf Schritt und Tritt konfrontiert mit einem verwirrenden Widerstreit der Gefühle, der ihre Gedanken beherrschte, seit sie Philip kannte: Da die Sehnsucht, den Zwängen des häuslichen Lebens zu entfliehen, das sie nicht hatte wählen wollen, dort der Drang, selbiges mit Zähnen und Klauen zu verteidigen. Fakt war: Sie konnte es nicht ertragen, von Mann und Kindern getrennt zu sein, sprich, sie würde nie zu den Frauen gehören, die munter durch die Weltgeschichte tingelten – und genau deshalb war sie gefangen. Sie liebte ihr Leben, und zugleich hasste sie es; sie konnte es nicht ändern, ohne genau das zu zerstören, was ihr daran am meisten bedeutete.

Die Erkenntnis, dass es keine Lösung für ihr Dilemma gab, raubte ihr den Schlaf. Je länger sie über diesen verhängnisvollen Zirkelschluss nachdachte, desto machtloser und verzweifelter fühlte sie sich, und das nährte ihre Wut auf sich selbst. Sie sah sich selbst dort im Bett liegen, in ihrem wunderschönen Haus, eine schlanke, verwöhnte Weiße, die sich still und heimlich die Augen ausweinte, während ihr wunderbarer Ehemann neben ihr schlief, dabei gab es Menschen, die Hunger litten und echte Probleme hatten. Sie schämte sich für die egozentrischen Obsessionen ihres Geistes, konnte ihnen aber auch nicht Einhalt gebieten, was dazu führte, dass sie sich nur noch unzulänglicher, noch bedauernswerter, noch abstoßender vorkam. Als sie ihr Schluchzen kaum noch unterdrücken konnte, huschte sie in das kühle, marmorgeflieste Bad und betrachtete sich im Spiegel, angewidert von ihrem fleckigen, verweinten Gesicht. Zornig wischte sie die Tränen weg und befahl sich selbst halblaut: »Nun reiß dich aber mal zusammen!«, stets besorgt, Philip könnte sie hören. Das wäre die ultimative Schmach. Welch unsägliche Vorstellung, sich ihm erklären zu müssen! Er würde unweigerlich zu dem Schluss kommen, dass weder er noch das Leben, das er ihr bot, genügte, um sie glücklich zu machen. Dabei hätte beides genügen müssen – sie wusste, sie hatte allen Grund, glücklich zu sein, und doch sehnte sie sich nach mehr, nach einem Erfolg, der nur der ihre war.

Drei Nächte lang ging das so, jeden Morgen war sie noch verhärmter und erschöpfter, bis sie schließlich das Bett hüten und Philip bitten musste, den Arzt zu rufen, demgegenüber sie dann behauptete, sie habe eine Erkältung.

Irgendwann im Laufe der darauffolgenden Tage oder vielleicht auch Wochen gelang es ihr, sich wieder zu beruhigen.

Die Besserung trat nicht zu einem bestimmten Augenblick ein, sondern schleichend und ohne, dass Lynn eine entsprechende Entscheidung getroffen hätte. Mit der Zeit war sie in der Lage, den Kummer, der sich in ihr aufgestaut hatte, zu verdrängen, ihre egoistischen Wünsche zu vergessen und ihre Zufriedenheit wieder an Philip und ihre Söhne zu koppeln. Sie setzte ein Lächeln auf, um die Falten ihrer Verbitterung und Reue zu tarnen.

Wie sie nun dort lag, allein, und die Finger über besagte Falten in ihrem Gesicht wandern ließ, wurde Lynn bewusst, dass es genau dieses Gift war, das in letzter Zeit wieder in ihr brodelte, samt all seinen hässlichen Symptomen. Wie eine ätzende Säure hinterließ es Narben, wenn es aus ihr heraussprühte in Gestalt der Gehässigkeit, die sie gegen jeden ihrer Mitmenschen richtete. Am häufigsten gegen Vera, die ihr, wie Emily gleich erkannt hatte, so unheimlich ähnlich war.

Emily.

Wer hätte vor noch ein paar Monaten gedacht, welch wirkmächtige Begegnung das werden würde? Sie hatte Lynn das Gefühl zurückgegeben, dass ihr Leben einen Sinn hatte, und ihre Entschlossenheit genährt, aktiv zu werden, etwas zu tun. Etwas Entscheidendes zu tun so wie Emilys Mutter. Ein Opfer zu bringen. Was machte es schon, wenn ihr nicht noch zwanzig Jahre oder mehr vergönnt waren? Sie hatte achtundfünfzig gute Jahre gehabt, seit Philips Tod waren fünfzehn Jahre vergangen. Sie hatte reichlich Zeit gehabt, und jetzt war es an der Zeit, zu gehen. Blieb nur zu hoffen, dass sie noch lange genug lebte, um es zu Ende zu bringen.

Sie redete sich selbst gut zu, während sie sich wegen der Schmerzen in der Hüfte auf die Seite wälzte und die Knie anzog. Noch konnte sie nicht gehen; noch gab es einiges zu erledigen. Ihr Körper krampfte sich zusammen, wie um ihr zu widersprechen, und wieder strömten Tränen über ihre Wangen und sickerten in das Kissen. Lynn ließ sie laufen, ohne sie fortzuwischen. Sie gestattete sich das Selbstmitleid, gestattete sich einen letzten Blick zurück. Morgen früh würde sie Emily bitten, den Kissenbezug zu wechseln, und dann würde sie sich nicht nur ihrer Tränen entledigen, sondern auch dem letzten Rest ihrer Verbitterung und ihrer Zweifel.

KAPITEL
NEUNUNDZWANZIG

A LS EMILY mit dem Frühstück hereinkam, war Lynn bereits wach und saß aufrecht im Bett, das Telefon und einen Notizblock auf dem Schoß. Emily wurde auf der Stelle misstrauisch. Vorsichtig stellte sie das Tablett ab, auf dem Tee, Toast und Joghurt standen – Vanille, das mochte Lynn am liebsten –, und schüttelte dann Lynns Tabletten aus den sechs Behältnissen, die der Größe nach auf dem Nachttisch aufgereiht waren. Sie reichte sie ihr gemeinsam mit einem Glas Wasser, das daneben bereitstand.

Lynn fing die Tabletten in der hohlen Hand auf. »Ich habe etwas für dich«, verkündete sie und brach damit das Schweigen, in das sie sich den ganzen gestrigen Tag gehüllt hatten.

Emily hob fragend die Augenbrauen, worauf die ältere Dame mit triumphierender Miene das oberste Blatt von ihrem Notizblock riss und es ihr hinhielt. In formvollendeter Schönschrift hatte sie in die erste Zeile einen Namen gemalt, und darunter eine Adresse samt Telefonnummer.

»GENSUR?«, las Emily halblaut. »Wer ist das?«

»Was«, verbesserte sie Lynn, ehe sie sich die Tabletten eine nach der anderen in den Mund steckte und hochkonzentriert schluckte. »GENSUR steht für Genocide Survivors.« Sie legte eine Pause ein und fügte dann, weil Emily sie verständnislos musterte, hinzu: »Das ist eine Wohltätigkeitsorganisation für Menschen wie dich, Emily – für Überlebende des Völkermordes in Ruanda. Eine Bekannte von mir, eine ehemalige Studienfreundin, hat für die Regierung gearbeitet. Ich habe den ganzen Vormittag herumtelefoniert, und am Ende habe ich sie tatsächlich aufgespürt ... Na, jedenfalls hat sie mir diese Telefonnummer genannt. Sie sagt, die Leute von GENSUR werden dir helfen.«

»Helfen? Wobei?« Emily hielt den Zettel auf Armeslänge entfernt.

»Dabei, das aufzuarbeiten, was geschehen ist. Dabei, es hinter dir zu lassen.«

»Ich brauche keine Hilfe«, erwiderte Emily mit zitternden Händen. »Es geht mir gut. *Sie* sind diejenige, die auf Hilfe angewiesen ist. Brauchen *Sie* irgendetwas?«

Doch Lynn war offenbar nicht mehr auf Wortgefechte aus. »Du bist zu stolz«, sagte sie ernst.

»Bin ich nicht. Man hat mir meinen Stolz genommen.«

Lynn atmete hörbar aus und ließ das Haupt nach hinten sinken. Sie wirkte klein, zerbrechlich und erschöpft und war mit ihrer blassen Haut und dem feinen Haar kaum noch zwischen den tiefen Falten des Kissens auszumachen. »Bitte«, sagte sie leise, ohne den Kopf wieder anzuheben. »Geh hin. Tu es mir zuliebe.«. Sie schloss die Augen. Ihre gute Laune von gerade eben war verpufft. »Bitte. Lass mich diese eine Sache für dich tun.«

»Geht es Ihnen nicht gut, Mrs Hunter?«, fragte Emily, nun ernsthaft besorgt. Sie trat näher und legte Lynn eine Hand auf die Stirn. »Sie sind ja ganz kalt und verschwitzt.«

»Wirst du hingehen?«

»Nein, ich ...«

»Bitte.«

Ihre Beharrlichkeit ärgerte Emily. Warum bedrängte Lynn sie dermaßen? Es konnte ihr doch völlig gleichgültig sein, was sie tat und was nicht! Emily war es nicht mehr gewohnt, jemandem etwas zu bedeuteten, und sie legte auch keinen Wert darauf. »Lassen Sie mich in Ruhe«, brummte sie.

»Bitte«, wiederholte Lynn erneut. Diesmal öffnete sie die Augen, und Emily erkannte darin ihre ungebrochene Willensstärke, ihrem Alter und ihrer Krankheit zum Trotz.

Und ihrer Enerviertheit zum Trotz hörte sie sich einwilligen.

Lynn atmete sichtlich erleichtert auf. »Gut«, sagte sie. »Luke kommt heute zurück. Du kannst noch heute hingehen, gleich nach dem Mittagessen.«

Emily öffnete den Mund, um zu protestieren, doch wie gewöhnlich duldete Lynn keinen Widerspruch. »Ach ja, und du wirst Weihnachten mit uns verbringen«, fuhr sie fort. »Du wirst hier übernachten. Wir sehen uns morgen.«

Emily musste unwillkürlich lächeln angesichts ihrer Dreistigkeit. Trotz ihrer Krankheit hatte sie sowohl sich selbst als auch ihre Mitmenschen fest im Griff. Sie wirkte so ruhig, so sicher, so weise. So beherrscht und gefasst.

»Und bevor du gehst, bring mir doch bitte noch die Unterlagen, die dort in der Kommode in der obersten Schublade liegen«, schob Lynn hinterher und wedelte mit ihrem Stift, als wäre er ein Zauberstab, als könnte sie damit heraufbeschwören, was immer sie wollte.

Emily zog die Schublade auf und erblickte darin einen Stapel Papiere, der in einen gelben Seidenschal gewickelt war. Ehe sie ihn herausnahm, verharrten ihre Finger einen langen Augenblick auf dem sonnengelben Stoff, und dabei regte sich tief in ihr etwas, eine Erinnerung an Hitze. Sie kam nicht umhin, einen Blick auf das Deckblatt zu werfen, als sie Lynn die Unterlagen ans Bett brachte. »Letzter Wille von Lynn Rebecca Hunter«, stand dort. Emily runzelte, ohne es zu wollen, die Stirn. Dann spürte sie Lynns Blick auf sich ruhen.

»Keine Sorge, noch gehe ich nirgendwo hin«, sagte Lynn, als Emily ihr zögernd den Stapel reichte. »Und morgen wirst du mir erzählen, wie es bei GENSUR war. Ach ja, und dieser Schal ...« Sie deutete mit dem Kopf auf die Kommode. »... der ist für dich.«

Im Bus stierte Emily lange auf den Zettel in ihrer Hand. Es war viele Monate her, seit sie zuletzt Ruandisch gehört hatte, und selbst damals war es die englisch gefärbte Aussprache von Auntie und Uncle gewesen, die seit Jahrzehnten hier lebten. Sie wusste nicht, ob sie bereit war, einem anderen Überlebenden in die Augen zu blicken, jemandem, der verstehen würde, was sie durchgemacht hatte, ohne dass sie auch nur ein Wort darüber verlor.

Als Auntie damals, ein Jahr nach den schlimmsten Massakern, im Flüchtlingslager aufgetaucht war und erklärt hatte, sie habe Emily in einer Dokumentation über die Lager gesehen, da war nicht das Versprechen, Emily nach London mitzunehmen, ihr größtes Geschenk gewesen, sondern ihr unbeschwerter Blick. Auntie entstammte einer anderen Generation und hatte Dinge erlebt, die sich Emily damals nicht hatte vorstellen können, doch sie hatte nicht mit ansehen müssen, wie die eigene Mutter erschlagen wurde. Sie hatte nicht den von Fliegen belagerten Leichnam ihres Bruders gesehen.

Zu dem Zeitpunkt hatte es sich für Emily so angefühlt, als hätte sie schon vor einem ganzen Leben jede Hoffnung aufgegeben. Sie hoffte nicht mehr, dass Gahiji noch lebte und sie fand, sie hoffte nicht mehr, je in ihr Dorf zurückkehren zu können. Denn wie sollte sie – falls ihr Haus überhaupt noch stand, und falls es nicht von Hutus besetzt war – dort leben, in dem Wissen, dass Ernest immer noch ihr Nachbar war, dass er eines Nachts kommen konnte, um zu Ende zu

bringen, was er begonnen hatte? Sie hatte sich von einem
Tag zum nächsten geschleppt, angetrieben nur von dem, was
sie tun musste: essen, sich vor den Interahamwe-Gangs in
Acht nehmen, die noch immer ihr Unwesen trieben und
dann und wann in den Flüchtlingslagern Angst und Schrecken verbreiteten, und dem Hass Genüge tun, der sie am
Leben erhielt. Die Zukunft lag hinter ihr; wozu sollte sie
noch am Leben bleiben, außer aus reinem Trotz?

Und dann war plötzlich zwischen den Zelten und dem
Elend und dem Hunger ihre Tante aufgetaucht, und auf einmal hatte es eine Alternative gegeben. Nicht die Hoffnung,
glücklich zu werden, die hatte sie längst begraben, aber zumindest die Hoffnung darauf, in einem anderen Land vielleicht vergessen zu können. Sie war, ohne zu zögern, bereit
gewesen, Ruanda zu verlassen.

Emily strich mit den Fingern über die Kanten des Zettels
und rief sich die beschwingte Miene in Erinnerung, mit der
Lynn ihn ihr überreicht hatte. Sie faltete ihn zusammen,
auseinander, wieder zusammen.

Auf der Treppe vor dem Eingang der GENSUR-Geschäfts-
stelle lehnte eine Frau mittleren Alters in Jeans, unverkennbar eine Ruanderin. Zweifellos hatte sie Emily bemerkt, die
nun schon bestimmt eine halbe Stunde auf der anderen
Straßenseite stand und das Gebäude anstarrte. Die Frau zündete sich eine Zigarette an und wartete, bis Emily so weit
war, ohne zu winken oder auffordernd mit der Hand zu wedeln. Es dauerte noch weitere zehn Minuten, bis Emily
schließlich die viel befahrene Straße überquerte. Die Frau
begrüßte sie, als wären sie verabredet gewesen.

»Ich bringe dich erst mal zu Alice«, sagte sie. Sie gingen
im Gleichschritt einen Korridor entlang. Emily folgte ihr in
ein kleines Büro, in dem hinter einem Schreibtisch eine wei-

tere, etwas jüngere Frau saß. An den Wänden hingen Fotos
von anderen Ruandern. Manche posierten in traditioneller
Kleidung in ruandischen Dörfern, andere Bilder waren in
London aufgenommen, und die Menschen darauf trugen
Anzug und Krawatte und schüttelten jemandem stolz die
Hand oder hielten ein Schriftstück in die Kamera. Die Frau,
die sie hereingeführt hatte, wartete ab, während Emily die
Bilder betrachtete. Dann lächelte sie breit und deutete auf
ihre Kollegin hinter dem Schreibtisch.

»Das ist Alice, und ich heiße Gloria. Wir arbeiten beide
in Vollzeit bei GENSUR. Alice ist erst vor drei Jahren nach
London gezogen. Ich lebe schon länger hier. Ich war schon ...
davor hier. Aber meine Familie war damals in Ruanda.« Gloria streckte ihr die Hand hin, und Emily ergriff sie, ohne zu
wissen, warum. »Du kannst herkommen, wann immer du
willst.«

Damit ging sie hinaus, und Emily stand etwas verloren vor
dem Schreibtisch, bis Alice ihr bedeutete, Platz zu nehmen.
Emily setzte sich bedächtig.

»Darf ich mir einige Daten notieren?«, erkundigte sich
Alice vorsichtig, mit leiser, melodischer Stimme, als könne
sie Emilys Unbehagen spüren. Sie schien zu wissen, was sie
Emily damit abverlangte.

Emily nickte.

»Wie heißt du?«

»Emily. Emilienne.«

»Wo wohnst du?« Alice hatte auf ihre Korrektur hin auf
Kinyarwanda umgeschaltet, und obwohl ihre Stimme auch
in dieser Sprache beruhigend klang, brachte der Wechsel
Emily aus dem Tritt. Sie hob die Hand zu ihrem Pony und
strich ihn sorgfältig glatt.

»In Hendon«, antwortete sie knapp.

»In welcher Straße?« Emily nannte ihr nervös den Straßennamen, dann Hausnummer und Wohnungsnummer, den Namen des Dorfes, in dem sie aufgewachsen war, die Namen ihrer Eltern und ihrer Brüder. Sie gab an, wie lange sie schon in London lebte, und bestätige, dass sie eine Tutsi war. Zunächst kamen ihr die Worte nur zögerlich über die Lippen wie vereinzelte Tränen, aus denen schon bald ein Sturzbach wurde. Namen, Zahlen. Im Nu schwindelte ihr, und sie fühlte sich benommen. Sehr benommen.

Alice, die eifrig mitgeschrieben hatte, hob den Kopf von ihren Notizen.

»Gahiji ... Ich kenne einen Gahiji«, murmelte sie. »Er war während des Völkermords bei den Rebellen.«

»Oh«, sagte Emily und rieb sich die Schläfen. Mittlerweile brummte ihr der Schädel, und sie konnte sich kaum noch konzentrieren.

»Alles in Ordnung?«, wollte Alice wissen.

»Ich habe bloß Kopfschmerzen. Manchmal wird mir davon richtig schwindelig.«

Alice notierte sich etwas.

»Hast du das öfter, Emilienne? Diese Kopfschmerzen und die Schwindelanfälle?«

Emily sah sie mit schmalen Augen an, ohne zu antworten. Derart persönliche Fragen behagten ihr nicht, und die Einfühlsamkeit ihres Gegenübers schien sich jäh in Luft aufgelöst zu haben.

»Emilienne«, fuhr Alice fort. »Hat man dich in Ruanda vergewaltigt?«

»Was?« Emily stand so ruckartig auf, dass ihr Stuhl nach hinten rutschte. »Wie kannst du es wagen, mich das zu fragen?« Sie hätte die Frage gern herausgeschrien, doch das Pochen in ihren Schläfen war nun so heftig, dass sie nur noch flüstern konnte. Sie wich nach hinten, bis sie das Türblatt im Rücken spürte, tastete nach dem Griff.

»Ich wollte dir nicht zu nahe treten, Emilienne«, versuchte Alice, sie zu beschwichtigen. »Aber diese Art von Kopfschmerzen ... die sind manchmal ein Hinweis darauf, dass ... Egal, wir müssen nicht jetzt darüber sprechen. Setz dich doch bitte wieder.«

Aber Emily konnte nicht mehr sitzen. Ihr Kopf schmerzte. Sie roch das Essen ihrer Mutter, und ihr Kopf schmerzte. Sie hörte den Rosenkranz, und ihr Kopf schmerzte. Sie spürte, wie ihr Gesicht auf die feste, dunkle Erde prallte. Lynn hatte sich getäuscht. Darüber zu sprechen hatte ihre Erinnerungen nicht neutralisiert. Es hatte sie nicht davon befreit. Ihr Kopf schmerzte. Ihr Kopf schmerzte, und alles drehte sich. Ihr wurde übel. *Verzeihen*, hatte Lynn gesagt, aber wie sollte sie?

»Wie kannst du es wagen?«, zischte sie noch einmal, lauter diesmal.

»Emilienne ...«

Doch Emily hatte sich bereits umgewandt und rannte. Wieder einmal.

Vor ihrem Wohnhaus spielten einige Jungs Fußball. Sie passten einander den Ball zu und demonstrierten stolz diverse Kunststücke. Einer von ihnen, ein schlaksiger Kerl, der die anderen um mehr als einen Kopf überragte, konnte den Ball in die Luft werfen und ihn, vornübergebeugt, zwischen Nacken und Schulterblättern auffangen. Ein anderer konnte den Ball eine halbe Ewigkeit von den Knien auf die Fußspitzen und wieder zurück springen lassen. Am Rand der Rasenfläche stand ein blondes Mädchen mit Pferdeschwanz, das ungefähr im selben Alter war – und zweifellos der Grund dafür, dass die Jungs einander aufzogen und mit immer noch unflätigeren Ausdrücken bedachten. Ein Stück hinter ihnen lehnte Omar an der Wand, das Handy am Ohr, in ein Gespräch vertieft.

Emily schluckte schwer. Ihr Nachbar und sie plauderten längst nicht mehr nur über das ungemütliche Wetter oder den Kaufrausch der Leute vor Weihnachten, über ihre Arbeit oder seine Familie, die mit ihren Anrufen in einer Tour für Unterbrechungen sorgte. Ihre Unterhaltungen plätscherten zusehends lockerer dahin, doch nie ging es darin um *seinen* Job oder *ihre* Familie, was daran liegen mochte, dass beides ganz augenscheinlich nicht existierte, womit sich eine Erwähnung erübrigte.

Wenn, was gelegentlich vorkam, die Art von Pause eintrat, in der eines dieser beiden Themen hätte zur Sprache kommen müssen, suchte Emily mit einer vorgeschobenen Ausrede hastig das Weite. Wobei sie jedes Mal wünschte, ihr nächstes Gespräch möge etwas länger dauern, sich etwas weniger oberflächlich gestalten.

Bisweilen erzählte Omar von seinen vagen Umzugsplänen oder von seinem Bruder, der Jura studierte, wie er stets stolz erwähnte, und der demnächst nach London zurückkehren sollte, und dann überlegte Emily manchmal, wie es sich wohl anfühlen würde, von Omar umarmt zu werden. Obwohl sie noch nie auf diese Weise an einen Mann gedacht hatte, fragte sie sich bewusst, ob sie in der Lage wäre, ihn zu küssen, zwang sich sogar, sich den Kuss auszumalen, aber das ging ihr dann doch immer einen Schritt zu weit. Bei der Vorstellung von fremder Haut auf der ihren reagierte ihr Körper nach wie vor mit Schmerzen und Übelkeit. Dennoch erfasste sie unvermittelt eine ungewohnte Aufregung, wann immer sich etwa ihre Finger auf dem Türgriff berührten, und ihr Herz schlug schneller, wenn er sie *Schwester* nannte. Sie hatte auch den Zettel noch, auf dem er einige Buchempfehlungen für sie notiert hatte, wobei sie nicht die Absicht hatte, etwas über Gott zu lesen, nicht einmal über einen, der Allah genannt wurde und dessen Anhänger angeblich die Einzigen in Ruanda gewesen waren, die sich nicht an dem Wahnsinn beteiligt hatten.

Emily überquerte die Straße und steuerte mit gesenktem Kopf auf den Hauseingang zu. Sie drehte sich nicht um, als ihr Omar etwas zurief. Die Vergangenheit brodelte bedrohlich unter ihrer Haut. Trauer und Wut und Verzweiflung pulsierten in ihren Adern, und sie wusste, dass es ihr angesichts seiner Freundlichkeit nicht gelingen würde, die heiße Flut an Bildern zu unterdrücken. Als sie die Haustür öffnen wollte, stand er plötzlich vor ihr.

»Du weinst ja«, stellte er fest. »Was ist denn los?«

Emily wischte sich mit dem Ärmel über die Wangen. »Nichts«, erwiderte sie hastig und spürte, wie sie rot anlief.

»Was hast du, Schwester?«

Emily schüttelte den Kopf, brachte aber kein Wort heraus. Sie war zutiefst frustriert. In letzter Zeit war es ihr deutlich besser gegangen; sie hatte endlich angefangen, sich wieder wie ein Teil dieser Welt zu fühlen. Jetzt jedoch steckte sie erneut fest, gefangen in ihrem Trauma, ihrer Niedergeschlagenheit.

»Was ist passiert?«, wollte Omar besorgt wissen.

»Nichts ... Nichts. Lass mich einfach in Ruhe«, sagte sie fest, konnte sich aber nicht vom Fleck rühren. Omar zögerte nur eine Sekunde, dann breitete er die Arme aus und zog sie an sich. Sie lehnte sich an seine Brust, ließ sich einhüllen von der unerwarteten Wärme seines Körpers. Es war so viele Jahre her, dass jemand sie berührt, sie umarmt hatte. Es war ein ungemein beruhigendes Gefühl, und die Versuchung, sich von ihm trösten zu lassen, war groß. Doch dann tauchten vor ihrem geistigen Auge die Arme und Körper anderer Männer auf, und Emily bekam auf einen Schlag keine Luft mehr. Unsanft machte sie sich von Omar los.

»Was hast du denn?«, fragte er erneut.

»Ich ... kann nicht ...«, flüsterte sie.

»Was kannst du nicht? Schwester, vor mir brauchst du keine Angst zu haben.« Omar hob die Hand und strich ihr über die Wange. »Du kannst mir vertrauen.«

»Ich kann niemandem vertrauen.«

Er musterte sie, schweigend und verwirrt, bis sich mit einem Mal alles um sie drehte und ihre Beine nachgaben. Doch Omar war zur Stelle und fing sie auf.

Sie tranken süßen Tee in seiner kleinen Wohnung, die haargenau gleich geschnitten war wie ihre eigene, allerdings stapelten sich hier überall Umzugskisten, die Omar offenbar noch nicht ausgepackt hatte. Emily zitterte. Er legte ihr eine Decke um die Schultern, doch die Kälte saß nicht in ihren Knochen. Es war ihr Herz, das sich anfühlte wie tiefgekühlt. Von einer Eisschicht bedeckt zum Schutz gegen die heiße Bilderflut, wie sie annahm.

Emily nippte an ihrem Tee und inspizierte diesen neuen, seltsamen Zustand. Ihr war nicht zum Weinen zumute, und sie war weder traurig noch wütend noch ängstlich. Stattdessen empfand sie ganz plötzlich gar nichts mehr. Wie praktisch, dachte sie, ein englischer Schutzpanzer aus Eis. Omar legte den Arm um sie, doch er fühlte sich tot an, und zu warm.

»Fass mich nicht an«, sagte sie.

»Ich will dir nur helfen.« Omar ließ den Arm sinken und rückte von ihr ab. Er musterte sie mit einem Interesse, das Emily noch vor ein paar Tagen Herzklopfen und Schmetterlinge im Bauch beschert hätte. Doch plötzlich frustrierte sie seine Gegenwart, denn sie konnte ein Feuer in ihr entfachen und ihren Eispanzer zum Schmelzen bringen.

»Fass mich nicht an«, wiederholte sie. »Ich brauche keine Hilfe.«

Omar setzte sich so hin, dass sie sich nicht mehr berührten. Sie sahen einander nicht an.

»Wann kommt denn nun dein Bruder?«, erkundigte sich Emily, um einen versöhnlicheren Tonfall bemüht, doch selbst sie konnte die Kälte in ihrer Stimme hören.

»Gar nicht, er zieht nach New York«, erwiderte Omar. Die Enttäuschung war ihm ebenso deutlich anzuhören wie der Stolz, als er fortfuhr: »Er hat ein Stipendium erhalten.«

»Oh.«

Omar wechselte abrupt das Thema. »Allah kann dir helfen«, sagte er vorsichtig.

»Allah?«, wiederholte Emily und schob dann trotzig hinterher: »Was, zum Teufel, soll ich mit Allah?«

Omar fuhr zurück. »Du bist keine Muslimin? Keine Schwester?«

»Es gibt keinen Gott, Omar. Das sind alles nur naive Kindermärchen«, erwiderte sie kühl. »Es gibt nur die Menschheit und den Teufel, was im Grunde dasselbe ist. Wir zerstören uns selbst im Namen einer größeren Ordnung.«

»Du bist keine Schwester?«, wiederholte Omar verblüfft.

»Ich bin niemandes Schwester. Nicht mehr«, entgegnete sie mit matter Stimme. »Ich bin nichts.« Sie stand auf, und die Decke rutschte von ihren Schultern. »Und ich will nichts, nur meine Ruhe.«

Seine Tür schlug zweimal zu: einmal, als Emily seine Wohnung verließ, und dann ein zweites Mal gleich darauf. Emily hörte es von ihrem Bett aus, auf das sie sich hatte fallen lassen, sobald sie ihre dunkle Höhle betreten hatte. Sie hörte seine Schritte auf der Treppe, hörte, wie er sich entfernte und wie mit ihm auch die Hoffnung in unerreichbare Ferne rückte. Es ließ sie kalt. Alles ließ sie kalt.

Danach schlief sie zwei volle Tage.

KAPITEL
DREISSIG

Veras Vater holt sie mit seinem neuen Honda Civic vom Bahnhof ab. Vera sehnt sich plötzlich nach dem klapprigen wackeligen Jeep von früher und nach dem Schäferhund, der einmal der Hauptbenutzer der Rückbank war. Als ihr Vater ihr über den Bahnhofsvorplatz entgegengeht, stellt sie beim Anblick seiner kahl rasierten Oberlippe fest, dass sie sich auch nach seinem Schnurrbart sehnt, ohne den sein Gesicht seltsam nackt und irgendwie albern aussieht, und sie sehnt sich danach, ihm das sagen zu dürfen. Er begrüßt sie, wie er es immer getan hat, als wäre es nicht schon Monate her, seit sie zuletzt von ihr gehört haben, und Jahre, seit sie von ihr die Wahrheit gehört haben. Und als sie jäh in Tränen ausbricht, schließt er sie in die Arme.

Auf der zwanzigminütigen Fahrt nach Hause ist alles vertraut, wobei ein paar neue Läden eröffnet haben, seit Vera zuletzt hier war, und neben der Pitman Farm steht mittlerweile eine Reihe neuer Häuser. Vera steigen schon wieder Tränen in die Augen beim Anblick des ländlichen Idylls, in dem sie ihre Kindheit verbracht hat. Es hat etwas von einer Schutzzone, einer Zufluchtsstätte. Vor dieser sanft erhellten Kulisse ihrer Jugend erscheint ihr die Finsternis in ihrem Inneren noch finsterer, die Schwere noch schwerer. Sie weiß nicht, ob sie nach Hause kommt oder noch immer wegläuft. Es ist drei Tage her, seit sie Venedig verlassen hat.

Ihre Mutter hat Veras schmales Kinderbett durch ein

Doppelbett ersetzt. Auch die Bezüge sind neu. Sie hat sogar den Strumpf ausgegraben, den Vera an Weihnachten stets an den Kamin gehängt hat; er liegt auf dem Kissen bereit. Auf dem Nachttisch steht eine Schale mit Mandarinen.

»Das Bett im Gästezimmer ist ebenfalls frisch bezogen«, sagt ihre Mutter mit einem verschwörerischen Zwinkern, während Vera ihre Sachen auspackt. »Nur für den Fall, dass Luke auch kommt. Ich würde ihn gern kennenlernen, bevor ihr heiratet.«

»Ich glaube kaum, dass er es einrichten kann, Mum«, erwidert Vera.

»Macht nichts.« Ihre Mutter lächelt und drückt ihr vorsichtig den Arm. »Dann bleiben mehr Mince Pies für uns.«

Erst am vierundzwanzigsten Dezember initiiert Vera die erste ernsthafte Unterhaltung. Ihre Eltern haben sich wohlweislich an harmlose Themen gehalten – das Wetter, der Garten, was ihre Cousinen so treiben. Vera ist gleichermaßen froh und bekümmert deswegen. Die beiden sollten nicht so schrecklich dankbar dafür sein, dass sie hier ist. Sie sollten nicht das Gefühl haben, ihre Anwesenheit hier stünde auf wackeligen Beinen. Sie sollten sich sicher genug fühlen, um sie nach der Wahrheit zu fragen, heikle Themen anzuschneiden. Deshalb ist sie hier.

Sie schiebt die Tür zum Wohnzimmer auf und tappt in ihren Pantoffeln zum alten Mahagoniklavier, das sie an die Melodien ihrer Kindheit erinnert. Vorsichtig nimmt sie auf dem mit Leder überzogenen Klavierhocker Platz. Ihr Vater blickt von seiner Ausgabe des *New Scientist* hoch und nickt ihr ermutigend zu, als ihre Fingerspitzen sacht über die Tasten gleiten. Ihre Mutter greift nach der Fernbedienung und schaltet eines der unzähligen kitschigen Weihnachtsspecials auf stumm, deren Rührseligkeit Vera dieses Jahr ganz besonders geschmacklos findet. Vera spielt zum Aufwärmen mit der rechten Hand eine leise Tonleiter, dann klappt sie den Deckel zu.

»Ich muss euch etwas sagen«, verkündet sie.

Sofort wird der Fernseher schwarz, und ihr Vater markiert die Seite seiner Zeitschrift mit einem Eselsohr. Wieder ist Vera beschämt angesichts des Eifers, mit dem ihre Eltern versuchen, ihr alles recht zu machen. »Wir haben gehofft, dass du ... na ja, mal mit uns reden willst. Ist mit Luke alles in Ordnung?«, erkundigt sich ihre Mutter. Veras Vater wirft ihr prompt einen warnenden Blick zu: *Hör auf, sie zu bedrängen, sonst macht sie gleich wieder dicht.*

Vera atmet tief und hörbar ein, in dem Versuch, nicht nur Luft, sondern auch Mut zu tanken. Ihre Eltern warten ab, geduldig, ehrfürchtig angesichts des bevorstehenden epochalen Augenblicks. Als sie ausatmet – noch ehe sie auch nur ein Wort hinausgesandt hat in die qualvolle Stille zwischen ihnen –, ist ihr, als würde die finstere Schwere auf einen Schlag aus ihr entweichen, verdrängt von frischer, sauberer Landluft, die frei ist von giftigem Großstadtlärm. Wer hätte das gedacht: Eine winzige Brise genügt, um die Wahrheit, die Fakten ans Licht zu locken.

»Fakt ist«, sagt Charlie, »dass du nicht den Hauch einer Chance hast. Ich bin sein Vater, und ich habe dazu gestanden, von der ersten Sekunde an. Zu ihm. Seit ich von ihm erfahren habe. Du dagegen hast ihn zum Sterben vor einem Kinderheim abgelegt.«

»Nicht zum Sterben, sondern weil er ein besseres Leben haben sollte«, protestiert sie.

»Soso. Du hast ihn also einer Frau anvertraut, die ihm eine bessere Mutter sein würde? Hast sichergestellt, dass er bessere Eltern bekommt, ja? Du hast ihn für tot gehalten, Vera!«

»Ich habe immer gewünscht, er wäre noch am Leben.«

»Das tut nichts zur Sache.« Charlie steht auf und öffnet ihr die Tür. Dass er sie hereingelassen hat, verdankt sie ihrem kurzen Kleid und einem zerknirscht-koketten Augenaufschlag, doch Charlie will nichts wissen von Freundschaft und gemeinsamem Sorgerecht trotz getrennter Beziehungen, damit sie Luke heiraten kann. Nicht, dass sie irgendetwas davon bereits mit Luke besprochen hätte. Vera hat nicht vor, mit ihm darüber zu reden, ehe sie sicher sein kann, dass Charlie ihr den Kontakt zu ihrem Sohn gestatten wird. So ablehnend, wie Luke in Venedig auf die bloße Erwähnung von Charlies Namen reagiert hat, muss sie wohl damit rechnen, dass es zu viel verlangt ist, wenn sie ihm vorschlägt, dem Kind, das sie mit Charlie gezeugt hat, einen Platz in ihrem gemeinsamen Leben einzuräumen, und damit auch dem Kindsvater. Wie dem auch sei, Luke hat seit ihrer Abreise aus Italien nichts von sich hören lassen. Sie fragt sich, ob er wohl lange an ihre Tür geklopft hat, ehe er ihr verlassenes Zimmer betreten hat. Ob er überrascht oder erleichtert war, als er feststellte, dass sie fort war. Ob er sein Verhalten bedauerte. War der Vorfall im Badzimmer tatsächlich ein gut gemeinter Test oder ist vielleicht doch Lukes Prinzipientreue ins Wanken geraten? Oder war es der Anfang vom Ende? Ist womöglich schon alles aus? Der Gedanke ist unerträglich. Sie will und kann nicht glauben, dass es so ist. Den badeschaum-triefenden Erinnerungen an Venedig zum Trotz krampft sich ihr Herz zusammen, wenn sie sich eine Zukunft ohne Luke vorstellt, und sie verspürt wieder diese Enge in der Brust, genau wie früher, vor ihrem tiefen, tränenreichen Atemzug bei der Messe in St George. Es sind gerade mal drei Tage vergangen, und die Zeit fängt schon wieder an, sich zu ziehen, zu trüben, stillzustehen. Und der sanfte Druck der Hände auf ihren Schultern hat nachgelassen. Sie will diese Klarheit nicht mehr missen. Sie will Luke nicht mehr missen. Vielleicht hätte sie durch diese Tür gehen sollen, zu ihm. Aber sie darf ihren Sohn nicht noch einmal verlieren. Und deshalb ist sie hier.

»Sobald du dich als seine Mutter zu erkennen gibst, werden die Behörden Jagd auf dich machen«, fährt Charlie fort. »Und dann kommst du in den Knast. Willst du das?«

»Was macht es dann für einen Unterschied, ob wir zusammen sind?«

»Du trittst einfach als meine Lebensgefährtin in Erscheinung. Niemand muss je von deiner biologischen Verbindung zu Charles erfahren.«

»Nicht einmal er selbst?«

»Wozu? Ich glaube kaum, dass er je Verdacht schöpft.«

Vera bleibt, wo sie ist, auf dem Sofa, und Charlie, der noch immer neben der Tür steht, seufzt und schließt sie widerwillig.

»Es tut mir leid, V, aber mein Entschluss steht fest. Wenn du es anders haben willst, dann wirst du den offiziellen Weg einschlagen müssen. Und dann solltest du dich beeilen, denn mein Anwalt geht davon aus, dass bis Ende Januar alles in trockenen Tüchern ist.«

»Warum, Charlie?«

»Wie, warum?«

»Warum? Warum?« Vera merkt selbst, dass sie laut wird, aber sie kann nicht anders. »Warum willst du mich unbedingt an dich binden? Um mich zu bestrafen? Okay, nur zu! Tu es, jetzt gleich!« Sie zerrt an ihren Haaren und hält entgeistert inne, als sie ein blondes Büschel zwischen ihren Fingern erblickt, das von ihrer Zerbrechlichkeit zeugt.

Charlie starrt sie einen Augenblick schweigend an, dann kauert er sich unvermittelt auf den Boden. Neben ihm steht ein kleiner Weihnachtsbaum in der Ecke, und darunter eine

Schachtel mit brandneuen Kugeln. Eine davon ziert der Name ihres Sohnes. »Ich will dich nicht bestrafen«, sagt Charlie schließlich. »Wir tragen beide die Verantwortung, das ist mir klar.«

»Und waru...«

»Weil du mit mir zusammen sein solltest, okay?«, brüllt er aus heiterem Himmel. »Das war doch wohl der Plan, oder? Und nicht, dass du dir von einem jungfräulichen Messias den Kopf verdrehen lässt und einfach alles hinschmeißt!«

»Was soll ich hingeschmissen haben?«

»Na, uns! War das nicht der Plan, dass wir am Ende zusammen sind?«

Vera legt die Stirn in Falten. »Also, mir gegenüber hast du diesen Plan jedenfalls nie erwähnt.«

»Ja, okay, ich weiß. Aber ich erwähne ihn jetzt.«

»Aber ich liebe Luke.« Die schlichten vier Wörter hallen von den Wänden wider, und in der ungewohnten, angespannten Stille, die ihnen folgt, wird Vera zum ersten Mal bewusst, dass sie in all den Jahren, die sie sich kennen, nie geschwiegen haben. Keine Ruhe, ständig Lärm. Sie atmet hörbar aus, und Charlie erhebt sich. »Dann auf Wiedersehen, Vera«, sagt er mit leiser, aber fester Stimme. Er sieht sie nicht an. »Alles andere steht für mich nicht zur Debatte.«

»Ich will ihn doch einfach nur sehen. Ich will ihn kennenlernen«, fleht Vera.

Charlie schüttelt den Kopf. »Du musst jetzt gehen. Er kommt in einer Stunde.«

»Er kommt hierher?«, haucht sie, als handle es sich um ein heiliges Geheimnis.

»Er war schon *mehrfach* hier«, erwidert Charlie ebenso feierlich. »Es ist mir ernst mit ihm, V.« Langsam geht er zur Tür und öffnet sie mit einem unmissverständlichen Blick.

Als Vera nach ein paar Sekunden noch immer nicht vom Sofa aufgestanden ist, haut er mit der flachen Hand an die Wand neben dem Türstock und fixiert sie mit einem durchdringenden Blick. »Die Betreuerin wird bei ihm sein. Sie hat nach dir gefragt. Provozier mich nicht, Vera.«

Hinter einem Briefkasten kauernd, verfolgt Vera, wie der Wagen mit ihrem Sohn an Bord bei Charlie vorfährt. Der Kleine hüpft beschwingt aus dem Auto und hält auf dem Weg zur Haustür die Hand der Betreuerin. Er trägt einen Rucksack, der viel zu groß für ihn ist, über einer Schulter und hält etwas in der Hand, das sie selbst auf die Entfernung als selbst gebastelte Weihnachtskarte mit Glitzer identifizieren kann. Vor der Tür angekommen, fragt er, ob er auf die Klingel drücken darf. Er hat das Selbstvertrauen seines Vaters. Er weicht zwar kaum merklich nach hinten, als die Tür aufschwingt, grinst aber bis über beide Ohren, als Charlie ihm die Haare zerstrubbelt, und dann lässt er die Hand der Betreuerin los und streckt die Arme nach oben, damit Charlie ihn hochheben kann. Vera glaubt zu sehen, wie seine Lippen das Wort »Dad« formen.

»Charlie mag sein Vater sein, aber du bist seine Mutter«, sagt Veras Mutter.

»Warum hast du es uns nicht erzählt?«, fragt ihr Vater. »Wir hätten dich unterstützt.«

Veras Mutter presst sich noch immer eine Hand auf die Brust. »Du bist Mutter!«

Veras Vater steht auf. »Wir hätten dich unterstützt«, wiederholt er. »Während der Schwangerschaft. Und diese ganze Zeit über, als du dachtest, er wäre tot ...«

»Du kannst nicht einfach klein beigeben«, sagt ihre Mutter.

»Wir schalten einen Anwalt ein«, beschließt ihr Vater.

»Nein, warte. Vera darf auf keinen Fall ins Gefängnis kommen«, gibt ihre Mutter zu bedenken.

»Deshalb der Anwalt.«

»Und was ist mit Luke?«

»Und was ist mit unserem Enkel?«

»Und was ist mit unserer Tochter?«

Erst jetzt registrieren ihre Eltern, dass Vera, die zwischen ihnen auf dem Sofa sitzt, weint. Und dabei lächelt. Und die Finger über den Rand des Scrabble-Bretts wandern lässt, das auf dem Tisch liegt. Und nicht zur Tür und aus dem Haus und aus ihrem Leben stürmt. Und nicht »Hört auf!« stöhnt.

Nachmittags gehen sie zu dritt spazieren, über genau die gleichen Wiesen wie damals, als sie ein kleines Mädchen war. Ihre Mutter hat in den Tiefen des Garderobenschranks Veras Gummistiefel ausfindig gemacht, und auf die ist Veras Blick gerichtet, während sie querfeldein marschieren. Das letzte Mal hat sie diese Stiefel getragen, als sie sich mit neunzehn beim Glastonbury Festival ein Zelt mit ein paar Freundinnen von der Uni geteilt hat. Sie kann sich nicht an die Bedeutung der tattoo-ähnlichen Symbole erinnern, die sie auf den Gummi gemalt hat. Die dunklen Kringel sehen aus wie hartnäckige Schlammverkrustungen. Immerwährende Andenken aus vergangenen Zeiten. Vera fühlt sich unerklärlich leichtfüßig in diesen Stiefeln. *Nahe ist der Herr allen, die ihn anrufen, allen, die ihn in Wahrheit anrufen,* hört sie als Erklärung in ihrem Kopf, aber vielleicht hat ihr das auch der Wind eingeflüstert. Sie schnaubt halb belustigt, halb spöttisch und gluckst dann. Endlich. Endlich hat sie so viel in der Bibel gelesen, dass ihr Unterbewusstsein sofort ein Zitat daraus parat hat. *Das Unterbewusstsein? Oder Jesus?* flüstert der Wind, und diesmal prustet Vera los, ohne die verdatterten Blicke ihrer Eltern zu bemerken. Sie lacht, obwohl es ihr nicht weiterhilft, obwohl die Wahrheit sie noch nicht befreit hat. Sie ist weit davon entfernt, frei zu sein. Wenn überhaupt, dann quält sie jetzt, da sie ihren Eltern alles erzählt hat, die Sehnsucht nach ihrem Sohn und nach Luke heftiger denn je, geradezu lähmend heftig. Und obwohl zwischen ihr und ihren Eltern nun alles geklärt ist und ihre Eltern sich große Mühe geben, Verständnis für sie aufzubringen, gefällt ihnen nicht, worum sie sie gebeten hat: zu warten. Zu warten, bis sie weiß, was sie tun will.

Sie hat keine Ahnung, ob sie es je wissen wird. Ob sie je ihren Sohn sehen wird, ob man sie ins Gefängnis stecken wird, wenn sie es versucht, und ob sie in ein paar Wochen wie geplant Luke heiraten wird. »*Mach dich nicht zur Märtyrerin*«, hat ihre Mutter ihr eingeschärft, als könnte sie Gedanken lesen. Doch Vera hat das überwältigende Gefühl, dass sie etwas schuldig ist: Sie schuldet Charles eine Mutter und Charlie ein Kind. Und sie schuldet Luke ein unbeschwertes Leben ohne Lügen, ohne emotionales Gepäck. Doch diese Verpflichtungen sind unvereinbar. Sie schließen sich gegenseitig aus. Vera müsste sich dreiteilen, um sie zu erfüllen. Und was wird dann aus ihr? Weihnachten ist die Zeit der Großzügigkeit, aber sie ist nur ein Mensch, und sie hat nur ein Herz, das sie sich brechen lassen kann. Es wäre äußerst hilfreich, die unsichtbaren Hände wieder auf ihren Schultern zu spüren. In Ermangelung dieses Gefühls marschiert Vera einfach vorwärts. *Schluss mit den Lügen*, flüstert der Wind beharrlich. *Schluss, Schluss, Schluss.* Vielleicht flüstert er aber auch *Luke, Luke. Luke.* Oder *Mut, Mut, Mut. Bleib nicht stehen, geh mutig weiter.*

Am fünfundzwanzigsten Dezember gegen vier Uhr früh ruft Luke an. »Ich glaube, heute ist es so weit«, flüstert er. »Kannst du kommen?«

KAPITEL
EINUNDDREISSIG

ALS EMILY ERWACHTE, hatte sie Durst, und ihre Kleider waren feucht von kaltem Schweiß. Sie erinnerte sich dunkel daran, dass jemand an ihre Tür gehämmert hatte, doch bis sie es geschafft hatte, richtig wachzuwerden und sich zur Tür zu schleppen, war der Korridor leer. Vielleicht war es Omar gewesen. Sie hatte überlegt, ob sie sich in ihren verschlissenen Socken zu seiner nur ein paar Meter entfernten Wohnungstür hinüberwagen und anklopfen sollte. Aber selbst, wenn er da war, was sollte sie sagen? Ihr Inneres war nach wie vor ein Eisklotz. Der Schlaf hatte ihn nicht tauen lassen. Wenn Omar Gefühle von ihr erwartete, musste sie ihn enttäuschen, und wenn nicht, was hatte es dann für einen Sinn?

Emily schloss die Tür und setzte sich auf das Kissen vor dem Fernseher. Aus dem Augenwinkel nahm sie wahr, dass das rote Lämpchen an ihrem Anrufbeantworter blinkte. An und aus, an und aus, an und aus. Draußen ging wohl gerade die Sonne unter, denn das wenige Licht, das durch das Fenster hereinfiel, wirkte allmählich fahl und trüb. Tag und Nacht. An und aus. An und aus.

Irgendwann erhob sich Emily, trat zur Spüle und trank etwas Wasser direkt aus der Leitung, dann verließ sie ohne Jacke oder Schuhe ihre Wohnung. Ihr war nicht kalt, besser gesagt, sie war nicht fähig, die draußen herrschende Temperatur von der eisigen Kälte in ihrem Inneren zu unterscheiden, und so merkte sie auch nicht, wie sich die Härchen auf ihren Armen sträubten und ihre Zehen taub wurden. Dann und wann wurde sie von Passanten neugierig beäugt, mal unter einer Hutkrempe hervor, mal über einen Schal hinweg.

Stunden später fand sie sich vor Aunties Haus wieder. In der Küche brannte Licht. Emily stellte sich vor, wie ihre Tante Süßkartoffeln schälte, Reis kochte, Fisch trocken tupfte und all jene Gerichte des Landes zubereitete, das sie verlassen hatte, als könnte sie damit wettmachen, dass sie ausgewandert war. Emily hatte es Auntie eine Weile übelgenommen, dass sie nicht den Mut gehabt hatte, zu bleiben und sich den Gefahren zu stellen, denen sie selbst ausgesetzt gewesen war. Mit der Zeit jedoch hatte sich Emilys Verbitterung gegen ihre Eltern gewendet, weil sie sie und ihre Brüder nicht in weiser Voraussicht aus Ruanda fortgebracht hatten. Das Problem mit den Toten ist, dass sie einem nicht mehr Rede und Antwort stehen können. Es hatte keine Adressaten gegeben, gegen die Emily ihren Groll hätte richten können, und deshalb hatte sie stets das Gefühl gehabt, gleich explodieren zu müssen. Bisher zumindest. Sollte Auntie jetzt die Tür öffnen, so würde Emily sie nicht anblaffen. Sie würde ihr keine Vorhaltungen machen, würde sich nicht für ihr Verhalten rechtfertigen. Der Vorhang am Küchenfenster bewegte sich. Dann ging das Licht im Korridor an. Es erhellte den Vorraum, sodass hinter dem Glaseinsatz der Tür mehrere Silhouetten auszumachen waren. Vielleicht hatte Auntie sie gesehen. Vielleicht bereute sie es, Emily vor die Tür gesetzt zu haben. Vielleicht auch nicht. Das Licht ging wieder aus. An. Aus.

Emily ging weiter. Nach Stunden, die sie sich nicht die Mühe machte zu zählen, verlor sie die Orientierung. Sie wusste auch nicht, wie lange sie schon unterwegs war. Als die Sonne aufging, war sie auf einem Friedhof, und die dumpfe Stille, die dort um diese Tageszeit herrschte, war befreiend und ließ Emily innehalten. Sie setzte sich auf ein steinernes Grabmal und dachte ungestört an nichts. Mit der Zeit wagten sich die ersten Kaninchen aus ihrem Bau und hoppelten vorsichtig auf die Grünflächen. Vögel trällerten ungeniert in den Bäumen ringsum, die ohne ihr sommerliches Blätterkleid keinen Sichtschutz boten. Eine Londoner Ratte flitzte zwischen den Gräbern umher. Emily stellte sich vor, dass unter der Erde verpuppte Raupen oder Larven darauf warteten, sich in Schmetterlinge zu verwandeln.

Emily bemerkte, dass sie Hunger hatte, infolge ihrer geistigen Trägheit kam sie allerdings nicht auf die Idee, etwas dagegen zu unternehmen. Hunger war nur eine weitere Art der Leere, die sich zu dem schwarzen Loch in ihrem Inneren hinzugesellte. Von irgendwo aus dem hintersten Winkel ihres Gehirns flüsterte ihr eine Stimme zu, sie habe etwas Wichtiges vergessen oder verpasst, doch der schwammige Gedanke verlor sich immer wieder in dem alles durchdringenden Vakuum.

Menschen gingen vorüber, vereinzelt zunächst, dann in losen Grüppchen; Angestellte, die mit eingezogenem Kopf durch die Kälte zur Arbeit huschten, Mütter mit Buggys, in denen rotwangige Babys saßen, Kinder mit Handschuhen und marshmallowartigen Jacken, die bestimmt Risse davontrugen, wenn man darin auf Bäume kletterte. Emily beobachtete die Passanten noch eine Weile unbewegt, und irgendwann stellte sie die von Socken bekleideten Füße auf die raureifige Erde und reihte sich ein in den Zug der Vorübereilenden. Sie setzte ihren Weg fort, registrierte dabei mit dezidiertem Desinteresse, dass sie an Gebäuden vorüberkam, die ihr einmal sehr vertraut gewesen waren: ihre Schule, der Lebensmittelladen, der Franco, einem Freund ihres Onkels, gehörte, der Zeitungshändler, in dem sie sich mit Aunties

Geld Süßigkeiten hatte kaufen dürfen, eine Reihe Bushalte-
stellen. Ihr war, als befände sie sich auf einer Besichtigungs-
tour, auf der sie sämtliche Stationen ihres bisherigen Lebens
in England abklapperte; eine Art Rekapitulation oder ein
Abgesang. Und noch immer blieb sie gleichgültig. Es war
unerheblich, ob sie anhielt oder weiterging.

Es wurde wieder dunkel. Inzwischen befand sie sich an
einem unvertrauten Ort. Sie setzte sich auf die Stufen eines
Gebäudes, das sie nicht kannte, und lehnte den Kopf an die
steinerne Mauer, obwohl sie nicht besonders müde war. Vielleicht wurde die Nacht wieder zum Tag. Dunkelheit. Licht.
Lärm. Stille. An. Aus. Wenn sie die Augen schloss, sah sie
ein rotes Lämpchen blinken und vernahm das ominöse, läs-
tige Wispern aus dem hintersten Winkel ihres Gehirns.

Emily stand auf. Es war hell, und in der Nähe hielt ein Bus
am Rand des Bürgersteiges. Sie stieg ein und fischte ihre
Oyster Card aus der Hosentasche. Stierte aus dem Fenster
und fragte sich, was es war, an das sie sich hätte erinnern
müssen. Hatte es mit Omar zu tun? Was wollte ihr ihr Geist
vermitteln? Es kostete sie ungeheuer viel Kraft, sich zum
Denken zu zwingen, fast als müsste sie sich unter einer
schweren Last hervorkämpfen. Der Bus hielt an einer roten
Ampel, und Emily starrte das Licht an, bis die Ampel auf
Grün umsprang. Die Farbe der Fahnen, die die *Hutu-Power*-
Männer auf den Straßen geschwenkt hatten. Die Farbe des
Stirnbandes, das der Mann getragen hatte, der Cassien nie-
dergeschlagen hatte. Die Farbe, die Jean getragen hatte. Die
Farbe von Gras. Sie dachte an all diese grundverschiedenen
Dinge, ohne etwas zu empfinden, während draußen die Stadt
vorbeirollte.

Dann saß sie plötzlich wieder in ihrer Wohnung, auf dem
Kissen vor dem ausgeschalteten Fernseher. Der Inhalt einer
Dose Mais hatte irgendwie den Weg in einen Suppenteller

gefunden, dazu Kichererbsen und ein paar Kirschtomaten, die alles andere als frisch waren. Sie verzehrte die Mischung langsam und registrierte einen Hauch Zufriedenheit angesichts des Sättigungsgefühls, das sie erfasste. Essen war wichtig, keine Frage. Vielleicht war es das, worauf sich ihr Geist konzentrieren sollte: auf die Entscheidung, was zum Überleben wirklich notwendig war. Bis jetzt war Essen das Einzige, was ihr offensichtlich erschien. Wenn sie nichts aß, würde sie sterben. Wenn sie nichts trank, würde sie ebenfalls sterben, und zwar noch rascher. Und sie sollte wohl auch nicht mehr im Freien schlafen, zumindest nicht im Winter. Sie schenkte sich ein Glas Wasser ein und zog einen Pullover an. Was noch? Was musste sie noch tun, um zu überleben?

Es war nicht weiter wichtig, *wo* sie schlief, wichtig war nur, *dass* sie schlief, also blieb sie auf dem Kissen sitzen und glitt erneut in die Bewusstlosigkeit hinüber.

Als sie das nächste Mal erwachte, klingelte das Telefon. Das rote Lämpchen blinkte noch immer. Emily bewegte sich langsam darauf zu, überließ es ihrem Körper statt ihrem Geist, zu entscheiden, ob sie abnehmen sollte oder nicht, denn es war nicht von Belang. Ihr Körper zögerte. Der Anrufbeantworter schaltete sich ein, und die Stimme von Lynns jüngerem Sohn hallte durch den Raum. »Engel? Bist du da? ... Emily?« Pause. »Emily, ich hoffe es geht dir gut; ich versuche seit Tagen, dich zu erreichen. Hast du meine Nachrichten nicht abgehört? Es tut mir leid, dass ich so hartnäckig bin, aber meine Mutter erwartet dich ... ähm, ehrlich gesagt schon seit fünf Tagen. Es geht ihr nicht sonderlich gut, und ... Na, jedenfalls könnten wir deine Hilfe brauchen, wenn du es einrichten kannst. Und außerdem ist ja heute Weihnachten, und ich habe keine Ahnung, wie man einen Truthahn zubereitet, und Luke ... egal, jedenfalls hoffe ich, es geht dir gut. Die Leute von der Agentur meinten, sie hätten dich auch bereits angerufen, und ... Also, es wäre toll, wenn du kommen könntest; meine Mutter würde dich gern sehen. Ach ja, hier ist übrigens John Hunter.«

Emilys Körper stellte sich unter die Dusche und ließ das heiße Wasser auf seine rissige Haut prasseln. Dann begab er sich zu ihrem kleinen Holzschrank, schlüpfte in saubere Jeans und einen warmen Pullover und stopfte einige weitere Kleidungsstücke sowie ihre Zahnputzbürste in eine alte Segeltuchtasche. Einen Augenblick hielt ihr Körper inne und spähte zu dem noch immer blinkenden roten Lämpchen am Anrufbeantworter hinüber, ehe er sich umwandte und zur Tür ging, durch das von Gestank erfüllte Treppenhaus und von dort geradewegs zu dem Blumenladen ein paar Straßen weiter, wo er einen Bund gelber Tulpen kaufte, weil es keine Narzissen gab. Dann drängte sich ihr Körper in einen Bus voller Menschen, die eben noch ihre letzten Weihnachtseinkäufe erledigt hatten, umklammerte eine der Halteschlaufen, bis er in St John's Wood ausgespuckt wurde, und marschierte auf direktem Weg zu Lynns drei Straßen entfernter Villa. Dort fand sich Emily plötzlich auf der Schwelle der Eingangstür wieder und stellte fest, dass ihr Körper soeben auf die Klingel gedrückt hatte. Es ist unerheblich, sagte sie sich. Es war unwichtig, ob Lynn wohlauf war oder nicht. Ob Emily hineinging oder nicht.

John atmete sichtlich erleichtert auf, als er sie erblickte.

»Gott sei Dank.« Er machte einen Satz nach vorn, als wollte er sie in die Arme schließen, nahm ihr dann aber bloß die Tasche ab. »Luke ist gerade bei ihr oben.« Emilys Magen zog sich zusammen. »Sie redet nicht viel. Ich schätze, sie sollte mal umgezogen werden, und ... kann sein, dass sie mal muss, aber ich glaube, sie ist zu ... Ich wusste nicht, ob ich ...« Seine Stimme zitterte und brach. Von seinem sonst so lässig-eleganten Auftreten keine Spur. Er wirkte zerknittert wie ein Hemd, das man zum Schlafen getragen hat. »Luke hat sich um alles gekümmert.« Er ließ den Kopf hängen.

Emily legte ihm sanft eine Hand auf den Arm. »Ich sehe gleich mal nach ihr«, sagte sie schlicht.

Vielleicht waren die Tulpen schwerer als zunächst angenommen, denn auf dem Weg nach oben wurde Emily immer langsamer. Obwohl Lynns Zustand im Grunde irrelevant war, schien es, als trüge sie eine Last auf den Schultern. Und obwohl sie sich wappnete, ehe sie Lynns Schlafzimmer betrat, und obwohl es ohne Bedeutung war, warf sie der Anblick von Lukes unverwechselbaren Augen aus der Bahn. Weder das eine noch das andere, sondern zweierlei gleichzeitig.

Er stand auf, als sie hereinkam. Grau und Grün.

Emily bohrte sich die Fingernägel in die Handflächen und konzentrierte sich auf das Eis in ihrem Inneren.

Sie standen sich unentschlossen gegenüber, jeder auf einer Seite des Bettes.

Irgendwo unter der Daunendecke lag Lynn. Ihr feines weißes Haar war über das riesige Kissen ausgebreitet, und unter der rundum sorgfältig festgesteckten Decke ragte ein Zipfel ihres blassrosa Nachthemdes hervor. Dennoch musste Emily zweimal hinsehen, um ihr Gesicht auszumachen. Es war zur Seite gedreht und hätte ohne Weiteres für eine Erhebung in der schon leicht vergilbten, bejahrten Bettwäsche gehalten werden können. Die Falten, die einst von einem Leben voller Lächeln gezeugt hatten, hingen nun konturlos und schlaff nach unten. Lynn hatte die Augen geschlossen, doch unter den dünnen Lidern zuckten die Augäpfel hin und her. Die Lippen waren trocken, ihr Oberkörper steckte in einem abgetragenen braunen Morgenmantel. Ihr Atem ging flach.

Emily sah sich im Zimmer um, bis ihr Blick an einer leeren Vase hängenblieb. Sie trug sie ins Bad, füllte sie mit Wasser, stellte die gelben Tulpen hinein und kehrte damit zurück ins Schlafzimmer. Luke hatte sich wieder hingesetzt und eine Hand auf die Matratze gelegt, neben den Körper seiner Mutter, ohne ihn zu berühren.

»Hat sie etwas gegessen?«, fragte Emily.

Er setzte sich aufrechter hin und schüttelte den Kopf. Seine Schultern wirkten angespannt. »Zuletzt vor zwei Tagen. Dann und wann trinkt sie einen Schluck Wasser.« Er zeigte auf ein Glas mit Strohhalm, das auf ihrem Nachttisch stand. Es hatte einen ringförmigen Abdruck auf dem Notizblock hinterlassen, auf dem Lynn ihr so sorgfältig die Adresse von GENSUR aufgeschrieben hatte. »Wo warst du denn die ganze Zeit?«

»War sie auf der Toilette?«

»Ohne Hilfe ging es nicht.«

»Hast du ihr geholfen?«

»Das Bett riecht ein bisschen.«

Emily hob die Daunendecke an, und ein stechender Geruch waberte darunter hervor.

Luke zog die Nase kraus. »Du hättest hier sein sollen«, stellte er vorwurfsvoll fest. Sein gereizter Tonfall zerschnitt die Luft wie ein Messer. »Die Agentur konnte niemand anderes schicken, so kurz vor Weihnachten. Aber meine Mutter wollte ohnehin niemand anderes. Sie braucht dich, hat sie gesagt ... Ich ... Ich konnte ihr nicht helfen.«

Emily begann, die leeren Gläser einzusammeln, die überall im Raum herumstanden. »Ich kümmere mich gleich um das Bett.«

»Wenn du da gewesen wärst ...«

Emily stellte die Gläser wieder hin. Warum musste er so laut und aggressiv sein? Warum konnte er nicht die Augen schließen? Oder aufhören zu existieren?

»Vielleicht wäre es dann nicht ganz so schnell gegangen«, fuhr Luke fort.

»Pst!« Sie legte den Zeigefinger auf die Lippen und sagte dann fest: »Es war nicht meine Schuld. Ich habe nichts getan.«

»Genau das ist ja das Problem!«, zischte er aufgebracht. »Du hättest etwas tun können.«

»Ich hätte es nicht aufhalten können«, widersprach Emily.

»Aber du hättest ihr helfen können. Ihr und uns. Wir haben dir vertraut.«

»Tja, das hättet ihr nicht tun sollen.« Nun war Emily ebenfalls laut geworden. »Man sollte niemandem vertrauen.«

Luke starrte sie an. Sein stechender Blick war durchdringend wie eh und je, seine Augen waren dunkel geworden, Grau und Grün beinahe zu einem Farbton verschmolzen. Er hatte sich mit zuckenden Händen vor ihr aufgebaut, das markante Kinn vorgereckt. Es schien fast, als wäre er vor Wut gewachsen, und als er den Arm hob, war Emily überzeugt, er wolle ihr eine Ohrfeige verpassen. Sie wich nach hinten, und im selben Moment ließ er sich auf den wackeligen kleinen Stuhl plumpsen und sank in sich zusammen, wobei er pfeifend ausatmete. Es klang wie ein Heißluftballon, aus dem zischend die Luft entweicht.

»Es ... tut mir leid für euch«, murmelte Emily nach einigen Minuten verlegenen Schweigens.

Luke hob den Kopf. »Es tut dir leid?« In seiner Verzweiflung stürzte er sich auf ihre Worte, als wären sie ein Beweis dafür, dass sie verantwortlich war, oder zumindest dafür, dass er es nicht war. »Es tut dir leid«, höhnte er. »Was habe ich davon? Was hat John davon? Das bringt sie uns auch nicht zurück!«

»Sie ist noch nicht tot«, erinnerte Emily ihn.

Als hätte sie ihnen die ganze Zeit über zugehört, schlug

385

Lynn die Augen auf. Sowohl Luke als auch Emily stürzten an ihr Bett. Lynn atmete noch immer schwer, doch nun, mit geöffneten Augen, wirkte sie fast wieder so beherrscht wie sonst. Ihr nüchterner Blick wanderte zwischen ihnen hin und her.

»Ich bin bei dir, Mutter, ich bin da. Ist alles in Ordnung?«, stieß Luke hervor. Lynn sah ihn an und machte einige weitere Atemzüge, und nach jedem hatte es den Anschein, als würde sie gleich etwas sagen, doch sie schien nicht die nötige Kraft dafür aufzubringen.

»Sie machen das sehr gut«, sagte Emily zu ihr. »Sie sehen schon besser aus.«

Lynn lächelte matt, und Emily schluckte schwer, denn ganz plötzlich sah sie in ihr auch ihre Mutter, und sie spürte, wie sich jegliche Ambivalenz in Luft auflöste. Hastig begann sie wieder aufzuräumen. Während sie sich unwichtigen Dingen wie Gläsern und Decken widmete, richtete Lynn den Blick wieder auf ihren Sohn. Sie atmete tief ein und öffnete den Mund, doch auch diesmal kamen keine Worte heraus.

»Was ist, Mutter? Was möchtest du?«

Lynn fielen die Augen zu. Der fließende Wechsel zwischen Wachzustand und Bewusstlosigkeit zeichnete sich auf ihrem Gesicht ab, ein gemächliches Hin und Her, wie Emily es noch nie beobachtet hatte, obwohl sie so viele Menschen hatte sterben sehen. Gemeinsam mit Luke verharrte sie noch viele Minuten an Lynns Bett, wobei sie es wie er kaum wagte, sich zu bewegen, bis Lynn auf einmal tief Luft holte, als wollte sie jedes Gramm Sauerstoff in ihrem Körper zusammennehmen, und dann schlug sie die Augen auf und sagte mit fester Stimme: »Es tut mir leid, dass ich deine Hochzeit nicht mehr miterleben werde, Luke.« Er schüttelte den Kopf und begann zu protestieren, doch sie redete einfach weiter. »Du musst dich um John kümmern, hörst du?

Du musst ihm sagen, dass es in Ordnung ist, wenn er zu dir kommt und ... Das machst du doch, nicht wahr? Und sag Vera, sie soll das Porzellan benutzen. Alles davon, jeden Tag, nicht nur zu besonderen Anlässen. Sperrt es nicht weg. Und was ihr nicht brauchen könnt, das zerschlagt.«

»Was redest du denn da, Mutter?«, stieß Luke hervor, der es nun sichtlich nicht mehr aushielt, und packte ihre Hand, lockerte aber bei einem Blick auf ihre zerbrechlichen Finger sogleich den Griff. »John ist unten; du kannst selber mit ihm reden. Und Vera werde ich gleich mal fragen, ob sie herkommen kann. Vielleicht morgen gegen Mittag?«

»Ich hätte die Teekanne mit den Krokussen verwenden sollen ...«

Luke sah fragend zu Emily, und sie nickte ohne ein Wort der Erklärung. Lynn hob den freien Arm, um ihrem Sohn die Hand zu tätscheln, was ihr sichtlich viel Kraft abverlangte. Die zarte Haut ihrer Finger auf seinem Handrücken wirkte beinahe durchscheinend. »Halt dich nicht allzu strikt an die Regeln, Luke«, murmelte sie. »Du darfst auch mal eine brechen. Hab keine Angst davor.«

Ein Schatten des Kummers huschte über sein männliches Gesicht. Er versuchte, die Gefühlsregung zu kaschieren, indem er ein noch breiteres Lächeln aufsetzte, doch als Lynn ihn bat, den Raum zu verlassen, weil sie sich mit Emily unterhalten wolle, war seine Verstörtheit unübersehbar. »Mit Emily, Mutter? Nicht mit mir?«

Selbst jetzt, da sie nur noch ein Schatten ihrer selbst war, genügte ein einziger Blick von Lynn. Gehorsam ging er hinaus und schloss die Tür.

Emily tat beschäftigt, hantierte auf der anderen Seite des Raumes weiter mit unwichtigen Dingen. Doch die mit Stille getränkten Sekunden wogen schwer. Sie drehte sich um.

»Warst du dort?«, fragte Lynn. »Bei GENSUR?«

Emily nickte und machte sich wortlos daran, ihr aus dem schmutzigen Nachthemd und in ein frisches zu helfen. Dann wälzte sie sie vorsichtig auf die Seite, zog das Laken unter ihrem zitternden, blassen Körper hervor und ersetzte es durch ein sauberes aus dem Schrank, in dem ein rechtes Durcheinander von Lynns letztem Versuch zeugte, in Emilys Abwesenheit allein zurechtzukommen. Lynn wirkte erleichtert.

»Ist es dir gelungen, zu verzeihen?«, erkundigte sie sich voller Hoffnung und ließ sich, nachdem Emily das Kissen für sie aufgeschüttelt hatte, wieder nach hinten sinken, wobei sie kaum merklich das Gesicht verzog. Sie musste gestürzt sein oder sich irgendwo gestoßen haben, denn sie hatte einen Bluterguss am Arm.

»Ich habe Ihnen alles gesagt«, antwortete Emily. »Ich habe Ihnen meine Geschichte erzählt.«

»Aber das war erst der Anfang. Du musst sie akzeptieren, Emily. Du musst verzeihen.«

»Ich habe Ihnen doch gesagt, dass ich das nicht kann.«

Lynn nickte, als könnte sie es nachvollziehen, runzelte jedoch bekümmert die Stirn.

»Ich habe Ihnen Blumen mitgebracht«, bemerkte Emily, um vom Thema abzulenken, und zeigte auf die Vase auf dem Nachttisch. »Tulpen. Eigentlich wollte ich Narzissen, aber die gibt es zurzeit nicht. Dafür sind sie gelb.«

»Wie die Blumen auf den Hügeln in Ruanda.«

»Ja.«

»Stell sie auf das Fensterbrett, damit sie etwas Sonne abbekommen, sonst werden sie nicht lange halten.«

Emily tat, was sie ihr aufgetragen hatte, und arrangierte mit dem Rücken zu Lynn wieder und wieder die Stiele der Blumen.

»Verzeihen sprengt jeden Moralkodex des Universums«,

flüsterte Lynn. Ihre Stimme war rau geworden. Es ist schwer, aber wenn du nicht verzeihst, wirst du niemals frei sein.«

Emily drehte sich zu ihr um. »Frei?«

»Wenn du verzeihst, machst du dich frei von erlittenem Unrecht, indem du es in Gottes Hände legst.«

»Sie glauben nicht mehr an Gott«, erinnerte Emily sie.

»Ich habe es getan, Emily. Ich habe dem Leben verziehen«, sagte Lynn mit einem atemberaubenden, stolzen Lächeln, das ihr runzeliges Gesicht erhellte. »Ich bin mit meinem Schicksal versöhnt.« Sie brach ab, weil ihr die Luft ausgegangen war, und es dauerte lange, bis sie wieder sprechen konnte. »Nur John ...«, murmelte sie. »Versprich mir, dass du es versuchen wirst, Emily.«

Emily schüttelte instinktiv den Kopf, doch dann wurde ihr bewusst, dass es egal war, ob sie Lynn das Versprechen gab oder nicht. Es war nicht lebenswichtig. »Also gut, ich verspreche es«, lenkte sie ein.

Lynn schloss die Augen. »Gut«, flüsterte sie. »Gut. Gut.«

Die leeren Gläser auf dem Nachttisch warteten noch immer darauf, hinuntergetragen zu werden, und auf dem Fußboden lag die schmutzige Bettwäsche, die gewaschen oder zumindest weggebracht werden musste, und Emily überlegte, ob sie Lynn ein Bad einlassen oder etwas Suppe machen sollte, doch sie tat nichts dergleichen. Es erschien ihr zwecklos. Also beobachtete sie Lynn nur.

Bis ihr aus unerfindlichen Gründen der Rosenkranz einfiel. *Er wird kommen zu richten die Lebenden und die Toten.* Emily schüttelte den Kopf.

»Es ist unwichtig«, flüsterte sie in das fast leere Zimmer hinein, wies die vertrauten Worte von sich. »Es ist unwichtig. Sie ist bloß eine mehr. Warum sollte es mich kümmern?« Doch die Worte des Rosenkranzes stahlen sich aus ihrem Geist auf ihre Lippen, also sank sie neben dem Bett auf den

Boden und stützte die Ellbogen auf die Matratze, sorgsam darauf bedacht, Lynns magere Beine nicht zu berühren. »*Vergib uns unsere Schuld, wie auch wir vergeben unseren Schuldigern.*« Sie ergriff Lynns Hand. »Du hättest nicht aufgeben dürfen«, murmelte sie. »Du hättest zumindest versuchen können, am Leben zu bleiben. Du hättest mich nicht so zurücklassen dürfen, mit nichts und niemandem.« Eine heiße Träne rollte ihr über die Wange und ließ das Eis in ihr schmelzen. Schmelzen. Sie beugte den Kopf und drückte Lynns spindeldürre Finger auf ihre Narbe.

Emily verharrte in dieser Stellung, bis John über eine Stunde später die Tür öffnete.

»Ich muss mit meiner Mutter reden«, flüsterte er.

Obwohl er deutlich älter war als sie, wirkte er auf Emily mit einem Mal jung oder zumindest ganz offensichtlich wie der jüngere der beiden Brüder. Sie stand wortlos auf und strich sich den Pony glatt.

Sie konnte sich noch dunkel daran erinnern, wie sich ein belebtes Haus anhörte, eins, das angefüllt war mit Familie und Vertrautheit, mit Geräuschen, die man erkennt, ohne die Ursache sehen zu müssen. Sie ging nach unten, wo sie Luke in der Küche werkeln hörte.

»Verdammter Kühlschrank«, brummte er, als er bemerkte, dass sie in der Tür stand und verfolgte, wie er die Fächer umräumte, damit der Truthahn hineinpasste, den Lynn schon vor Wochen bestellt hatte. »Ich finde Mutters Rezept für die Füllung nicht, dabei ist ihr die am wichtigsten. Und John isst gern Preiselbeersoße dazu, aber ich glaube, wir haben keine Preiselbeeren. Seit Vater gestorben ist, übernehme ich für gewöhnlich das Tranchieren.« Er zog eine Schublade auf. »Da ist das Tranchiermesser. Aber ich weiß nicht, ob ... Soll ich den Vogel jetzt in den Ofen schieben?

Mutter soll auf jeden Fall ihren Truthahn bekommen. Ich will nicht ...«

Er brach ab, als Emily zu ihm trat und ihm das lange Messer mit der gebogenen Klinge aus der Hand nahm. Sein Kinn war noch immer leicht vorgeschoben, doch seine Lippen zitterten, und der Blick seiner Augen, die nun wieder förmlich vor Farbe sprühten, irrte ziellos umher. Er sah Jean erschreckend ähnlich.

Emily hob das Messer und hielt es ihm, den Arm ausgestreckt, vor sein Gesicht.

Schweigen. Ihr war, als sähe sie Gras und Erde und ihre Mutter. Ihr Herz raste, ein Adrenalinstoß ging durch ihren Arm; durch ihre Finger und geradewegs in den Messergriff. Ihre Narbe pochte. Grau und Grün und Blutrot verschwammen vor ihren Augen.

Luke begann zu zucken.

Emily hielt die Luft an. Auch sie hatte gezuckt.

Luke schlotterte nun unkontrolliert und klammerte sich mit beiden Händen an der Kante der Arbeitsplatte fest. Das leise Scheppern des darauf stehenden Geschirrs zeugte von seinem Elend. Er lachte, laut und ordinär, weil er nicht wusste, was er sonst tun sollte. Er war unverkennbar mit den Nerven am Ende. Emily verfolgte die Szene fasziniert.

»Gott, was bin ich nur für ein Jammerlappen«, murmelte er verlegen und wedelte mit dem Arm, als wollte er Emily aus der Küche scheuchen, und erst da wurde ihr bewusst, dass er gar nicht vor Angst zitterte, oder jedenfalls nicht, weil er Angst vor ihr und der scharfen Messerklinge hatte. Dass ihm jemand Gewalt antun könnte, kam ihm gar nicht in den Sinn. Trotzdem zitterte er.

Doch auch sie war zusammengezuckt und zitterte jetzt ebenfalls. Das Messer in ihrer Hand schwankte.

»Das vorhin tut mir leid, Emily«, sagte Luke plötzlich mit

bebenden Lippen. »Das war unfair von mir. Es ist allein meine Schuld, nicht deine.«

Emily erwiderte nichts, sondern umklammerte das Messer noch fester. Und jetzt nahm auch Luke davon Notiz. Er ließ die Arbeitsplatte los, und sein Blick wanderte bedächtig über ihren bebenden Körper. Ihm entging nicht, wie sie ihn ansah, wie hell ihre Fingerspitzen geworden waren, weil sie den Griff des tödlichen Messers so krampfhaft umschloss. Die Erkenntnis spiegelte sich jäh in seiner Miene. Auf einen Schlag hörte er auf zu zittern und wirkte wieder gefasst. Stark. Mächtig und bedrohlich, so breitbeinig, wie er sich vor ihr aufgebaut hatte, die Lippen zusammengepresst. Er seufzte und raufte sich die Haare. Irgendwo hatte sie ihn das schon einmal tun sehen. In ihrem Kopf begann es zu pochen. Ihre beiden Welten schoben sich ineinander. *Ich hatte keine andere Wahl.* »Oh doch«, widersprach sie. *Aber ich habe dich gerettet. Du bist noch am Leben.* »Das ist doch kein Leben!«, stieß sie hervor.

Luke musterte sie mit schmalen Augen. »Wovon redest du?«

Das Pochen in ihrem Kopf ließ nicht nach. Sie rieb sich mit der freien Hand die Schläfe, die andere hielt krampfhaft das Messer fest.

Luke trat einen Schritt näher, ohne das Messer aus den Augen zu lassen. »Nichts davon war deine Schuld, Emily«, bekräftigte er. »Aber du bist meiner Mutter nicht gleichgültig, musst du wissen.«

»Sie ist gestorben. Alle sind gestorben, und ich habe zugesehen.«

»Was? Wer?«

Sie schüttelte den Kopf, und da griff Luke nach der Hand, mit der sie sich noch immer die Schläfe massierte. Er barg sie in der seinen, hielt sie fest. »Hör auf, Emily. Es tut mir

392

leid«, wiederholte er. Bei seiner Berührung wurde das Dröhnen in ihrem Schädel noch heftiger, und ihre Narbe pochte. Es musste aufhören. Sie musste sie berühren, musste beruhigend darüberstreichen. Sie brauchte beide Hände. Zögernd ließ sie den Arm sinken, lockerte den Griff um das Messer, legte es schließlich weg und hob die nun freie andere Hand an die Stirn, doch Luke war schneller. Er packte sie am Handgelenk, sodass sie gezwungen war, innezuhalten und all ihre Aufmerksamkeit auf ihn zu richten. »Es tut mir leid«, beteuerte er noch einmal, ohne sie loszulassen. »Es tut mir leid.« So standen sie eine ganze Weile da und sahen einander wortlos in die Augen, bis Emily schließlich, unfähig, ihm zu entkommen, unfähig, ihm aus dem Weg zu gehen, unfähig, ihn zu verletzen oder zu ignorieren, ein herzzerreißendes Schluchzen hervorstieß.

»Es tut mir leid«, sagte Luke ein letztes Mal. Emily starrte in seine grau-grünen Augen. Weder das eine noch das andere. Zweierlei gleichzeitig. Aggression und Angst. Macht und Bedauern. Liebe und Verlust. Genau wie Jeans Augen. Sie hielt den Blick darauf gerichtet, bis sie durch den Schleier ihrer Tränen immer mehr verschwammen und verblassten und schließlich ganz verschwanden. »Ich verzeihe dir«, schluchzte sie.

Und dann küssten sie sich.

Hinterher saß Emily allein auf dem orange gefliesten Küchenboden und versuchte, zu rekonstruieren, wie es dazu gekommen war.

Anfangs hatten sie einander bloß umarmt, während sich ihre salzigen Tränen mit dem Geschmack des fremden Mundes vermischten. Luke klammerte sich trostsuchend an sie und sie sich an ihn, während sie einander behutsam mit der Zunge erkundeten, und Emily war, als wäre dies ihr allererster, zärtlicher Kuss, als wäre sie wieder ein unberührtes junges Mädchen. Sie standen aneinandergelehnt da, darum bemüht, möglichst ruhig zu atmen, während sie sacht und aufmerksam den Geruch des anderen inhalierten, waren ängstlich darauf bedacht, nicht zu viel Druck auszuüben und den Augenblick damit womöglich zu zerstören. Es hatte beinahe den Anschein, als wäre es der logische nächste Schritt nach seiner Entschuldigung. Doch es fielen keine Worte mehr. Sie waren eingehüllt in eine eindringliche Stille. Der Fernseher im Wohnzimmer blieb ebenso stumm wie der alte Plattenspieler, und nun, da Luke nicht mehr im Kühlschrank kramte, war auch in der Küche kein Geklapper mehr zu hören, keines der vertrauten Geräusche, die an das Terrain hätten gemahnen können, das sie verließen. Gut möglich, dass John oben den Stuhl etwas näher an Lynns Bett rückte oder Lynn etwas murmelte, doch sie nahmen diese irdischen Laute nicht wahr oder beschlossen, sie zu ignorieren.

Stattdessen schmiegte Luke die Hände an Emilys Gesicht und schob ihren Kopf ein wenig von sich. Gut möglich, dass sie die Augen ein wenig verengte, doch abgesehen davon rührte sie sich nicht, versuchte es auch gar nicht erst, sondern stand einfach nur regungslos da. Luke fand Gefallen an dieser Regungslosigkeit und nutzte sie, um Emily genau in Augenschein zu nehmen. Als wäre sie ein ätherisches Wesen, strich er ihr über die glatte dunkle Wange, schob den Pony zur Seite, ließ den Daumen über ihre lange, unregelmäßige Narbe gleiten. Er flocht die Finger in ihr dichtes Haar, das ungleich rauer war als das seine. Er erkundete ihr kleines Ohr, fuhr das Ohrläppchen nach, umfing mit seinen blassen Händen ihr dunkles, knochiges Kinn, kostete mit den Lippen den Geschmack ihrer Haut. Er hielt inne, betrachtete sie. Und dann zerrte er plötzlich an ihrem dicken

Pullover, hob ihn mit einer einzigen Bewegung hoch und zerrte ihn ihr über den Kopf, sodass sie nur noch in BH und Jeans in Lynns Küche stand. Als er sich anschickte, ihr auch die Hose auszuziehen, war es mit ihrer beider Zurückhaltung endgültig vorbei, und es gab kein Zurück mehr. Ein fieberhaftes Verlangen hatte sie erfasst. Emily machte sich an seinem schwarzen Gürtel zu schaffen, am Reißverschluss seiner Hose, öffnete mit fahrigen Bewegungen ein, zwei der kleinen weißen Knöpfe an seinem Hemd, das ihm bereits aus dem Bund gerutscht war, und riss es dann kurzerhand auf, sodass die restlichen Knöpfe wegspickten. Luke hob den Kopf, als sie über den Fußboden hüpften, und Emily dachte schon, er könnte aufhören. Doch nein, er packte sie an den Armen und drängte sie mindestens ebenso ungestüm an die Kühlschranktür, hinter der der Truthahn lag. Als er sie unsanft von ihrem BH befreien wollte, wehrte sie sich, verpasste ihm eine Ohrfeige, zerkratzte ihm die Schultern und stemmte sich so lange gegen ihn, bis er ein wenig nach hinten wich. Dann stürzte sie sich erneut auf ihn, drückte ihn an einen der Küchenschränke und nahm sein Gesicht zwischen beide Hände, um ihn zu küssen und dabei heftig an seiner Lippe zu saugen.

Es war schwer zu sagen, wer von ihnen danach das Kommando übernahm und wer sich fügte. Irgendwann landeten sie nackt auf dem Fußboden und rangelten dort weiter, beißend und zerrend, sich nach dem Fleisch des anderen verzehrend. Seine Lippe blutete. Ihre Brüste pulsierten unter der Berührung seiner kräftigen Finger. Sie stöhnte laut auf vor Schmerz, doch sie fühlte sich ihm ebenbürtig in diesem Kampf. Stark. Es war erregend, seine Grobheit zu erwidern, sie einzufordern, sie zu kontrollieren. Sie wühlte die Hände in seine blonden Haare, riss daran; einige davon blieben zwischen ihren Fingern hängen. Unter ihr sein eckiges Kinn und seine durchdringenden Augen, gefügig, seine blassen, bartstoppeligen Wangen, die ihr die Schenkel wundrieben. Als sie schließlich von seinen Haaren abließ und sich auf dem kalten Boden wand, den sie sooft gewischt hatte, zog er sie an sich, und dann war er plötzlich in ihr, tief, intensiv.

Seltsamerweise war das der Moment, in dem Emily spürte, wie ihre Gedanken davondrifteten. Ihre Leiber kollidierten und rissen Zeit und Raum mit sich. Wie aus dem Nichts tauchte Omar in ihren Gedanken auf, während sich Luke keuchend auf ihr bewegte, während sich ihr Körper krümmte und wand, von einer sonderbar distanzierten Lust erfüllt. Im Geiste war sie nicht mehr in Lynns Küche, sondern in Omars schäbiger Wohnung mit ihren Umzugskisten, und dann sah sie ihn unten vor dem Haus stehen, betrachtete ihn von der anderen Straßenseite aus und dachte bei sich, wie schön er war, wie charmant sein Lächeln wirkte. Sie dachte daran, wie er ihr auch dann noch tief in die Augen geblickt hatte, nachdem er erfahren hatte, dass sie keine »Schwester« war. Während Luke befriedigt stöhnte, lag Emily in einem Bett und lauschte ihrem Vater, der ihr vorlas. Sie betrachtete zwischen den Fingern ihrer Mutter hindurch gelbe Blüten, die in der kühlen Brise tanzten. Sie ließ sich von Cassien lachend durch die Büsche jagen. Sie winkte Gahiji, der den Kopf schief legte, während sie sich in seine ausgebreiteten Arme warf. Sie war zu Hause. Eine Welle der Hitze ging durch ihren Körper. Der Boden der Gefängniszelle war so kalt gewesen, so hart, doch jetzt war ihr warm. Sie balancierte auf dem Ast eines Baumes, und ihr war warm. Sie stand in einem Käfig, in dem ihre Mutter sich nicht von der Stelle rührte, und ihr war warm. Sie blickte hoch, geradewegs in Jeans Gesicht.

Sie sahen sich in die Augen. Grau und grün, und das Braun ihrer eigenen. Dennoch war sie ruhig. Ein letzter Stoß, ein letztes Zucken, dann brach er über ihr zusammen und ließ mit einem Ächzen den Kopf zwischen ihre entblößten Brüste sinken. Sie schlang die Arme um ihn. Atmete im Gleichtakt mit ihm ein und aus. Friedliche Stille.

Sie währte nur kurz.

Kaum hatte sich Luke von ihr heruntergewälzt, bewegten sie sich in entgegengesetzte Richtungen und sammelten hastig die achtlos im Raum verstreuten Kleidungsstücke ein, nicht ohne mehrfach verstohlen nach dem anderen zu schielen, um sich zu vergewissern, dass sie beide gleichermaßen Anteil hatten am Vorgefallenen, gleichermaßen nackt waren, gleichermaßen schuldig. Doch Emily empfand keine Reue. Sie wusste nicht, was sie empfand, nur, *dass* sie etwas empfand. Ihre Gleichgültigkeit war verpufft. Sie beobachtete Luke, während sie in ihre Jeans schlüpfte, und registrierte, wie in ihr ein ganz neues, unbekanntes Gefühl aufstieg. Eines, das ihr ein Lächeln entlockte und wahrhaft erhebend wirkte: Sie hätte schwören können, dass sie über dem Boden schwebte gleich einer Marionette, dass unsichtbare Fäden ihre Arme und Beine, ihr Rückgrat bewegten. Der gesamte Raum schien zu glühen.

Sie sann über die Sünde nach, die sie gemeinsam begangen hatten. Denn eine Sünde war es zweifellos. Oder jedenfalls etwas, das ihre Mutter und ihre Brüder und die Priester missbilligt hätten. Sie hatte mit einem Mann geschlafen, den sie kaum kannte und der am Boden zerstört war, weil seine Mutter im Sterben lag. Mit einem Mann, der verlobt war – mit einer ahnungslosen jungen Frau, der Emily zwar nie begegnet war, von der Lynn jedoch gesagt hatte, ihr Sohn liebe sie über alles. Trotzdem plagten Emily keinerlei Schuldgefühle. Sie war wohl nach wie vor ein Mensch, an dem »man mehr gesündigt, als er sündigte« ... Shakespeare. Papa hatte ihr das Stück einmal vorgelesen. Es handelte von einem König. Von

Wahnsinn. Vielleicht auch von Freiheit. Und mit einem Mal war ihr, als habe man ihr die Freiheit geschenkt, bedingungslos und ohne, dass sie darum gebeten hatte. Sie fühlte sich wie neu geboren, wie sie dort saß, wund und halb nackt, denn in diesem Augenblick wurde ihr etwas bewusst: Sie hatte überlebt.

Und Emily lachte.

Sie warf den Kopf in den Nacken und lachte.

Wie die Kellnerinnen im Café um die Ecke, wenn sie während ihrer Zigarettenpausen draußen herumalberten.

Während sie noch kichernd am Küchenschrank lehnte, stopfte sich Luke das Hemd in die Hose, tupfte sich mit einem Küchentuch das Blut von der Lippe und starrte Emily an, als sähe er sie zum allerersten Mal. »Wie Batseba«, murmelte er kopfschüttelnd vor sich hin.

»Was?«

Er wandte sich ab, als wünschte er, sie bliebe still, ein schweigender Körper, und sie hakte nicht nach. Als sie sich bückte, erspähte sie unter dem Kühlschrank einen seiner Hemdknöpfe. Sie hob ihn auf und hielt ihn Luke hin.

Er nahm ihn hastig an sich. Über ihnen wurde eine Tür geöffnet, dann hörten sie Johns Schritte auf dem knarzenden Treppenabsatz.

»Ich weiß nicht, was ... Ich habe noch nie ... Ich bin verlobt«, stammelte Luke. »Ich liebe sie. Das wird sie mir nie verzeihen.« Jetzt weinte er, wischte sich hektisch die verräterischen Tränen von den Wangen.

»Ich verzeihe dir«, sagte Emily ruhig und wiederholte damit die Worte, mit denen alles angefangen hatte. Die Silben kamen ihr leicht über die Lippen, und das Glühen um sie wurde noch intensiver. Es erinnerte beinahe an die aufgehende Sonne in Ruanda.

Emily kauerte am Bettende und döste. Es erschien ihr nicht mehr nötig, vor den Jungs oder sich selbst zu leugnen, was sie empfand. Sie waren eindeutig: Sie wollte nicht, dass Lynn starb. Nun, da sie wusste, dass sie doch noch zu Gefühlen wie Liebe und Fürsorge fähig war, wollte sie Lynn so lange wie nur irgend möglich um sich haben. Luke konnte ihr nicht in die Augen sehen, doch er bat sie nicht, zu gehen, und John, der die Samtweste trug, wie Emily bemerkte, wirkte dankbar für ihre Anwesenheit, als könnte sie der Situation irgendwie den Schrecken nehmen. Als könnte sie einen willkommenen Puffer bilden zwischen der Wirklichkeit und den Erinnerungen, die die beiden zweifellos gerade überschwemmten. Ihre Mutter atmete flach und seufzte dann und wann.

Lynn war friedlich zumute. Irgendwie nahm sie Emily zu ihren Füßen wahr und ihre Söhne an ihrer Seite. Selbst mit geschlossenen Augen konnte sie sie sehen, alle drei. Auf dem Fensterbrett reckten die Tulpen – gelb, ihre Lieblingsfarbe – stolz die Köpfe in die Höhe. Mit jeder Stunde, die verging, öffneten sie sich etwas weiter. Entfaltung, Blüte, Tod. Unnütze Stängel. Es sei denn, für *sie* da zu sein war seit jeher ihre Bestimmung.

Gut ... gut ... gut.
An wen richteten sich Lynns Worte? Wusste sie, dass Emily da war? Versuchte sie, sie zu beruhigen? Oder sprach sie mit Gott? Ließ sie ihn wissen, dass sie nun bereit war? Dass sie begriffen hatte? Sprach sie mit ihrem Ehemann?

Lynn hatte das Foto von ihrem Nachttisch aus dem Rahmen genommen, und nun lag es verkehrt herum auf der Matratze, dort, wo es ihren Fingern entglitten war.

Gut ... gut.

Lynn murmelte es nun nicht mehr sooft, ihre Stimme klang rauer. Die Haut um die geschlossenen Augen war bläulich angelaufen und schlaff, ihre Hände, die einst selbstbewusst leichte, schwungvolle Striche auf der Leinwand hinterlassen hatten, ruhten seltsam verkrümmt auf ihrer Brust. Als Emily sie ergriff, spürte sie die eisige Kälte, die sich in Lynns Körper breitgemacht hatte. Sie streichelte sanft über die dünne Haut, massierte die knochigen Finger, bis sie wieder warm wurden. John saß weinend in der gegenüberliegenden Ecke des Zimmers, Luke thronte mit stoischer Miene auf der anderen Seite des Bettes. Emily stachen die leeren Knopflöcher an seinem Hemd ins Auge. Seine Hände zuckten in einem fort, während er sich vorbeugte, zurücklehnte, wieder vorbeugte und sich seiner Mutter dabei ein ums andere Mal näherte, ohne sie zu berühren. Vielleicht genügte es ihm ja, ihren Atem zu spüren, das Sich-Heben und -Senken ihres Brustkorbes zu erahnen und sich vorzustellen, dass ihre Arme ihn umfingen.

Der Weihnachtsmorgen nahte. Bald würden Luke und John aufstehen und ihre Strümpfe plündern. Philip hatte bis spät in die Nacht Geschenke eingepackt und war bestimmt noch müde. Trotzdem würde er sich im Bett aufsetzen, sobald die Jungs schwer beladen hereinstürmten, und den Brief lesen, den ihnen der Weihnachtsmann hinterlassen hatte. Philip hatte extra in einem indischen Laden Briefpapier besorgt, das mit etwas Fantasie so aussah, als käme es vom Nordpol.

Eine fromme Lüge, um die Wirklichkeit ein wenig auszuschmücken, sie mit allerlei Möglichkeiten auszustatten. Sie sollte aufstehen; der Truthahn musste noch vor der Messe in den Ofen. Und sie musste daran denken, die Kartoffeln zu schälen, ehe sie sich schick machte. Andererseits konnte sie auch noch ein paar Minuten liegen bleiben. Am Fuße des Bettes regte sich etwas, eine sanfte, flatternde Bewegung, die sie einlullte, in einen Zustand ungewöhnlicher Lethargie versetzte. Die Jungs würden ohnehin bald hereinkommen, aufs Bett springen und sie wecken. Für den Truthahn blieb auch später noch genügend Zeit. Sie würde noch ein paar Minuten schlafen. Nur noch ein paar Minuten. Philip lag neben ihr. Es war ein schönes Gefühl, sich an seinen warmen Körper zu schmiegen. Sie schlang ihm die Arme um die Taille, schmiegte das Gesicht an seine nackte Schulter und atmete seinen vertrauten Geruch ein.

Es wurde Nacht. John und Luke hielten abwechselnd an der Seite ihrer Mutter Wache. Dazwischen schliefen sie – auf der Couch im Wohnzimmer, nicht in ihren alten Kinderzimmern. Emily legte vorsichtig die Stirn auf der Steppdecke ab und hielt weiter Lynns Hand.

Um halb sechs Uhr morgens weckte die Türklingel sie. Beide Jungs lagen im Schlafzimmer ihrer Mutter, schienen es aber nicht gehört zu haben. Die Tulpen hatten sich etwas vom Fenster abgewandt, hinter dem nun Finsternis herrschte. Lynn hatte aufgehört zu atmen.

Emily hielt die Luft an und betrachtete sie eine volle Minute abwartend im Halbdunkel, dann ließ sie Lynns erkaltete Finger auf die Decke gleiten.

Es klingelte erneut. Emily erhob sich langsam, wie in

Trance, reckte und streckte den verspannten Nacken. Sie hatte einen schmerzhaften Druck in der Kehle, den sie seltsam tröstlich fand. Unten angekommen tappte sie leise über den harten Holzdielenboden. Neben dem Fußabstreifer, der vor der Haustür lag, entdeckte sie einen weiteren weißen Hemdknopf. Sie hob ihn auf, ehe sie die Tür öffnete. Sie würde ihn Luke geben, damit er wieder angenäht werden konnte. Solche Kleinigkeiten bewiesen, dass das Leben weiterging. Die Welt war unerträglich traurig an diesem Morgen, aber zumindest fühlte sie sich endlich wieder real an. Emilys Trauer war frisch, und das Universum war wieder rational.

Sie kannte die blonde junge Frau, die vor der Tür stand, konnte sich allerdings erst nicht entsinnen, woher. Der Blick ihrer blauen Augen wirkte ruhig und zugleich nervös, ihre Haut war blass, einmal abgesehen von einer Handvoll Sommersprossen. Ihr Gesicht war umweht von duftigen Haarsträhnen. Und dann fiel Emily wieder ein, wo sie die Frau schon einmal gesehen hatte: auf einer Leinwand. Es hatte ausgesehen, als würde sie von innen heraus leuchten.

»Ich bin Vera«, sagte die leuchtende Frau.

KAPITEL ZWEIUNDDREISSIG

Lynn wirkt winzig, wie sie dort liegt, inmitten der Berge von Bettzeug. Einst Ehrfurcht gebietend, ja, Furcht einflößend, jetzt leblos und dünn wie die Luft. Der Anblick schnürt Vera die Kehle zu.

Luke und John sind noch nicht wach geworden. Im Schlaf sieht Luke kleiner aus, als sie ihn in Erinnerung hat. Bei dem Gedanken daran, dass sie ihn in Venedig zurückgelassen hat, befällt sie das schlechte Gewissen. Sie denkt an das gedämpfte Schluchzen, das sie durch die Badezimmertür vernommen hat. Sie will dieses Geräusch nicht noch einmal hören. Sie will nicht diejenige sein, die ihn weckt, will ihn nicht dieser letzten Augenblicke berauben, in denen er und John noch eine Mutter haben.

Sie wünscht, die Pflegerin käme noch einmal herein, doch sie hat die Haustür ins Schloss fallen hören, gefolgt von Schritten draußen auf dem Bürgersteig. Nun, die Gute hat genug getan, und natürlich sollte Vera jetzt hier bei Luke sein, schließlich ist sie seine Verlobte.

Sie steht neben seinem Stuhl und wartet ab, bis er ihre Gegenwart registriert, und als er endlich erwacht, sieht er nicht als Erstes zu seiner toten Mutter, sondern blickt verschlafen hoch zu Vera. Dann ergreift er voller Dankbarkeit ihre Hände.

»Du bist gekommen«, flüstert er, und Veras Herz zieht sich schmerzhaft zusammen. »Ich muss mich bei dir entschuldigen. Für mein Verhalten in Venedig, dafür, dass ich dich kritisiert habe und ... Ich habe dich betrogen, Vera.«

Vera legt sich den Zeigefinger auf die Lippen. »Pst.«

Was dann folgt, fühlt sich an, als würden sie von einer Strömung erfasst, die sie hierhin und dorthin treibt. Sie gehen nicht in die Kirche. Luke schlägt es noch nicht einmal vor. Den Großteil des Vormittags sitzen sie auf ihren üblichen Plätzen im Wohnzimmer, nur Lynns Platz bleibt leer. Gemäß einem stillschweigenden Übereinkommen wird weder der Fernseher noch das Radio eingeschaltet, ebenso wenig die Lichterkette, die John schon vor Wochen auf Lynns Geheiß vom Speicher geholt hat. Vera versorgt die beiden mit Tee und fragt sich dann und wann, ob sie die Kartoffeln schälen oder sich an der Zubereitung des Truthahns versuchen soll. Oder ob es besser ist, nichts dergleichen zu tun, um die Jungs nicht an ihre Mutter zu erinnern. Die Magnete am Kühlschrank sind in einem Blumenmuster angeordnet, ein seltsam vertrauter Anblick, der Vera mehr als alles andere an diesem Tag aus dem Tritt bringt.

Luke vergießt keine Tränen. Dann und wann streicht er mit dem Zeigefinger über den Buchrücken der Bibel, die auf seinem Schoß liegt, manchmal schiebt er ihn zwischen die Seiten, als wollte er sie aufschlagen, lässt es dann aber doch bleiben, wohl aus Rücksicht auf seinen Bruder, der seinen Tränen ganz ohne die uralten Texte freien Lauf lässt. John wischt sich immer wieder mit dem Ärmel über die Augen und schüttelt dazu den Kopf. Es steht Vera nicht zu, den beiden Regieanweisungen zu geben, doch sie wünscht, einer von ihnen würde zum anderen gehen und ihn umarmen. Da sie es nicht tun, bringt sie ihnen weiter Tee, und nach einer Weile heben sie, wann immer sie den Raum betritt oder verlässt, den Kopf, als hinge alles davon ab, als wäre das süße

Getränk eine Arznei, die ihren Kummer lindert und ihnen allmählich die Normalität zurückbringt.

So geht es noch eine gefühlte Ewigkeit weiter, aber irgendwann müssen sie doch miteinander gesprochen haben, denn gegen Mittag trifft der Bestatter ein. Lynns Leichnam wird in ein weißes Tuch gehüllt, unter dem sich ihr fragiler Körper deutlich sichtbar abzeichnet, und von ihren schweigenden Söhnen über die Treppe und zum draußen wartenden Fahrzeug getragen. Hinterher stehen die beiden befangen nebeneinander im Vorraum. John hält den Kopf gesenkt; sein Nacken ist gerötet. Keiner rührt sich von der Stelle. Schließlich holt Luke zweimal hintereinander tief Luft und atmet stoßweise aus. Sie berühren sich nach wie vor nicht, doch Luke findet seine Stimme wieder.

»Du hast sie glücklich gemacht«, sagt er bedächtig. Worte wie ein liebevoll eingepacktes Geschenk. John hebt den Kopf. »Das hat sie immer gesagt. Vor allem nach Dads Tod. Sogar, nachdem du ausgezogen bist. Ich war immer neidisch, weil es dir so leichtfiel, sie zum Lachen zu bringen.«

John befingert den Saum seiner Samtweste, während er den Worten andächtig lauscht, um sie dann sorgfältig in sein Herz zu schließen. Er zeigt sich dafür erkenntlich, indem er mit ernstem Blick erwidert: »Zu mir hat sie immer gesagt, du würdest uns nie im Stich lassen.« Diesmal atmen sie beide tief durch, und dann wischen sie sich mit dem Ärmel über die tränennassen Wangen.

Vera fängt an, Ordnung zu schaffen. Sie bringt schmutzige Teetassen und kaum angerührte Mahlzeiten in die Küche und spült penibel das wunderschöne Porzellan, räumt die provisorischen Schlaflager im Wohnzimmer weg und schüttelt die Sofakissen auf.

Dann sieht sie sich in Lynns Schlafzimmer um und überlegt, ob es noch zu früh ist, um zu lüften und die benutzte Bettwäsche und etwaige Kleidung, für die Lynn nun keine Verwendung mehr hat, zu entsorgen. Derlei Überlegungen müssen angestellt werden, aber vielleicht noch nicht heute. Dass draußen die Sonne lacht, passt so gar nicht zu diesem ernsten Tag. Vera stiert eine Weile durch das Fenster ins Leere. Sie fühlt sich kraftlos und unzulänglich. Minuten verstreichen; jedenfalls nimmt sie das an. Es könnten auch Sekunden oder Stunden sein. Sie weiß nicht, was sie zu Luke sagen soll. Wie gern wäre sie stark für ihn, eine Stütze, eine Schulter zum Anlehnen! Doch schon bei dem bloßen Gedanken kommt sie sich vor wie eine Heuchlerin. Wenn er wüsste, was sie getan hat, würde er sich mit großer Wahrscheinlichkeit von ihr abwenden. Sie wird es ihm sagen. Bald. Doch wann genau? Nicht jetzt natürlich, aber wann dann? Vor oder nach der Hochzeit? Nach Charlies Umzug nach New York? Oder bevor er das Sorgerecht für ihren Sohn erstritten hat? Vor ihrer Verhaftung, oder erst wenn sie endlich für ihre Schuld geradesteht? Vor oder nach ihrer Entscheidung zwischen Luke und Charles? Sie weiß, sie kann nur um einen von ihnen kämpfen. Ihr Blick streift den Spiegel, der auf Lynns Kommode steht. Sie sieht sich mit hängenden Schultern dastehen, bewegungslos. Stillstand. Sie hat grässliche Angst davor, erneut stillzustehen. Davor, dass ihre Selbstverpflichtung zur Aufrichtigkeit erneut von den Ereignissen unterminiert wird. Davor, vom Glauben abzufallen. Ein Strahl der schwachen Wintersonne bringt ihren Verlobungsring zum Funkeln und taucht das Zimmer in bunte Farben. Der Anblick erinnert sie daran, dass der Regenbogen für Noah ein Symbol der Hoffnung nach der Sintflut war. Vera strafft die Schultern. Dann mal los. Sie rafft die Schmutzwäsche zusammen und tritt entschlossen zur Kommode, um sie darin zu verstecken. Vorläufig.

Sie zieht eine Schublade auf und betrachtet bedrückt das Durcheinander aus Schals, Oberteilen, Seidenstrümpfen und Unterwäsche, das ihr daraus entgegenquillt. Doch kaum macht sie sich ans Sortieren, stoßen ihre Finger auf etwas Festes. Ein dicker Stapel Papiere, zusammengehalten von einem schlichten Stück Schnur. *Letzter Wille von Lynn Rebecca Hunter* steht auf der ersten Seite, und darunter in etwas kleinerer Schrift: *Zu vollstrecken durch meinen Sohn Luke Hunter.*

Luke nimmt gegenüber von Vera auf dem Sofa Platz, dicht neben John, und beginnt die Unterlagen zu sichten. Ganz hinten finden sich reihenweise Listen mit Gegenständen, die ihre Mutter bestimmten Empfängern zugedacht hat: Der Plattenspieler geht an John, die Tischwäsche an ihre Cousine Patricia, die ihr, wie Lynn am Rand vermerkt hat, vor vielen Jahren dabei geholfen hat, den Stoff auszusuchen, ein kleiner silberner Elefant an Emily.

»Ich schlage vor, das gehen wir nachher durch.« Luke sieht nach Zustimmung heischend zu John. »Ganz obenauf lag ein Brief an dich und mich.« Seinem Bruder strömen schon jetzt Tränen über die Wangen. Er macht sich nicht die Mühe, sie wegzuwischen oder die Nase hochzuziehen. Leise beginnt Luke vorzulesen.

Meine geliebten Söhne! Trauert nicht um mich.

Er hebt den Blick, und Vera lächelt ihm ermutigend zu.

Ihr könnt mir glauben, wenn ich euch sage, dass ein alter Dickschädel wie ich erst abtritt, wenn er wirklich so weit ist. Aber eines war mir wichtig: dass ihr mich so in Erinnerung behaltet, wie ich es gerne hätte, nämlich – so hoffe ich zumindest – als eure Mutter, die euch beide über alles geliebt hat, die euch die Lunchpakete gemacht, die Schürfwunden verarztet und die Läuse aus den Haaren geklaubt hat. Die euch eine Zeit lang besser kannte als jeder andere Mensch auf dieser Welt, und der der Blick auf die Welt durch eure Augen vertrauter war als der durch die eigenen. Ihr, meine Lieben, seid das Leben, für das ich mich entschieden habe und für das ich mich immer wieder entscheiden würde. Und ich möchte, dass ihr das niemals vergesst. Was jedoch meinen Tod angeht … das ist eine andere Geschichte. Apropos: Wusstet ihr, dass ich vor langer, langer Zeit – viele Jahre, bevor ihr das Licht der Welt erblickt habt – Geschichte studiert habe? Habe ich euch das je erzählt? Ich wollte Schriftstellerin werden und historische Romane schreiben. Hier kommt nun eine kurze Geschichte oder vielmehr ein Gleichnis: Es war einmal eine Frau, deren Leben sich über viele Jahre erstreckte, in zwei sehr unterschiedlichen Jahrhunderten. Die Frau hatte drei Talente erhalten: Jugend, Liebe und Wohlstand. Die ersten beiden überließ sie bereitwillig, wenn auch mit großer Hast, ein und demselben Mann – eine Entscheidung des Herzens, die sich, so überstürzt sie auch getroffen wurde, als die beste ihres Lebens entpuppen sollte. Im Gegenzug erhielt sie von dem Mann ebenfalls ein Talent: das Leben. Die Frau erkannte erst sehr spät, dass der Mann sein Geschenk in die Falten ihres Kleides eingenäht hatte, sodass sie sich der Freuden und Leidenschaften und der kleinen Wunder, die sich darin verbargen und erst allmählich zum Vorschein traten, viele Jahrzehnte lang nicht bewusst war, und als sie sie schließlich entdeckte, war der Stoff bereits alt und fadenscheinig und seine Muster und Farben verblichen. Aber sie hatte noch ihren Reichtum, und da ihr nicht mehr viel Lebenszeit verblieb, überlegte sie, wem sie dieses letzte Talent vermachen sollte. Der Mann hatte ihr nicht nur das Leben geschenkt, sondern auch zwei Söhne, und ihr erster Gedanke war, dass ihr Reichtum nun auf diese beiden übergehen sollte. Doch dann wurde ihr bewusst, dass ihre Söhne all das waren, was ihr Leben ausmachte, dass in ihnen all jene Freuden und Leidenschaften und kleinen Wunder vereint waren, die ihr so lange verborgen geblieben waren, und dass die beiden selbst mit ausreichend Talenten gesegnet waren. Doch da war noch jemand: eine bedauernswerte junge Frau aus einem fernen Land, die nur wenig besaß. Das Einzige, was man ihr auf ihren Lebensweg mitgegeben hatte – ohne dass sie darum gebeten hätte –, war eine schwere Bürde mit einem langen Namen, der da lautete: Überleben. Diese junge Fremde bat weder um Hilfe noch um irgendetwas anderes, doch die begüterte alte Frau erkannte, dass ihr Reichtum für das Mädchen ein wahrer Segen wäre, und so reifte in ihr ein Entschluss …

Luke hebt den Kopf. Schweigen. Er blättert um und liest weiter.

Meine geliebten Söhne! Auf den nächsten Seiten findet ihr etliche Listen – ich hoffe, ich habe nichts vergessen, aber im Grunde genommen läuft es auf Folgendes hinaus: Luke, dir vererbe ich die Uhr deines Vaters, damit du nie vergisst, dass Zeit und Ordnung eine Illusion sind und das Herz das Einzige ist, was zählt. John, dir hinterlasse ich das Haus, in der Hoffnung, dass du darin der sein kannst, der du wirklich bist. Anbei findet ihr den Schlüssel zu meinem Atelier, dort steht ein in Packpapier gewickeltes Bild, das für Vera bestimmt ist. Mein finanzielles Vermögen – die Aktien und Wertpapiere und das Geld auf den diversen Konten – hinterlasse ich zu gleichen Teilen euch und Emily. Bitte kommt meinem Wunsch ohne lange Diskussionen nach, schließlich ist es mein letzter, und den sollt ihr mir gewähren.

Jetzt muss ich euch Lebewohl sagen. Emily ist da und wird mir gleich das Mittagessen bringen. Weine nicht, John. Luke, nimm dann und wann die Nase aus deiner Bibel. Seid nicht traurig, und hört nicht auf, euer Leben zu leben, nur weil das meine zu Ende ist. Ich bin glücklich. Ich bin jetzt bei eurem Vater. Ich bin wieder jung, und alle Möglichkeiten stehen mir offen.

Luke lässt den Brief sinken.

»Das ist alles«, sagt er, darum bemüht, das Zittern seiner Stimme zu unterdrücken, und dreht sicherheitshalber das letzte Blatt um. »Soll ich mit den Listen und den juristischen Anmerkungen weitermachen?«

John schüttelt den Kopf. »Ich schätze, wir sollten Emily informieren.«

»Emily ...«, wiederholt Luke im Flüsterton. Er sieht zu Vera, und sie schenkt ihm ein Lächeln, das, wie sie hofft, sanft und beruhigend wirkt und ihm signalisiert: *Ich bin für dich da, auch wenn es noch so einiges zu klären gibt.* »Also, ich weiß nicht ... dass sie Emily so viel Geld vererbt ...«

»Sie war wirklich der reinste Engel«, sagt John.

»Aber ...« Luke versagt die Stimme.

Vera hebt eine Augenbraue.

»Ich meine, wir kennen sie doch kaum.«

John zuckt die Schultern. »Mutter kannte sie.«

»Trotzdem ist sie praktisch eine Fremde. Und ich finde ... Sollen wir sie wirklich einfach so in unser Leben lassen? ... In unsere ...« Er verstummt.

John sieht ihn an, wortlos, verwundert, und auch Vera mustert ihn eingehend. Sie hätte wetten können, dass er einem Menschen in Not, ohne zu zögern, sein gesamtes Vermögen überlassen würde, wie es sich für einen guten Christen gehörte. Luke bleibt stumm, und in Anbetracht seines Widerstands fragt sie sich bestimmt zum hundertsten Mal, wie er reagieren wird, wenn er die ganze Wahrheit erfährt. Und ob sie es je wagen wird, ihm zu sagen, dass sie ihren Sohn wiederhaben will.

»Soll ich sie anrufen?«, fragt John.

»Aber doch nicht heute.«

»Wir können es ihr ja auf der Beerdigung sagen.«

»Meinst du denn, dass sie zur Beerdigung kommen will?«

John erhebt sich. »Selbstverständlich.« Er wirkt plötzlich älter. Luke hält ihn ängstlich am Arm zurück.

»John ...«

Sein Bruder bleibt stehen, und auch Luke verharrt bewegungslos, als müsste er ihn erst neu einschätzen. Oder vielleicht eher die eigene Frage. Oder sein gesamtes Leben. Am Ende sagt er nichts, sondern gestattet es John, ihm die Schulter zu tätscheln, wobei John die Hand noch kurz liegen lässt, damit Luke die Gelegenheit hat, sie kurz zu drücken. Dann zieht John seine Weste fester um sich und geht hinauf in Lynns Schlafzimmer.

Vera und Luke schweigen noch eine ganze Weile, nun, da sie allein sind – zum ersten Mal an diesem Tag. Vera weiß nach wie vor nicht, was sie sagen soll. Es erscheint ihr unangebracht, über Venedig zu sprechen oder ganz allgemein ein anderes Thema anzuschneiden als Lynns Tod und die tiefe Trauer, die sich in Lukes grau-grünen Augen spiegelt. Augen, deren Blick dem ihren ausweicht und in der Stille auf den Boden gerichtet ist.

»Natürlich hat sie Emily in ihrem Testament bedacht«, murmelt Luke schließlich und sieht beschämt zu Vera, ehe er den Blick erneut senkt.

Sie würde ihm gern sagen, dass es nicht weiter schlimm ist. Dass ihm an dem Tag, an dem er die Mutter verloren hat, ein Augenblick der Selbstsucht gestattet ist. Dass es gar nicht dieser kleine Ausrutscher ist, der sie beschäftigt. Doch es ist ihnen noch nicht gelungen, die Stille zwischen ihnen aus der Welt zu schaffen. Lukes Finger spielen unablässig mit den Büroklammern, die er noch immer in der Hand hält. Nach einer Weile windet er die Schnur wieder um den Stapel Unterlagen, darum bemüht, sie möglichst genauso zuzubinden, wie seine Mutter es getan hat. Er hustet, blickt zu Vera, zuckt die Schultern und hustet erneut. Dann steht er auf, und aus den Tiefen des Papierstapels rutscht ein Schlüssel und landet klimpernd auf dem Boden.

Luke hebt ihn auf. »Ihr Atelier«, flüstert er andächtig. »Das war für uns tabu.« Zu flüstern erscheint plötzlich wie eine Notwendigkeit. Vera ist dankbar, dass ihnen der Schlüssel einen Anlass dafür liefert.

Sie erhebt sich zögernd. »Sollen wir mal einen Blick reinwerfen?«

Gemeinsam gehen sie nach hinten zum Wintergarten, schließen die Tür auf und zögern einen Augenblick, ehe sie die Tür öffnen und Lynns Heiligtum betreten. Wenn irgendwo im Haus noch ein letzter Hauch von ihr zu spüren ist, dann hier. Die Luft scheint sich zu verändern, als sie eintreten. Vera lässt Luke den Vortritt, und seine Überraschung ist ebenso groß wie bei ihr, als sie das Innere dieses Raumes zum ersten Mal erblickt hat. Nun, da sie Zeit hat, sich genauer umzusehen, erkennt sie Lynns überwältigendes Talent. Es spricht nicht nur aus den unzähligen farbenfrohen Porträts von Luke, John und einem weiteren, etwas älteren Mann, der aussieht wie John, sondern auch aus den zahlreichen abstrakten Gemälden, die vor Leidenschaft förmlich zu explodieren scheinen. Jedes Einzelne wirkt so intim, so persönlich, dass sich Vera selbst jetzt noch vorkommt wie ein Eindringling. Hier zu sein fühlt sich an wie ein Sakrileg, gerade so, als stünde sie auf einem Grab.

In der Mitte des Raumes steht das im Testament erwähnte, eingepackte Bild. Luke nickt ihr zu, also geht Vera zur Staffelei. Sie hält einen Augenblick inne, ehe sie das schwere Papier aufreißt, und schnappt unwillkürlich nach Luft, als sie auf der Leinwand sich selbst erblickt – mehr noch: die beste, lebendigste, dynamischste Version ihrer selbst; die, von der sie dachte, niemand könne sie sehen. In der rechten unteren Ecke hat Lynn das Bild signiert, und in der Linken steht der Titel: *Ich.* Vera schluckt. *Ich?* Wo Lynn, dieser Ausbund an Tugendhaftigkeit, doch eine so schlechte Meinung von ihr, Vera, hatte? Doch ja, sie kann Lynn darin erkennen – an den Augen, an dem nach vorn gerichteten Blick. Und während Vera noch so dort steht und fasziniert das Bild betrachtet, registriert sie mit einem Mal einen leichten Druck auf ihren Schultern. Sie bemerkt sogleich, wie ihre Anspannung unter der Wärme der Berührung etwas nachlässt. Doch als sie sich umdreht, begreift sie, dass es nicht Lukes Hände sind, die sie spürt und die sie sanft nach vorn schieben, zum Bild. Ganz behutsam lässt sie die Finger am Rand der Leinwand entlang nach unten gleiten und bewundert die Myriaden von Schichten und Rottönen, aus denen die Formen, Konturen und Umrisse darauf zusammengesetzt sind. Unten angekommen stoßen ihre Finger auf ein spitzes Etwas an der Hinterseite. Vera tritt hinter die Staffelei und zieht einen zusammengefalteten Zettel aus der Ecke des Keilrahmens. Luke zuckt ratlos die Schultern, also faltet sie den Zettel auseinander, hastig, wie ein Kind bei einer Schnitzeljagd. In Lynns eleganter Handschrift, die ein Kunstwerk für sich ist, stehen dort sechs Wörter, bei deren Anblick Vera erstarrt.

Begnüge dich nicht mit entweder oder.

Plötzlich fröstelt sie, als hätte aus einem Grab eine Stimme zu ihr gesprochen. Kann es sein, dass Lynn von Charles wusste? Nein, unmöglich. Es sei denn, Luke hat es ihr erzählt. Doch selbst dann kann sie nicht gewusst haben, dass Vera ihren Sohn wiederhaben will. Sie kann nichts geahnt haben von den Umständen und der Entscheidung zwischen Luke und Charles, von Veras Sehnsüchten, die sich gegenseitig auszuschließen scheinen. *Begnüge dich nicht mit entweder oder.* Soll sie ...? Kann sie ...? Es scheint so unwahrscheinlich, Charlie so unnachgiebig, ihre Chancen vor Gericht so verschwindend gering. Doch plötzlich keimt, der Schwermut dieses Tages zum Trotz, Hoffnung in Vera auf. Hoffnung, dass sie die nötige Kraft aufbringen wird für den Kampf. Sie dreht sich zu Luke um, dem Tränen in die Augen gestiegen sind bei der Betrachtung der Frau in Rot, die zugleich seine Verlobte und seine Mutter darstellt. Vera geht zu ihm. Es ist nicht weiter wichtig, was in Venedig geschehen ist. Es ist auch nicht wichtig, dass es noch viel zu sagen, viele Probleme zu bewältigen gibt. Das Einzige, was zählt, ist, dass sie ihn liebt und darauf vertraut, dass auch er sie liebt, alles an ihr, selbst ihre Sünden. So, wie Jesus sie beide liebt.

Als Luke vor ihr zurückweicht, flüstert sie: »Lass mich dir nahe sein, Luke. Lass mich für dich da sein.«

»Ich will ja, dass du für mich da bist«, erwidert er mit brüchiger Stimme. »Mehr als alles auf der Welt. Aber wenn du wüsstest, was ich getan habe ... Ich ... Ich ...« Er bricht ab.

»Das ist jetzt unerheblich.«

»Ich habe eine schreckliche Sünde begangen.«

»Hör auf, Luke.« Vera nimmt seine Hand, ehe er erneut zurückweichen kann, und hält sie fest. »Hör auf. Heute geht es um deine Mutter. Morgen können wir wieder über uns und unsere Geheimnisse reden.«

Luke lächelt matt, und Vera nickt. Und dann ergreift er urplötzlich ihre Hände und zieht sie an sich. Ihr Herz schlägt unwillkürlich schneller, als sie zu ihm tritt und ihn umarmt. Es ist so lange her, dass sie so aneinandergeschmiegt dagestanden haben. Er ist so stark, seine Brust so warm. Vera schlingt ihm unter seiner Wolljacke die Arme um die Taille und würde ihn am liebsten nie wieder loslassen.

»Ich liebe dich«, schluchzt Luke.

KAPITEL DREIUNDDREISSIG

An Weihnachten fuhren keine Busse, also legte Emily den gesamten Weg von Lynns Haus zu ihrer Wohnung in Hendon zu Fuß zurück, dankbar für die Stunden, die dabei vergingen und die sie benötigte, um nachzudenken. Ihr Inneres war zweigeteilt, hin und her gerissen zwischen Kummer, Traurigkeit und Bedauern auf der einen Seite und einer anderen, helleren Empfindung auf der anderen, einer, die die Straßen sauber und lebendig wirken ließ, der schwachen englischen Sonne zum Trotz.

Reue hatte keinen Zweck. Sie hätte nichts geändert. Und Emily bereute das Geschehene kein bisschen. Nur wer aufrichtig bereut, dem wird vergeben, hatte ihre Mutter einmal gesagt. Natürlich plagten sie Gewissensbisse, und hätte sie Lukes Verlobte schon eher kennengelernt, dann hätte sie vielleicht anders gehandelt, zumal sie nun meinte zu verstehen, wie viel die junge Frau Lynn bedeutet haben musste. Andererseits war Emily gar nicht sicher, ob sie überhaupt bewusst gehandelt hatte.

Es war alles so schnell gegangen, und es war ihr fast wie eine Notwendigkeit erschienen, um Luke verzeihen zu können, oder besser gesagt Jean und den anderen. War es ihr gelungen? *Hutu, Onkel, Nachbar, Freund*, dachte sie probehalber und lauschte in sich hinein. Die Worte hatten nichts von ihrem Beigeschmack eingebüßt, nun, da der Eispanzer geschmolzen war; doch die Panik, die sonst mit ihnen einherging, blieb aus. Emily zitterte nicht, ihre Narbe pochte nicht.

Was würde sie tun, wenn ihr Jean jetzt über den Weg liefe? Wenn sie ihm in den düsteren Straßen von London begegnete? Bei der Vorstellung zog sich sogleich ihr Magen zusammen. Sie brauchte sich nichts vorzumachen – sie würde sich nie wieder über seinen Anblick freuen, er würde für sie nie wieder ein Freund sein, oder beinahe mehr als das. Sie würde die Tage, Wochen, Monate des Grauens in Ruanda, in denen man ihr alles genommen hatte, niemals vergessen, so sehr sie es auch wünschte, und er war ein Teil davon. Wenn wenigstens Cassien überlebt hätte, oder ihre Mutter; nur ein einziger Mensch, den sie liebte. Nur einer. Unendliche Gegenwart statt unendlicher Abwesenheit. Vielleicht dann. Vielleicht. Doch ihr verzehrender Hass hatte sich gelegt. Sie wollte Jean nie wiedersehen, aber vielleicht hatte er ja nun endlich keine Macht mehr über sie.

»Deine Gedanken sind noch immer in dieser Zelle eingesperrt«, hatte Lynn zu ihr gesagt. Nicht mehr. Jetzt war sie frei. Sie waren beide frei. Was gab es da zu bereuen?

Ihre Gedanken wanderten zu Omar. Sie fragte sich, ob ihn seine Eltern wohl besuchten, oder er sie, ob sein Bruder schon in New York war. Sie sah sein Gesicht aufleuchten, wenn er stolz von seinem jüngeren Bruder, dem Jurastudenten, sprach. Vielleicht war es ja noch nicht zu spät. Vielleicht würde Omar auch einmal so lächeln, wenn er an sie dachte. »Schwester« hatte er sie genannt, ohne zu ahnen, was diesem einfachen Wort alles anhaftete, wie viele Erinnerungen es bei ihr weckte. Würde er sie auch noch so nennen, wenn er von Luke wüsste? Sie dachte an Omars lange, elegante Hände, an die ausladenden Gesten, mit denen er sie gegenüber seinem Freund verteidigte, an sein speziell für sie reserviertes Winken. Gut möglich, dass sie es diesen Händen irgendwann gestatten würde, sie zu berühren.

An der Mauer vor ihrem Haus stand eine Sammlung leerer Bierdosen, ordentlich aufgereiht. Ein paar Kinder kickten ihre neuen Fußbälle über die weihnachtsbedingt autofreie Straße, einige kettenrauchende Teenager mit blitzsauberen Turnschuhen an den Füßen hatten sich zu einem Grüppchen zusammengefunden und blickten betont desinteressiert in die andere Richtung. Von Omar keine Spur. Emily ging ins Haus und machte sich bewusst, welche Schlüsse man aus ihrer Enttäuschung darüber ziehen konnte. Sie wünschte, sie könnte Lynn sagen, dass sie doch recht behalten hatte.

Auf dem Weg nach oben stellte sie in Anbetracht des weihnachtlich gefärbten Krachs im Haus fest, dass sie sich zur Abwechslung nach Stille sehnte, danach, die Vögel zwitschern und den Wind rascheln zu hören.

Sie erklomm die letzten Stufen und blickte, kaum dass sie um die Ecke bog, zu Omars Tür, lauschte angestrengt nach einem Hinweis darauf, dass er da war. Deshalb fiel ihr erst im letzten Moment der weiße Umschlag mit der Aufschrift »Emilienne« auf, der an ihrer eigenen Tür steckte. Ihr erster Gedanke war, dass der Brief von ihm sein könnte. Sie riss ihn auf und gestattete sich die Hoffnung auf eine Liebeserklärung oder zumindest auf eine besorgte Frage nach ihrem Befinden, auf eine Weihnachtskarte, eine Telefonnummer, irgendeine Art der Verheißung. Doch sobald sie das Blatt Papier auseinanderfaltete, das darin steckte, erblickte sie den offiziellen Briefkopf von GENSUR und darunter eine handschriftliche Notiz von Alice.

»Liebe Emilienne«, las sie auf Kinyarwanda, »es tut mir leid, dass ich dir zu viele Fragen gestellt habe. Ich wollte nicht neugierig sein. Bitte entschuldige und melde dich bei uns, sobald es geht. Ich habe Neuigkeiten. Alice«.

Ehe sie die Tür öffnete, faltete Emily das Blatt bedächtig wieder zusammen, und noch ein zweites und drittes Mal. Dann schob sie es in die hintere Hosentasche, als könnte sie das Schriftstück, wenn sie es nur klein genug zusammenfaltete, verschwinden lassen. Sie wollte nicht mehr über den Völkermord sprechen. Die Konfrontation mit Luke, mit dieser Erscheinung, hatte ihr dabei geholfen, sich von Jean zu befreien, von den letzten Erinnerungen an sonnenrote Erde. Lynn hatte sie gezwungen, in die Vergangenheit zurückzukehren, und jetzt war es an der Zeit, in die entgegengesetzte Richtung zu gehen.

Als sie ihre Wohnung betrat, registrierte sie zum ersten Mal, wie klein sie war, wie bedrückend eng und düster, und mit einem Mal sehnte sie sich nach einem Fenster, durch das die Sonne hereinscheinen konnte. Sie sah sich genüsslich an einer sonnigen Stelle sitzen, mit Omar. Omar. Er war das Einzige aus ihrem bisherigen Leben, das sie behalten wollte.

Sie duschte, um sich den letzten Rest von Lukes Geruch vom Leib zu waschen, putzte sich die Zähne, besprühte sich mit Parfum und band sich das dichte Haar mit Lynns gelbem Seidenschal zusammen, den sie ganz unten in ihrer Tasche entdeckt hatte. Er erinnerte sie an den Schal, den Mama immer zu ihrem roten Lieblingskleid getragen hatte. Die Narbe über ihrem linken Auge war noch deutlicher als sonst zu sehen, doch zum ersten Mal fand Emily den Anblick nicht abstoßend. Die Narbe ließ es so aussehen, als würde sie so schnell rennen, dass ihre Wimperntusche verlief. Die Vorstellung gefiel ihr. Nun konnte die Welt sie nicht mehr aufhalten. Sie schlüpfte in Jeans und einen dunkelblauen Pullover – einen bunteren besaß sie nicht –, und als sie ihre Wohnung verließ, vergaß sie, ein Lächeln aufzusetzen. Es erschien von selbst auf ihrem Gesicht.

Omar machte nicht auf. Emily klopfte dreimal, doch er

war nicht da, und die Enttäuschung darüber verschlug ihr beinahe den Atem. Sie klopfte noch einmal. Stille auf der anderen Seite. Sie ging bedächtig auf alle viere, um durch den Spalt unter der Tür in seine Wohnung zu spähen, in der Hoffnung, seine weißen Turnschuhe zu erblicken, oder seine behaarten Zehen. Nichts, einmal abgesehen von einigen herumliegenden Flyern und den untersten Zentimetern seiner schäbigen Umzugskisten. Schließlich richtete sie sich wieder auf und setzte sich neben seiner Tür auf den Boden, den Kopf an den Rahmen gelehnt.

Der Plan, auf ihn zu warten, war keine bewusst getroffene Entscheidung, aber Lynn war fort, und Emily wusste nicht, wohin sie sonst gehen sollte, und solange sie hier saß, konnte sie zumindest auf Omars Rückkehr hoffen. Als sie den Kopf an das harte Holz lehnte, bemerkte sie, dass ihre Augen müde waren und schmerzten. Sie hatte in der vergangenen Nacht kaum geschlafen, und nun tanzten Erinnerungen an Lynn, an das winzige, nach Luft schnappende Häufchen unter der Bettdecke, das sie gegen Ende gewesen war, vor Emilys schweren Augenlidern. Manchmal verschmolz Lynns Gesicht mit dem ihrer Mutter, manchmal schob sich das Bild von John, der zusammengesunken auf seinem Stuhl saß, über ihre Erinnerungen an Cassien, doch der Kummer, den Emily verspürte, war sanfter Natur. Er sandte kein Beben durch ihren Körper. Sie schlug die Augen auf. Omar war noch nicht wieder da gewesen, aber vielleicht kam er ja bald. Vielleicht entschuldigte er sich ja dafür, dass er ihre Verzweiflung nicht hatte nachvollziehen können. Vielleicht ließ er sie ja alles erklären. Vielleicht schlug er ihr vor, gemeinsam von hier fortzugehen, London den Rücken zu kehren und hinauszuziehen aufs Land, irgendwohin, wo sie die Sonne sehen konnte.

Sie erwachte vom Weinen eines Babys. »Schhh, Mary«, murmelte sie schlaftrunken und versuchte, weil etwas Schweres auf ihrem Schoß lag, aus alter, beinahe vergessener Gewohnheit, ihrer kleinen Schwester einen Finger in den Mund zu schieben, damit sie still war. Doch das Weinen hörte nicht auf, und es drang gedämpft an ihr Ohr. Emily machte blinzelnd die Augen auf. Es dauerte, bis sie erkannte, dass das, was sie in den Händen hielt, ein Buch war und kein Baby. *Allah kann dir helfen.* Omar war da gewesen.

Sie sprang auf und klopfte an seine Tür. Keine Antwort. Sie versuchte es erneut, erntete jedoch wie am Vortag nur hartnäckige Stille. Trübes Morgenlicht kroch durch das winzige Fenster am Ende des Korridors. Der rostige, mit Graffiti beschmierte Rahmen hatte sich verkeilt, aber sie rüttelte daran, bis sich das Fenster einen Spaltbreit öffnen ließ. Unten spielten wieder ein paar Kinder mit ihren Fußbällen, auf der Straße herrschte der gleiche Verkehrslärm wie vor Weihnachten. Und dort, an der Bushaltestelle auf der anderen Straßenseite, stand Omar. Das Buch glitt ihr aus den Fingern, ein Zettel flatterte heraus. Sie hob ihn auf. *Aus der Ferne wurdest du geliebt*, hatte er geschrieben. *Nicht nur von Allah.* Emily warf noch einen Blick durch das Fenster, dann sprintete sie los.

Auf dem viel zu langen Weg nach unten schwirrten ihr Gespräche mit Omar durch den Kopf, in denen er erwähnt hatte, er wolle demnächst fortgehen. Sie stürzte aus dem Gebäude und wandte sich der Straße zu, ließ panisch den Blick darüber wandern, in der Überzeugung, dass dies ihre letzte Gelegenheit war, ihn zu sehen. Ihre letzte Chance. Er stand noch immer an der Bushaltestelle, in eine Unterhaltung mit seinem unhöflichen Freund vertieft, die nicht eben friedlich wirkte. Omar hielt den Kopf gesenkt und schüttelte ihn dann und wann, doch selbst so buckelig, wie er dort stand, wirkte er stolz, unbezwingbar. Nun bohrte ihm sein Freund einen Finger in die Brust, ehe er, begleitet von einem finsteren Blick, die Arme in die Luft warf und sich abwandte.

Omar lächelte trotzig.

Und Emily, fünfzehn Meter von ihm entfernt, lächelte mit ihm.

Ein Bus näherte sich ratternd und kam mit laut brummendem Motor an der Haltestelle zum Stehen. Omar nahm die Koffer, die neben ihm standen, stieg ein und winkte dem Fahrer zu. Dieses Winken war einmal für Emily reserviert gewesen. Vielleicht aber auch nicht. Vielleicht hatte sie das nur angenommen, weil es alles gewesen war, was sie durch die Stäbe ihres Gefängnisses hatte erkennen können. Die letzten Wartenden stiegen hinter ihrem Nachbarn ein, und Emily stand da, noch immer lächelnd, und verfolgte fasziniert, wie geschmeidig sich Omar durch die Gegenwart bewegte: Er deponierte die Koffer auf dem dafür vorgesehenen Gestell ganz vorn im Bus, suchte sich einen Sitzplatz, warf einen Blick auf sein Handy, zog die schicke Jacke aus, holte ein Buch heraus, sah aus dem Fenster und fuhr davon. Er fuhr davon.

»Omar!«

Die Türen schlossen sich mit einem Zischen, der Bus setzte sich seufzend in Bewegung.

»Omar!«, rief Emily und rannte auf den Bus zu, immer schneller, bis die Muskeln ihrer Arme und Beine vor Anstrengung brannten, doch die Entfernung zwischen ihnen wurde immer größer. »Omar!«, schrie sie erneut, aber ihr kam kein Laut über ihre Lippen. Sie winkte, aber ihre Bewegungen waren langsam und kaum zu erkennen. Sie rannte, aber mit jedem Meter, den sie zurücklegte, entfernte sich der Bus mit Omar noch weiter. Unerreichbar.

Sie blieb stehen. Er war fort.

Ein Autofahrer hupte ungeduldig, weil sie den Verkehr behinderte. Und Omar war fort.

Ein Paar auf dem Bürgersteig beäugte sie kopfschüttelnd, ohne etwas von ihrem Verlust zu ahnen, neugierig und unbeteiligt zugleich.

Emilys Herz zog sich schmerzhaft zusammen.

Und das Leben ging weiter.

Die Jungs vor ihrem Haus spielten noch immer Fußball, und Emily beobachtete sie von ihrem Standpunkt mitten auf der Straße aus. Sie ignorierte die hupenden Autos, die ihren Weg fortsetzten, nachdem sie in einem großen Bogen um sie herumgefahren waren. Die meisten dieser Kinder kannte sie, zwar nicht namentlich, aber zumindest vom Sehen. Einige waren nur ein paar Jahre jünger als sie, etliche genauso dunkelhäutig wie sie selbst. Hatte sie früher auch so viel Krach gemacht, so laut geschrien? Konnte sie es wieder tun? Sie dachte zurück an ihre Kindheit. Stellte fest, dass es möglich war, daran zu denken, selbst ohne eine Zukunft mit Omar. Auch Cassiens Fußball war einmal so neu und sauber gewesen wie der Ball dieser Kinder. Damals, in ihrer von gelben Blüten durchsetzten Kindheit. *Davor.*

Als der Ball zwischen den behelfsmäßigen Pfosten landete, hörte sich Emily »Tor!« jubeln. Aber sie war erwachsen, und den Jungs, die zu ihr herumfuhren, war die Verwunderung deutlich anzusehen. Sie warfen einander verstohlene »Bei der ist wohl ne Schraube locker«-Blicke zu und spielten weiter.

Nur einer der Jungs bewegte sich nicht.

Er stach Emily ins Auge, weil er regungslos etwas abseits stand und nicht aus voller Kehle brüllte wie die anderen. Er war auch größer als sie, aber schlank, und er trug eine Baseballmütze, deshalb hatte sie sein wahres Alter nicht gleich erkannt. Erst jetzt, als sie genauer hinsah, bemerkte sie, dass er nicht dazu gehörte, dass er gar kein Kind war.

Wieder hupte ein Auto, diesmal sehr lange und immer wieder. Der Fahrer hatte angehalten und weigerte sich, um sie herumzufahren, doch Emily konnte die Augen nicht abwenden von dem Mann, der kein Junge war und einen Zettel studierte. Sie konnte sein Gesicht nicht sehen, denn sein Körper war ihrem Wohnblock zugewandt, doch seine Gestalt hatte etwas seltsam Vertrautes. Die schlanken Arme, der leicht zur Seite geneigte Kopf ... Emily kannte all das. Diese geneigte Kopfhaltung hatte sie schon einmal gesehen, vor langer Zeit, an einem weit entfernten Ort.

Sie hielt die Luft an.

Eine Autotür schlug zu. Mittlerweile hatte ein wahres Hupkonzert eingesetzt. Jemand brüllte und kam mit schweren Schritten auf sie zu. Sie hörte *schwarze Schlampe* und *hirnamputierte Zimtzicke* und noch einige andere Ausdrücke, die nichts weiter bedeuteten, weil sie nicht Kakerlake oder Tutsi waren und aus dem Mund eines Fremden kamen, der es nicht besser wusste. Das Hupkonzert wurde lauter. Es klang wie ein ganzer Teich voller Ochsenfrösche.

Doch vor ihr war immer noch der Mann, der kein Junge war. Er legte den Kopf schief und schirmte die Augen gegen die Sonne ab, ehe er noch einmal seinen Zettel konsultierte.

Eine schwere Hand packte Emily an der Schulter.

Dann ein Schmerz in ihrem Hinterkopf.

Ein Glatzkopf über ihr, Fingerknöchel, Tätowierungen.

Und plötzlich registrierte Emily aus einem merkwürdigen, geneigten Blickwinkel, dass die Kinder aufgehört hatten, den Ball hin und her zu kicken und sich eines nach dem anderen zu ihr umdrehten.

Und auch der Mann, der kein Junge war, wandte sich wie in Zeitlupe zu ihr um.

Emily sah sein Gesicht.

Dann schob sich etwas Dunkles vor die Sonne, und um sie herrschte wieder Finsternis.

KAPITEL
VIERUNDDREISSIG

SEINE STIMME DRANG über die Sirenen hinweg an ihr Ohr gleich einem fast vergessenen Lied; leise geflüsterte Worte weckten Erinnerungen an Kindheit, Gelächter, Zuhause. Emily blinzelte unter Schmerzen. Das Gesicht ihres Bruders sah aus wie immer, nur älter. Seine Haut, schwarz wie die Nacht in dem stromlosen Dorf, in dem sie gelebt hatten, war verwittert und vernarbt, aber sie roch noch nach Gahiji. Überall war Blut. Ihre Arme lagen irgendwo unter ihr.

Sanitäter in gelben Westen tauchten vor ihr auf und versuchten, ihr etwas zu vermitteln. Sie sah die Bewegungen ihrer Lippen, ohne das Gesagte zu hören.

Sie spürte Gahijis kräftige, ledrige Hand auf ihrem Arm, und wenn sie die Augen schloss, war da auch ihre Mutter, deren Finger ihre Augen abschirmten vor dem verwirrenden Anblick, der sich ihr bot: Polizisten, ein Mann in Handschellen, Blut. Das Blut, das ihr in den Mund rann, schmeckte nicht nach Erde, sondern nach Kies. Ganz in der Nähe setzte Papa seine Brille auf und wählte ein Buch, aus dem er vorzulesen gedachte. Etwas weiter weg tollten Simeon und Rukundo umher; sie riefen ihr zu, sie solle aufstehen und sich zu ihnen gesellen. Mary lag warm und glucksend in ihrem Arm. Und dann war Cassien, ihr geliebter Cassien, neben ihr, im Baum; die muskulösen Waden nackt, die schlanken Arme müde vom Klettern. Seine Hand griff nach der ihren, gab ihr Halt. »Los, höher«, drängte er, wie üblich grinsend. »Noch höher. Gahiji wird dich auffangen.«

Das Stimmengewirr folgte ihr. Wenn sie sich konzentrierte, konnte sie manchmal einzelne Stimmen herausfiltern, aber sie verschmolzen mit ihren Träumen und ließen sich nicht in Kategorien wie Vergangenheit und Gegenwart, Wirklichkeit und Fantasie, Wahrheit und Hoffnung einteilen. Im Schlaf glaubte sie häufig, Gahiji zu hören. Sooft sie die Augen öffnete, erblickte sie allerdings nur Ärzte, Pflegerinnen oder andere Patienten, um die sich Angehörige scharten, aber niemanden an ihrem eigenen Bett, weshalb sie vermutete, dass seine vermeintliche Anwesenheit allein auf ihre Sehnsucht zurückzuführen war. »Bleib«, wollte sie ihrem Bruder sagen, wenn sie ihn bei sich wähnte. »Verlass mich nicht.« Doch die Stimme versagte ihr den Dienst. Und so tauchte er auf und wieder ab, genau wie sie selbst.

Manchmal erspähte sie am Rand ihres Sehfelds einen Polizisten, der Dinge sagte wie *Fremder* und *Verkehrsrowdy* und *Körperverletzung* und *Strafverfahren*. Doch die Fragen, die er ihr stellte, rauschten über sie hinweg wie ein reißender Fluss; nichts davon blieb hängen, und meist intervenierte früher oder später eine wohltuende Stimme, worauf der Uniformierte verschwand.

Einmal glaubte Emily auf dem Korridor John zu hören. Ein anderes Mal stand ein Arzt an ihrem Bett und machte sich eifrig Notizen. Als er bemerkte, dass sie die Augen geöffnet hatte, wollte er wissen, ob sie häufig an Kopfschmerzen leide, an Schwindel, an Übelkeit, und ob sie je auf HIV getestet worden sei. Es konnte sein, dass sie den Kopf geschüttelt hatte, vielleicht war sie auch einfach wieder in ihre Traumwelt entschwunden.

Es konnte sein, dass Luke sie besucht hatte, wobei das

Gesicht genauso gut das von Jean hätte sein können, und das Gezeter, das sich danach auf dem Korridor erhob, war zu weit entfernt gewesen, als dass sie hätte verstehen können, was los war – hatte er sich mit seiner Verlobten gezankt? Hatte er sie um Verzeihung gebeten? Sie getröstet? Oder war es eine Krankenschwester gewesen? Emily wusste nur noch, dass jemand geweint hatte.

»Emilienne ... Emilienne ...«, murmelte jemand eines Nachmittages, und Emily nahm wahr, dass sie aufrecht im Bett saß und eine Art Lätzchen trug. Eine freundlich lächelnde Pflegerin hielt ihr einen Löffel hin, ohne auch nur im Geringsten ungeduldig zu wirken. Auf dem Nachttisch stand eine Vase mit gelben Tulpen. Emily öffnete den Mund, schluckte ein klein wenig der weichen Masse und verzog das Gesicht.

»Ts, ts. Sie mag keine Mangos«, meldete sich eine Stimme schräg hinter ihr zu Wort. Emily hätte schwören können, dass es die Stimme ihrer Tante war. Plastiktüten raschelten, dann ertönte die Stimme erneut: »Ich habe hier etwas viel Besseres.«

Mit der Zeit nahm das Stimmengewirr um sie ab, und eines Morgens herrschte Stille, als sie erwachte. Man hatte sie in ein anderes Zimmer verlegt. Die Wände um sie herum waren weiß, und durch ein großes Fenster schien die hoch am Himmel stehende Sonne herein. Emily drehte den Kopf zur Seite und stellte fest, dass sie in der Lage war, ihn anzuheben. Die Tür war geschlossen, doch nur wenige Zentimeter von ihrem Bett entfernt gab es einen Notrufknopf. Wenn sie angestrengt lauschte, konnte sie draußen auf dem Korridor in einiger Entfernung leises Gemurmel hören, doch sie gab sich keine Mühe, die Worte zu verstehen. Der obere Teil des

Fensters war gekippt, und wenn sie sich konzentrierte, konnte sie Vögel zwitschern hören, und das Pfeifen des schneidenden Winterwindes. Vorsichtig und fast ohne Schmerzen wälzte sie sich auf die Seite, um die Landschaft draußen zu betrachten.

Keine anderen hohen Gebäude verstellten den Blick auf den Park, den sie von ihrem Zimmer aus hatte, und als sie nach oben sah, erspähte sie ein paar langsam vorbeiziehende Wolken. Eine davon erregte ihre Aufmerksamkeit – sie war auf der rechten Seite lang und schmal und wurde zur linken hin jäh dicker, mit allerlei Einbuchtungen und Auswüchsen, die sich ineinanderschoben und es so aussehen ließen, als würden an den Rändern kleine Blasen daraus hervorquellen. Es hätten auch dicke Regentropfen sein können. Oder Blätter – wenn sie die Wolke im Geiste um neunzig Grad drehte, fühlte sie sich glatt an einen alten Niembaum erinnert. Emily lächelte. So ein Baum hatte garantiert viele Geschichten auf Lager. Bestimmt wurde er täglich von spielenden Kindern bestiegen, die daran ihre Wendigkeit erprobten und sich in Kletterwettbewerben miteinander maßen. Er konnte als Zufluchtsstätte fungieren, als Bewahrer von Ängsten und Geheimnissen oder als Ausguck für Obstdiebe. Und als Versteck.

Als die Wolke davondriftete, suchte sich Emily eine neue. Eine, die aussah wie ein Vogel, der nachdenklich den Kopf schief legt. Sie wollte sich gerade eine Geschichte dazu ausdenken, als die Tür zu ihrem Zimmer aufschwang.

Emily drehte sich um.

Sie lächelte breit.

Und wie der Vogel draußen legte der Besucher, der auf der Schwelle stand, den Kopf schief.

ICH DANKE ...

... Jane Becker, Anna-Marie Collier, Peta Nightingale, Anna Seymour, Rachel Sternberg und Geraldine Wayne für ihren Adlerblick und ihre behutsamen Korrekturen.

... Grace Pelly, Anna Seymour und SURF für die Unterstützung bei der Recherche.

... Liliane Umumbyeyi für die erhellenden Einblicke.

... meinem wunderbaren Agenten Donald Winchester und meiner fantastischen Lektorin Lauren Parsons für die Chance und die Begleitung.

... meinen Eltern Geraldine und Jeff für ihre immerwährende Unterstützung und ihr blindes Vertrauen.

... meinen Geschwistern Anna-Marie, Zeb und Joab, die mit mir träumen.

... und Jerry Wayne, der den gottverdammten Stein ins Rollen gebracht hat.

REBECCA MAKKAI
Die Optimisten
Roman

Broschur mit gestalteten Umschlaginnenseiten

Auch als E-Book erhältlich
www.eisele-verlag.de

Die Liebe in schwierigen Zeiten.

Chicago, 1985: Yale ist ein junger Kunstexperte, der mit Feuereifer nach Neuerwerbungen für seine Galerie sucht. Gerade ist er einer Gemäldesammlung auf der Spur, die seiner Karriere den entscheidenden Schub verleihen könnte. Er ahnt nicht, dass ein Virus, das gerade in Chicagos Boystown zu wüten begonnen hat, einen nach dem anderen seiner Freunde in den Abgrund reißen wird.

Paris, 2015: Fiona spürt ihrer Tochter nach, die sich offenbar nicht finden lassen will. Die Suche nach ihr gestaltet sich ebenso zu einer Reise in die eigene Vergangenheit, denn in Paris trifft sie auf alte Freunde aus Chicago, die sie an das Gefühlschaos der Achtzigerjahre erinnern und sie mit einem großen Schmerz von damals konfrontieren.

»Gefühlvoll und beeindruckend.«
stern

»Ein großer, unter die Haut gehender Roman.«
DER SPIEGEL

EISELE

VERLAG